황금빛 나날

황금빛 나날

초판 1쇄 찍은 날 § 2008년 8월 21일
초판 1쇄 펴낸 날 § 2008년 8월 31일

지은이 § 박미연
펴낸이 § 서경석

편집장 § 문혜영
편집책임 § 이종민
편집 § 한지윤

펴낸곳 § 도서출판 청어람
등록번호 § 제1081-1-89호
등록일자 § 1999. 5. 31
어람번호 § 제5-0207호

주소 § 경기도 부천시 원미구 심곡1동 350-1 남성B/D 3F (우) 420-011
전화 § 032-656-4452 팩스 § 032-656-4453
http://www.chungeoram.com
E-mail § eoram99@chollian.net

ⓒ 박미연, 2008

ISBN 978-89-251-1443-9 03810

황금빛 나날

박미연 지음

도서출판 청어람

승호는 학교에서부터 집까지 부푼 기대로 한달음에 뛰어왔지만 집에는 가정부뿐 아무도 없었다. 중간고사 1등 성적표를 받아든 순간부터 엄마에게 칭찬 한 번 받기를 기대했던 승호는 손에 든 성적표가 무색했다. 아직도 가쁜 숨을 내쉬는 승호는 아무도 없는 집으로 숨도 제대로 못 쉬며 바삐 달려온 게 속상했다. 진짜 엄마라면 아마도 오늘 같은 날 양볼에 뽀뽀하며 잔뜩 칭찬해 주었을 텐데……. 진짜 엄마와 만나려면 아직 한 주나 더 기다려야 했다. 하지만 언제나 성적표가 나오면 승호를 칭찬해 주는 과외선생이 곧 오고, 또 밤에 형이 올 때 슬쩍 성적표를 보여주면 큰 손으로 머리를 쓰다듬어 줄 거란 생각에 시무룩한 표정을 걷었다.

하지만 승호는 가정부가 가져다준 간식을 먹으며 과외선생을 기다렸지만 벌써 한 시간이 넘어도 오지 않았다. 순간 승호는 온몸을 휘감는 원인 모를 불안에 어쩔 줄 몰라 손톱을 물어뜯으며 다리를 떨었다. 그러다 불현듯 엄마한테 이런 모습을 들키면 혼날까 봐 교과서를 펴놓곤 숙제를 공책에 옮겨 적지만 자꾸 머릿속이 멍해졌다.

"승호, 나와라."

방문이 벌컥 열리며 차가운 엄마의 음성이 들려 승호는 움찔하곤 의자를 뒤로 밀어 일어났다.

"네."

승호는 왜인지 묻지 못하고 뒤꿈치를 들고 조심조심 따라갔다. 이 집에서 오 년간 살면서 승호가 배운 사는 법은 무조건 복종이었다. 그리고 현관에서 운동화를 신는 승호의 손은 계속되는 불안에 덜덜 떨었다. 밑도 끝도 없이 엄습한 불안이 승호를 두렵게 만들었다.

"왜 그러니?"

"신발이…… 잘 안 신겨져요."

울상을 지으며 손을 떠는 승호를 내려보던 김 여사는 만감이 교차한 표정을 지었다. 승호는 김 여사가 억지로 발을 쑤셔 넣어 아팠지만 참았다. 그리고 차에 올라탄 승호는 계속되는 침묵에 잔뜩 움츠러들었다.

"그 여자, 오늘 밤을 넘기기가 힘들겠다더라. 죽어가는데 널 찾는다고 하니 가서 잠시 만나봐."

승호는 김 여사가 내뱉은 그 여자가 진짜 엄마라는 걸 금방 깨

닿았다. 순간 죽는다는 걸 막연히 아는 승호인데도 심장이 쿵 떨어질 듯 속이 흔들려 메스꺼워 아무 말도 못하고 김 여사만 쳐다봤다.

"못 알아듣니? 네 엄마가 죽는다고."

김 여사를 쳐다보는 승호의 눈에 그렁그렁 눈물이 고였다. 저번 주에도 진짜 엄마와 롯데월드도 멀쩡히 다녀왔는데 왜 죽는다는 건지 이해할 수 없었다.

"진짜 엄마가 왜 죽어요?"

"진짜 엄마? 그럼 난 가짜 엄마니?"

날 선 김 여사의 목소리에 익숙한 승호지만 또 여린 마음에 고개를 숙이고 훌쩍였다.

"잘못했습니다."

김 여사는 떨리는 승호의 음성을 듣자 더 말하고 싶지 않아 입을 닫았다.

차가 병원 입구에 다다르자 김 여사는 승호를 빤히 보다가 말문을 열었다.

"엊그제 네 엄마가 교통사고가 났다더구나. 죽기 전에 널 꼭 보겠다고 해서 엄마가 일부러 데려온 거야. 그러니 올라가서 시끄럽게 하지 말고 인사만 하고 오거라. 알았니?"

김 여사는 승호의 멍한 표정에 어떤 말을 더 해야 할지 망설였다. 그래도 오 년 동안 키운 정이란 게 있는지 측은지심이 들었다. 하지만 매번 승호를 만나러 왔던 뻔뻔한 그 여자를 생각하면 불편한 기색은 여전했다.

"김 기사, 승호 데려다 줘요."

승호는 차에 내리지 못하고 김 여사만 쳐다봤지만 이미 싸늘한 눈길에 얼어붙었다. 진짜 엄마가 왜 죽냐고 묻고 싶었으나 승호는 너무 놀라 숨 쉬기도 벅찼다.

차 문이 열리고 운전기사의 손을 잡은 승호는 코를 찌르는 병원 냄새가 싫어 억지로 끌려가듯 발걸음을 옮겼다. 그리고 굳게 닫혀 있는 중환자실 앞에서 승호는 얼빠진 채 섰다. 운전기사가 그런 승호의 등을 토닥이며 간호사에게 넘겨주었고 소독복이 입혀졌다. 승호는 또 낯선 손에 잡혀 즐비한 하얀 침대 사이를 지나갔다.

승호는 분명 진짜 엄마의 이름이 쓰인 침대 앞에 섰지만 엄마는 보이지 않았다. 아니, 하얀 붕대로 꽁꽁 싸맨 채 얼굴만 겨우 내놓은 진짜 엄마 앞에서 승호는 낯선 타인을 보듯 멀뚱히 바라만 봤다. 저번 주에 신나게 놀이기구를 타고 소리 지르고 싶은 만큼 다 지르게 해준 엄마가 이렇게 누워 있다니……. 승호는 침대 위에 누워 있는 미라 같은 게 엄마일 리 없다고 생각하며 엄마를 조용히 불러보았다.

"엄마, 엄마? 엄마 아니지?"

승호가 부르는 소리에 감겨 있던 승호 엄마의 눈이 서서히 떠졌다. 그리고 고개를 약간 돌려 침대 곁에 선 승호를 마주 보았다. 어렴풋한 미소가 걸린 승호 엄마의 입가가 파르르 떨리며 움직였다.

"아들, 우리 아들, 이리 와."

"엄마? 엄마 맞아? 엄마, 왜 이래? 왜 누워 있어?"

승호 엄마는 힘겹게 움직여 이불 밖으로 겨우 손을 빼냈다. 그러자 승호는 그 손이 사라질까 황급히 다가가 꼭 붙들었다. 엄마의 벌겋게 충혈된 눈을 본 승호는 이 모든 게 자신 때문이란 생각이 들었다. 가짜 엄마에게 칭찬받고 싶어 노력했던 마음, 밤늦게 오는 형을 보기 위해 잠을 자지 않았던 밤, 싸늘한 할머니에게 잘 보이려고 열심히 노래했던 날들, 아빠가 싫어한다고 엄마를 만나고 온 다음 일부러 안부를 전하지 않던 마음. 승호는 그것들이 엄마를 이렇게 아프게 한 것 같아 너무 무서웠다.

"엄마, 죽는 거 아니지?"

"승호야, 엄마가…… 사랑하는 거 알지?"

"응. 나도 엄마를 너무너무너무 사랑해. 그러니 이러고 있지 말고 일어나. 나 아빠랑 그 무서운 엄마랑 살기 싫어. 엄마랑 같이 살래. 그러니까 얼른 일어나. 집에 가자. 나 이제 엄마랑 살게, 그 무서운 집에서 나와서 엄마랑 살게."

"승호야, 엄마는 이제 집에 못 가. 엄마 너무 아파서 그만 아프라고 하늘나라에서 부르고 있어."

"싫어! 엄마랑 살 거야! 아빠도, 그 무서운 엄마도 싫어. 엄마랑 같이 살고 싶어."

"승호야, 엄마 말…… 잘 들어."

"안 들을 거야. 엄마, 빨리 일어나서 나 다시 데리고 집에 가."

승호는 붕대가 잔뜩 감긴 엄마의 팔을 잡아당기며 일으키려 했지만 간호사가 나타나 떼어냈다. 승호가 목 놓아 울며 엄마의 손을 잡으려 발버둥칠수록 간호사는 더 멀리 끌고 갔다.

"잠깐만요. 애가 너무 놀라서 그래요."

승호 엄마의 애원에 간호사는 승호에게 많이 아픈 사람에게는 조심해야 한다고 단단히 주의를 준 후 사라졌다. 승호는 입을 꾹 다물고 간호사가 다시 나타날까 불안한 눈길로 엄마의 손을 꽉 잡고 서 있었다. 승호의 눈에서 흐르는 눈물이 턱을 타고 흘러 뚝뚝 붕대 위로 스며들었다. 한참을 그렇게 울던 승호는 눈물을 닦으며 엄마의 움직이는 입에 귀를 가까이 댔다.

"승호야, 엄마가 매일매일…… 아프면 승호도 싫지?"

"응, 싫어. 내가 이제 이 주에 한 번이 아니라 매일매일 웃게 해 줄게. 나 데리고 집에 가자. 응?"

"승호야, 엄마 이제 그만 아프려나 봐. 그러니까 지금부터 엄마가 하는 말 잘 들어. 승호가 엄마 말 잘 들어줘야 안 아플 거야."

"알았어. 아프지 마. 말 잘 들을게."

승호는 다시 뚝뚝 떨어지는 눈물을 닦으며 의젓한 척하지만 이제 겨우 열 살인 어린아이가 느끼는 그 당혹함은 감춰지지 않았다.

승호 엄마는 그런 승호를 보며 겨우 뜨고 있는 눈에 눈물이 고여 앞이 흐릿해졌다. 사랑해서 낳았을 뿐인데 그 사랑이 모질게 아들과 갈라놓은 지 벌써 오 년이 다 되어갔다. 그리고 이젠 앞으로 같이하지 못할 날들이 승호에게 너무 많이 남아 죽고 싶지 않았다.

승호가 더 겁먹기 전에 승호 엄마는 온 힘을 다 내어 하고 싶은 말을 꺼냈다. 말할 때마다 가슴을 퍽퍽 때리는 통증으로 너무 힘들었지만 승호에게 아직 할 말이 너무 많았기에, 그리고 마지막이기에 참아낼 수 있었다.

"승호야, 그 집에서 잘살아야 돼. 엄마 대신 아빠 곁을 꼭 지켜줘야 해. 그 집에서 내쫓지 못하게 꼭 필요한 아들이 돼야 해. 아빠가 엄마를 절대 잊지 못하게 항상 승호가 옆에 있어줘야 해."

"엄마가 있으면 되잖아. 엄마, 나 무서워. 엄마가 이러니까 나 너무 무서워."

"승호야, 엄마는 우리 승호를 너무나 사랑해. 그리고 미안해. 그러니까 꼭 그 집에서 살아야 해. 엄마는 우리 승호가 그 집에서 네 아빠 뒤를 이을 그런 소중한 아들이 됐으면 좋겠어. 그게 엄마 소원이야."

승호는 복받치는 슬픔을 감당하지 못하고 바닥에 주저앉아 꺽꺽 소리 내며 울었다. 죽음이란 게 어떤 건지 모르는 열 살의 어린 승호지만 다시는 볼 수 없다는 건 정확히 알고 있었다.

"승호야, 울지 마. 승호가 울면 엄마 마음이 얼마나 아픈데. 엄마가 계속 아팠으면 좋겠어?"

"엄마, 죽지 마. 나랑 살아. 나 아빠 집에서 나올게. 아빠한테 이제 엄마랑 산다고 말할게. 그러니까 제발 죽지 마."

"승호야, 엄마 소원 절대 잊지 마. 아빠 옆에 엄마가 없는 대신 넌 아빠 옆에 있어야 해. 엄마가 절대 가질 수 없던 모든 걸 승호가 대신 아빠한테 받아야 해. 엄마는 우리 승호 너무 사랑해. 엄마가 우리 승호 안아줄게. 이리 와."

"엄마, 죽으면 안 돼. 나 그 집 너무 싫어. 무섭고 싫은데 엄마가 없으면 나 어떡해?"

"승호야, 엄마가 널 낳아서 미안해. 승호를 슬프게 해서 미안해. 그 대신 승호는 엄마가 가지지 못한 걸 다 가지면 돼. 그러면 되는 거야. 알았지? 열심히 공부해서 아빠보다 더 훌륭한 사람이 돼야 해."

승호는 엄마에게 와락 안겨들었지만 간호사의 손에 의해 밖으로 끌려 나왔다. 승호가 몸부림치며 중환자실의 닫힌 문을 주먹으로 두들겼지만 낯선 손에 몸이 낚아채졌다. 승호는 계속 요동쳤으나 억센 손에 힘껏 눌리자 속에 있던 음식물을 입 밖으로 쏟아냈다. 승호는 하나뿐인 진짜 엄마에게 제대로 인사도 못한 채 끌려가고 있었다. 예전에 아빠에게 보내겠다던 엄마의 결정처럼 승호는 아무것도 할 수 없이 이렇게 또 엄마와 멀어져 버렸다.

승호는 집에 돌아와 계속되는 구토와 울음에 탈진해 잠들었다가 소스라치게 놀라며 깼다. 그리고 몰래 이 집을 빠져나가 진짜 엄마가 있는 병원으로 다시 가려고 살금살금 걸어 계단 앞에 섰다. 하지만 아빠와 엄마의 높은 고함소리에 승호는 깜짝 놀라 발걸음을 멈췄다.

"제 엄마 장례식엔 보내줘야 할 거 아냐! 사람이 어찌 그리 모질어!"

"내가 그랬죠? 당신 마음대로 저 애를 이 집에 데려왔을 때부터 내 자식이라 생각하겠다고. 그럼 내가 엄마인데 누가 엄마라는 거야! 내가 알아서 키울 테니 당신은 상관하지 말아요."

"그걸 말이라고 해! 나한테 화난 건 나한테 풀어야지, 지금 당신 승호한테 푸는 거 아냐? 저 어린애가 무슨 죄라고 제 엄마 가는 마지막 길도 못 봐?"

"아까 병원 데려다 줬으면 됐지, 뭘 더 바라요! 그 여자가 그리 안타까우면 당신이 가서 영정이라도 들지 그래요?"

"그래, 그럼 그렇게 하지."

"그 여자한테 가기만 해! 내가 당신하고 승호 절대로 가만 놔두지 않을 거야!"

승호는 계단으로 내려갈 수 없을 것 같아 다시 방으로 돌아왔다. 그리고 창문을 열어 아래를 내려보았지만 아득한 높이를 뛰어내리기엔 겁이 났다. 하지만 승호는 진짜 엄마가 너무 보고 싶었다. 엄마한테 가서 죽지 말라고 빨리 말해줘야 했다. 그래서 승호는 눈을 질끈 감고 몸을 날려 뛰어내렸지만 발끝부터 온몸이 찢기는 통증에 악 소리 한 번 내지 못하고 기절했다.

승호가 다시 눈을 떴을 땐 양다리 모두 깁스한 채 꼼짝할 수 없었다. 승호는 멍하니 하얀 천장을 보다가 병실을 둘러보았다. 그리고 아버지가 보이자 움찔하며 고개를 숙였다.

"그 밤에 이층에서 왜 뛰어내렸니?"

승호가 주뼛주뼛 시선을 피하자 민 회장은 승호의 엉킨 머리칼을 매만졌다. 사랑하는 여자가 허무하게 떠나 버린 슬픔을 감당하기 힘들지만 민 회장은 그 여자가 남긴 승호가 이렇게 망가지는 것 또한 견디기 힘들었다. 민 회장은 극도의 슬픔 감정을 겨우 억누르며 승호를 대하고 있었다.

"엄마한테 가고 싶어요. 엄마가 보고 싶어요."

"네 엄마는 이제 없다. 그만 잊어라. 대신 내 곁에 평생 있게 해주마."

"엄마 돌려줘요! 엄마 돌려달란 말이에요! 엄마가 왜 죽어요? 엄마 돌려줘요!"

"네 엄마 소원대로 전부 줄 테니 너도 그에 맞춰. 앞으로 널 그렇게 키울 거야. 네가 내 곁을 떠나는 순간 네 엄마도 완전히 잊혀지는 거다. 그러니 앞으로 더 열심히 공부해서 네 엄마 소원을 풀어줘."

"싫어요! 엄마를 돌려줄 때까지 아무것도 하지 않을 거예요! 엄마 돌려달라고요!"

"내 말 잘 기억해라. 네가 나한테서 사라지는 그 순간, 네 엄마도 나한테 완전히 사라지는 거야. 강하게 커라. 그런 나약한 마음다 버리고 네 엄마 대신!"

아무리 소리쳐 울부짖어도, 발광하듯 몸을 떨어도, 먹은 걸 족족 다 게워내도, 슬픔에 잠겨 부르짖는 승호를 아무도 안아주지 않았다. 더는 볼 수도, 만날 수도 없는 잃어버린 슬픔이 강이 되고 바다가 되어 덮치지만 그 안에서 허우적거리는 건 승호뿐이었다. 그 누구도 승호에게 손을 내밀어주지 않았다. 그 안에 익사돼 죽어가는 그 어린 승호를 그 누구도 살펴 꺼내주지 않았다.

어린 승호는 한때 진짜 엄마와 떨어져 살아도 열심히 공부하고 아빠 말을 잘 듣고 가짜 엄마한테 잘 보이면 다시 같이 살 수 있을

거리고 믿었었다 그래서 할머니와 가짜 엄마의 싸늘한 눈길에도 울지 않고 버티며 말 잘 듣는 모습을 보이려고 내내 복종하며 살았다. 그러나 진짜 엄마의 죽음은 승호의 희망을 꺾어버렸다.

  어느새 찾아드는 슬픔에 익숙한 승호는 여전히 아버지 옆에 진짜 엄마 대신이란 명목으로 있었다. 그리고 아버지 앞에 서 있는 가짜 엄마는 큰어머니라는 명칭으로 바꿔 불렀다. 승호는 엄마가 그토록 원했던 삶을 살고 있지 않았다. 오히려 그 반대로 살려고 더 발악하지만 허무한 존재에 대한 자괴에 시달렸다. 가끔 엄마를 생각하며 그저 아버지 옆에 있다는 것으로 만족하라고 하늘에 전했다. 그것만으로도 괴로워 죽을 것 같다며 승호는 전부를 다 가지라던 엄마에게 말했다.

1. 싱그럽던 날들

초록물결이 일렁거리는 5월, 여름이 빨리 온다던 예보가 맞은 듯 해는 지글지글 뜨겁게 내리쬐고 있었다. 교실 창을 통해 파고든 강렬한 햇볕에 학생들은 눈살을 찌푸리며 하얀 지렁이가 기어가는 칠판을 쳐다보고 있었다. 혹은 점심시간 직후의 나른한 수업에 대한 불만을 고스란히 드러낸 것 같았다. 개중 몇 명은 아예 포기한 듯 잠에 취해 대놓고 엎드려 자고 또는 딴 짓을 하며 지긋한 이 시간을 흘려보냈다. 한 명이라도 더 가르치려고 쉼 없이 반복해 설명하나 선생의 노력은 대다수 학생에게 공허했다. 이미 고등학교 2학년 교실엔 성적에 따라 행동이 갈리는 형상이 뚜렷했다.

창가 바로 옆 맨 뒷자리에 앉은 소미는 교과서를 세워놓고 허리를 꼿꼿이 펴 열심히 수업 듣는 모양새를 하고 있지만 손으론 작은 스케치북에 이런저런 의미 없는 선을 그으며 시산을 보냈다. 그러면서 소미는 옆에 앉은 짝을 호기심 어린 눈으로 흘깃흘깃 보았다. 목각인형같이 부동자세로 칠판만 응시하는 짝은 벌써 같이 한 지 한 주가 넘었지만 소미는 단 한 마디도 나눠보지 못했다. 그 누구도 부정하지 않는 소미의 인간 친화력에 옆에 앉은 짝이란 놈이 지대한 타격을 주고 있었다. 그 때문에 소미는 며칠째 이 짝을 어찌해야 할지 심각한 고민에 빠져 괴로웠다.

"안소미!"

선생이 갑자기 불러 놀란 소미는 벌떡 일어나 차렷 자세를 하며 꼬부랑글씨가 잔뜩 그려져 있는 칠판을 보았다. 모든 과목에 취약하지만 특히나 더 취약한 영어시간에 불린 소미는 잔뜩 긴장했다.

"옆에 네 짝을 영어로 소개해 봐."

소미는 억울한 울상을 지으며 그나마 아는 영어단어들을 머릿속에 일렬 배열해 나름 최선의 문장을 만들었다.

"히 이즈 승호 민! 굿 보이 버트 베리베리 노 마우스. 디 엔드."

"베리베리 노 마우스? 뭔 뜻이니?"

"매우 조용하다고요."

소미가 오히려 뿌듯이 선생에게 답하자 애들이 킥킥거리며 웃었다. 당황한 선생은 소란스러움을 정리하고 다시 소미에게 차근히 물었다.

"Quiet의 뜻이 뭐니?"

"선생님, 지금 저 무시하시는 거죠?"

당돌한 소미 때문에 애들은 선생이 어떤 반응을 보일지 궁금해 양쪽을 번갈아보며 수군거렸다.

"안소미, 답을 몰라서 그러는 거니?"

차분한 선생의 태도에 애들은 이제 소미만 쳐다봤다. 오물거리는 소미의 입술을 보며 무슨 말이 튀어나올지 다들 기대하는 분위기였다. 그러나 소미는 그 기대를 충족시켜 주지 않았다.

"네, 몰라요. 근데 노 마우스도 틀린 건 아니잖아요. 국어도 아니고 영어가 뜻만 통하면 된다고 생각해요. 저는 충분히 이해됐는데, 선생님 너무하세요."

소미가 의자에 털썩 앉으며 두 손으로 얼굴을 가리고 부러 어깨를 들썩거렸다. 애들은 킥킥거리고, 선생은 당황스러운 표정으로 소미를 바라보며 한숨을 내쉬었다. 요새 애들은 어쩜 저리도 자기 합리화를 잘하는지, 정말 따라가기 힘들 정도였다.

"소미 옆 승호, 지금까지 설명한 문단 읽고 해석해 봐."

승호는 주저 없이 일어나 교과서를 들고 읽어 내려갔다. 소미는 얼굴을 가렸던 손을 천천히 내리며 존경의 눈빛으로 승호를 올려보았다. 선생이 부르는데 긴장도 않고 샬라샬라 잘도 읽어내는 승호가 신기했다. 그동안 소미가 눈여겨본 승호는 음식을 넣기 전엔 입을 열지 않고 얼마나 고고한지 화장실도 안 가는 것 같은 이질적인 놈이었다.

"승호, 아주 잘했다. 그럼 다음 문단 설명할 테니 다들 집중."

소미는 다 읽고 도로 앉는 승호를 팔꿈치로 툭 쳤다. 오늘은 기필코 승호와 대화를 나눠보겠다는 의지가 소미에게 불끈 솟아올랐다.

승호는 툭툭 치는 소미가 거슬러 팔을 옆으로 빼며 무시했다. 소미가 뚫어지게 쳐다보든 말든 승호는 이 반, 아니, 이 학교에 존재하는 누구와도 말을 섞고 싶지 않았다. 지긋하게 여기 앉아 있는 것만으로도 승호는 충분히 도 닦는 기분이었다.

"어라, 너 나 피해? 내가 겁나? 나 무지 착해. 우리 반 애들이 다 증명해 줄 수 있어. 나는 절대 누굴 해치지 않거든. 너도 마찬가지고. 그러니 짝아, 나 좀 봐라~"

승호는 바짝 나가와 소곤소곤 말하는 소미 때문에 피식 웃음이 나왔다. 해치지 않는다는 표현에 우습지 않을 수 없었다. 승호의 입가가 씰룩거리자 소미는 비웃는 거라고 단정하며 빈정 상했다. 나름 넘치는 호기심을 채우고 싶어 친절을 베풀고 있는데 몰라주는 승호가 괘씸하면서도 소미는 관심을 딱 끊지 못했다.

그러나 반 아이들은 승호에게 쉽게 접근하지 못했다. 우위에 서 있다는 느낌을 풍기는 승호는 함께하기엔 너무 먼 왕자인 듯했다. 그는 같은 공간에서도 혼자 있는 듯 오로라라고 표현하기에도 부족한 요망한 분위기를 냈다. 어디서부터 시작된 건지도 모를 소문 역시 무성했다. 승호가 두 살 더 많다는 소문도, 돈이 무지막지하게 많은 집 아들이란 소문도, 누구 하나 토 달지 않을 만큼 수려한 외모도, 전교에서 1등 하는 성적도, 반 아이들로 하여금 승호를 쉽게 범접할 수 없게 만들었다.

하지만 소미가 승호의 짝이 되었을 땐 모두 들뜬 기대를 했었다. 드디어 소미가 승호의 입을 열게 해 무슨 말이라도 들을 수 있지 않을까 하는 맘이었다.

아직까진 승호가 입을 열지 않았지만 소미는 기필코 민승호와 친구를 먹고 말 것이라고 불끈 다짐하며 생글생글 웃었다.

"너 나 좋아해? 좋아하면 눈을 못 마주친다는데, 나한테 뻑가서 그러는 거야? 너 은근 순진하구나. 짝아, 부끄러워하지 말고 날 봐. 난 다 받아줄 수 있어. 난 자타가 공인하는 착한 안소미거든."

들이대는 소미가 하도 어이없어 승호는 웃음조차 안 나왔다. 안 들린다고 생각하며 앞만 보는 승호지만 무슨 병 걸린 애도 아니고 저리 뻔뻔하고 유치한지 소미 때문에 한숨이 절로 나왔다. 그러면서 지치지도 않는지 계속 조잘거리는 소미를 더는 참지 못한 승호가 고개를 확 돌렸다. 가득 짜증이 묻어난 표정 더하기 힘이 잔뜩 들어간 눈을 한 승호가 뭣 모르고 떠들던 소미와 눈이 딱 마주쳤다.

"어, 어머."

소미는 순식간에 확 다가온 승호 때문에 놀라 숨을 헉 들이쉬었다. 게다가 너무 가까워 입을 삐죽 내밀면 입술이 닿을 듯 아슬아슬했다. 소미의 놀랄 노 자 표정은 어느새 누가 땡 해줘야 할 듯 얼어 있었다. 그리고 소미는 이리 가까이 마주한 인상 쓴 승호가 배로 더 잘생겨 보였다.

"조잘대지 마. 시끄러워."

승호가 처음으로 상대를 해주자 소미는 눈을 깜박거리며 신기해했다. 점심시간 후 다들 칫솔을 들고 화장실을 다녀오지만 승호는 그런 흔적이 없었다. 그런데도 승호 입에서는 향긋한 박하향이 흠뻑 났다. 소미는 양치질을 안 해도 이런 좋은 냄새가 나는 승호가 정말 고급스러운 별종 같았다.

"나 조잘대지 않았어. 그저 우린 짝이니 대화 정도는 나눠야 하지 않을까 해서."

"지금도 조잘대고 있거든. 딴 짓 말고 칠판 봐라."

승호가 얼음 뚝뚝 떨어질 듯 차갑게 말했으나 소미는 눈을 반짝이며 두 손을 맞잡고 환한 웃음을 지었다. 승호는 급작스러운 소미의 변화에 움찔하며 몸이 절로 뒤로 물러났다.

"너 나를 관찰하고 있었구나. 혹시 내가 말 걸어주길 기다린 거야? 그런 거야?"

"됐다. 열심히 딴 짓이나 해라."

소미는 확 고개 돌려 버린 승호의 와이셔츠 소매를 집게손가락으로 살짝 잡아당겨 흔들었다.

"그러지 말고 명색이 짝인데 나랑 깊은 대화를 나눠보자. 넌 영어를 잘하니까 나랑 잠시 말한다고 성적이 떨어지거나 하지 않잖아. 나름 나도 대화라는 걸 상당히 즐기는 지식인이야."

"내가 너하고 네 말대로 대화라는 걸 꼭 나눠야 하는 법이라도 있어?"

승호가 확 다가와 눈에 힘을 주며 법을 들먹이자 소미는 입을 굳게 다물었다. 승호도 다른 애들과 같이 법을 들먹거린다는 이 평범한 사실을 쉬는 시간에 애들한테 알려줘야겠단 생각에 소미는 웃음이 나왔다.

"근데 승호야, 너 이마에 주름 좀 잡지 마. 나름 너도 한외모로

명성을 날리는데, 금간다."

승호는 소미를 상대해 봤자 잃으면 잃었지, 득이 될 게 없다는 생각에 고개를 휙 돌렸다. 옆에서 소미가 볼펜으로 옆구리를 쿡쿡 찌르는데도 승호는 끄떡도 하지 않았다. 당장 여기를 박차 나가 버리고 싶었으나 승호는 어차피 다니기로 한 학교이니 '참을 인' 자 세 개를 마음속 깊이 새겼다.

"승호야, 내 짝이 된 기념으로 교문 앞 떡볶이집에서 한턱 쏴라. 응? 튀김은 내가 살게. 네가 떡볶이랑 순대 사줘. 응? 그 집 어묵 국물 공짜로 주는데 완전 끝내줘."

승호는 더 참지 못하고 옆구리로 다가오는 볼펜을 확 낚아채 소미 앞에 탁 놓았다. 그리고 정말 화가 난 듯 갖은 인상을 다 쓰며 소미를 쳐다봤다.

"제발 그만 좀 까불대고 나한테 신경 꺼!"

"안소미, 민승호. 너희 지금 뭐 하니?"

언성이 높았던 승호 때문에 선생의 지적을 받자 애들의 시선이 일제히 둘에게 꽂혔다. 드디어 소미가 승호와 친해진 거라는 기대 감에 들뜬 수군거림이 반 여기저기서 들렸다. 승호는 갑작스레 받은 시선이 머쓱해 고개를 돌렸다.

"선생님, 늦었지만 승호가 짝 된 기념으로 학교 끝나고 떡볶이를 사준다고 해서요. 그래서 괜찮으니 저한테 집착하지 말라고 했어요. 믿으시죠?"

"그 반대로 믿으마. 그리고 소미야, 네가 영어에 관심이 없는 건 알지만 제발 하는 시늉이라도 해라. 선생님 기운 빠진다."

"네."

소미는 풀죽은 목소리로 대답하고 영어책으로 시선을 옮겼다. 고등학교 2학년이 된 지 벌써 두 달이 흘렀건만 소미는 여전히 공부에 흥미를 붙이지 못했다. 그림을 제외하고는 소미를 빠져들게 하는 게 없었다. 대학을 가는 게 목표라기보다는 미술을 계속하기 위해 가야 했다. 하지만 이 좁은 교실은 소미에게 답답했다. 저 창밖에 그리고 싶은 것들은 천지인데 읽고 쓰기만 하면 되는 국어, 더하기 빼기만 하면 되는 수학, 미국만 안 가면 쓸모없는 영어, 그리고 달나라 갈 것도 아닌데 과학은 왜 배우는지 의문이 들었다.

승호는 영어 교과서에 여전히 낙서를 하고 있는 소미를 한심하게 보았다. 계속 들썩이며 까불대면 소미를 어찌 혼내줄지 승호 또한 잡생각이 들었다. 누가 앞에서 알짱거려도 별달리 신경 쓴 적 없던 승호지만, 기죽지 않은 채 계속 쿡쿡 찌르는 소미의 집착은 귀여워 보였다. 동글동글한 얼굴에 큰 눈을 가진 소미가 환하게 웃으면 승호는 괜히 툭 건드려 울리고 싶었다.

조그마한 게 조잘대는 것도, 항상 뭐가 그리 즐거운지 교실을 종횡무진 하는 것도, 통통 튀는 인형 같은 생김새도, 거의 바닥을 기는 성적도, 어느 하나 특별하다고 칭하기 어렵지만 소미 주변엔 항상 애들이 들끓었다. 그런 소미와 짝을 한 후로 쉬는 시간마다 조잘거려 대는 여자애들의 목소리가 징그럽지만 승호는 어쩐지 이게 고등학교 교실이지 않을까 싶은 막연한 생각에 그저 관조했다.

학교에서 정한 정규 시간이 다 끝났지만 가방을 들고 일어나는 학생은 소미와 승호뿐이었다. 소미는 예능 계통이라 학원을 위해 빠지고 승호는 정규 수업 이외에는 참여하지 않기로 이미 담임에게 학기 초에 허락 받았었다. 야간 자율학습을 빠질 수 있는 유일한 둘을 보며 반 애들은 너무 부러워했다. 그 부러움에 열렬히 환호하며 빠져나가는 소미에게 애들은 손 흔들어 인사하고 참고서 챙기기에 분주했다.

승호가 실내화를 신발장에 넣고 빠른 걸음으로 걸어가자 소미도 다다닥 뛰어가 두 손으로 승호의 팔을 덥석 잡았다. 소미는 손안의 울퉁불퉁한 팔뚝이 낯설고 신기해 만지작거렸다. 다른 남자애들과 다르게 굴곡이 딱 잡힌 승호 팔이 새로웠다.

"짝아~ 나 떡볶이 사줘야지. 응? 같이 가자!"

승호가 무시하고 걸어가자 팔에 매달린 소미가 거의 끌려가듯 딸려왔다. 승호는 그 손을 떼어내려고 내려다보다 초롱초롱 애 같은 소미의 눈을 보곤 그만두었다.

"승호야, 나 돈 없어. 네가 사준다고 했잖아. 응?"

소미는 막무가내로 우기며 승호 팔을 꽉 붙잡고 늘어졌다. 승호는 팔뚝을 잡고 꼼지락거리는 손가락과 히죽 웃는 소미를 보곤 변덕도 좋다며 한숨을 내쉬었다. 꾹 참고 입을 열지 말 걸 승호는 괜히 대화라는 걸 나눠서 소미에게 말려들었다고 생각했다.

"시간 없어."

승호가 귀찮은 기색이 역력하게 소미의 두 손에 갇혀 온갖 주물림을 받는 팔을 흔들어 빼냈다. 뭘 해도 웃던 소미가 급 정색을 하며 승호를 앙칼지게 노려보았다.

"내가 짜이라 참으려고 했는데. 너, 당장 떡볶이 사! 너 때문에 학원 가는 차도 보내고 이렇게 왔는데, 당장 떡볶이 안 사면 앞으로 널 쭉 저주할 거야!"

소미는 허리에 손을 얹고 씩씩대며 미간에 힘을 팍 주고 다리를 건들거렸다. 승호는 그런 소미가 서서 고개만 까닥거리는 인형 같았다. 보통이라면 말 한마디에 떨어져 나가겠지만 이미 소미가 그렇지 않다는 걸 알아버린 승호는 그냥 포기했다. 싫다고 밀어내면 소미가 더 가까이 다가와 뭔 짓을 할지 몰라 승호는 한 번만 사주고 말자 싶었다.

"귀찮아."

"귀찮아도 사줘야지. 약속했잖아!"

"그래, 알았다."

소미는 싱글벙글 웃으며 승호의 손을 덥석 잡아 교문 앞 떡볶이집으로 향했다. 소미는 손 안에 쥔 승호의 큰 손이 빠져나가려 할 때마다 힘을 줘 절대 놓지 않았다. 소미가 그리 원하는 친구란 게 승호는 뭔지 알지 못했다. 단지 어디로 튈 줄 모르는 소미가 어색할 뿐이었다.

소미는 떡볶이집에 들어서자 그립던 달콤한 냄새에 코끝 주름이 잡히도록 웃었다. 용돈이 떨어져 며칠째 이 집을 외면하고 걸어가야 했던 고문이 드디어 끝나는 순간이었다.

"승호야, 나 먹고 싶은 만큼 시켜도 돼?"

"맘대로."

소미가 젓가락 끝을 입에 물고는 실실대는 걸 보던 승호는 몸을 틀어 삐딱하게 앉았다. 그리고 점점 앞에 놓인 접시들이 늘어나자 놀란 기색을 감추지 못했다.

하나, 둘, 셋…… 그리고 또 날라져 왔다.

너무나 친근해 보이는 아줌마가 많이 먹으라며 소미의 머리까지 몇 번 쓰다듬고 사라졌다.

"왜 이리 많이 시켜?"

"나 원래 많이 먹어. 그냥 짐승 하나 먹인다고 생각해."

승호는 툭툭 내뱉는 소미의 말에 기가 막혔다.

"뭐 그리 많이 먹어? 일부러 이렇게 시킨 거지?"

승호는 무심코 뱉은 말이 스스로 무지 쩨쩨한 것같이 느껴졌다. 괜히 민망한 승호는 앞에 놓인 물을 벌컥 들이키며 여전히 환하게 웃는 소미를 못마땅하게 보았다.

"어머, 너 진짜 나한테 관심 많았구나. 흐흐, 나 밥보다 분식을 더 좋아해. 떡볶이, 순대, 튀김, 쫄면. 점심 적게 먹는 대신 이렇게 분식집을 내 집이다 생각하는 거지. 너도 먹어, 네가 있어서 조금 더 시켰어. 자, 아~ 해봐."

소미가 먹던 젓가락으로 순대를 집어 내미는데 승호는 난감했다. 승호가 젓가락으로 옮겨 받아 앞에 놓으려하자 소미는 젓가락 채 휙 피했다.

"왜?"

"너, 짝 된 기념으로 내가 준다니까. 아! 해봐. 나 나름 비싸다.

아무한테나 먹여주지 않아.”

승호는 아무래도 받아먹지 않으면 소미가 또 무슨 어지를 부릴지 몰라 난숨에 입에 넣었다.

“야! 지저분하게 젓가락까지 입에 넣으면 어떡해!”

소미는 인상을 잔뜩 찌푸린 채 젓가락 끝을 휴지로 닦으며 구시렁거렸다. 이미 소미 입에 넣었던 걸로 집어서 줘놓고 입술에 젓가락 끝만 닿았는데 무지 깨끗한 척하니 승호는 괜히 억울했다.

“빨리 먹어!”

“빨리 먹으면 체해. 천천히 음미하면서 먹어야 많이 먹는단 말야. 승호야, 너도 먹어.”

소미가 또 해죽거리며 웃자 승호는 여동생이 있음 이런 기분일까 싶었다. 인형같이 작아서는 코앞에서 조잘대는 게 왜 마음을 푸근하게 하는지 모르겠지만, 순간 동한 마음에 충동적으로 말해 버렸다.

“너 앞으로 오빠라고 불러.”

“뭐?”

소미는 입가에 기름과 떡볶이 국물을 잔뜩 묻힌 채 벙찐 표정을 지었다. 승호는 옆에 놓인 휴지를 소미에게 건네며 단호하게 말했다.

“너보다 두 살 많아. 그러니 오빠라고 부르고 함부로 반말하지 마.”

“웃기고 있네. 그럼 민증 까.”

승호는 바지 뒷주머니에서 지갑을 꺼내 쫙 펼쳐 소미 앞에 내밀었다. 분명 주민등록 앞자리가 소미보다 앞서 있었다. 하지만 그렇다고 이대로 나긋해질 소미가 아니었다.

"싫어. 학교는 학년별로 따지는 거야. 웃기고 있어. 네가 오빠면 나는 누나 할래."

"학년보다 나이가 우선이지. 오빠라고 부르면 만날 떡볶이 사줄게."

"필요없어. 다음 주에 용돈 받으니까 내 돈 주고 사먹으면 돼. 근데 너 정말 나이가 많긴 많았구나. 어쩐지, 네가 약간 노숙한 요상한 분위기가 있긴 했어."

소미가 이미 알았다는 듯 개의치 않자 승호는 기운이 쭉 빠졌다. 어떻게든 손아귀에 넣어 말 잘 듣는 인형으로 만들고 싶었지만 소미는 통통볼마냥 쉬이 손에 잡히지 않았다.

"나한테 오빠라고 부르면 네가 원하는 거 하나 사줄게."

"우리 집도 먹고 살 만해. 근데 네 집이 진짜 부자인가 보구나. 어쩐지, 네가 시디플레이어를 막 가방에 쑤셔 넣을 때부터 알아봤어. 나라면 조심조심 망가질까 봐 그리 막 굴리지 못하는데."

"내 시디플레이어 줄까?"

"나도 있어. 너 왜 나한테 자꾸 오빠 소리 듣고 싶어하는데? 나이 많은 게 무슨 유세야! 너 되게 웃긴다. 나라면 나이 많아도 쪽 팔려서 말 안 해."

"됐어. 관둬!"

버럭 성질을 내는 승호 때문에 소미는 손에 들고 있던 튀김을 입에 막 쑤셔넣고 볼을 빵빵하게 만들었다. 그리고 눈에 힘을 주고 승호와 눈싸움이라도 하는 듯 눈물이 맺힐 때까지 깜빡이지 않았다. 소미의 도발에 승호도 지지 않고 맞섰다. 유치하더라도 승호는 이겨서 끝내 요 조그마한 소미를 손안에 넣고 싶었다.

소미와 승호가 맞서는 것도, 잠시 소미의 눈에서 눈물 한 방울이 도르르 떨어졌다.

"에이, 졌다. 내가 애들 앞에서는 오빠라고 못 부르지만 야라고는 안 할게. 대신 조건이 있어."

그냥 대답 한 번 하는 적 없는 소미 때문에 승호는 괜히 머리가 아파졌다.

"뭔데?"

"나 기말고사 때 전 과목 오십 점 정도 나오게 네 답안지 보여 줘."

"미쳤어?"

"싫음 마."

소미는 옆에 놓은 쫄면 그릇을 앞에 놓고 젓가락으로 휘휘 저어 면을 말아 입에 쏙 넣었다. 승호는 그 모습이 너무 얄미워 보였다.

"다른 걸 말해."

승호가 냉기를 풀풀 풍기든 말든 소미는 쫄면 먹느냐고 정신없었다. 그런 소미를 보는 승호는 속이 터지지만 참고 기다렸다. 그리고 다 먹고 나자 소미가 씩 웃으며 입을 열었다.

"그럼 너 나랑 친구 해. 공책도 가끔 빌려주고, 짝 필요하면 선뜻 나서주고, 누가 나한테 시비 걸면 다 막아주고, 그런 착한 오빠 해줘."

"너 친구 많잖아."

"너 나 파악하고 있었구나. 앙큼한 것. 많기는 한데 그냥 네가 그런 거 해줬으면 좋겠어. 참, 가끔 돈도 꿔주고, 내 가방도 들어 주고, 또 뭐 있지. 하여간 너무너무 착해서 뭐든 시키면 다 하는 그런 오빠 있잖아. 알지?"

소미가 머슴을 삼겠다는 건지 친구를 하겠다는 건지 헷갈리지만 승호는 우선 말 트고 짐승 먹이듯 먹여놨으니 그리하겠다고 했다. 게다가 소미에게 방금 뭔가 불분명한 쓸쓸한 느낌이 났다. 긍휼히 여기면 복 받는다고 승호는 좋게 마음먹었다.

"나 학원까지 걸어가야 하는데, 데려다 줄 거지?"

"왜?"

"가방도 무겁고, 혼자 가기 심심하고, 또 너 때문에 학원 차도 보냈잖아."

"왜 나 때문이야?"

"쳇, 아냐?"

소미가 무슨 말을 더 끌어다 붙일까 싶어 승호는 알았다고 하고 계산을 한 후 가게를 빠져나왔다. 그런데 생각보다 소미 손에 든 가방이 무거워 보였다. 화구가 잔뜩 든 가방을 어깨에 메고 또 책 가방까지 메자니, 너무 힘들어 보였다.

"어느 게 더 무거워? 뒤에 거, 아니면 어깨 거?"

"어? 어, 어깨 거."

"내놔. 원래 이런 거 학원에 놓고 다니는 거 아냐?"

"아, 저번 주에 화구 정리한다고 다 가져왔다가 가져가는 거야."

소미는 큰 가방을 넘겨주면서 마냥 냉랭하고 인정머리없을 것 같던 승호가 달라 보였다. 드러나지 않는 나정함이리고나 할까, 소미는 그런 느낌을 팍 받았다.

"앞장서."

승호를 앞질러 터벅터벅 걸어가던 소미는 간간이 뒤돌아보았다. 혹시라도 분식집에서의 앙금이 남아 승호가 저 비싼 도구를 들고 튈까 봐 소미는 불안했다. 승호는 자꾸 돌아보는 소미 때문에 보폭을 넓혀 나란히 서서 걸었다.

"너 이게 마지막이다. 다음부터 이런 거 안 해줘."

"응. 민승호, 잘 가."

승호는 학원 앞에 다다라 소미에게 가방을 건네주고 뒤따라오던 차에 올라탔다. 그저 가볍고 철없이 귀찮은 소미였지만 약간은 다르게 보면 아예 싫진 않았다. 환하게 웃는 게 막연히 귀엽다가 그 웃음이 친근하게 마음을 갉작거리는 면도 있는 듯했다.

소미는 전혀 눈치 채지 못했는데 기사 딸린 차에 올라타는 승호를 보니 잘못 건드린 것 같았다. 만약 승호가 어둠의 자식이면 그토록 막대했는데 무사할 수 있을지 소미는 그림을 그리는 내내 신경 쓰였다.

소미와 승호는 짝이 된 지 한 달이 지나 제비뽑기로 다시 짝을 정해야 했다. 다른 애들은 자리가 바뀌었지만 둘은 그대로였다. 소미가 하늘의 계시라며 호들갑스럽게 좋아하며 시끄럽게 조잘댔지만 승호는 귀찮은 듯 별말없이 떠드는 대로 다 들어줬다. 승호는 자기가 하고 싶은 말이 있거나 욱할 때 외에는 말을 잘 안 했다. 소미가 그런 승호에게 조잘거리면 마지못해 알았다는 듯 고개를 끄덕대는 게 전부였다. 그래도 애들은 승호가 유일하게 소미만 상대하고 웃어준다는 것에 놀랐다. 소미가 간간이 승호에 대한 떡밥을 던져 주면 애들은 파닥파닥 낚여서 승호에 대해 열을 올렸다. 그러나 그런 소미조차도 승호의 안을 낱낱이 들여다보진 못했다. 어차피 소미에게 승호란 제 내키면 상대해 주는 요상한 놈이었다.

"승호야, 오늘 학교 끝나고 뭐 해? 또 그 차가 와서 너 데려가?"

"왜?"

"나 오늘 희순이랑 노래방 갈 거거든."

"그래서?"

"아니, 오빠로서 동생이 노래방 가는데 한 푼이라도 보태주는 그런 센스가 없나 궁금해서."

"없어."

"그런 거짓은 금물이야. 내가 널 오빠로서 얼마나 생각하는데, 내가 용돈 받으면 갚을게. 응?"

"얼마면 되는데?"

"오, 멋져! 얼마면 되는데? 나는 만 원이면 된다."

승호는 피식 웃으며 지갑에서 만 원을 꺼내 소미 교과서 위에 올려놓았다. 소미가 실실 웃으며 만 원을 손에 들고 좋아하는 모습이 누가 봐도 고등학교 2학년이라기에는 부족해 보일 거라고 승호는 굳게 믿었다.

"희순아!"

고개를 푹 숙이고 영어단어 암기장에 코를 박고 있던 희순은 벌떡 일어나 소미 쪽을 돌아보았나. 소미는 만 원짜리 한 장을 흔들며 희순을 향해 웃었다.

"알았어. 선생님한테 허락 맡고 올게."

희순이 교실을 나가자 승호는 아직도 너무 좋아서 온몸을 흔드는 소미를 툭 쳤다.

"어디로 가는데?"

"학교 뒤에 있는 데. 거기 나 단골인데 아저씨가 삼십 분씩 마구 공짜로 넣어주거든."

"거기 위험하다고 하지 않았어?"

"몰라. 나는 자주 가는데. 오, 이젠 날 걱정하는구나. 그래, 그런 마음가짐 참 좋아."

소미가 또 삼천포로 빠져 이상하게 만들기 전에 승호는 알아서 참고서로 고개를 돌렸다. 그러면서도 얼마 전 그쪽 길에서 여학생이 안 좋은 사고를 당했다고 조심하라던 담임 말이 신경 쓰였다. 원체 소미가 수업만 끝나면 흥분 상태라 담임 말을 못 들었을 가능성이 컸다. 하지만 희순이 같이 간다기에 승호는 그만 걱정을 접었다. 둘이 죽고 못 사는 친구인데다가 희순은 소미와 다르게 전교 2등이니 오죽 잘하겠거니 하고 신경 껐다.

승호가 준 만 원을 교복 치마 주머니에 곱게 반으로 접어 넣은 소미는 흐뭇한 마음으로 희순의 팔짱을 끼고 학교 뒷문을 빠져나갔다. 희순은 항상 주변에 애들이 많이 북적이는 소미지만 언제나 우선순위를 자신으로 둬 뿌듯하고 기분 좋았다. 중학교부터 고등학교 지금까지 제일 친한 친구로 둘은 항상 같이 붙어 다녔다. 그런데 희순은 요새 소미가 부쩍 승호와 가까워지는 게 염려되었다. 승호는 별다른 반응이 없는데 소미 혼자 열을 올리는 게 괜히 상처받을 것 같은 친구의 마음이었다.

"승호랑 친해졌어? 저번에 차도 태워줬다면서?"

"응, 어둠의 자식은 아니더라. 아버지가 무슨 건설회사 가지고 있대. 엄청 부자야. 기사 아저씨가 승호한테 도련님하고 부르더라."

"그래. 근데 승호는 어때?"

"좀 차갑긴 한데 속앓이 하는 사람 같아. 울 할머니가 그랬거든, 속앓이 하는 사람은 마음이 너무 괴로워서 아무 말도 할 수 없는 거라고. 승호랑 비슷하지 않냐? 참, 나보고 오빠라고 하라고 말했었나?"

"응. 근데 안 한다면서."

"집에 아빠가 없어서 그런가. 승호가 가끔 남자 같으면 막 아빠 냄새 날 것 같은 느낌이 들어. 이상하지?"

태어나는 순간부터 아빠의 부재를 느낀 소미는 남자들은 다 아빠 같을 거라는 막연한 생각을 가지고 있었다. 왠지 아빠라면 저럴 것 같고 이럴 것도 같으면서 가지지 못한 그리움이 제멋대로 갖다 붙여 왜곡된 형상을 만들고 있었다.

"이모 선생님은 왜 또 너랑 계속하게 한 거래?"

담임이자 영어선생은 소미 친이모였다. 그리고 그걸 유일하게 희순만 알고 있었다. 그래서 소미는 신생을 편하게 대하긴 하지만 희순은 알고 있기에 더욱더 불편한 선생이었다.

"아, 이모도 승호 엄마한테 부탁 받았나 봐. 승호가 사람을 꺼리는데 친근한 친구가 있으면 성격이 좀 달라질까 해서 이모가 계속 나랑 짝 시킨 거래. 내가 이래 봬도 성격 하나는 예술적으로 죽이지 않니. 근데 이모가 나보고 기말고사 때 영어점수 삼십 점 못 넘으면 여름방학 보충 수업 안 빼준다고 하더라. 희순아, 난 널 믿어. 우린 진정한 친구지?"

"몰라. 저번에 너 영어일기 도와준 거 들통나서 네 집에서 나 이모 선생님한테 한 시간 동안 혼난 거 기억 안 나? 오늘 너 하는 거 봐서."

희순은 새치름하게 대답하면서도 소미를 더 가까이 끌어당겼다. 그깟 답안지 보여주는 건 둘 사이에 일도 아니었다. 베프(베스트 프렌드)이기에 약해져 다른 애들에겐 매몰차도 소미에게는 그럴 수 없었다.

소미와 희순이 지름길인 후미진 골목에 들어서자 떡대가 장사인 남자 셋이 길 끝자락에 서 있었다. 희순이 발걸음을 멈추자 조잘대던 소미도 따라 멈췄다. 그리고 희순만 보고 걷던 소미가 앞에 서 있는 세 남자를 보았다. 한참 떨어져 있는데도 불량배인 게 한눈에 알아볼 정도로 무섭게 생긴 이들이었다.

희순은 소미 팔을 꼭 잡고 뒤로 몇 발자국 움직이자 남자들이 성큼성큼 앞으로 다가왔다. 아직 해가 지기 전이지만 외진 지름길엔 지나가는 사람이 없었다. 소미는 남자들이 자신을 향해 소리지르는 걸 들었지만 정확히 뭔 말인지는 잘 안 들렸다.

"희순아, 저놈들 뭐래?"

"몰라."

소미는 자세히 듣기 위해 귀를 쫑긋 세워 몇 걸음 앞으로 걸어가며 주머니에 든 만 원을 꼭 쥐었다. 그리고 손짓하는 남자들의 입을 유심히 보았다.

"희순아, 저놈들 완전 미쳤나 봐."

"왜?"

"나보고 날아오래. 저 손짓 봐봐."

"어? 이리 오라는 거 아냐?"

"아냐, 내가 정확히 봤어. 근데 어떻게 날아가냐? 어쩐지 승호가 순순히 돈을 빌려주더라. 아, 오늘 진짜 재수 없는 날이네."

소미는 당황스러워 희순에게 붙들려 있는 손을 빼고 양팔을 옆으로 쫙 뻗었다. 그리고 펄쩍펄쩍 뛰면서 손으로 열심히 날갯짓해가며 남자들에게 다가갔다. 날아갈 재주가 없으니 나는 시늉이라도 열심히 해야 하기에 소미는 양팔을 더욱 세차게 퍼덕거리고 펄쩍펄쩍 뛰어가며 새소리까지 냈다.

"구구구…… 구구구…… 구구구."

격렬하게 팔을 휘두르며 소미가 다가가자 남자들이 뒤로 물러났다.

"아저씨들, 구구구…… 우리 돈 없어요. 구구구…… 한 번만 봐주세요. 열심히 날아볼게요."

남자들은 교복 입고 펄쩍펄쩍 뛰며 날갯짓하는 여자애가 광년이라고 확신하곤 바닥에 침 한번 뱉고 돌아가 버렸다. 멀어져 가는 남자들을 보면서도 안심이 안 되는 소미는 그 자리에서 계속 날갯짓 하며 한참을 서 있었다. 희순은 웃어야 할지 말아야 하지 멍하게 소미만 쳐다봤다.

승호는 지나가다가 후미진 골목으로 들어가는 소미를 보고 차에서 내렸다. 그리고 깡패들의 이리 오라는 손짓에 날갯짓으로 쫓아내는 소미를 보고 박장대소할 수밖에 없었다. 가끔 뭔 말을 해도 실실 웃으며 기죽지 않더니 역시나 대단한 여자애였다. 소미가 무사히 사라지자 다시 차에 탄 승호는 제대로 터진 웃음이 멈추지 않았다.

학교 안 가는 위대한 일요일, 느지막이 일어난 소미는 소파에 앉아 있는 엄마의 무릎을 베고 또 누웠다. 그리고 해가 중천에 떴지만 졸린 기색 역력한 눈으로 TV를 보며 낄낄거리는 딸이 소미 엄마는 그저 예뻐 돌돌 머리칼을 말아 당기며 장난질을 걸었다. 소미는 엄마 겨드랑이를 간질이며 소파에 뒤엉켜 뒹굴고 말이 필요없을 정도로 배 아프게 웃었다. 햇살이 부서지게 들어오는 거실에서 모녀가 한바탕 장난을 치고는 지쳐 서로를 쓰다듬었다. 소미는 엄마 손을 만지작거렸고, 소미 엄마는 소미 머리를 쓰다듬으며 포근함을 나눴다.

"참, 엄마. 이모가 나 영어 삼십 점 못 넘으면 방학 때 보충수업 받으란 말 했다고 했지?"

"응. 왜?"

"근데 왜 공부하라고 안 해? 나한테 관심없어?"

"하라면 할 거야? 반에서 1등 할 자신 있어?"

소미는 뾰로통하게 일어나 양반다리를 하고 엄마와 마주 앉아서 입술을 삐죽 내밀었다. 소미 엄마는 두 손으로 소미 볼을 감싸 입을 쪽 맞췄다. 생글생글 웃으며 소미가 입술을 또 내밀자 소미 엄마는 또 쪽 소리 나게 입맞춰 줬다.

"열심히 학교 다녀. 네가 하기 싫은 공부, 엄마는 억지로 시키고 싶지 않아. 어차피 사람은 다 주어진 제 몫이 있으니 소미가 그 몫을 찾아 잘하면 돼."

소미는 굳이 강요하지 않는 엄마에게 미안한 마음이 들어 어깨에 머리를 기댔다. 소미가 태어날 때부터 아버지의 빈 부분이 미안한 소미 엄마는 특별히 소미가 싫거나 내키지 않는 것들은 굳이 시키려 하지 않았다. 무엇이 하고 싶으냐고만 물었기에 소미는 아예 하기 싫은 것은 떠올리지도 않았다. 그러다 보니 소미는 하고 싶은 것만 하는 성격이 돼버렸다. 그래서 소미는 공부 못하는 걸 창피하다고 여기지 않았다.

"그래도 내가 공부 잘했으면 좋겠지?"

"엄마도 소미가 좋은 대학 가서 훌륭한 화가가 되면 좋겠어. 세상의 모든 아름다운 것들이 소미를 통해 그려져 사람들의 가슴을 감동시키는 그런 멋진 화가가 되길 바라."

"아빠처럼?"

소미의 발랄한 물음에 소미 엄마는 고개만 끄덕였다. 그토록 사랑했고 목숨도 줄 수 있었던 남자였는데, 영원히 떠나고 소미만 남겨둔 남자가 훌륭했을까. 하지만 소미라도 남겨주었기에 훌륭한 남자였다.

"안소미, 공부 안 하냐? 그러다 꼴찌 하면 집 밖으로 쫓아낼 줄 알아!"

불현듯 들린 이모 목소리에 소미는 인상을 팍 쓰고 엄마 품에 폭 안겼다. 소미에게 공부하라고 닦달하는 사람은 이모뿐이었다. 할머니, 할아버지조차 소미가 원하는 것만 해도 된다는데 이모가 나서서 온갖 구박을 다 했다.

"선생님이 조카보다 늦게 일어나고 술이나 마시고 다니면서 뭔 훈계야!"

"이게 어디서 목소리를 높여! 공부도 못하는 주제에!"

"이모!"

소미는 그놈의 공부가 뭔지 자존심이 확 상해 빽 소리 질렀다. 그러나 이모의 부리부리한 눈에 덤비던 기색이 금세 죽었다.

"하면 되잖아. 누가 보면 이모가 내 엄마인 줄 알겠다."

소미가 팩 돌아서 가버리자 소미 이모는 소미가 앉아 있던 자리에 앉아 한숨을 내쉬었다.

"언니, 소미가 답답하지도 않아? 언니가 공부를 못했기를 해, 아니면 돌아가신 형부가 못했기를 해. 멀쩡한 애를 왜 그냥 내버려 두는지 난 정말 언니가 이해 안 돼. 언니는 소미 성적표를 보고도 어쩜 그리 느긋할 수 있어?"

소미 엄마는 듣는 둥 마는 둥하며 텔레비전을 껐다. 그리고 늦

게 일어난 두 사람 점심을 차리려고 주방으로 향했다. 쫓아 들어
간 소미 이모는 오늘은 기필코 천하태평인 언니한테 한소리 하려
고 단단히 마음먹곤 식탁 앞에 앉았다.

"언니, 소미가 벌써 고2야. 지금부터 정신 차리고 공부해도 서
울에 있는 대학 가기 힘들어. 이럴 때일수록 언니가 독하게 소미
를 잡아줘야지. 요즘 세상엔 대학 제대로 못 나오면 사람 대접도
못 받는 거 몰라? 언니야 명문대 다녔으니 모르겠지만 소미 제 미
래를 생각해서라도 언니가 나서서 쥐 잡듯 팍팍 잡아줘야지."

"소미가 하고 싶으면 하겠지. 난 저 아이한테 뭘 강요하고 싶지
않아. 제 아빠 없이 태어나 지금까지 마음고생 한 걸로 충분해. 그
래도 제 아빠 닮아 그림 그리는 재능 있으니 그나마 다행 아니겠
니?"

"언니, 그건 아니다."

"소미는 내 딸이야. 내 딸이 싫다는데 왜 네가 그래? 그만 해."

소미 이모는 딱 잘라 말하는 언니의 양육방식이 답답했다. 스물
하나에 낳아 지금까지 온갖 고초 속에 키운 엄마로서 아이에게 기
대하는 게 너무 없었다. 그저 소미가 살아 숨 쉰다는 것만으로 만
족하는 것 같았다. 그게 소미를 저토록 뒤처진 성적을 만든다는
걸 소미 엄마는 모르는 것 같았다. 소미 이모는 저 나이 애들은 팍
팍 쪼아서 죽겠다고 할 때까지 공부시켜야 한다고 믿었다.

승호는 갑작스레 방문한 큰어머니와 소파에 앉아 이런저런 이
야기를 듣고 있었다. 하지만 큰어머니가 그런 평범한 이야기가 아

니라 다른 이유로 왔다는 걸 승호는 알고 있었다. 배다른 형과 아버지 이야기를 전해주러 일부러 올 큰어머니가 아니었다.

"네 할머니가 또 너를 그 무덤한데 데려가려나 보구나."

승호는 그제야 큰어머니가 온 이유를 들었다. 어차피 친어머니 기일이 가까이 와 언제든 닥칠 일이라고 생각했기에 별다르게 놀라거나 찌푸리지 않았다. 승호는 무덤덤하게 큰어머니의 당혹한 표정을 바라만 볼 뿐이었다.

"그만 돌아가세요. 갈 이유 없습니다."

"민승호."

날카로워진 김 여사의 음성에 승호 또한 눈초리가 매서워졌다. 예전엔 이렇게 큰어머니에게 감히 대들 생각조차 하지 못한 승호였다. 그러나 중학교 들어가면서 시작된 반항이 승호를 변화시켰다. 처음 승호의 거친 변화를 마주한 김 여사는 당황하면서도 억누르려 했지만 이미 다 커버린 남자아이를 손에 쥐고 흔드는 건 쉽지 않았다. 게다가 질 나쁜 애들과 어울려 폭력을 쓰는 일이 잦아지고 툭하면 신경질적으로 대드니 아예 포기해 버렸었다. 하지만 그 시기가 지나가니 승호는 또다시 변했다. 김 여사 앞에서 기죽지 않았으나 크게 맞서지도 않았으며 신경 거스른 짓은 적당히 피했다.

"그런 모욕은 그만 당하고 싶습니다. 듣기 싫으시겠지만 제 친어머니 일입니다. 그런 곳에 가서 가만히 앉아 그리 당하는 게 형이라면 큰어머니는 허락하시겠습니까?"

"그런 비교 하지 마라."

"압니다. 그럴 일 없다는 말씀이시죠. 근데 정말 싫습니다."

한동안 둘 사이에는 긴 침묵이 흘렀다. 승호의 행동은 단호했으나 데려가야만 하는 김 여사는 서로 굽혀주기만 기다렸다.

"이번이 마지막이 될 거야."

"어떻게 단정하십니까?"

"다음번은 내가 견디기 힘들겠더구나. 네가 다시 학교로 돌아갔을 때는 이유가 있었을 거라고 믿는다. 그리고 그 뜻은 네 할머니를 거스르면 얻지 못해."

"제가 뭘 원해서 학교로 돌아갔는지 아시나요?"

"모르지 않아. 네가 널 몇 년을 키웠는데, 그 정도는 네 눈빛만 봐도 알지."

승호는 아버지의 친아들이 맞지만 호적상 큰어머니의 자식이 맞기도 했다. 하지만 승호는 엄연히 밖에서 들여온 첩의 자식이었다. 술집에서 만난 여자를 안아 무책임하게 아이까지 만든 아버진 승호만 거둬들이고 여자를 매정하게 버렸다. 계속 술집을 하며 연락을 하던 친어머니와 승호는 한 달에 두 번씩 만났었다. 그러나 그것도 승호에겐 복이었는지 애석하게 초등학생 때 사고로 돌아가셨다.

"네 할머니가 살아 계신 동안 넌 숨 쉬기 힘들어. 모른 척 엎드려 있어야 해. 네 할머니 성질 알면서 왜 안 간다고 버텨선 나까지 오게 하니?"

"큰어머니도 같이 가실 건가요?"

"가자고 하시더구나. 굳이 나까지 갈 필요는 없는 것 같은데, 노

인네가 참."

사 년 전부터 승호 아버지가 병명도 없이 시름시름 앓기 시작했다. 별의별 방법을 다 써봤지만 소용없자 할머니가 용하다는 무당을 찾아갔었다. 그리고 그 무당은 한 많은 승호 친어머니의 귀신이 해코지하고 있다며 굿을 하라고 했다. 하지만 한 번의 굿으로 별다른 효과를 보지 못한 무당은 매해 기일이 가까워오면 굿 하기를 종용했다. 더구나 작년엔 그 굿판에 승호까지 끌어들였다. 가서 망자의 한을 들어줄 혈육이기에 승호는 끌려갔지만 돌아올 때마다 가슴에 시퍼런 멍이 들었다. 한때는 사랑받던 첩에서 버려진 여자로 생을 마감한 것도 모자라 악귀로 둔갑돼 온갖 원망을 듣는 친어머니가 승호에겐 심장에 박힌 가시였다.

"엄마가 네 아빠에게서 가질 수 없던 전부를 승호가 대신 가져."

승호는 귓가에 들리는 듯한 그 힘없는 음성을 못 들은 척 자리에서 일어났다.

"지금 가야 하죠?"

"오후에 가시려는 것 같더구나. 말려야 하지만 네 할머니 고집은 나도 어쩔 수 없어. 네 아버지 고집만 아니면 당장 미국으로 보내줄 텐데, 조금만 더 기다려 보렴."

더는 큰어머니의 사탕발림에 속을 승호가 아니었다. 다정한 듯 걱정스럽게 말하지만 당장에라도 외도의 증거인 미천한 호적상 자식이 사라져 주기를 바라는 마음을 승호는 이미 들여다보고 있었다. 그 마음은 같이 살아온 그 시간들이 증명해 주고 있었다.

"준비하고 나올게요."

승호는 옷장에서 검은 양복을 꺼내 검은 넥타이까지 매고 거울 속의 자신을 뚫어지게 보았다. 승호는 본가와 맞설 수 없는 자신이 증오스러웠다. 싫다는 대답 대신 항상 네라는 대답으로 언제나 순종해야 하는 자신의 처지가 짜증스러웠다. 그러나 아직은 본가와 딱 끊어 경제적, 정신적인 면에서 독립할 수 없었다. 승호는 어서 나이를 먹고 싶었다. 그래서 끈질기게 상기시키는 친어머니마저 잊고 싶었다.

화려한 색색의 옷을 입은 무당은 손에 칼을 들고 굿판 중앙에 앉아 있는 승호를 빙빙 돌며 춤을 추었다. 칼이 부딪치며 쩌렁쩌렁 소리를 내었다. 온갖 알아듣지 못하는 소리를 해대던 무당은 승호에게 침을 뱉기 시작했다. 승호 할머니는 하얀 봉투를 제물판에 올려놓고 두 손을 비비는 와중에도 승호를 노려봤다. 큰어머니는 못 볼 꼴을 본다는 듯 아예 눈을 감고 앉아 있었다.

승호를 빙빙 돌던 무당은 손에 든 칼을 던지고 긴 하얀 천을 들었다. 그러고는 승호 할머니와 큰어머니에게 쌀 한 주먹 쥐어주었다. 승호 할머니는 거침없이 그 쌀을 승호에게 뿌렸다. 승호에게 붙은 제 어미 귀신이 물러가라며 뿌린 쌀은 승호 얼굴에 맞았다. 큰어머니는 못 이기는 척 힘없이 뿌려 승호에게는 닿지 않았다. 무당에게 홀린 듯 피가 섞인 손자에게 막 대하는 할머니를 승호는 거칠게 노려보았다. 차라리 남이라면 체면을 세워 이러지 않을 텐데 그놈의 피가 뭔지 승호는 몸 안의 피를 확 뽑아 이곳을 적셔 버리고 싶었다.

"오셔, 오셔, 드디어 오신다."

무낭은 온몸을 사시나무 떨듯 떨며 바닥에 쓰러져 흰자를 드러내고 눈알을 마구 굴렸다. 입에 거품만 안 물었지, 경기를 일으키는 사람하고 똑같았다.

"네 이놈!"

쓰러져 있던 무당이 벌떡 일어나 소리치며 달려들어 승호의 멱살을 잡았다. 승호는 익숙한 듯 벌떡 일어나 무당을 노려보았다.

"당장 네 어미가 원하는 대로 하지 못할까! 네놈이 이 집안을 잡아먹는구나. 네놈 마음속에 들어찬 화가 이 집안을 삼켜 버리겠구나."

무섭게 지껄이던 무당은 손은 들어 승호의 뺨을 거세게 내려쳤다. 분이 쌓여 눈에 핏발이 선 짐승같이 승호의 뺨을 한 대 내려친 무당 때문에 승호 입가엔 피가 흘렀다. 그럼에도 불구하고 누구 하나 나서서 말리는 사람이 없었다. 다들 이 미친 무당이 집안의 우환을 쫓아낼 거라는 믿음에 승호 따위는 눈에 보이지 않았다.

"네놈이 엎드려 꼭 달라붙어 있어야 한다. 네놈이! 그래야 한다!"

승호를 바닥에 내팽개친 무당은 손에 든 흰 천을 흔들며 굿판을 정신없이 뛰어다녔다. 그 무당의 장단에 맞추는 북소리와 꽹과리의 찢어질 듯한 소리가 빨라졌다. 승호는 그 모습을 보다가 문득 며칠 전에 본 소미를 떠올렸다. 날갯짓하며 팔딱팔딱 뛰던 소미가 생각난 것이다. 승호는 툭하고 웃음이 새어나왔다. 승호는 굿판이 끝날 때까지 유쾌하기만 한 소미를 떠올리며 작년과 달리 끝까지 자리를 지키며 모욕을 버텼다.

소미는 가방만 얹어져 있는 승호의 빈 의자를 보며 인상을 찌푸렸다. 애들 말로는 승호가 아침에 잔뜩 사람 잡아먹을 표정으로 들어와 가방만 툭 던져 놓고 나갔다고 했다.

벌써 3교시가 지나가는데 승호는 돌아오지 않았다. 혹시 학교 밖으로 나갔나 싶어 승호 신발장을 들춰보았지만 번쩍번쩍 빛나는 구두가 얌전히 놓여 있었다.

3교시가 끝났다는 띠리링 소리가 울리자 소미는 결연한 표정으로 희순을 찾아갔다. 아무래도 승호가 나타나지 않는 것이 마음에 걸렸다. 착하기만 한 게 아니라 오지랖도 넓은 소미이기에 승호를 찾아야 했다. 더구나 오늘은 너무 맛없는 급식 대신 승호가 떡볶이 사준다고 했는데 나타나지 않으면 소미는 어쩌란 것인지, 당장 찾아내야 했다.

"희순아, 승호 찾으러 갔다 올 테니까 선생님이 부르면 나 영어 선생님이 불러서 갔다고 해."

"4교시가 영어시간이야."

소미는 희순의 손가락이 가리키는 대로 칠판 옆 시간표를 보니 영어라고 꽉 박혀 있었다. 하필이면 빼도 박도 못하게 영어시간인지 소미는 울상을 지었다.

"어, 어? 그럼 뭐라고 하지?"

"도망갔다고 할게. 어차피 영어 선생님한테 혼나면 그만이잖

아. 설마 조카를 아작 내기야 하겠냐?"

"흠, 내가 승호를 위해 이 위대한 희생을 하다니!"

소미는 후다닥 교실을 빠져나와 승호가 갈 만한 곳을 생각해 보았다. 남자 화장실 앞에 서서 나오는 애들에게 승호 안에 있냐고도 물었다. 소미는 학교 내를 샅샅이 뒤진 후 생각 끝에 출입금지 구역인 옥상으로 올라갔다. 승호라면 간이 배 밖으로 나와 선생한테 걸리면 죽도록 맞는 옥상에 올라갈 배짱이 있을 듯했다. 그러나 소미 간은 아직 뱃속에 고이 자리 잡고 있어 한 걸음 한 걸음 옥상 문에 가까워질수록 심장이 요동쳤다.

걸리면 후다닥 도망갈 작정을 하고 소미는 문을 조심스레 열었다. 아무도 없음을 확인한 후 문을 꽉 닫고 들어선 옥상엔 시원한 바람이 불었다. 춘추교복이 하복으로 바뀐 날씨 속에서 시원한 바람을 맞자 소미는 어느 광고처럼 자유인이라고 외치고 싶었다.

소미는 넓은 옥상을 돌아다니며 색다른 기분에 취하다 구석진 곳에 서 있는 승호를 발견했다. 등지고 있는 승호는 소미가 온 줄도 모른 채 서 있었다.

소미는 깜짝 놀래켜 줄 심산으로 슬리퍼까지 손에 들고 살금살금 걸어갔다. 승호에게 가까워질수록 소미 얼굴엔 웃음이 한껏 번졌다. 놀라면 승호의 굳은 무표정이 어떻게 변할지 생각하니 기쁘지 않을 수 없었다. 소미는 승호의 등짝에 손을 댈 정도로 가까워지자, 숨을 들이키며 슬리퍼 양쪽을 맞대 하나로 만들어 왼쪽 겨드랑이에 끼고 오른 손바닥을 쫙 폈다. 그냥 때리면 재미가 없시 생각하며 손바닥을 뒤로 확 뺐다.

하나, 둘, 셋!

"뭐야?"

갑자기 돌아선 승호 때문에 소미는 악 소리 한 번 못 내고 그대로 뒤로 자빠졌다. 교복 치마가 펄럭거리며 속옷이 보인 것도 모른 채 소미는 너무나 놀라 그 상태로 멈춰 승호를 올려다봤다. 승호를 놀래켜 주려다 소미 심장만 급 달리기 운동을 하고 말았다.

"안소미, 뭐 하는 거야?"

승호는 엉덩방아 찧은 소미 손을 잡아 일으켜 바닥에 뒹구는 슬리퍼를 신겨줬다. 하지만 소미는 눈물 글썽한 눈으로 혼이 나간 듯 멍하게 잠시 승호만 쳐다봤다.

"야, 민승호! 놀랐잖아. 내가 오는 거 알았으면 돌아봐야지, 뭐 하는 짓이야! 이렇게 연약한 내가 심장마비 걸리면 네가 책임질 거야!"

소미는 손으로 엉덩이를 툭툭 털며 하도 놀라 맺힌 눈물을 닦아 냈다. 그러다 승호 입가에 붙은 피딱지가 눈에 들어왔다.

"어머, 너 입술이 왜 그래? 누가 때렸어? 누구야! 언 놈이 감히 내 짝을 건드렸어?"

승호는 순간 머쓱해져 입가를 엄지손가락으로 쓸어내렸다. 그래도 짝이라고 얼굴 벌겋게 되도록 흥분해 주는 소미가 마냥 귀여웠다.

"그냥, 다쳤어."

소미는 미간에 주름이 백만 개 잡힐 정도로 인상을 쓰며 골똘히 생각해 보았다. 승호가 만일이라도 다른 남자애들이랑 싸웠다면 이미 소문이 쫙 났을 거고, 그렇다면 소미가 아는 건 하나밖에 없었다.

"너…… 혹시 뽀뽀하다가 그런 거야? 민승호, 실망이야!"

승호는 코웃음이 나와 새치름한 소미 볼을 살짝 꼬집었다. 저 조그마한 소미가 어디로 생각이 튈지 승호는 예상하기 어려웠다. 아니, 언제나 자신의 예상은 빗나갔다.

"그런 거 아냐. 근데 너 수업 안 받고 여긴 왜 올라와?"

"너 찾으러. 나 착한 안소미잖아. 내 짝이 오전 내내 자리에 없는데 마음 편하겠니? 그리고 나 점심에 떡볶이 사준다고 했잖아. 근데 4교시까지 너 안 나타나면 나 급식 먹어야 하는데, 그건 진짜 싫다고!"

"그럼 그렇지. 네가 날 찾을 이유가 그따위밖에 안 되지."

승호는 바닥에 철퍼덕 주저앉아 교복 안주머니에서 담뱃갑을 꺼냈다. 이에 놀란 소미는 아무 말도 못하고 승호가 담배를 물어 불을 붙일 때까지 동그란 눈으로 쳐다만 보았다. 승호는 그런 신기한 눈으로 보는 소미에게 연기를 훅 내뿜었다.

"이 불량학생! 너 학생주임 선생님한테 이를 거야. 학생이 담배 피우면 점차 중독이 되고, 끝내는 수명이 줄어들며, 말년에는 온갖 질병에 시달려 끝내 마누라와 자식들까지 피해 입히는 사악한 것을, 왜 네가 하냐!"

승호는 악을 쓰며 노려보는 소미의 팔을 잡아끌어 옆에 앉혔다. 이 조잘거림이 그새 그리웠던 듯 마냥 듣기 좋았다.

"어라, 네가 내 말을 안 믿는데. 저번에 학교에서 금연 교육할 때 선생님이 진짜로 그랬어. 담배 연기가 폐로 들어가 착한 세포를 나쁘게 만들고 남자들 아기 만드는 그거를 힘없이 만들어 나중에 아기도 못 가진대. 너 정말 나쁜 애구나."

소미는 대답도 않고 담배만 태우는 승호의 모습이 어딘가 우울하게 느껴졌다. 평소처럼 별 표정 없지만 굉장히 슬픈 게 꾹 누르는 듯했다. 소미의 오지랖에 걸려든 승호가 오늘은 마음이 아파 보였다.

"너 슬퍼?"

"왜?"

"그냥, 네가 슬픈 것 같아. 그런 느낌이 막 내 가슴에 닿네. 너 혹시 그 상처, 맞은 거야? 아빠가 때렸어? 너 말 잘 안 한다고 네 아빠도 답답하시대?"

승호는 어이가 없어 고인 연기를 길게 내뿜었다. 아버지라 부를 사람과 말을 해본 지가 반년이 다 되어가는데, 맞을 기회도 없었다.

"네 아버지는 너 조잘거린다고 때리냐?"

"나 아빠 없어. 하나님이 아빠를 너무나 사랑하셔서 일찍 부르셨거든. 우리 반 애들 거의 다 아는데, 너 몰랐구나."

"아…… 미안."

"괜찮아. 뭐, 그런 걸 가지고."

소미는 정말 아무렇지 않은 표정이었다. 승호는 그게 더 짠한 기분이 들었다.

"안소미, 하늘에 간 사람은 편할지 몰라도 남은 사람은 너무 괴롭다."

"누가 하늘나라로 가셨는데?"

"내 어머니. 아주 오래전에 가셨는데, 난 아직도 괴롭다."

소미는 뭐라 말해줘야 할지 몰라 가만히 있었다. 소미는 아빠가 없다고 괴롭지 않았다. 빈자리가 슬프긴 해도 소미에게 아빠의 부재는 괴로움이 아니었다. 소미는 힘겨워 보이는 승호의 손을 꽉 잡았다.

"힘내! 짝아~ 괴롭다고 나 떡볶이 안 사주는 거 아니지?"

"내가 너랑 무슨 말을 하냐."

"근데 너 입가에 왜 상처 났어? 괴롭다고 막 싸웠어?"

"이렇게 상처 나야 마음 편한 사람들이 있어서 그래. 왜, 내 상처가 그리 신경 쓰이냐?"

"응. 그래도 우리 학교에 너만한 인물이 없는데 괜한 흠집은 반갑지 않거든. 네 인기에 편승해 가는 나한테 타격이 올까 짝으로 심히 고심할 수밖에 없지 않겠니?"

"안소미, 넌 사는 게 행복하냐?"

소미는 오늘따라 승호가 너무 이상했다. 차라리 말하지 않는 승호가 훨씬 나은 것 같았다.

"응. 너는 안 행복해?"

"아침에 눈 뜨는 게 반갑지마는 않아."

"너도 아침잠이 많아?"

소미는 일부러 이 낯선 분위기가 바꾸려 딴소리를 했다. 승호가 너무 심각해 보여 소미는 이 분위기가 감당하기 힘들었다.

"됐다, 널 데리고 뭔 말을 하냐. 종 울렸다. 밥이나 먹으러 가자. 근데 너 꼭 떡볶이 먹어야 해?"

"왜? 싫어?"

"다른 거 먹자."

"안 돼!"

"내 말 들어."

"내가 먹는 거야. 원하는 거 사줘."

"다른 거."

"그럼 치킨! 그 살 없는 치킨!"

하지만 소미의 농담과 환한 웃음에도 승호의 표정은 나아질 기미가 보이지 않았다.

"안소미, 오늘 학교 쨀까?"

"안 돼. 학생은 학교를 지켜야지."

"그럼 나는 갈 테니 넌 학교 지켜."

소미는 빠르게 걸어가는 승호 뒤를 쫓아가며 정말 학교를 빠져나가려는 건지 걱정이 들었다.

하지만 승호는 반에 들어가자 일제히 쏠리는 시선도 무시한 채 가방을 들고 정말 나가 버렸다. 소미는 어찌해야 할지 주저하다가 가방을 들고 승호를 따라갔다. 희순은 그런 둘을 보면서 밥 먹던 숟가락을 탁 내려놓았다. 어쩌다 착한 소미가 저런 이상한 애랑 어울려서 하지 않던 짓까지 하는지 희순은 걱정이 되는 반면 너무 섭섭했다.

승호를 따라 교문을 나서던 소미는 대기하고 있는 차에 타야 할지 말아야 할지 고민이 들었다. 지금이라도 수업에 들어가야 하는 게 아닌가 싶으면서도 기사가 운전하는 차의 뒷자리에 타고 싶은 마음이 소미를 승호 옆에 붙들어놓았다.

"타."

승호는 차 문을 열고 소미가 타기를 기다렸다. 소미는 학교를 한 번 더 쳐다보다가 이내 마음을 정한 듯 차에 탔다.

"집으로."

"너는 싸가지 없이 어른한테 말버릇이 그게 뭐니. '아저씨, 집으로 가주세요' 이렇게 말해야지 어디서 말을 그렇게 잘라먹고 그러냐."

"마음에 안 들면 내려."

소미는 이미 학교에서 한참 멀어져 내릴 수가 없었다. 치사하게 오도 가도 못하는 신세로 만들어놓고 내리라는 승호가 미워져 소미는 뽀로통해졌다. 조잘거리던 소미가 딱 말을 않고 있자 승호는 너무 심했나 싶어 소미 팔뚝을 손가락으로 쿡 찔렀다. 그러나 소미는 옆으로 더 떨어져 앉으며 쳐다도 안 봤다.

"너 삐쳤냐?"

승호의 직접적인 질문에도 소미는 대답 않고 차 문에 바짝 붙어 앉았다. 소미는 그나마 남아 있는 자존심을 지키기 위해 차가 서면 바로 문 열고 학교로 돌아갈 생각이었다.

"도련님, 주차시킬까요?"

"네, 주차시키고 퇴근하세요."

차의 잠금장치가 딸각 열리자마자 소미는 쏜살같이 밖으로 튀어나왔다. 승호는 집도 모르는 애가 어디 가나 했더니 아파트 단지 입구로 막 뛰어가고 있었다. 소미가 왜 저러는지 모르는 승호는 우선 잡으러 소미를 따라 뛰었다.

"너, 어디 가!"

겨우 소미의 가방을 잡은 승호는 헉헉거리며 바둥거리는 소미를 붙들었다.

"놔. 나 학교 갈 거야! 나도 자존심이란 게 있거든! 내가 틀린 말한 것도 아닌데 달리는 차에서 내리라고 하면 나보고 죽으라는 말밖에 더 돼. 됐어, 내가 짝 복이 지지리도 없다고 생각하고 말래. 너 혼자 잘살아!"

하지만 승호는 소미의 가방을 잡은 채 질질 끌고 갔다. 소미는 이렇게 뒤로 끌려가다가 넘어질 것 같았다. 그래도 남자라고 승호가 끄는 힘이 무지막지하게 세서 소미는 우선 대화로 풀어야 했다.

"나 넘어질 거 같아. 천천히 가!"

승호는 가던 걸음을 멈춰 서고 소미를 돌려 세웠다. 그리고 처음으로 승호가 소미의 손을 잡았다. 어디로 튀어갈지 모르는 소미의 손을 꽉 잡은 승호는 그 손이 어색했다. 승호는 다시 놓고 팔을 잡고 갈까 짧은 찰나에 생각했지만 작은 손이 앙증맞아 손 안에 두었다. 익숙하게 작은 손 안에 갇혔던 것과 다르게 작은 손을 손 안에 가둔 기분이 그리 나쁘지 않았다.

소미는 잡힌 손을 내려다보며 이상한 기분이 들었다. 소미가 승호 손을 잡을 때는 아무렇지 않았는데, 승호가 손을 덥석 잡자 색다른 느낌이었다.

"내가 너 죽으라고 내리라고 했이? 무슨 애가 말을 그렇게 알아 듣냐?"

승호는 엘리베이터 안에서도 여전히 뾰로통한 소미를 달래보려고 했다.

"오늘은 내가 기분이 안 좋아서 말이 심했어."

"너는 만날 심해!"

"내가 또 언제 만날 심했어?"

"거 봐. 넌 안 그랬다고 하지만 내가 그렇게 느꼈다면 미안하다고 해야지. 넌 진짜 미안한 게 아니잖아!"

승호는 아무래도 또 소미에게 말려드는 것 같았다. 이러다가 소미한테 모든 게 다 미안하다고 해야 할 판이니 승호는 이쯤에서 그만두어야겠다 싶었다.

"그래, 생각해 보니 느껴진다. 미안해."

"진짜?"

"응, 맹세해."

승호는 심장 가까이 손을 대고 강조해 줬다. 소미는 조금 풀린 듯 슬쩍 웃으며 엘리베이터에서 내렸다.

"근데 네 아빠 집에 있으면 우리 학교 땡땡이쳤다고 혼나는 거 아냐?"

"나 혼자 살아. 걱정 마."

승호는 비밀번호를 입력해 현관문을 열고 주저하는 소미를 집

안으로 밀어 넣었다. 소미는 혼자 산다는 승호가 이상했다. 그때 번뜩, 이모가 승호 엄마가 학교에 온 적이 있었다고 말한 게 떠올랐다. 혹시 승호가 동정심에 호소한 우정을 뺑치고 있는 게 아닌지 소미는 또 의심이 마구 들었다.

"치킨 시켜줄게."

"응. 프라이드랑 양념으로."

"섞어달라고 하면 돼?"

"아냐, 아냐. 너 웃긴다. 프라이드 한 마리, 양념 한 마리 시켜야지. 너는 날 그렇게 몰라? 우리가 짝이 돼 같이 밥을 먹은 지 어언 한 달이 넘었는데, 웃겨!"

소미가 소파에 앉아 큰일이라는 듯 핏대 세우며 말하자 승호는 시키는 대로 두 마리를 주문하고 냉장고에서 콜라를 꺼내다 줬다.

"저기, 승호야, 내가 하는 말 오해하지 말고 들어."

"뭔 말을 하려고?"

"있지, 우리 담임선생님이 저번에 나한테 네 엄마가 학교 왔다 가셨다고 했거든. 근데 아까 너 엄마가 오래전에 돌아가셨다고 했잖아. 그럼, 나한테 거짓말한 거야?"

"큰어머니야."

"큰어머니?"

"돌아가신 어머니는 첩, 학교 오신 어머니는 아버지 본처이자 호적상 어머니."

승호는 안 해도 될 말을 하고 있는 자신이 이상해 까칠하게 말했다. 이상하게도 소미가 물으면 술술 사실을 말하게 되는 것 같앗다. 나중에 소미가 경찰이 되어 취조하면 범죄인들이 아주 쉽게 자백하지 않을까 싶을 정도였다. 승호는 자꾸 이상해지는 것 같은 기분에 텔레비전을 켰다.

"어, 그랬구나."

소미는 민망하고 당황스러워 좌불안석이었다. 그냥 가만히 있을 걸 입이 문제라고 소미는 후회가 들면서 원래 굳어 있는 표정이 더 굳은 듯한 승호한테 미안했다.

"승호야?"

"왜?"

"너 나 싫지?"

승호는 뜬금없는 소미가 또 엄한 소리를 하니 대수롭지 않게 무시했다. 한참 마음에 드는 영화가 없어 채널을 변경하던 승호는 갑자기 훌쩍훌쩍거리는 소리에 뒤를 홱 돌아보았다. 소미는 굵은 눈물을 흘리며 입술을 파르르 떨고 있었다. 승호는 갑작스레 우는 소미에 놀라 옆으로 가 앉았다.

"왜 그래?"

"내가 막 눈치 없이 물어봐서 너 나 싫은 거 맞지? 나 때문에 상처받아서 마음 아프지? 미안해, 일부러 그런 거 아닌데 너무 미안해. 나는 그냥 궁금한 거 잘 못 참고 막 이상한 애라고 네가 생각해도 난 할 말 없어."

급기야 소미가 엉엉 소리 내 울자 승호는 탁자에 놓인 휴지를 뽑아 건네주었다. 소미가 휴지를 손에 쥐고 더 크게 울자 승호는 어쩔 줄 몰라 아이 달래듯 품에 안았다.

"괜찮아. 별말도 아니었는데."

"아냐, 나도 알아. 그런 말이 얼마나 가슴 아픈지. 나도 사람들이 왜 아빠가 없냐고 물어보면 막 아프고 상처받았었어."

"상처는 무슨. 울지 마."

소미는 울다가 승호의 탄탄한 가슴이 볼에 닿자 심장이 머리 위까지 치솟다 발 아래로 뚝 떨어지는 기분이 들었다. 여름날 남자애들한테 나는 꼬질한 냄새가 아니라 초록빛이 떠오르는 싱그러운 냄새에 소미는 코를 벌렁거리며 킁킁거렸다. 이 냄새는 아주 따뜻한 느낌이었다.

"안소미, 다 울었어?"

승호는 울음을 멈춘 소미를 떼어냈다. 콧물과 눈물이 범벅된 소미에게 왜 자꾸 웃음이 나오는지 승호는 마음이 들썩거렸다. 승호는 다시 휴지를 빼 소미 얼굴을 꼼꼼히 닦아주었다. 그러면서 애 하나 키우는 기분이 들기도 하고 가슴에 괜한 산들바람이 부는 듯했다.

"근데 너 정말 나 싫은 거 아냐?"

"넌 왜 그렇게 극단적으로 생각하냐."

"그럼 나 치킨 먹고 가도 돼?"

결국 먹는 것에 대한 집념으로 끝맺은 소미 때문에 승호는 탁 기운이 빠져 고개만 끄덕여 줬다.

"있지, 너 가슴에서 이상한 냄새 난다."

승호는 분명 아침에 샤워하고 나갔는데 뭔 냄새가 나나 싶어 와이셔츠를 당겨 킁킁댔다. 별다른 냄새도 안 나는데 소미가 괜히 놀린 것 같아 승호는 머리 한 대를 쥐어박았다.

"무슨 냄새가 난다고 그래?"

"따뜻한 냄새."

"무, 무슨 냄새?"

"아빠가 있었으면 났을 것 같은 따뜻한 냄새. 얼굴이 확 달아오르게 하는 그런 따뜻한 냄새가 났어. 진짜야."

승호는 어이없어 소미 머리칼을 잔뜩 흩뜨려 놓았다. 승호가 좋아하는 영화가 시작되자마자 치킨이 배달 와 소미는 영화를 보는 둥 마는 둥하며 먹기에 여념이 없었다. 소미가 어찌나 맛있게 먹는지 군침이 돈 승호도 몇 점 거들 정도였다.

승호가 영화를 다 볼 때까지 소미는 먹고 또 먹으며 냉장고를 뒤지다 이젠 집 안을 정신없이 돌아다녔다. 그러면서 승호는 서랍장을 뒤지는 소미를 말리려 따라다니고, 그런 승호를 피해 다니는 소미는 날 잡아봐라 쌍팔 년도 놀이까지 즐겼다.

소미는 집으로 돌아와 이모에게 학교와 수업, 그리고 성적에 대한 잔소리를 한 시간 넘게 들으면서도 귓등에 닿지 않았다. 다만 즐겁던 시간이 자꾸 소미를 공중으로 붕 들어놓는 것 같았다. 붕 뜬 기분에 잠이 오지 않은 소미는 고육지책으로 영어책을 쫙 펼쳐 놓자 바로 잠이 들었다.

야간 자율학습이 없는 토요일, 소미는 도서관에 가려는 희순을 억지로 데리고 시내로 나갔다. 영화도 보고, 옷가게에 들러서 죄다 입어보고, 길거리를 돌아다니며 온갖 구경을 다 하고, 다리가 아플 때쯤 패스트푸드점에 들어갔다.

"희순아, 이제 다 풀렸어?"

"아니."

희순이 여전히 새치름한 표정으로 햄버거를 야금야금 먹자 소미는 얄미워 뺏어버리고 싶었다. 한동안 승호와 논다고 잔뜩 삐친 희순을 달래려 큰맘먹고 데리고 나왔는데 잘 풀리지 않았다.

"승호는 오늘 뭐 하길래 네가 나랑 놀아주는 거야?"

"너랑 놀고 싶어서 떼어놓고 왔다. 됐어?"

"거짓말. 너 만날 승호랑 놀고 나는 찬밥이었잖아. 나 무지 서운했어."

"뭘 찬밥이야? 승호도 야자를 안 하니까 끝나고 같이 집에 간 거지. 너 은근 승호 질투했구나?"

"질투 아니야! 서운한 거지!"

"어, 어. 서운한 거야. 그래, 내가 원체 인기인이니까 인정해."

소미는 그새 화색이 돈 얼굴로 희순을 놀리며 앞에 놓인 햄버거를 와작와작 씹어먹었다. 희순도 좀 풀렸는지 소미에게 감자튀김을 덜어주고 케첩을 짜놓으며 웃기 시작했다. 다가오는 기말고사 때문에 희순의 태산 같은 걱정에 소미는 그저 고개를 끄덕이며 먹는 데 집중했다. 어차피 소미는 별다른 고민이 없는 희희낙락 그림만 그리면 됐다.

"승호 어디가 좋아?"

희순의 갑작스러운 질문에 소미는 눈을 동그랗게 뜨고 어리둥절했다.

"승호 어디가 좋냐고. 만날 그렇게 붙어 다니는데 이유가 있을 거 아냐?"

"아, 그냥 좋아. 꼭 친구를 사귀는데 어디가 좋고 그런 게 어디 있어."

"그런 말이 어디 있냐? 난 걘 좀 어두워서 다가가기 별로던데."

"조금 그렇지. 마음이 아프니까. 그래도 나 보고 잘 웃는 게 좋아. 내가 무슨 말만 하면 피식거리는데 그게 은근 좋더라고. 승호한테는 우리 엄마도 보이고 아빠도 보인다. 신기하지?"

"뭔 뜬구름 잡는 소리야?"

"나한테만 잘해줘서 좋다고. 승호 멋있잖아. 잘생겼지, 공부 잘하지, 부잣집 도련님이지. 근데 그 마음 아픈 게 걸려. 난 그 마음 아픈 게 너무도 잘 느껴져서 안쓰러워."

"무슨 소리인 건지. 하여간 열심히 승호랑만 놀겠다는 거야?"

"야! 내가 차희순을 어떻게 버리겠니. 안소미가 제대로 놀아줄게. 오늘도 이렇게 놀고 있잖아. 질투쟁이!"

소미는 처음으로 기말고사 대비 영어공부를 위해 늦은 밤까지 책상에 앉아 있었다. 하지만 식구들 누구도 감히 소미가 공부하느라 불 켜놓은 거라고 생각지 않고 그저 어둠이 싫어 그리 잔다고 여겼다. 소미는 혹시라도 누군가 이 놀랄 만한 광경을 봐주지 않을까 싶어 자정이 넘은 시각 슬그머니 방문을 열고 나왔다. 캄캄한 거실에 발을 디딘 소미는 불빛이 새어나오는 주방으로 향했다. 난생처음 공부하며 이 시각까지 깨 있다는 걸 알리고 싶은 소미는 살금살금 걸어가다가 이모 목소리에 벽에 착 달라붙었다.

"언니, 소미한테 진정 원하는 게 뭐야?"

소미 이모는 맥주 한 캔을 앞에 놓고 말 없는 언니를 닦달했다. 소미 이모는 중학생 때 언니가 큰 아픔을 겪은 후 소미를 낳는 걸 옆에서 지켜보았다. 가슴을 찢는 듯한 통곡이 끊이지 않던 날 속에서 소미 이모는 소미를 품에 안아 지켰다. 언니가 정신을 놓을 때마다 소미를 어르고 달래 키웠기에 소미 이모는 더 기대하고 싶은 것이 많았다. 제아무리 내리사랑이라지만 되돌아오는 기대 없이 마냥 퍼주는 사랑은 없었다.

"언니! 정말 왜 그래? 내 말은 소미한테 조금만 신경 쓰면 충분히 할 수 있는 머리를 가졌다는 거야. 그러니 언니가 나서라는 건데, 왜 그래? 왜 언니 자식을 저렇게 덜떨어지고 멍청하게 만들려는 거야."

소미는 처음 듣는 신랄한 말에 숨이 턱 막혔다. 특출나진 않아도 평범하다고 자체평가를 내린 게 착각이었는지 소미 가슴엔 검은빛이 번져 나갔다. 언제나 소미가 최고라고 치켜세우던 이모, 소미가 제일 예쁘다던 할머니 할아버지, 소미만 있으면 된다던 엄마도, 다 거짓말이었던 거 같았다. 소미는 머리를 제대로 뭉툭한 것에 맞은 듯 싸하게 어지러워져 왔다.

"네 형부 그리 일찍 간 거, 너무 잘나서였던 거 같아. 아주 특출나고 빛이 나서 그 재주를 하늘도 탐낸 거야. 근데 너도 보이지? 소미가 클수록 네 형부 닮아가는 거……. 그게 난 두렵다. 내 욕심일지 몰라도 네 말대로 덜떨어지더라도 내 옆에서 그냥 살아만 있었으면 해. 소미가 뭘 하면 할수록 불안해지는 내 마음 대신 그저 내 옆에서 지금처럼 무난히 살아가도록 난 특별하게 굴고 싶지 않아. 소미는 그저 네 형부나 나와 다른 그린 무난한 삶을 내 옆에서 살게 하고 싶어."

"언니, 무슨 말이 그래. 소미는 소미가 살아가야 할 인생이 있어. 형부 대신이 아니고, 언니 대신도 아냐. 쟤는 쟤 인생의 최고를 누려야 한다고. 제발 그때에서 벗어나. 소미는 다르게 살 거야. 언니나 형부의 운명을 그렇게 쉽게 따를 아이가 아냐."

소미는 소리라도 날까 숨도 쉬지 않은 채 이모의 높은 언성과 엄마의 눈물을 뒤로하고 방으로 돌아왔다. 그리고 문득 소미는 아무것도 아닌 그저 숨 쉬는 것에 불과하다는 생각이 들었다. 아무것도 하지 않고 숨만 쉬는 소미를 엄마는 원한다는 걸 처음 알았다. 소미는 존재하지 않아 그리움만 쌓이게 한 아빠가 원망스러웠다. 엄마도 그토록 원하는 아빠한테 가버리라고 소미는 소리치고 싶었다. 하지만 대신 연습장에 볼펜으로 박박 선을 그으며 실망감을 감추었다.

소미는 그 존재에 대한 절망감에 밤새 뜬눈으로 지새웠다. 그리고 마음속 한편에 꿈틀꿈틀 반대를 향해 가고 싶은 충동이 일어났다. 보지도, 알지도 못한 아빠를 닮아간다는 게 어떨지 소미는 가늠해 보았다. 그리고 엄마가 말하던 그 운명이 미워서라도 앞으로 확실히 보여줘야겠다고 마음먹었다.

2. 간질이던 날들

며칠째 퉁퉁 부은 얼굴로 한 번을 웃지 않는 소미가 거슬린 승호는 기말고사 시험을 제대로 치르지 못했다. 눈살 찌푸릴 만큼 강한 해가 내리쬐는 창밖을 보는 소미가 시험을 보는 둥 마는 둥 하며 내쉬는 한숨이 아릿하게 느껴졌다. 승호는 왠지 자신이 예전에 느꼈던 절망과 비슷한 것이 소미 곁을 감싸는 듯했다. 눈이 슬프고, 입가가 슬프고, 몸이 슬프고, 마음마저 슬퍼지는 그런 연타의 슬픔에 소미가 빠진 듯했다. 승호는 당연히 시험 때문일 거라며 가볍게 여겼지만 지난 성적을 보면 소미와 어울리지 않는 우울함이었다. 무엇이 이토록 소미를 단숨에 푹 가라앉게 했는지 승호는 알 수가 없어 더 답답했다.

길고 긴 듯한 시험 시간이 끝나자 소미는 가방을 챙겨 종례도 하지 않고 일어났다. 다른 때 같으면 먹을 걸 사달라고 승호 팔을 붙들고 늘어질 만한데 이번엔 아예 없는 사람 취급하듯 그냥 스쳐 갔다. 괜히 허전해져 되레 승호가 불러 세웠지만 소미는 대답도 하지 않고 교실을 나갔다.

"야! 어디 가는 거야!"

승호가 언성을 높이며 소미를 쫓아가자 애들이 제각기 놀란 표정을 지었다. 승호가 드디어 모두가 들을 수 있도록 큰 소리를 냈다는 것과 승호코알라 같던 소미가 그를 쳐다도 안 봤다는 두 가지가 애들을 수군거리게 만들었다.

"안소미, 너 거기 서!"

바닥만 내려다보고 가는 소미를 쫓던 승호는 교문 가까이 가서야 겨우 가방을 낚아챘다. 옆으로 멘 작은 가방이 뒤로 확 끌려가자 소미는 휘청거렸다. 승호는 소미 팔을 잡아 제대로 세워놓고 언제나 그렇듯 마음에 안 든다는 인상을 팍 썼다.

"왜?"

소미가 짜증 내며 묻자 승호는 막상 잡기는 했는데 뭐라 말할지 몰랐다.

"너 시험 못 봤냐?"

"내가 언제는 잘 봤냐?"

소미가 심드렁하게 말했다. 승호는 이런 소미의 모습이 처음이기에 당황스러워 어찌할 바를 몰랐다. 뭐가 소미를 이렇게 잔뜩 심통나게 했는지 승호는 무지 궁금해졌다.

"떡볶이 사줄까? 튀김도 사줄게. 가자."

"나 술 사줘."

소미를 끌고 가던 승호는 잘못 들었나 하고 발걸음을 멈췄다. 뭐에 제대로 뒤틀렸는지 제법 모범생인 척하던 소미가 술까지 다 찾으니 승호는 더 심란해졌다.

"다른 거."

"먹고 싶은 거 없어."

"사람이 죽을 때가 되면 변한다더니 네가 먹고 싶은 게 없을 때도 있나?"

소미는 바닥을 내려다본 채 한숨만 내쉬었다. 그런 소미의 어깨에 팔을 두른 승호는 먹고 싶은 걸 다 말하라며 어르고 있었다.

희순은 오늘따라 이상한 소미가 맘에 걸려 뒤쫓았다가 승호와 나란히 서 있는 모습에 멈춰 섰다. 그리고 승호가 또 자신의 자리를 대신하는 거 같아 짜증났다. 그래도 지금 당장 친구인 소미의 변화가 더 걱정인 희순은 천천히 발을 내디뎠다. 저토록이나 소미가 말없기는 처음이었다. 집안에 일이 생겼다면 소미 이모부터 티가 날 텐데 희순도 궁금해 죽을 지경이었다.

"소미야! 안소미."

소미는 뒤를 돌아 헉헉거리며 달려오는 희순을 보고 슬쩍 웃었다. 승호는 여태 죽어가듯 시름하던 소미가 희순을 보고 단번에 표정이 바뀌자 내심 서운했다.

"희순아, 노래방 가자. 승호가 쏜대. 그치?"

"정말, 승호가?"

"그렇대. 승호야, 가자."

승호는 얼떨결에 고개를 끄덕이며 소미에게 끌려갔다. 희순과 승호는 서로 떨떠름한 표정으로 반가운 기색이 없었다. 하도 소미가 기분이 안 좋아 승호는 오늘 한 번만 봐준다는 생각으로 마지못해 따라갔다.

"민승호, 시험 잘 봤어?"

희순은 너무 어색한 기분에 중간고사 전교 1등을 한 승호에게 말을 붙였다. 승호가 뻔히 잘 봤다고 말하자 어찌나 얄밉던지 희순은 입술을 쌜룩거렸다.

"소미, 넌 영어 삼십 점 넘을 거 같아?"

"아니. 보충수업 받지 뭐."

"진짜? 공부 좀 하지."

"내가 한다고 뭐 달라지니."

승호는 계속 삐뚤게 말하는 소미가 거슬렸다. 언제나 세상의 모든 빛과 소금은 소미요, 라며 귀여움까지 떨던 애였는데. 모른 척 집에나 갈까 하다가도 그 역시 맘이 편치 않을 것 같은 생각에 참았다. 사실 승호는 이 어중간한 마음이 더 신경질났다.

승호는 노래방 안에서 미친 듯 뛰노는 소미 때문에 어안이 벙벙했다. 희순은 익숙하다는 듯 탬버린을 치며 방방 뛰는 소미와 맞춰 뛰놀았다. 둘이 몸을 흔들며 잘 부르지도 못하는 노래를 귀 아프게 소리 질러가며 노는 바람에 승호는 이 자리에 앉아 있는 것 자체가 곤욕이었다.

먼저 지친 희순이 자리에 앉아 앞에 놓인 음료수를 한입 마시더니 승호에게 탬버린을 건네주었다.

"왜?"

"너도 쳐봐. 심심하지 않아? 너는 이런 데 별로 안 즐기지? 소미랑 다니다 보면 재밌지 않아? 소미가 원체 잘 놀잖아. 나도 소미한테 배웠거든. 너도 배워봐."

희순은 어색하게 웃으며 어려운 사람 대하듯 주저하며 말을 이었다. 승호는 그런 희순이 다른 애들과 달리 억지로 들러붙으려 하지 않아 별다른 감정이 없었다. 승호는 고개를 끄덕여 주며 희순이 건네준 음료수를 받았다. 그리고 때마침 반주가 끝나자 소미는 승호 손에 든 음료수를 손가락으로 가리켰다.

"아, 힘들다. 나도 줘."

소미는 헉헉거리며 희순이 주는 음료수를 단숨에 마셨다. 그러곤 다시금 시무룩한 얼굴로 양반다리를 했다. 극과 극을 오가는 소미를 보던 승호는 또 참다못해 입을 열었다.

"너 배고프냐?"

희순은, 걱정이 되면서도 왜 그러냐고 직접적으로 묻지 못하는 승호와 답답한 게 있으면서도 무엇이라 확실히 말하지 않는 소미가 순간 비슷해 보였다. 어쩌면 둘이 잘 어울리는 이유의 한 면이 보인 듯했다.

"아니."

"근데 표정이 왜 그래?"

"있지. 둘 다 내 말 잘 들어봐. 나 궁금한 게 있어."

승호와 희순은 소미의 결연한 표정에 가슴을 졸이며 무슨 말을 할지 기다렸다. 소미는 혹시 비웃음을 당할까 머뭇거렸으나 용기를 내 입을 열었다.

"나 전교 1등 하고 싶어. 어떻게 하면 전교 1등 할 수 있냐?"

승호는 하도 어이가 없어 헛웃음이 나오고, 희순 또한 소미의 눈길을 피했다. 반에서 1등도 아니고 전교 1등이라니, 이 얼토당토않은 말을 한 소미 때문에 노래방 안은 어색한 정적이 흘렀다.

희순이 아예 못 들은 척 노래방 책을 넘기며 노래를 고르자 승호가 마지못해 입을 열었다.

"너 전교 1등이 하고 싶기는 해?"

승호가 묻자 소미는 고개를 크게 끄덕이며 두 손까지 불끈 쥐어 보였다.

"당연히! 그러니 어떻게 하는지 가르쳐 줘."

희순은 잠자코 있다가 그 의중이 궁금해 소미에게 물었다.

"소미야, 왜 갑자기 전교 1등 하고 싶은 거야?"

"보여주고 싶어, 엄마한테. 나 바보처럼 그냥 그렇게 안 살 거라고. 나도 똑똑해지고 싶어졌어."

"뭔 소리야?"

소미가 엄마라면 뒤도 안 보고 달려가는 그 애정을 너무 잘 아는 희순은 의아했다. 지금 소미는 그 애정과 반대로 화가 나 있었다. 승호는 가만히 들으며 희순이 잘 달래 소미가 그 속을 털어놓기를 바랐다.

"나 엄마 없이 살려면 돈 많이 벌어야 하거든. 그러려면 똑똑해야 하잖아. 나 누구의 대용이 되고 싶은 생각 없어. 나도 나 나름

대로 잘나서 다르다는 걸 보여주고 싶어."

"그러니까 왜 엄마 없이 살아. 네가 엄마 없이 어찌 살아?"

"넌 몰라, 우리 엄마가 얼마나 못됐는지. 나를 얼마나 바보로 만들었는지."

승호는 더는 들을 게 없을 듯해 자리에서 일어났다. 철없는 반항심으로 인해 열을 내는 소미를 보니 승호는 온종일 걱정했던 것조차 아까웠다. 승호는 여태 그리 따뜻할 엄마라도 살아 있다면 좋겠단 생각도 않은 채 의무로 살았는데 소미의 말이 너무 철없게 들렸다. 승호는 가진 자가 무섭다는 말이 소미에게 들어맞는다고 생각했다.

"민승호, 너 어디 가? 야!"

승호가 대답도 않고 홀연히 나가자 소미도 나 몰라라 했다. 지금 당장 중요한 건 전교 1등을 하는 것이었다. 소미는 그토록 애절한 아빠와 다른 소미일 뿐이라는 걸 엄마에게 보여주고 싶었다. 치기라고 해도, 반항이라고 해도 소미는 결코 이런 식의 후진 취급을 받고 싶지 않았다.

"차희순, 네가 봐도 난 절대 전교 1등 못해?"

"공부부터 해봐. 열심히 하면 하지 왜 못해. 근데 나 여태 너네 엄마 되게 부러워했다. 우리 엄마는 직장 생활 한다고 나한테 잘 신경 안 쓰는 거 알지? 성적표 가져다주면 그때만 좋아서 막 챙겨주고 용돈을 줄 뿐인데, 너네 집 가면 항상 안아주고 뽀뽀해 주는 엄마가 있다는 게 너무 부러웠어. 뭔 일인지 몰라도 마음 풀어."

"됐어. 그냥 나 공부 잘하는 방법이나 알려줘."

"내가 알려준다고 되냐. 여름방학 때 과외 해봐. 나 가르쳐 주는 과외 선생님 소개해 줄까?"

"그래! 전교 2등을 가르치는 선생님이면 정말 잘 가르치겠지? 근데 승호가 노래방 비 내고 갔을까?"

희순은 금세 해결됐다는 듯 실실 웃는 소미 때문에 피식 웃음이 나왔다. 희순이 아는 소미는 어디 가지 않았다. 다만 소미를 승호와 나눈다는 생각이 들었다. 그리고 그것 또한 그리 많이 나쁘지 않을 것 같았다.

희순과 늦게 헤어진 소미는 집 가까이 당도했다가 발길을 돌렸다. 그렇게 사라진 승호가 마음에 걸렸고 왠지 희순과 많은 이야기를 나눴는데도 다 풀지 못한 답답한 기분이 들었다. 지금까지 잘 참았지만 이 답답한 마음을 혹시라도 엄마한테 퍼붓진 않을까 두려웠다. 그래도 누구보다 소미가 가장 사랑하는 엄마였다. 엄마가 그렇게 생각하는 그 마음조차 소미가 사랑해야 하지만 지금은 조금 힘들었다. 소미는 승호 아파트로 가려고 버스정류장으로 향했다.

승호는 늦은 밤 갑작스럽게 나타난 소미 때문에 놀랍고 당황스러웠다. 문 앞에서 씩 웃으며 손을 흔드는 소미를 내쫓기에는 승호 마음이 이미 약해져 버렸다. 그래도 양심에 빈손으로 오긴 뭐 했는지 소미가 떡볶이까지 사 오자 승호는 넓은 마음으로 받아주었다.

"너 노래방 비 내고 갔더라. 의리 짱! 이러니 내가 널 안 좋아할 수 있냐?"

소미가 조잘거리든 말든 승호는 사 온 떡볶이를 혼자 먹으며 소미 쪽은 쳐다도 안 봤다.

"야, 너 나랑 다니더니 입맛이 변했구나. 좋은 현상이야. 앞으로도 우리 이렇게 같이 떡볶이 나눠 먹자꾸나."

"누가 너랑 먹는대?"

"그럼 누구랑 먹을 건데?"

"왜 왔어?"

승호가 차갑게 쏘듯이 말하자 소미는 기가 죽었다. 웬만하면 버티겠는데 오늘은 정말 소미도 너무 기분이 안 좋아서 그런지 슬쩍 움찔거리기까지 했다.

"집에 가다가 네 생각 나서 왔다! 오늘 황당했지?"

"알면 됐어."

"나는 아빠 본 적이 없다. 내가 엄마 뱃속에 있을 때 돌아가셨대. 우리 아빠 되게 젊은 나이인데도 유명한 화가여서 외국에서 초청하는 그런 분이었대. 우리 엄마가 대학교 새내기 때 첫눈에 반했는데, 교통사고로 아빠가 돌아가셨다고 하더라. 우리 엄마는 결혼식도 못해보고 나는 우리 엄마 성을 따라 안 씨가 됐어."

소미는 희순한테도 하지 않은 말을 승호에게 술술 털어놓았다. 그냥 이해해 줄 것 같은 승호에게 다 토해내고 나면 좀 낫지 않을까 싶은 막연한 희망이었다.

"우리 엄마는 나 지우려고 했는데 내가 커서 차마 지우지 못했다. 우리 엄마 되게 불쌍한 사람이야. 그 후로 여전히 아빠만 생각하며 살거든."

소미가 털어놓은 이야기 속에 승호가 들어 있었다. 소미와 승호의 뿌리 속에 비슷한 사연을 가지고 있었다. 승호는 아직도 아버지를 사랑한다고 털어놓던 어머니가 떠올랐다.

한참의 정적 끝에 승호도 마음이 동해 입을 열었다.

"우리 어머니도 그랬어. 아버지만 사랑한다고, 내가 아버지를 많이 닮아서 좋다고. 끝내 아버지를 다시 만나지 못하고 돌아가셨지만 날 보는 걸로 만족해하셨으니 불쌍하지."

승호는 어릴 적 어머니가 집 앞에 와 서성이다 아버지 뒷모습만 보고 돌아서던 그 모습이 눈앞에 그려졌다. 그렇게 그 모습이라도 확인하고 싶은 마음에 와서는 괜한 해코지당하고 또 오고 쳇바퀴처럼 반복되었다. 그러면서도 아버지를 닮은 승호를 껴안고 한없이 울던 어머니가 또다시 심장을 깊이 찔러 찌르르 아파왔다.

"안소미, 넌 아버지 안 보고 싶니?"

"그냥, 막연한 그리움 정도. 보고 싶지 안 보고 싶겠니. 넌 친어머니 안 보고 싶어?"

체념한 듯 덤덤한 소미에게 자신을 발견한 승호의 아픈 가슴엔 소미가 콱 박혔다. 그렇게 아픈 심장에 들어온 소미가 승호를 갑자기 흔들어댔다. 소미에게 해주고 싶은 게 승호는 갑자기 너무나 많아졌다. 지금은 아니지만 나중에라도 승호는 꼭 해주고 싶은 것들이 떠올랐다.

"안소미, 술 줄까?"

소미는 잠시 고개를 갸웃거리더니 웃으며 고개를 끄덕였다. 그러고는 승호를 졸졸 따라 주방으로 왔다가 거실로 돌아왔다. 거실 바닥에 마주 앉아 승호가 능숙하게 와인 병을 따 잔에 따르는 걸 보던 소미는 긴장감에 손뼉을 쳤다.

"와, 우리 불량학생이다. 근데 너 자주 해본 솜씨다."

소미는 손에 든 와인 잔에 담긴 진한 붉은빛을 신기하게 바라보다 쭉 마셨다. 달달하면서도 쓰디쓴 게 탁 쏘는데도 소미는 할아버지가 마시던 대로 꿀꺽꿀꺽 들이켰다.

"야! 야, 무슨 와인을 그렇게 마셔."

승호는 무식하게 들이키는 소미 잔을 뺏었지만 이미 다 비어 있었다. 소미가 인상을 팍 쓰고 고개를 흔들며 캬 소리를 내뱉으니 승호는 기막혔다. 어린애 데리고 범죄를 저지르는 기분도 들고 색다르게 재밌었다.

"너도 내가 덜떨어지고 멍청해 보이냐?"

소미는 괜한 시비조로 승호한테 물었다. 당연히 승호는 아니라고 답했지만 소미는 믿을 수 없었다.

"있지. 내가 조금, 아주 조금 공부를 못하긴 해도 그리 못나지는 않았잖아. 그치?"

승호는 괜히 술을 먹인 게 아닌가 싶으면서도 소미가 비틀린 속을 다 토해내고 나면 조금은 시원해질 수 있으니 내버려 두었다. 소미가 몇 잔을 마시던 승호는 그저 달라면 주었다. 어쩌면 한번 막무가내로 취해 쓰러지고 나면 돌아오는 제정신, 소미도 그렇게 벗어나게 하고 싶은 마음이 들었다.

"우리 엄마가 나를 못난이로 옆에 두고 싶다는데 화가 막 나. 나는 그렇지 않거든. 나는 내가 좋거든. 내가 너무 사랑스러워. 나름 나도 착하고 애들한테 인기도 많고 그렇거든. 그치? 미술학원 선생님이 나보고 탁월한 감각이 좋다고 칭찬도 해줬어. 나는 내가 정말 자랑스러워."

승호는 저렇게 자신에게 당당할 수 있는 소미와 달랐다. 자란 환경이 달랐고 사랑을 주는 사람들 속에 산 소미와 승호는 스스로를 대하는 태도가 반대였다.

"난 내가 너무 싫다. 아무것도 할 수 없는 스무 살이라는 게 참 답답해. 내가 스스로 할 수 있는 것들이 없어. 모든 게 다 제약에 걸려 그저 무기력하게 따를 수밖에 없는 내가 참 싫다."

승호는 한탄 섞인 말을 내뱉고 버릇처럼 담뱃갑을 손에 들었다. 그러나 재빨리 낚아챈 소미는 승호를 매섭게 쏘아보았다.

"내가 그랬지! 담배 피우면 정말 나쁜 학생이라고. 안 돼! 나를 죽이고 가져가!"

소미는 독립투사마냥 담뱃갑을 뒤로 숨기고 두 팔 벌려 막았다. 승호의 나이로 치면 해도 될 나이지만 소미의 저 격렬한 반대에 뺏으려다 말았다. 게다가 누가 또 저런 말을 해주겠나 싶은 좋은 기분이 들어 그저 웃었다.

"알았어. 안 해."

"민승호, 이젠 나에게 사실을 말해봐. 넌 왜 학교 끊었어?"

"다쳤었어. 오토바이 사고로 병원에 좀 오래 있다 보니 그랬다."

"너 정말 불량학생이었네. 많이 다쳤었어? 어디 다쳤었는데?

봐봐."

소미는 앞에 놓인 술병과 안주를 옆으로 밀치고 승호에게 가까이 다가갔다. 강아지처럼 기어서 다가오는 소미를 보며 승호는 이유 없이 마른침을 삼켰다.

"보긴 어딜 봐."

"봐봐. 내가 호 해줄게. 내가 나름 치유능력이 있어."

소미는 바짝 다가가 승호 머리를 한 손으로 잡아당기고 다른 손으로 머리칼을 막 헤집었다. 승호는 그런 소미를 떼어내고 뒤로 물러났다.

"뭐야!"

"아니, 평상시 너를 보면 머리를 다쳤을 거란 확신이 들었거든. 근데 아무런 흔적이 없네."

승호는 손가락으로 가슴과 오른쪽 다리를 번갈아 가리켰다. 소미는 그제야 알아듣고 고개를 끄덕이며 또 가까이 다가갔다.

"애고, 많이 아팠겠네."

소미는 승호의 가슴팍에 손을 탁 얹었다. 그러자 얇은 티셔츠 너머로 굵게 도드라진 선이 손바닥에 느껴졌다. 승호는 동그래진 눈으로 쳐다보는 소미 머리칼을 잔뜩 흩뜨렸다. 누군가 상처를 이렇게 따뜻한 손으로 어루만져 준 적이 없었다. 처음으로 남의 손이 닿은 상처는 말끔히 녹아내린 기분이었다.

"수술 자국이다. 뭐 그리 놀라?"

"그러게 왜 불량학생이었어. 나처럼 착하게 학교에 다녀야지! 하여간 너도 그러고 보면 지금은 멋있어도 과거엔 무서웠을 거야."

"그런 거 없다."

"아냐, 내가 느꼈어. 앞으로는 착하게 실아!"

소미는 가슴팍에서 아래로 이어지는 흉터를 살살 만지며 승호를 훈계하듯 혼냈다. 그러고는 너무나 순진하게 점점 그 흉터를 따라 아랫도리 근처까지 내려가면서 조잘거렸다.

"수술 흉터가 너무 크다. 오토바이가 얼마나 위험한데. 다시는 타지 마. 절대!"

소미 손이 자꾸 밑으로 내려가다 버클에 걸리자 승호는 흠칫 놀라 뒤로 물러났다. 그러나 승호가 뒤로 물러날수록 소미는 더 가까이 다가갔다.

아픈 사람들은 어디든 아픈 자국이 있다더니 승호도 많이 아픈 것 같아 소미는 마음이 아팠다. 그래서 엄마가 그랬듯 승호를 쓰다듬어 주고 싶었다.

"너 속이 되게 많이 아프지? 속앓이 하다 보면 우리 엄마처럼 된다. 아파서 아무것도 못하고 아파서 매일매일 울고. 그러면 너만 손해야. 그러니 아프지 마. 우리 엄마처럼 아프지 마. 알았지?"

승호는 가슴이 뭉클하고 뜨거웠다. 소미의 손이 닿은 가슴이 들썩거릴 뿐만 아니라 그 닿은 부분에서부터 점점 넓게 따뜻한 바람이 퍼져 나갔다. 찬바람이 불어 시리기만 하던 가슴인데 소미의 손이 닿자 따뜻한 바람으로 변해 뜨거워졌다. 승호는 너무 어색해 소미 손을 탁 쳐내고 벌떡 일어났다.

"집에 가자. 데려다 줄게."

"왜? 나 아직 할 이야기 많은데. 내가 희순이랑 친구 된 이야기도 해줄게. 진짜 재밌어."

"늦었어. 가자."

소미는 가방을 챙겨 승호가 내미는 손을 잡고 일어났다. 그리고 승호의 손에 든 차 열쇠를 보았다.

"어머, 너 운전할 줄 알아? 오~ 신기하다. 넌 못하는 게 뭐야?"

"없어."

소미는 잘난 척하는 승호의 뒤통수에 대고 혀를 쭉 내밀었다. 얄밉게 입바른 말을 하지 않는 승호지만 소미는 왠지 이 꼭 맞잡은 손이 좋았다. 그리고 마음이 간질간질거리는 게 자꾸 웃음이 났다.

늦은 밤 모두 소미 때문에 자지 못하고 불안해하던 식구들은 소미와 승호가 같이 들어오자 깜짝 놀랐다. 승호는 현관에서 담임과 소미를 번갈아 보면서 흠칫 놀란 표정을 감추지 못했다.

"승호, 내가 소미 이모인 줄 몰랐지?"

"네."

"비밀이야. 알지?"

"네. 밤늦게 죄송합니다."

식구들은 죄송하다는 말 한 마디만 하고 바람같이 사라진 승호 때문에 두 번 놀랐다.

"나 이제 전교 1등 할 거야! 할아버지, 할머니, 엄마, 그리고 이모. 모두 이제부터 적극 협조해 줘."

소미가 선언을 하듯 비정하게 말하고 돌아서자 식구들은 폭탄 맞은 듯 멍하게 서로 쳐다보았다. 그리고 설마하고 비웃던 이모는 식구들한테 한소리 들으며 승호가 누군지 온갖 질문에 시달렸다.

　승호는 갑작스러운 본가의 연락을 받고 오랜만에 한남동을 찾았다. 거의 일 년이 넘도록 발길을 하지 않은 집이지만 겉모습만은 변함없이 매몰차게 짓누르던 그 분위기 그대로였다. 승호는 반갑게 맞아주는 사람 하나 없는 집 안에 들어가 곧바로 아버지 서재로 향했다.

　민 회장은 두 번의 짧은 노크 소리 후 들어온 훤칠한 승호를 보았다. 남자애들은 금세 큰다지만 승호 키가 이제 민 회장을 훌쩍 넘어섰다. 승호는 흔한 안부 인사조차 하지 않고 소파에 앉아 굳게 입을 다물었다. 겉모습만은 누가 보아도 부자라고 한눈에 알 수 있을 정도로 많이 닮았다. 그리고 그 속에 품은 성정도 너무 닮아 부딪치면 튕겨 나갈 정도였다.

　희끗희끗 흰 머리가 보이는 민 회장은 그런 차디찬 승호를 보며 한숨을 쉬었다. 어디다 내놓아도 흠 잡을 곳 없는 아들인 승호에게 민 회장은 죄가 큰 사람이라 살갑게 대할 수 없었다. 그저 아내가 어련히 알아서 잘 키우겠지 했던 게 화근일지도 모른다고 한참 지난 지금에야 민 회장은 후회가 들었다. 한참 큰 후에 떼어낼 걸 어릴 때부터 남의 손에서 달갑지 않은 아이로 컸으니 저리 된 것도 인과응보라고 생각했다.

　"다친 몸은 괜찮으냐?"

　민 회장이 승호를 마지막으로 본 것이 마지막 수술하고 병실에 누워 있을 때였다. 민 회장이 물어볼 만도 했지만 승호는 때늦은 관심이 부담스러웠다.

"네, 덕분에 괜찮습니다."

"말버릇 하고는. 쯧쯧."

민 회장은 혀를 차며 눈도 마주치지 않는 승호를 보고 있자니 복장이 터졌다.

"여름방학이 곧 시작한다던데 뭐 할 예정이냐?"

"방학을 해도 의무적으로 보충수업을 받아야 해서 학교에 갑니다."

"네 엄마가 그러는데 성적이 아주 좋다더구나. 졸업까지 얼마 더 남았느냐?"

승호는 학년조차 모른 채 성적을 운운하는 민 회장 때문에 불덩이를 삼킨 듯 속이 화끈거렸다.

"일 년 반 남았습니다."

승호는 대답을 하고 나서도 왜 아침부터 이 자리에 불려와 앉아 있는지 마뜩찮았다. 보통 할 말이 있으면 큰어머니를 통해 전하던 분이 뭔 일인지 어서 본론으로 들어가 끝내주길 바랐다. 승호를 짓누르는 이 답답한 집에서 한시 빨리 벗어나고 싶었다. 더 앉아 있다가는 민 회장을 향해 타고 있는 불덩이가 번져 승호를 태울 것 같았다.

"네 어머니가 학교를 몇 번 찾아갔는데 예전과 달리 잘 적응하고 있다더구나. 웬일이냐?"

"이젠 제대로 다니는 것도 마음에 안 드십니까?"

"설마 그러겠느냐. 단지 네가 왜 돌아갔는지 궁금해서 그런다."

"훗날을 위해서 어쩔 수 없으니까요. 제게 언제 선택권이 있었습니까?"

"아직도 난 네가 고등학교를 한국에서 마치긴 바라지만 네가 원한다면 검정고시를 봐라. 아직도 미국으로 그리 가고 싶다면 더는 말리지 않겠다."

승호가 그토록 보내달라고 사정할 땐 쳐다도 안 보던 민 회장은 이제야 배고픈 짐승에게 먹이주듯 툭 던졌다. 처음부터 승호 뜻대로 되는 건 이 집에서 아예 없었지만 짜증이 솟구쳤다. 그래도 지금껏 버틴 건 이 땅을 벗어나 이 집 식구들과 다시는 마주하고 싶지 않은 투쟁이라고 여겼다. 하지만 승호가 마음을 바꾼 이 순간 왜 다시 건드리는지 선뜻 대답하지 못했다.

"왜 대답이 없어?"

"생각해 보겠습니다."

"미국에 가는 대신 한 가지 약속해라."

승호는 역시나 민 회장이 그리 쉽게 던져 주지 않을 거라 여겼다. 무엇 하나 쉽게 내주지 않으면서 뭘 또 얻어내려 하는지 승호는 품었던 기대감마저 버렸다.

"돌아와야 한다. 반드시 돌아와 회사로 들어오겠다고 약속하면 보내주마."

승호는 순간 그 욕심에 할 말을 잃었다. 그 귀중한 핏줄인 형이 있는데도 자꾸만 왜 이런 분란을 일으키는 역할을 시키는지 승호는 이를 악물었다.

"전…… 떠나는 순간 이곳을 잊어버릴 겁니다. 그리고 다시는 돌아오지 않습니다."

승호는 속내를 감추는 법을 너무나 쉽게 알고 있었다. 아니, 감추는 척 그 이면에 품고 있는 악을 보이지 않으려 했다.

"돌아와야 한다. 그게 내가 너를 보내주는 이유다. 네 친모를 잊었느냐? 뭘 원했는지 다 잊었으면 돌아오지 않아도 된다. 그렇게 간 네 어미가 원하던 것들을 다 버릴 자신이 있다면 돌아오지 않아도 된다. 하지만 난 그걸 네게 다 줄 거다. 그래도 돌아오지 않을 거냐?"

"이곳에 더 이상 미련이……."

승호는 갑자기 하던 말을 끝맺지 못했다. 친어머니가 남긴 미련이 아니라 순간 소미가 떠올라 당황한 승호는 입을 굳게 다물었다. 어쩌면 그 과거가 아니라 현재에 미련이 생겼는지도 몰랐다. 전교 1등을 외치며 조잘거리는 소미가, 아픈 가슴을 어루만져 주는 소미가, 살갗을 간질거리게 안겨드는 소미가, 승호를 머뭇거리게 했다.

"미련이 없다는 말, 네 친모를 생각한다면 그딴 소리가 안 나오겠지. 난 잊어도 넌 잊으면 안 되는 여자다. 더 생각해 본 후 다시 들러라."

승호는 벌떡 일어나 민 회장에게 등을 돌리고 들어올 때와 마찬가지로 인사도 없이 방을 나왔다. 방문 앞에서 서성거리던 큰어머니와 마주친 승호는 고개 숙여 인사하고 성큼성큼 현관으로 향했다.

"승호야."

승호는 신발을 신은 채 아직 닫지 않은 현관 틈으로 돌아봤다. 큰어머니의 뻔한 표정이 무엇을 석성하는지 승호는 알고 있었다. 그리고 그 걱정에 승호는 알아서 엎드렸다.

"아버지가 재산을 물려주신다는 말씀은 안 하셨습니다. 제가 욕심이 있나 떠보시는 것 같으니 걱정하지 마세요. 그만 가보겠습니다."

승호는 확 터질 듯한 속을 꾹꾹 눌러 겨우 참으며 집으로 돌아왔다. 그리고 오토바이 키를 손에 들고 주차장으로 내려갔다. 시동을 켜려고 키를 꽂는 순간 다시는 타지 말라던 소미 때문에 도로 키를 뺐다.

"젠장!"

키를 바닥에 팽개쳐 버린 승호는 모든 게 다 짜증이 나 미쳐 버릴 정도였다. 어느 하나 마음대로 되는 것 없이 그저 갇혀 사는 자신이 너무나 싫었다. 이곳만 아니라면 어디로든 가고 싶었다. 그러나 승호는 갈 곳도 없었다.

여름방학 첫날 시작된 보충수업, 소미는 굳은 결심으로 교과서를 잔뜩 책상에 쌓아두었다. 궁극의 목표, 전교 1등! 다들 비웃지만 소미는 기필코 해낼 거라고 다짐하고 또 다짐하면서 영어 교과서를 펴놓고 영어 단어 하나에 사전 한 번 찾고 또 찾는 지루한 반복을 하고 있었다.

"승호야, 이 영어 교과서 만든 사람, 여기 부분 만들 때 졸았나 봐. 아씨, 짜증나."

승호는 또 뜬금없는 소미 때문에 귀에 꽂았던 이어폰을 빼고 소미의 영어책을 가져다 봤다. 단어 하나하나 뜻을 다 적어놓고 뭐가 문제인지. 승호는 영 감을 잡지 못했다.

"뭐가?"

"여기 봐봐. 내가 뜻을 다 찾았는데도 해석이 안 되잖아!"

승호는 이런 실력으로 전교 1등을 외치는 소미가 안쓰러워 단어 뜻만 가져다 놓는다고 해석이 되는 게 아니라 문법에 맞게 해석해야 한다고 예시를 들어 자세히 설명해 주었다. 하지만 소미는 자꾸 헤맸다. 워낙 기초가 없으니 설명을 해도 이해를 못하는 소미 때문에 무한반복하던 승호는 결국 볼펜을 탁 내려놓았다.

"너, 진짜. 휴, 지금까지 뭔 공부를 한 거냐?"

소미는 한참 설명해 주던 승호가 끝내는 한심하단 듯 쳐다보니 괜히 서러웠다. 처음부터 잘하는 사람이 어디 있다고, 승호가 은근 인내심 없다고 여겼다.

"나도 나름 그동안 공부를 즐겼어. 다만 내 뇌에 누가 다림질했는지 주름이 약간 적어서 이해력이 달릴 뿐이야."

"또 무슨 이상한 소리야. 뇌의 주름이랑 이해력이랑 무슨 상관이야?"

"민승호, 너 은근 무식하다. 뇌에 주름이 많으면 똑똑하다는 말도 못 들어봤냐? 상식을 키워, 상식은 피와 살이 되는 귀한 것이야."

승호는 가끔 이런 소리를 해대는 소미를 왜 상대하는지 스스로 어이가 없었다. 그럼에도 이런 소미가 옆에 붙어 있어야 웃으니 것도 참 승호에게 생소하면서 소중했다. 승호는 집에 혼자 고요 속에 앉아 있으면 소미의 까불거림을 애타게 찾았다. 왜 그리 찾는지 생각하던 승호는 소미에게 향하는 감정이 단순한 우정만은 아니라고 느꼈다.

"안소미, 왜 그리 열심히 공부하는 건데? 단지 반항심이야?"

승호는 원래 극과 극을 달리던 소미지만 하룻밤 사이에 이렇게 변해 열심히 공부할 수 있다는 게 볼 때마다 놀라웠다. 하루 이틀 하다 관두겠지 싶던 승호는 그동안 어디 숨어 있던 집중력이 튀어나왔는지 소미가 벌이는 교과서와의 전쟁이 신기하기만 했다. 그 기세로만 보면 소미는 전교 1등은 따놓은 거지만 효율성이 현저히 떨어져 인내심 최강 희순마저 나가떨어졌다.

"아니, 더 나은 행복을 위해서. 다같이 행복해질 수 있도록. 누군가는 행복해지기 위해 노력해야 할 거 아냐. 나, 안소미가 거룩하게 희생하기로 했어."

소미는 엄마가 느끼는 그 불안감을 해소시켜 주고 싶었다. 모든 식구들이 그리 걱정하는 자신이 잘해낼 수 있다고 증명할 길은 지금 당장 성적뿐이었다. 하늘에서 지켜볼 아빠에게 똑 닮은 소미가 열심히 살아간다는 모습을 보여주고 싶었다. 그렇게 단순하게 소미는 마음을 정리했다. 어차피 엄마는 엄마이고 소미는 여전히 엄마의 딸이었다. 누가 뭐래도 엄마를 살아가게 하는 절실한 존재라는 걸 소미는 알게 된 것뿐이었다. 더 깊이 생각하고 파고들어 우울하게 만들고 싶지 않았다. 그렇다고 변할 건 아무것도 없으니 그냥 가야 할 길을 찾고 싶을 뿐이었다.

"그래, 대단하다. 근데 그렇게 공부해서 언제 전교 1등 할래?"

승호는 흥분해 핏대 세우는 소미 대답을 듣지 않고 이어폰을 다시 꼈다. 그러나 승호의 귀엔 소미의 투덜거림만 얼핏 들릴 뿐 무음이었다. 활짝 열려 있으나 그것이 못내 부끄러워 차마 표현하지 못하는 승호의 마음이었다.

승호와 소미가 같이한 첫 여름은 유난히 더 더웠다. 교실엔 선풍기가 돌아가지만 수십 명이 내뿜는 뜨거운 숨이 엉켜 불쾌하게 만들고, 한여름의 햇볕은 다 태워 버릴 듯 뜨거웠다. 그러나 전교 1등을 향한 소미의 의지는 결코 더위 따위에 꺾이지 않았다. 소미는 그토록 열심히 발도장을 찍던 미술학원도 잠시 미뤄둔 채 과외에 전념했다. 과외선생은 그동안 가르치던 학생들과 차이가 큰 소미 때문에 지쳐 그만두려 할 때마다 향상되는 실력에 포기하지 않고 버텼다. 그리고 이토록 의욕이 넘쳐 잡아먹을 듯한 소미를 가르치는 것도 과외선생에게는 보람된 일이었다.

그런 소미의 향상 이면엔 온종일 질문 세례를 받으며 한없이 괴로워하는 승호가 있었다. 모르는 것은 왜 그리도 많고, 알고 싶은 것은 또 왜 그리 많은지 승호는 소미를 상대하다 보면 하루가 너무 빨리 흐르는 듯했다. 더구나 소미는 과외가 끝나면 쪼르륵 승호네 집에 찾아가 같이 공부하자며 늦은 밤까지 딱 달라붙어 있었다. 조용하기만 하던 승호 집은 어느새 시끌벅적해졌고, 방은 치워도 끝이 없을 정도로 너저분해졌다. 그러나 그 번잡스러움마저 승호는 아주 기쁘게 받아들였다. 승호는 마음을 비비적거리는 소미가 매일 같은 곳에서 이렇게 함께한다면 참 포근할 것 같단 생각이 늘었다. 그렇게 여름은 마냥 즐겁게만 흘러갔고, 그 평온함은 승호에게는 더없이 큰 행운이었다.

새로 시작된 2학기, 소미는 수업을 들으면서 얼추 이해가 되는 자신이 너무 대견해 하늘을 찌를 듯 기세등등했다. 그리고 당장 중간고사라도 치러야 할 듯 두려울 게 없이 굴었다. 희순은 그럴 만하다고 소미를 치켜세우며 단기간에 이뤄낸 향상에 놀라워했다. 그런 희순의 호들갑스러운 반응에 승호는 어깻짓 한 번으로 별다른 일이 아니라는 듯 둘의 자아도취에 합류하지 않았다.

"민승호, 이리도 놀라운 실력을 보이는 나한테 뭔가 해줘야 한다는 마음이 솟구치지 않냐?"

소미는 희순이 자리로 돌아가자 승호 팔을 잡고 헤헤거리며 늘어졌다. 승호는 지금까지 저 웃음에 속아 뻥 뜯기고 있는 게 아닐까 의심이 들었다. 소미가 하는 말이 좋긴 한데 결과적으로 승호가 손해 보고 있는 것 같았다. 아니, 또 깊숙이 따지면 손해라기보다는 의견이 묵살되고 모든 게 소미 뜻에 맡겨야 할 뿐이었다. 그 덕에 소미는 자연스럽게 무엇이든 승호에게 주저하지 않았다.

"안소미, 양심이란 게 있다면 너 때문에 힘들어하는 나한테 뭔가 해줘야 하지 않냐?"

"어머, 민승호! 내 덕분에 다시금 공부의 기초를 얼마나 훌륭하게 다졌냐?"

"내 시간만 잡아먹었다."

"만약 네가 정말 그리 생각해서, 하늘이 무섭지 않으면 물구나무 서서 만세삼창 해봐. 그럼 믿어볼게."

"너랑 무슨 말을 하냐!"

승호는 어처구니없지만 이젠 이런 소미에게 익숙해져 버렸다. 하루를, 일주일을, 한 달을, 그리고 몇 달을 날마다 같이 보낸다는 건 그저 시간의 의미만은 아니었다. 같이하면 할수록, 보면 볼수록, 어떤 형태로든 마음을 나눌 수밖에 없었다.

"당장 떡볶이 사! 난 가끔 생각하는데, 누군가가 나한테 평생 떡볶이를 사준다고 하면 영혼도 팔 수 있을 것 같아."

"왜 그렇게 먹는 게 좋아?"

"그냥, 배부른 게 좋아."

"그럼 나한테 네 영혼 팔아. 평생 사줄게."

소미는 순간 벌렸던 입을 꾹 다물고 눈을 깜박거렸다. 승호가 툭 뱉은 말에 소미는 마라톤 뛰고 난 선수의 심장박동 같아졌다. 평생이란 말에 소미는 두근거리고 들뜬 기분이 들면서도 덤덤한 승호의 농담에 괜한 반응을 하는 것 같아 실없어졌다.

"나랑 친구 하는 게 그렇게 좋아? 그렇다면 너그럽게 안소미의 평생 친구 할 수 있는 성은을 베풀게."

"그냥 해본 말이야."

눈치라고는 국을 끓여 먹으려도 찾을 수 없는 소미 때문에 승호는 수줍던 마음이 싸늘해졌다. 마음의 움직임대로 어렵게 기회를 엿보다 꺼낸 말이 허공에 의미도 없이 사라진 것 같았다. 그 말에 담았던 마음마저 소미의 마음엔 어떤 자리도 차지하지 못한 듯 승호는 존재의 가벼움에 맘이 쓰라렸다.

"승호야, 널 보면 가끔은 속이 꽉 친 오래된 나무 같다가도 또 가끔은 심한 바람에 어디로 흔들릴지 모르는 갈대 같아. 도통 너란 애는 어떤 애인지 잘 모르겠어."

소미는 갑작스레 얼음으로 둘러싸인 승호의 표정에 혼란스러웠다. 가끔 진짜 승호를 알고 있다고 믿지만 언제나 승호는 달랐다. 별말 아니게 툭 던져 놓고 혼자 삐치고 때론 혼자 웃고 특히나 한결같은 무표정은 같이하기에 너무 까다로웠다. 그러나 언제나 승호에게 뻗어져 나오는 그 안락한 느낌만은 소미가 놓을 수 없게 만들었다.

"민승호, 삐쳤어?"

승호는 소미가 뭐라 하던 교과서에 금이라도 붙여놓은 듯 고개 한 번 들지 않았다. 소미는 계속 승호를 툭툭 치지만 별 반응이 없자 지쳐 그만두었다. 그리고 한참 침묵을 지키던 승호는 몸을 확 틀어 발끈하게 만든 소미 얼굴을 두 손으로 붙들었다. 승호는 결연한 의지라도 보여주는 듯 두 눈에 힘을 팍 주고 소미에게 말했다.

"평생 먹을 것만 사줄 거야. 다른 건 아무것도 안 해주고 먹을 것만!"

"어, 어. 그래라."

승호의 두 손에 꽉 잡힌 소미는 얼떨결에 고개만 끄덕였다. 승호는 왜 이리 유치해지는지 소미에게 떨어져 갖은 인상을 쓰며 연습장에 볼펜으로 벅벅 화를 풀어 찢겨 나가게 만들었다. 그런 승호를 보던 소미는 혹시 조금 전에 승호가 한 말이 꽤나 의미가 있는 게 아닐까 싶은 느낌이 들었다. 결국 마음이 마음에게 진심을 보내는데 그 받는 마음이 전혀 모를 리 없었다.

중간고사, 기말고사, 그리고 겨울 보충수업까지 소미는 전교 1등을 향한 의지를 꺾지 않고 점점 성적을 높여갔다. 그토록 소원하던 전교 1등은 멀고도 먼 숫자였지만 식구들은 오른 성적에 놀라지 않을 수 없었다. 특히나 소미 이모는 그 변화를 가장 반가워하며 소미 용돈을 두 배로 인상해 줬다. 할아버지, 할머니도 소미가 성적표를 가져올 날만 기대하며 기다렸다. 하지만 소미 엄마는 성적표를 볼 때마다 대견하나 혹여라도 소미 아빠처럼 너무 튈까 봐 불안한 마음은 어쩔 수 없었다.

"나, 안소미 이제 고3! 하나님도 구제 못해준다는 지옥의 수험생이야."

소미는 거실에 모여 군고구마를 까먹는 식구들을 향해 선언하듯 외쳤다. 그러나 모두 또 시작했다는 반응이었다.

"할아버지, 할머니, 하나뿐인 손녀가 이제 고3이 된다고!"

"그래서?"

할머니의 심드렁한 대답에 소미는 손에 든 고구마를 높이 올려 성화를 든 모양새를 만들었다. 일장연설이라도 할 양으로 어깨에 힘을 잔뜩 주곤 헛기침까지 한 후 말을 시작했다.

"앞으로 내 용돈을 세 배 인상해 주고 야식을 철저히 챙겨주길 바라요. 특히 할아버지, 손녀가 이제 심한 스트레스에 시달릴 게

삔하니 금전적으로 안정을 찾을 수 있도록 배려해 주세요."

소미를 보는 식구들은 유세도 저런 유세가 없을 거라며 가당치도 않게 여겼다. 소미가 여러 가지 이유를 거론하면서 할아버지에게 용돈 인상을 강력하게 주장했지만 씨알도 먹히지 않았다.

"이모, 내가 얼마나 기적 같은 일을 이뤄냈는지 할아버지한테 설명 좀 해줘. 밑에서 기던 내가 비록 반에서지만 20등이라는 쾌거를 이룩했는데 어째서 우리 집은 잔치 분위기가 아냐? 적어도 흥분의 도가니는 되어야 할 거 아니에요?"

"현수막을 걸고 사물놀이패라도 집으로 부르랴?"

같잖다는 할머니 말에 삐친 소미는 먹던 고구마를 내려놓고 엄마 무릎을 베고 누웠다. 언제나 그렇듯 엄마의 따뜻한 손길이 마냥 그리운 소미였다. 항상 옆에 있는데 소미는 왜 이리도 성이 안차는지 엄마 품에서 벗어나지 못했다.

"엄마, 승호는 휴대전화 있다. 그 텔레비전 광고에서 아빠하고 말하는 아기 보고 좋아 죽는 거 있잖아. 교복 안주머니에 넣고 다니는데 무지 좋아. 나도 하나 있으면 정말 좋겠어."

"그래? 하나 사줄까?"

소미는 신이 나 누운 자리에서 벌떡 앉아 엄마 손을 꼭 잡았다. 그러나 방긋방긋 웃는 소미에게 소미 이모가 끝내 한마디 거들었다.

"뭐 하러 애한테 그런 거 사준다고 해. 사주지 마. 학교, 학원, 집밖에 모르는 애가 뭐가 필요해?"

"승호도 있다. 이모는 왜 그래? 남의 인생에 왜 허구한 날 태클

질이야!"

소미는 다 된 밥에 재를 뿌리는 이모가 미워 쏘아붙였다. 그런 소미 머리를 한 대 쥐어박는 이모는 철없다는 듯 혀를 찼다.

"네가 승호랑 같아? 요새 공부도 열심히 하던데 분수를 좀 알아라."

"이모는 시집이나 가! 할아버지, 내 말이 맞지?"

소미는 옆에 앉은 할아버지 품에 안겨 이모에게 혀를 내밀었다. 그런 손녀가 마냥 귀여운 할아버지는 소미 편을 들었다.

"그래, 미정이 너는 왜 시집 안 가니? 나이가 몇인데 언제까지 그렇게 혼자 있을 거야?"

"지금 그 말이 여기서 왜 나와요!"

팩 토라져 가버리는 소미 이모를 보면서 소미는 이번에도 이겼다는 생각에 콧노래가 나왔다. 학교라면 모를까, 집에서는 무조건 이모보다 소미가 위였다.

"참, 승호 저녁 먹으러 온다고 했는데. 엄마, 저녁 뭐 할 거야?"

"일찍도 말한다. 다 준비해 놨어."

"이모는 자기가 승호 불러놓고 엄마 다 시키네. 엄마, 나 청소할게."

소미는 멋쩍게 웃으며 간만에 지저분한 방을 청소하려고 청소 도구를 잔뜩 들고 방으로 들어갔다. 집안 식구들은 생전 치우라고 해도 귓등으로도 듣지 않던 소미가 나서서 청소하자 벌써 남자 친구가 생길 나이가 됐나 싶어 세월의 감회를 느꼈다.

그 반면 소미 엄마는 승호가 별로 탐탁지 않았다. 자꾸 소미가 변해가는 게 승호의 부추김이 있었을 것 같았다. 소미의 나아지는 모습이 엄마로서 좋긴 하지만 부모의 운명을 고스란히 따를까 걱정스러웠다. 언뜻 듣기로 승호도 굉장히 돈 많은 집 자식이라던데 혹시라도 자신과 같은 운명이 되면 어쩌나 소미 엄마는 헛된 망상까지 들었다. 차라리 새 학년엔 승호와 같은 반이 되지 않았으면 했는데 소미 이모가 나서서 미리 같은 반에 배정해 놓았으니 소미 엄마의 걱정은 줄지 않았다.

승호는 거실에 앉아 온 식구들의 눈총을 받으며 밥을 먹는 게 편치 않았다. 가뜩이나 담임선생이 소미 이모인 것도 불편한데 할아버지, 할머니마저 승호가 반찬 집는 젓가락질에 따라 고개를 움직이고 있으니 부담되었다. 본가의 식사를 제외하고 다른 사람들과 이렇게 한 상에서 밥을 먹는 게 승호에게는 생소한 일이었다.

"승호는 올해도 내가 담임이다. 당연히 좋지?"

승호는 거의 선생의 강요와 같은 표정에 고개를 끄덕였다. 소미는 실실 웃으며 승호 숟가락에 엄마표 초특급 맛난 김치를 얹어주며 신나했다. 다들 잘생긴 인물을 뜯어보느라 말이 없자 소미 이모가 승호를 상대했다.

"승호는 참 과묵하고 듬직해. 소미한테 지극정성으로 먹이고 가르치고 그 덕분에 소미가 많이 좋아진 것 같아."

"뭘 승호 덕분이야. 내가 다 잘한 탓이지! 승호야, 사실을 말해봐?"

"이모가 말하면 넌 조용히 빠져! 승호가 많이 도와줘서 네 성적이 그만큼 오른 거지 뭐. 승호야, 올해도 우리 소미 잘 부탁해. 이 이모가 책임지고 승호는 어려운 일에서 빼줄게. 이럴 때 또 친분이란 게 좋은 거 아니겠니?"

"별말씀을요. 소미 덕분에 제가 즐겁죠."

소미 이모의 칭찬에 머쓱한 승호는 자꾸 반찬을 놓아주는 소미 젓가락을 피했다. 소미 이모의 칭찬은 고마웠지만 알게 모르게 소미 엄마의 눈빛은 부담스러웠다. 가족들과의 식사 시간에 낀 자신을 달가워하지 않는 눈빛이었다.

"엄마, 승호가 엄마가 해준 밥이 너무 맛있나 봐. 진짜 잘 먹어."

"승호 반찬 올려주지 말고 네 밥부터 먹어."

소미는 오늘따라 유달리 승호에게 쌀쌀맞은 엄마의 태도가 싫었다. 할아버지, 할머니도 승호가 마음에 들었는지 소미 이모 앞에 있던 고기 반찬을 옮겨주며 더 먹으라고 채근했다.

승호는 어쩔 줄 몰라 주는 대로 다 먹다 보니 밥이 비었고 새로 담아온 밥마저 다 먹느라고 위가 터질 것 같았다. 그러나 잘 먹는다고 좋아하는 식구들이 숟가락마저 놓고 쳐다보니 승호는 거절할 수가 없었다.

"승우는 미국에서 잘 지내?"

"네. 대학원 다니고 있어요."

승호는 형 이름에 흠칫한 마음을 티 내지 않으려 했다. 소미 이모가 본가 식구들까지 알고 있다는 게 승호로 하여금 점점 더 이 자리를 불편하게 만들었다.

"승우가 누구야?"

소미가 얼굴 가득 궁금하다는 표정에 소미 이모는 고소한 듯 놀렸다.

"안소미, 그리 붙어다니면서 호구조사도 안 했냐?"

"승우가 누구야! 너 나 몰래 애인이라도 있었냐? 와, 무지 실망이다. 그래도 나는 비밀은 하나도 없었는데."

"형이야. 지금 미국에서 대학원 다녀."

"아, 너 형도 있었냐? 진즉 말하지. 내가 원체 타인의 사생활 그런 거 중시해 주다 보니 몰랐네."

"선생님이 형을 어떻게 아세요?"

"승우 미국 가기 전인 고1 때 내가 담임이었어. 승우가 그때 반장이라 기억하지. 승호랑 다르게 승우는 굉장히 활달했는데 형제가 많이 다른가 봐."

"그런 거 같아요."

승호는 수북이 남아 있던 밥을 마저 비우고 나오는 트림을 참으며 내오는 다과상을 받았다. 소미 할아버지는 수정과를 마시며 저 나이에 비해 그늘이 많이 진 눈매에 자꾸 눈길이 갔다. 사내가 그늘이 많으면 그 주변이 괴로운 법인데 소미가 어찌 저리 승호에게 목매달며 어울리는지 소미 할아버지는 살짝 걱정이 들었다.

"우리 소미가 다른 건 몰라도 마음만은 정말 비단길이야. 승호 학생이 불편한 점이 있더라도 우리 소미를 더 예쁘게 돌봐줬으면 좋겠어."

특별히 당부하는 소미 할아버지 때문에 승호는 거듭 약속 아닌 약속을 하며 자리에서 일어났다.

혼자 사는 승호를 위해 할머니가 반찬을 싸주는 느릿한 손길에 소미는 혹시 승호가 그냥 가버릴까 봐 발을 동동거리며 기다렸다. 그사이에 먼저 소미 엄마는 승호를 대문까지 배웅 나와 어렵게 말을 꺼냈다.

"승호 학생이 어련히 알아서 잘하겠지만 둘이 친구 이상은 절대 안 돼. 우리 소미는 아직 어리고 순진해 멋모르는 애라 승호 학생이 잘 챙겨주겠지만 엄마로서 원치 않는다는 걸 알아뒀으면 좋겠어. 승호 학생은 이런 내 마음 이해하지?"

승호는 그렇게 차디찼던 소미 엄마의 눈길을 이제야 이해했다. 그리고 대답할 새도 없이 소미가 튀어나와 승호는 말을 삼켰다.

"엄마, 할머니가 이렇게 많이 싸줬어. 너무 무거울 테니 버스정류장까지만 들어다 주고 올게."

소미 엄마는 무겁지도 않은 찬합을 들고 낑낑대는 소미 속을 모를 리 없었다. 그리고 예전에 자신도 소미처럼 그리했다는 걸 알기에 모른 척했다.

"그만 가보겠습니다. 하신 말씀 잊지 않겠습니다."

"뭐라고 했는데? 엄마, 뭔 말이야?"

"넌 어서 데려다 주고 빨리 와. 승호 학생도 조심히 가."

소미는 엄마가 집 안으로 들어가자 들고 있던 찬합을 승호 품에 떠안겼다. 그리고 집 앞에 서 있는 차를 손가락으로 가리켰다.

"저기 서 있는 검은 차 네 거지?"

"왜?"

"흐흐, 나 태워줘!"

승호는 실실거리며 쫓아오는 소미 때문에 마음이 더 심란해졌다. 승호는 소미 엄마의 냉한 기운에 자신이 참 못났다는 생각이 들었다. 어쩌면 큰어머니에게 따뜻한 손길 한 번 못 받던 그 이유가 자신에게 있었던 게 아니었을까 싶은 생각도 들었다.

"저녁 맛있었어? 할머니가 김치 무지 많이 싸줬어. 많이많이 먹어."

소미는 오늘 저녁 시간이 기분 좋았는지 차에 올라타 조잘조잘 쉴 새 없이 떠들었다.

"이모가 우리 한 반 만들어주려고 노력했대. 이 끈끈한 우정을 인정한 이모에게 고마워해야 하지 않겠냐? 우리 이모가 센스 하나는 또 죽음이거든. 나 공부시키는 건 너밖에 없다고 얼마나 널 좋아하는지. 학교에서만 폼 잡지……."

승호는 시동을 걸면서 소미가 그만 떠들고 내렸으면 했다. 자꾸만 그 행복한 가정 속에서 동떨어진 자신이 초라하게 느껴졌다. 항상 어울리지 못하고 겉도는 자신이 한심했다. 한없이 기분이 처지는데 소미는 뭐가 좋은지 자기 얘기 하기에 여념이 없었다.

"소미야, 나 피곤해."

"아, 알았어. 운전 조심하고 소화제 꼭 챙겨 먹고 자."

"어서 내려."

소미는 차에서 내리려다 순간 몸을 확 돌려 승호 볼에 입을 쪽 맞췄다. 기분 좋은 날 멋진 남자에게 주는 선물이라고 주저없던 소미는 승호의 반응이 궁금했다. 승호는 얼었던 고개를 서서히 돌려 새빨개진 소미를 보았다. 그리고 오늘 저녁 처음으로 환하게 웃었다.

"너 오늘 멋졌어. 그거 알지? 민승호, 너 잘난 거 또 많이 보여 줬어."

승호는 홍조 띤 얼굴로 웃는 소미의 빨간 입술만 눈에 들어왔다. 승호는 충동적으로 자꾸 소미에게 기울어지는 몸을 제어할 수 없었다. 하지만 어느새 승호는 정신을 차렸다. 그리고 소미 볼을 큰 손으로 감싸 쓰다듬었다.

"안소미, 봄방학 끝나고 또 짝으로 보자."

소미는 사라지는 차를 보면서 지금껏 승호에 대한 마음이 친구인 희순과 완벽히 다르다는 걸 깨달았다. 좋아하는 감정, 소미는 차가운 바람이 부는 그 골목길에서 감정의 다른 종류인 남자와 여자가 나누는 감정을 알아버렸다.

승호는 이미 정해진 미국행 때문에 겨우내 혼란스러웠다. 앞으로 가야 할 길을 명확히 정하지 못하고 우유부단하게 헤매며 시간만 보낼 때 승호는 본가의 부름을 받았다. 며칠 기거하며 이전처럼 또 시달린 승호는 마음을 굳힐 수밖에 없었다. 비록 긴 시간이 아닌 잠시라도 짓누르는 이 식구들에게 벗어났다가 혼자 설 수 있을 때 돌아오고 싶었다. 당장 넘어설 수 없다면 마주서기는 해야 숨 쉴 수 있다는 걸 승호는 서서히 알아가고 있었다. 그리고 언젠가 그들을 넘어서 모든 걸 다 되갚아주는 날을 기다려야 했다. 하지만 승호는 그 마음이 정착하면서도 자꾸 소미가 떠올랐다. 승호의 마음이 이끌려 간 방향 끝에 환히 웃는 소미가 있었다.

　새 학년을 올라와 개학하자마자 소미는 오지랖 넓게 낯선 애들과 친구를 맺겠다며 분주했다. 그 옆에 당연하게도 희순이 자리 잡고 앉아 누구는 어떻고 저렇다며 온갖 해석이 난무하게 떠들었다. 그러나 승호는 이미 한 번 겪었던 내성으로 둘이 떠들어대도 달리 신경 쓰지 않았다. 오히려 해가 바뀌고 새로운 환경에도 변함없는 소미가 마음을 편하게 할 뿐이었다. 그리고 여전히 승호를 애들은 이질적으로 느껴 애초에 건드릴 생각을 않고 내버려 뒀다. 소미를 부를 일 있으면 희순을 시켜 불러내며 전혀 가까이 오지 않으니 승호는 이전같이 조용히 보냈다.

　"승호야, 저기 문 옆에 앉은 남자애가 왕따라는데, 네가 나서서 애들 혼내줘라. 응?"

　소미가 한참을 희순과 논의 끝에 내린 결론이라기엔 승호는 희순이 소미와 찰떡같이 어울리는 이유를 알았다.

　"왕따가 뭔데?"

　"막 애들이 쟤랑 말도 안 하고 괴롭힌다던데, 되게 못됐어. 그러니 네가 그러지 말라고 해라. 응?"

　소미가 오지랖이 아무리 넓어도 승호는 자세한 사정도 모르면서 막무가내로 나서는 게 달갑지 않았다. 그리고 승호는 여전히 이 학교 누구와도 부딪치고 싶은 생각이 전혀 없었다. 아니, 소미 일만 아니라는 전제하에 그랬다.

　"내가 왜?"

"애들은 널 어려워하고, 너는 멋있으니까!"

승호는 못 들은 척하며 빨리 쉬는 시간이 끝나는 종이 울리길 기다렸다. 소미는 정의의 사도가 아닌 승호에게 못내 아쉬웠다.

"우리 엄마 김치 다 먹었어?"

"네가 집에 와서 다 먹은 걸로 기억하는데, 왜?"

"그럼 우리 집에 또 와라. 할아버지가 너 좋대. 할머니도 너 무지 잘생겼다고 또 보고 싶다고 하셔. 그러니 놀러와. 김치 이만큼 싸줄게. 응?"

소미가 팔을 잔뜩 벌리며 그 크기를 가늠치 못하게 만들어 조르지만 승호는 꿈쩍하지 않았다. 누군들 그리 편안하고 아늑한 집을 싫어하겠느냐마는 승호는 소미 엄마가 마음에 걸렸다. 승호가 딸을 걱정하는 엄마의 불안한 마음에 괜히 더해주고 싶지 않았다. 원래 사람이란 눈앞에 보이면 보일수록 더 크게 느끼고 마음 쓰게 된다는 걸 아는 승호는 아무리 소미가 붙잡고 늘어져도 묵묵부답이었다.

수업 시작종이 울리고 더 해야 원하는 답을 얻지 못할 걸 안 소미는 조르기를 그만두었다. 승호가 침묵을 고수하면 하늘이 두 쪽 나도 안 되는 건 안 되는 거라고 이미 소미는 오래전에 습득해 버렸다.

"쳇, 민승호. 알아봤어. 우리 집엔 코딱지만큼의 애정이 없고 나한테는 일말의 너그러움도 없다는 거지? 그래, 됐어. 이제 너랑 절교야."

소미는 자꾸만 식구들 앞에 승호를 앉혀놓고 자랑하고 싶었다.

소미는 함께하고 싶은 것들과 해주고 싶은 것들이 늘어나는데 항상 승호는 제자리에만 머물려 할 뿐이었다. 언제나 한결같은 승호가 좋으면서도 한편으론 너무 서운했다.

수업 시간 내내 팩 토라져 등을 보이고 앉은 소미를 보던 승호는 충동적으로 손을 뻗었다. 그리고 덥석 소미 손을 잡아 책상 아래로 끌어 내렸다. 놀라 쳐다보는 소미에게 승호는 보란 듯이 씩 웃으며 손을 놓지 않았다. 소미는 큰 손에 잡혀 있는 손에서 간질간질한 기운이 타 올라 온몸이 간지러웠다. 몸이 비비 꼬이고 따스한 봄바람에 살랑거리는 실없는 처녀처럼 소미는 웃음이 새어 나왔다. 단지 손만 닿았을 뿐인데 소미는 마냥 행복했다. 따뜻한 승호 손이 떨리는 소미 손을 통해 말을 걸어주고 있었다. 발그레한 소미는 손가락을 꼼지락거리며 승호 손에서 벗어나려다 개미 기어가는 듯한 수줍은 목소리로 말했다.

"너 손 무지 따뜻하다. 근데 이상해. 얼른 놔."

승호는 그 떨리는 목소리를 못 들은 척 더욱 꽉 소미 손을 잡은 채 놓지 않았다. 승호는 여자의 손을 잡은 지금 마음이 뒤흔들릴 정도로 기분 좋게 떨렸다. 그리고 두근거리는 가슴이 터져 나가도록 행복할 수 있다는 것도 처음 알았다. 단지 손만 잡았을 뿐인데 전부를 가진 듯 벅찬 이 기분에 승호는 잠깐이라도 갇히고 싶었다. 소미만이 줄 수 있는 이 느낌이 승호에게 순간 전부가 돼버렸다.

"안소미, 다시는 절교니 뭐니 그런 말 하지 마라."

승호가 칠판을 보며 언제나 그렇듯 덤덤히 말했지만 소미는 이미 그 마음을 알아버렸다. 손에서 손으로 전해오는 이 감정은 자신의 마음과 같다고 확신했다. 게다가 웃고 있는 승호의 눈꼬리를 보며 소미는 더는 손을 빼려 하지 않았다. 그러면서도 소미는 꼭 승호의 마음을 듣고 싶었다.

"승호야, 너 나 좋아해?"

얌전히 있던 소미가 툭 던진 노골적인 질문에 승호는 마음을 들킨 듯 놀라 마주 보았다. 여전히 기분 좋게 웃고 있는 소미는 당장 고백하라고 승호를 향해 눈에 힘을 주었다. 승호는 무엇을 기다리고 있는지 뻔히 알았지만 입이 떨어지지 않았다.

"뭐야, 아냐? 그럼 이 손은 뭐야?"

소미가 여실히 마음 상한 목소리로 소곤소곤 말했다. 어쩌면 말을 뱉어버리는 순간 돌이킬 수 없을지 모른다는 생각이 들었다. 이미 떠날 작정을 한 승호가 남겨둔 미련은 소미였다. 그런 소미에게 자신의 맘을 표현했다간 나중에 서로 힘들어질지 모른다는 걱정에 승호는 입을 다물었다.

"민승호, 나 진짜 삐친다. 너 정말 나 안 좋아해?"

소미는 역시 아니었다는 생각에 손을 확 빼버렸다. 손과 손은 진실을 전한다고 믿은 자신이 너무 순진하게만 느껴졌다.

"안소미, 너는?"

소미는 허전해진 손을 주머니에 넣은 채 승호가 묻든 말든 창밖만 보았다.

"안소미, 네가 좋아하는 거면 나도 너 좋아. 이제 됐지?"

"그게 뭐야? 안 됐어. 내가 너 안 좋아하면 너는 나 안 좋아한다는 거네."

"그런 뜻 아냐. 넌 부슨 말을 그렇게 하냐?"

소미가 갑작스레 회를 내며 의자를 옆으로 당겨 떨어져 앉아 승호를 당황케 했다. 그리고 승호는 어떻게 풀어줘야 할지 난감했다.

"뭐가 그런 뜻이 아냐? 그래, 나 너 안 좋아해. 그럼 너도 나 안 좋아하는 거지. 이제 됐네."

"되기는 뭐가 돼. 나는 너 좋아한다고 너도 나 좋아하는 거 맞으니까 그렇게 말한 거지. 나 너 좋아해."

"얼마나 좋아하는데?"

"어? 어, 그러니까……."

"됐어. 얼마나 좋아하는지도 모르는데 나 좋아하는 거 아니네."

소미는 난처해하는 승호 표정을 보며 웃음이 나오려는 걸 애써 참았다. 어쨌든 억지로 내뱉게 만든 이 상황이 억울해 소미는 여전히 인상을 찌푸렸다.

"그냥 좋아하는 게 아니라 너니까, 너라서, 많이 좋아해."

승호가 벌게진 얼굴로 대답하자 소미는 어느새 찌푸린 표정이 사라지고 봄날에 어울리는 환한 웃음이 가득했다. 밝아진 소미가 헤죽헤죽 웃자 승호도 따라 웃었다. 일 년이란 시간을 오롯이 같이했고, 그사이 승호는 잊어버렸던 그 어린 시절의 감성이 속속 살아나기도 했다. 언제까지 그 물속에 빠져 꺼내지지 않으리라 믿었던 승호를 소미의 웃음이 빼냈다. 하지만 이런 마음을 승호는 확실히 알지 못한 채 그저 쑥스럽고 어색했다. 승호는 감정을 말로 내놓기 직전까지 뛰놀던 마음이 한결 진정되었다. 그러면서 지금까지 내뱉지 못했던 말들이 어려운 게 아니라 할 용기가 없었기 때문이란 생각도 들었다.

"어구, 민승호. 그랬어? 어구, 우리 착한 승호. 나를 그렇게 좋아했다니 기특하네."

소미는 의자 빈 공간으로 보이는 승호 엉덩이를 툭툭 두드리면서 좋아 죽는 웃음을 거두지 못했다. 두근두근, 소미의 심장은 여전히 거세게 뛰고 있었다. 너니까, 너라서! 소미는 미친 듯 뛰는 가슴을 주체 못하고 점점 커진 웃음소리에 끝내는 선생한테 혼났다. 승호는 뭐든지 좋으면 다 표현해야 직성이 풀리는 소미를 보니 괜히 속이 시원한 듯했다.

며칠째 소미는 한 무리가 한 애를 괴롭히는 게 영 못마땅했다. 멀쩡히 생긴 애를 왜 저리 움츠러들게 괴롭히는지 소미는 지나가면서 그 무리에게 적당히 하라고 몇 번이나 말했지만 소용없었다. 게다가 승호가 친히 거두는 소미도 그 애와 말만 하면 무리가 도끼눈 뜨고 쳐다보니 다른 애들은 그 애 근처에는 아예 가지도 않았다. 무리는 벼르고 벼르던 참에 소미가 또 그 애와 얘기하고 돌아가는 걸 봤다. 게다가 승호마저 자리에 없으니 무리는 이참에 소미 버릇을 확실히 고쳐 놓겠다고 우르르 몰려갔다.

"안소미!"

무리의 대장격인 남자애가 승호 책상 위에 걸터앉아 의자를 발로 차 시끄럽게 넘어뜨렸다. 소미는 애들한테 둘러싸였지만 탐탁지 않게만 보았다.

"너 내가 섀렁 아는 척히지 말라고 경고했지?"

소미는 뭐 저리 유치한 짓거리를 무리 지어 다니며 열심히 해대는지 꼴사나웠다. 한판 붙자고 하면 못 붙을 소미가 아니었다. 겁이란 걸 모르는 소미가 무리에게 히죽 웃었다.

"어머, 네가 경고하면 내가 쟤랑 말 안 할 거라고 믿었어? 근데 어쩌니, 계속할 건데."

"너도 왕따 되고 싶냐?"

"시켜줘 봐. 나도 조용히 살고 싶어."

"이게 미쳤나! 너 계속 그리 개기면 죽는다."

"그나마 당당하게 맞짱 뜨는 것도 아니고 무리 지어 한 애 괴롭히는 게 뭔 자랑이라고 지랄이야! 너네 그리 뭉쳐 다니면 정말 재수없는 거 아니? 뭘 알면 그리 다니겠냐만 상당히, 것도 대단히 재수없어. 꿈에 볼까 짜증나."

"너 승호 믿고 개기는가 본데, 오늘 죽어봐라."

무리 중 하나가 앉아 있는 소미의 머리채를 휘잡아당겨 바닥으로 패대기쳤다. 순식간에 넘어진 소미는 여러 명의 발길질에 속수무책이었다. 눈물 나게 아프고 쪽팔린 소미는 일어나려고 버둥거렸지만 누르는 발길질에 소용없었다. 막 교실에 들어온 희순이 쏜살같이 달려와 소미한테 애들을 떼어내려 했지만 무리에 휩쓸려 넘어져 같이 밟히고 말았다. 소미는 그래도 나서준 우정이 고마워 희순을 감싸안았다. 애들이 발에 어찌나 힘을 줘 찍어 내리는지 소미는 등짝이 밟힐 때마다 온몸이 쿵쿵 울렸다.

"뭐야!"

승호가 소리 지르며 뒷문으로 들어오자 소미를 향한 발길질이 딱 멈추었다. 순식간에 시끌벅적하던 교실은 조용해졌다. 승호가 손마디가 튀어나오도록 주먹을 꽉 쥐고 한 발자국씩 무리에게 다가갈수록 모두 숨 죽이고 지켜보았다. 승호는 바닥에 엎어져 산발이 돼 있는 소미와 희순을 보자 그 발걸음이 빨라졌다. 서너 걸음만에 무리 앞에 선 승호는 와이셔츠 위에 멘 넥타이를 푸르고 맨위 단추도 하나 풀었다.

"안소미, 차희순. 일어나."

희순은 재빨리 일어나 소미를 끌고 승호 뒤로 쏙 빠져나왔다. 소미는 그사이에 맞은 몸 구석구석이 아파 희순에게 기댔다. 그리고 승호의 주먹을 보며 심상치 않은 기분을 느꼈다.

"민승호, 우리는 그게……"

무리 중 하나가 입을 열자 승호는 바닥에 넘어진 의자를 집어들고 내리찍었다. 다른 애들이 덤비려 하자 승호는 가뿐히 다리를 들어 복부를 차고 손에 든 의자로 등을 내리찍었다. 책상이 뒤로 넘어가고 애들이 바닥에 널브러졌지만 승호는 그만두지 않았다. 무리 한명한명 일으켜 세워 때리고 또 때리고, 승호는 주먹에 피가 묻는 것도 개의치 않은 채 휘둘렀다. 그리고 그 많은 애들은 승호에게 가까이 와 말리지 못했다.

소미는 싸늘한 표정을 한 채 폭력을 쓰는 승호가 낯설었다. 눈에서 불이 뿜어지듯 살벌한 승호를 보던 희순 또한 놀랄 뿐이었다. 그러면서 희순은 역시 왜 건들면 안 되는 승호인지 알았다.

"뒈지고 싶지 않으면 안소미 건드리지 마. 알았어!"

찍소리 못하고 낯선 애들은 자리에서 일어나 서로 부축하며 교실을 나섰다. 승호는 또 아무렇지 않은 듯 책상과 의자를 일으켜 정돈하고 자리에 앉았다. 반 애들의 시선이 쏟아졌지만 승호는 신경 쓰지 않았다. 하지만 옆에 서 있는 소미는 신경이 쓰였다.

"너네 둘, 양호실 가봐."

승호는 교과서를 펴면서 대수롭지 않게 말하고 볼펜을 잡았다. 그러나 소미는 양호실 대신 머뭇머뭇거리며 자리에 앉았다.

"양호실 가라고."

"저기 승호야, 네 손에 피 묻었어."

소미는 가방에서 손수건을 꺼내 보온병에 담아온 보리차를 잔뜩 묻혔다. 그리곤 승호 손을 잡아 책상에 올려놓고 쫙 펴게 했다. 승호 손 곳곳에 묻어 있는 벌건 피를 닦아내는 소미의 손길이 바들바들 떨렸다.

"너 싸우지 마라. 나 지금 기분 되게 이상해. 울 거 같아. 네가 무서웠어."

소미가 제 머리칼조차 제대로 정돈 못하고 떠는 손으로 닦아주는 게 승호는 더 열 받았다.

"그러게 내가 나서지 말랬지! 왜 나서! 멍청하게 뒤는 생각도 안 하고 왜 나서서 사람 열 받게 만들어!"

소미가 잡고 있는 팔을 확 뺀 승호는 교실 밖으로 나가 버렸다. 소미는 멍하니 앉아 있다가 고맙다는 말부터 해야 했었는데 잘못한 것 같아 따라나섰다. 그러나 여전히 소미는 거칠던 승호에게 놀란 가슴이 진정되지 않았다. 승호에게 뻗어져 나오던 강한 화, 그 화가 더 두려움을 가져다줬다.

소미는 옥상으로 올라가 구석으로 가니 승호가 보였다. 하지만 예전처럼 서 있는 승호가 아니라 바닥에 앉아 하지 말라는 담배를 또 태우고 있었다. 승호의 잔뜩 우그러진 표정에 소미는 여전히 뒤는 생각 안 하고 옆에 털썩 앉았다.

"승호야, 고마워. 그래도 나 맞으니까 구해주는 사람은 너랑 희순이밖에 없다."

소미가 나타나자 승호는 피우던 담배 맛이 지독히 역겨워졌다. 이상하게도 소미만 나타나면 속 시원하게 만들던 담배 맛이 확 변해 버리니 승호는 신경질이 나 바닥에 비벼 껐다.

"내려가."

"너 화난 것 같아."

"화는 났는데, 너한테 난 거 아니니 내려가."

소미는 아직 피가 덜 닦인 승호의 손이 거슬렸다. 그토록 심하게 때리던 손이 지금 보니 가늘고 길어 예뻤다. 소미는 블라우스 소매를 풀어 침을 잔뜩 묻혀서 승호 손을 꽉 잡아 박박 닦았다.

"더럽게 뭐 하는 거야?"

승호는 침이 잔뜩 묻은 손을 거칠게 빼내 윗도리에 닦아냈다. 하필이면 침으로 닦아 이 분위기를 깨는지 승호는 소미 앞에서 당해낼 수가 없었다.

"피가 보여서."

"그만 해라. 정말 지금 기분이 아냐."

"있지, 할머니가 그러는데 마음에 쌓아놓으면 속앓이만 한대. 그러면 외로워서 아프대. 내가 오늘 고마운 보답으로 네가 하고 싶은 말 다 들어줄게. 자, 내가 아니라면 뭐 때문에 화가 난 거야."

승호는 여전히 입을 굳게 다물고 라이터만 만지작거렸다. 소미는 그런 승호 때문에 속상해 한숨을 내쉬었다. 승호의 저 굳게 다물어진 입이 소미에겐 꽉 닫힌 문 같았다.

소미는 점심시간이 끝나는 종을 들었지만 승호와 같이 앉아 있었다. 영어시간이라 이모가 알면 또 혼날 게 뻔하지만 그래도 지금은 같이 있고 싶었다.

"승호야, 난 그냥 너의 다른 모습에 무서웠어. 그런 거 있잖아. 한없이 다정하고 무지 부드러웠는데 한순간에 호랑이같이 변하니까, 겁났어."

"안소미, 다시는 그런 일에 말려들지 마. 나 다시는 사람 때리는 짓 안 하겠다고 다짐했는데, 순식간에 무너져 내릴 정도로 너 다치는 거 보고 싶지 않아. 알았어?"

승호의 표정이 풀리자 소미는 승호 어깨에 머리를 기댔다. 나란히 앉아서 같은 하늘이 아닌 서로를 바라봤다.

"응. 앞으로 꼭 조심할게. 근데 너 과거가 뭐야?"

"뭘 과거?"

"왜 사람을 다시 안 때려? 뭐 하고 살았어?"

승호는 살짝 소미를 밀어내고 자리에서 일어나 엉덩이를 툭툭 털었다. 그리고 라이터를 주머니에 넣고 소미에게 손을 뻗었다. 승호가 내민 손을 잡고 일어난 소미는 옅은 보조개가 보이게 웃으며 마주 보았다. 승호는 이렇게 같이하면 덜 외로울 걸 이제야 그렇게 떨어지지 않던 외로움의 정체를 알았다.

"뭐 하고 살긴, 그냥 살았지. 알려고 하지 마."

"에이, 주먹 휘두르는 게 장난이 아니던데."

"죽어라 싸우고, 오토바이로 미친 듯 달리고, 학교는 아예 발걸음도 안 하고, 어느 날 휴학처리 돼 있더라고. 그때는 다 부서져 망가지는 그 순간이 오라고 마음껏 내팽개쳤는데 결국 나만 망가지고 다들 멀쩡하더라."

"그랬어? 그러게, 아프면 너만 손해라고 그랬잖아."

"그 후 알았어. 그렇게 정신없이 싸우고 다닐 때 나한테 맞은 애가 한둘이 아니란 걸. 난 그 애들 때린 순간 그저 풀지 못한 내 화를 던져 버린 것뿐인데, 돌이켜 보면 그게 미친 짓이었어. 맞은 애는 또 뭔 잘못이고. 내 화를 내가 못 이기고 그런 건데 괜히 남한테 화풀이하는 내가 너무 싫었어. 그래서 다시는 사람 때리는 짓 따위는 하지 말아야지 했는데, 내 화는 내가 감수하고 말자고 했는데, 너 때문에 이게 뭐야!"

승호는 말로 해도 될 걸 또 주먹을 써버린 통제하지 못한 자신에게 다시 화가 치밀어 소미한테 소리를 질러 버렸다. 그러나 소미는 실실 웃으며 승호의 허리를 두 손으로 감아 안았다. 소미가 안긴 넓은 승호 품은 참 포근했다. 그리고 아빠한테 날 것 같은 다정한 냄새가 폴폴 났다.

"왜 이래?"

승호는 뒤로 물러서 떨어지려 했지만 그럴수록 소미는 그를 더

욱더 세게 안았다. 소미의 물컹거리는 가슴이 닿으면 닿을수록 승호는 몸에서 나타나는 반응에 끈란했다.

"민승호, 니 감동이야! 진짜 멋있어!"

"떨어져라."

"내가 아무나 안 안아주거든! 가만있어 봐. 너 가슴팍이 단단한 게 꼭 책상 같아. 네가 진짜 남자였구나. 아~ 좋다. 승호야, 좋아."

순간 승호는 더 물러서지 않고 소미에게 팔을 뻗어 안았다. 승호가 너무나 그리워했던 어르러 주는 기분이 소미로 인해 온몸에 서서히 퍼져 갔다.

사람이 사람에게, 여자가 남자에게, 그리고 마음이 마음에게 그만 아프라며 이야기하고 있었다. 또 항상 같이할 테니 더는 외로워 말라고 감싸주고 있었다.

마니또, 담임의 뜬금없는 제안에 반 애들은 각자 비밀친구를 제비뽑기했다. 누가 누구를 뽑았는지 비밀이지만 소미는 승호를 뽑았고, 승호도 소미를 뽑았다. 미리 알고 있던 소미는 이모를 온갖 방법으로 괴롭혀 일부러 표시해 놓은 쪽지를 승호 몫까지 맨 처음으로 뽑았다.

"승호야, 이건 운명이야! 우리를 위한 마니또였어."

"운명 좋아하네. 네가 일부러 내 것까지 뽑은 게 운명이야?"

"어머, 너 지금 내 도덕성을 의심하는 거야!"

"의심은 무슨. 진실이 그렇다는 거지."

호들갑스러운 소미에게 승호는 못 믿는 표정을 감추지 않았다. 뻔히 소미가 중간에서 이모와 어찌저찌 만들었을 텐데 저리 박박 우기니 승호는 괜히 웃고 말았다. 소미는 아직도 승호와 관련된 것에 집착하고 의미를 부여하려고 발버둥이다.

"됐어. 진실은 우리가 운명이란 거야. 빨리 선물 사줘."

"내가 왜?"

"마니또잖아. 비밀친구한테 선물 사주는 거야."

"그런데? 어차피 한 학기 끝난 후 서로 밝히고 선물 교환하는 거 아냐?"

"우리 사이에 기다리고 그딴 게 어디 있어. 알았으니 당장 사줘, 빨리 사줘."

승호는 결국 며칠째 조르는 소미에게 당해내지 못하고 과한 선물이기는 하지만 휴대전화를 사주었다. 그리고 소미는 빨간 하트 모양의 휴대전화 고리를 선물했다. 게다가 하트 모양 앞뒷면에 소미 이름과 승호 이름을 손수 바느질로 새겨 넣고는 수제품이라며 별 생색을 다 내었다. 소미 엄마는 과한 선물을 돌려주어야 한다고 법석이었지만 소미는 결코 돌려줄 생각이 없었다. 어쨌든 소미 대신 승호가 어른들에게 앞으론 과한 선물은 하지 말라고 단단히 혼나고 사용 허락을 받았다. 승호는 휴대전화를 사준 날부터 시작해 자다가도 울리는 벨소리에 한동안 노이로제 걸릴 정도로 지쳤다. 그러나 꺼놓지 않고 매번 받으며 소미의 조잘거림을 진심으로 들어주었다. 승호는 사준 보람을 몇 배로 돌려받으며 울리지 않던 휴대전화의 벨소리가 마냥 반가웠다.

소미는 매년 열리는 선국고교미술대회에 입상해야 겨우 서울에 있는 대학을 턱걸이로 갈 수 있었다. 그래서 하루가 부족할 정도로 여유가 없었다. 학교 정규수업만 마치고 매일 새벽까지 학원선생과 전쟁 아닌 전쟁을 치르며 부족한 부분을 채워가는데도 완벽해지지 않는 실력이 소미를 지치게 만들었다. 그러면서 혹시 아빠를 닮지 않은 재능이라 더 이상 엄마가 걱정하지 않아도 될지 모른다는 생각도 들었다. 하지만 언제나 그렇듯 소미는 꽂히면 최선을 다하는 그대로 전교 1등의 꿈은 전국 1등으로 바뀌었다.

승호는 그림에 밀려 소미에게 도통 관심을 받지 못하자 서운해하는 자신이 한심스러웠다. 그러다 늦은 밤 데리러 오라는 소미의 부름을 즐기며 승호는 학원에서 집까지 짧은 듯한 긴 거리를 함께 걸었다.

"승호야, 나 오늘 너무 피곤해. 학원 선생님이 날 너무 많이 구박했어."

승호의 손을 꽉 잡은 소미가 휘청휘청 걸으며 눈이 반쯤 감기자 승호는 몸을 숙였다.

"업혀."

"진짜?"

"그래. 가방이랑 다 나 주고 몸만 업혀."

소미는 등에 멘 가방과 손에 든 작은 가방을 승호에게 넘기고 폴짝 뛰어 등에 업혔다. 승호는 소미를 업고 무거운 가방까지 든 채 걷기 시작했다. 소미가 조잘조잘 학원에서 있던 일들을 이야기하며 승호 귓가를 간질거렸다.

"있지, 애들이 나보고 승호코알라고 부른다. 내가 너한테 그렇게 딱 붙어다니나?"

"지금도 그런 것 같은데."

"애들이 너보고 내 남자 친구라고 하더라."

"그러라고 해."

"어머, 민승호. 몰라. 부끄럽게 어쩜 그렇게 내 마음 같은 말만 하니."

어느새 승호는 자다가 일어나 나가기도 하고 가끔 일부러 학원 근처를 서성이며 소미를 제외한 생활이란 없었다. 매일 보지만 매 순간 보고 싶고 항상 함께하지만 순간의 떨어지는 것조차 아쉬웠다. 그렇게 점점 애달파 하는 마음이 커질수록 승호는 미국행을 말하지 않는 자신의 못난 이기심이 괴로웠다.

전국 1등! 소미는 공부로 못다 푼 한을 전국고교미술대회에서 대상으로 풀었다. 소미 엄마는 그 상장을 보면서 불안하고 대견한 복잡다단한 의미의 눈물을 흘렸다. 그 아버지에 그 딸이라더니 소미가 점점 비슷해지자 소미 엄마는 명줄만은 다르길 빌고 또 빌었다. 소미는 많은 축하를 받았지만 그중에 승호의 함박웃음이 제일 깊게 박혔다. 기말고사에서는 희순이 끝내 승호를 제치고 전교 1등을 탈환해 냈다. 그로 인해 소미와 희순은 서로 전국 1등과 전교 1등이라고 애칭 삼아 부르며 승호 옆에 딱 붙어 놀렸다.

승호는 디운 바람이 서늘한 바람으로 바뀌어 살갗에 닿자 더 이상 공부에 집중할 수 없었다. 가을이 가고 겨울이 오는 게 두렵고, 아직도 말하지 않은 자괴감에 편치 않은 시간을 흘려보냈다. 수능 원서 접수 기간이 다가와 애들은 뒤숭숭하지만 어차피 그 자체가 무의미한 승호는 접수하지 않으려 했다. 하지만 예민하게 열을 올리며 공부와 그림 모두 잡으려 애쓰는 소미가 마음에 걸렸다. 차마 이 중요한 시기에 소미를 흩뜨려 놓을 수 없어 승호는 고민하다가 끝내 접수하고 말았다. 하지만 달콤한 미련이 남겨둔 시간 동안 승호의 마음은 시름시름 아팠다. 당분간 아예 발길도 하지 않을 한국에 남겨둔 미련이 너무 커 승호의 발목을 잡았다. 그렇게 소미 옆에만 있던 승호에게 차디찬 겨울은 언제나 그렇듯 끝내 오고 말았다.

수능 시험이 끝나고 모두 떠난 그 텅 빈 교실에 소미와 승호는 나란히 앉아 있었다. 소미는 외투 주머니에 손을 찔러 넣고 굳게 입을 다문 채 앉아 있었고, 승호는 여전히 빈 칠판만을 쳐다보았다. 승호가 수능을 보지 않았다는 걸 소미는 며칠이 지나도록 모르고 있었다. 몇 달 동안 수능 보고 같이 할 것들을 계획까지 세워 놨는데 터무니없는 승호의 유학이 툭 튀어나와 소미를 어이없게 만들었다. 화가 쌓인 소미는 터질 듯 치미는 뜨거운 열에 살갗이 다 아릴 지경이었다.

"미안해."

오랜 침묵을 깬 승호의 한마디에 소미는 부르르 떨었다. 그 어떤 말보다 이 자체를 인정해 버리는 승호의 말이 소미는 너무나 싫었다.

"나쁜 자식! 미국이 옆집이야? 지금까지 왜 말하지 않았어? 왜 나한텐 아무 말도 없다가 이제야 간다고 하는 거야!"

"일이 그렇게 됐어. 미안하다."

"뭐가 미안해? 너 나 좋아한다면서 대학 가면 같이 여행 가자고 한 거 다 거짓이었어? 대학은 꼭 여대로 가야 한다고 그런 거 거짓말이야? 너 나 가지고 놀았니? 내가 너 좋아하니까 너 미국 가기 전에 심심하니까 나 데리고 논 거야? 날 그렇게 만만하게 본 거야?"

승호는 차근차근 다 얘기하려 했지만 막상 맞닥뜨리자 소미보다 더 엉클어져 버렸다. 항상 이런 날을 예상했지만 막상 부딪치니 생방송 앞의 당황스러움만 남았다.

"……미국 가면 언제 와?"

소미는 혼자 씩씩대다가 어느새 못 가게 만들지 못하면 기약이라도 받아놓고 싶었다. 당장 이렇게 헤어지면 언제 볼지도 모르지만 꼭 언제든 다시 와 같이 하기로 했던 것들을 다시 하겠다는 약속을 받고 싶었다.

"적어도 팔 년."

"미국 대학도 방학은 있을 거 아냐? 아니면 설날이나 추석, 하여간 노는 날은 있을 거 아냐!"

"내가 여기를 떠나는 이유는 내가 할 수 있는 게 없어서, 내가 여기서 그 사람들한테 맞설 수 없어서, 난 아무것도 가지지 못했잖아. 내가 다시 이 한국으로 돌아오는 날은 내가 적어도 그 사람들과 맞선 힘을 가진 그때야. 그래서 나도 어차피 살아야 할 여기서 숨 쉬고 살고 싶어. 네가 생각하는 것처럼 그냥 공부만 하러 가는 게 아냐. 내 나름대로 그 사람들한테 복수를 해주고 싶어서 그래. 절대 내게 오지 않을 것을 얻어내고 싶어서. 그걸 가지려면 우선은 가야 해. 가서 내 능력을 키워야 해."

"그럼 나는? 나랑 있어도 너 숨 쉬잖아. 지금도 쉬고 있잖아! 숨 안 쉬면 죽는데 너 안 죽고 나랑 지금 있잖아!"

"소미야, 숨은 폐로만 쉬는 게 아냐. 여기 안에 차고 들어 있는 마음으로도 쉬는 거야. 난 완전히 숨 쉬고 싶어. 어느 한쪽이 막혀 헉헉거리며 괴로운 거 싫어. 그래서 가."

"그 사람들이 누군데?"

"있어. 그 사람들."

소미는 모든 게 다 와르르 무너져 내리는 것 같았다. 마음이 아픈 승호를 모르던 건 아니지만 이렇게 여지도 없이 떠난다니 소미는 서러움을 넘어 슬픔이 밀려왔다.

"그럼 이제 너 못 보는 거야? 너랑 하기로 했던 것들 다 다른 남자애들이랑 해도 상관없는 거야? 다른 남자애들한테 아빠 냄새 같은 거 맡아도 상관없는 거야? 나는 네가 참 좋았는데, 너랑 하고 싶은 거 진짜 많았는데……. 지금 당장은 너와 같이 못하는 거, 나 기다리면 안 돼? 다 잊어버려야 하는 거야?"

소미는 슬픔이란 파도가 잔뜩 밀려와 속절없이 뒤집어쓴 듯 눈물이 펑펑 흘렀다.

"소미야, 같이 못하는 거 나중에 해줄 수 있는 것들이 아니잖아. 그러니 기다리지 마. 너 하고 싶은 거 다 하고 그렇게 열심히 지금처럼 지내. 나중에 후회하지 않게 다 하면서 지내. 나중이란 생각하지 말고 다 해. 그리고 아주아주 많이 시간이 지나 내가 돌아오게 되면……."

승호는 욕심이 먼저 앞선 말이 나가려던 걸 삼켰다. 함께하지 못하는 그 시간의 끝에 찾아가겠다는 말이 너무나 이기적이라 승호는 차마 할 수가 없었다. 이렇게 끝나는 인연일 수밖에 없다면 헛된 말로 소미에게 더 상처 주고 싶지 않았다. 서럽게 입술을 덜덜 떨어가며 울고 있는 소미에게 승호는 기약도 못하는 이별을 전하며 가슴이 찢어질 것 같았다. 누군가 메스를 들고 마구잡이로 가슴을 찢어발기는 것같이 아팠다. 친어머니를 보내고 그 영혼이 짓밟히는 자리에서도 잘 버틴 마음이 너무도 아파 승호는 너무 괴로웠다.

"정말 안 와? 나 안 보고 싶어할 거야? 나 좋아한다고 했잖아. 나 다른 사람이 아닌 너랑 하고 싶은 게 너무 많은데 이제 누구랑 해? 차라리 그냥 내가 말 걸어도 네가 막 무시했으면 나 이렇게까지 슬프지 않잖아."

승호는 목 놓아 울어버리는 소미에게 다가가 품에 안았다. 가슴에 안겨 들썩거리는 소미를 보는 승호는 한없이 미안했다. 애초에 시간을 되돌려 그때 무시했더라면이란 생각조차 변명이 될 뿐 어느 것도 울고 있는 소미를 위로할 수 없었다. 승호는 당장 그리워하고 보고 싶겠지만…… 살 수 있을 거라 믿었다. 그리고 가슴으로 숨 쉬는 날, 그들에게 얻어내 손에 쥘 날, 친어머니가 원했던 그 순간, 꼭 다시 만나면 된다고 아픈 마음을 달랬다.

고등학교 시절은 눈물로 범벅된 한 장의 사진으로 변했다. 아릿하게 웃음이 나오면서도 눈물 맺히게 하는 그런 시간을 기억하면서 승호는 한국을 떠났다.

그 누구의 배웅도 받지 못한 채, 남은 미련이 자꾸 뒤를 돌아보게 하면서…….

3. 열정을 찾던 날들

처음이란 그 이전이 없어 허둥대는 백지 상태, 그 처음에 덜컥 걸린 소미는 마음으로 떠나보내는 이별을 앓았다. 지독히도 추운 겨울에 아픈 마음을 견디지 못한 소미는 결국 엄한 몸까지 아프게 만들었다. 독감에 걸려 침대 밖을 나오지 못하던 소미에겐 대학 입학을 앞둔 기대감 따위는 없었다. 그저 떠난 사람이 남겨둔 자리를 상처와 원망으로 메울 뿐이었다.

그러나 시간이 흘러 털고 일어난 후로는 대학 생활에 적응하려 노력했다. 할 것도, 배울 것도, 즐길 것도, 통제 받지 않는 자유도, 넘쳐 나는 사람도 많은 곳에서 소미는 승호를 잊고 이전같이 지내려 노력했다. 신입생 시절의 꽃이라는 MT도 참가하고, 소개팅을 적극 권유하는 선배들을 뿌리치기도 했다. 밤새 학과 애들과 술을 퍼마시며 세상만사 모든 걱정을 다 하며 남들 하는 건 다 해보는 긴 1학년을 보냈다. 하지만 다시 봄이 온 교정에 앉은 소미는 또 돌아온 일상에 끝없는 허전함을 느꼈다. 일상을 그럭저럭 보내는 것은 결코 어렵지 않았다. 그러나 그 허전함을 지우지 못하는 것은 소미를 가끔 멍하니 하늘을 올려보게 만들었다.

가끔 구름 떼를 가르고 날아가는 비행기를 보면 소미는 마음이 따끔거렸다. 그리움, 채워지지 않는 허전함이 그리움임을 진작 알고 있었지만 소미는 인정하고 싶지 않았다. 그 넓은 미국 어디선가 잘살고 있을 승호를 떠올리는 것조차 소미는 자존심이 상했다. 하지만 매서운 그리움이란 뼛속까지 박혀 아린 마음을 점점 더 넓혀가 서럽게 잠식해 버렸다.

'돌이켜 보면 넌 참 나한테 잘했어. 모두 차갑다고 한 너였지만 나에겐 항상 따뜻했지. 생각해 보면 친구가 아니라 내 남자였던 것 같아. 내가 느꼈던 그 감정들 남자에게 느끼는 그런 설렘 같은 거였어. 그땐 언제나 네가 내 옆에 있을 줄 알았는데, 이제는 네가 없어. 그리움이 뭘까? 난 왜 그리움을 가지고 있을까? 넌 다 잊었을 텐데, 우린 이렇게 떨어져 사는데. 난 너 참 많이 미워. 승호야, 넌 나 기억하니? 난 이렇게 기억하는데, 넌 나 기억하니? 난 네가 미워. 그리고 또 미워. 너무 미워. 승호야, 하고 싶었던 것들 중에 네가 없어 하지 못한 것들이 너무 많아.'

소미는 오후 내내 사방이 막힌 작은 작업실에서 제법 큰 캔버스 위로 느릿느릿 붓을 놀리고 있었다. 대학에 들어와 소미의 전국 1등 그림을 본 부교수는 소미에게 개인 작업실을 사용할 수 있도록 허락해 주었다. 그럭저럭 부교수와 친분을 잘 쌓았다고는 해도 이런 낯선 공간을 내준 호의가 소미는 어색했었다. 그리고 온통 땀이 나는 대단한 작품들에 둘러싸인 소미는 주눅이 들어 도저히 그림을 그릴 수 없었다. 하지만 어느새 수업도 빠지고 때때로 이곳에서 대부분의 시간을 그림만 그리며 보냈다.

갑자기 작업실의 조명이 확 밝아져 소미는 붓질을 멈추고 문가를 보았다. 그리고 이 작업실의 주인인 부교수가 서 있는 것을 보고 흠칫 찔린 소미는 벌떡 일어나 인사했다.

"너 내가 수업 빠지고 여기 오지 말라고 했지?"

"에이~ 또 수제자에게 태클 거신다. 제가 수업 듣고 오면 교수님이 작업하신다고 못 들어오게 하잖아요. 나름 저도 시간관리라는 걸 하고 사는 편이라 이렇게 할 수밖에 없어요. 아니면 교수님이 오후에 작업실을 저한테 완전히 인계해 주시든지요. 제가 또 책임감은 투철해서 인계만 해주시면 여기서 먹고 잘 수도 있어요."

부교수는 언제나 뻔뻔하게 대받아치는 소미가 귀여웠다. 저 또래 대부분은 교수라는 직함에 눌려 뭘 잘못했는지도 모르고 급히 사과부터 하는데 소미는 언제나 마주 보는 듯했다. 그런 배짱이 더 부교수의 마음을 쓰게 했다.

"헛소리 말고 무슨 수업인데 또 여기 틀어박혀 있는 거야?"

"영어요. 전 영어가 정말 싫거든요. 영어로 말하는 사람도 싫고 영어만 하는 미국도 싫고 영어에 관련된 건 다 싫어요."

"네가 영어만 싫어해? 철학은? 미술사는?"

"교수님! 저 나름 전국 1등! 한 유능한 인재거든요."

부교수는 꾸짖음에도 언제나 그 전국 1등을 들먹이며 맞서는 소미 곁으로 다가가 섰다. 그리고 소미가 며칠째 씨름을 해온 그림을 보면서 마음에 들지 않는지 표정이 아리송했다. 소미는 또 무슨 날카로운 평으로 그림을 갈기갈기 찢어놓을지 조마조마해 덧입은 토시를 만지작거리며 부교수의 입만 쳐다보았다.

"그 대단한 전국 1등 한 안소미."

"네. 전국 1등 한 안소미 여기 있습니다."

"내가 몇 번을 말하지만 너란 애하고 이 그림은 어울리지 않아. 너무 어두워. 그림의 선도 지나치게 날카로워서 전체적으로 차갑고 외로운 느낌이야. 네가 그토록 자랑하는 전국 1등 그림하고 뭐가 다른지 비교해 봐."

소미는 묵묵부답으로 캔버스 위에 그려진 그림을 뚫어지게 보았다. 회색과 파란색의 배경 조화가 차갑게 어질러져 있고, 그 위에 그려진 선들도 하나같이 찌를 듯 날카롭게 마구잡이로 뻗어져 있었다. 규칙도, 배열도, 조화도 없이 붓 가는 대로 그려 버린 결과였다.

"몰라? 그때 그림은 색채가 참 다정했어. 특별히 어느 부분을 칭찬할 것 없이 전체적으로 느낌이 안정되고 색채가 어우러져 지금까지 네가 그린 그림 중에 최고였지. 그런 그림은 너니까 가능하다고 생각하고 특별히 지켜보려는데 자꾸 엇나가네. 그 느낌 잃어버렸니?"

"교수님, 사람도 변하는데 그림이라고 언제나 같겠어요?"

소미는 차갑고 외로운 느낌이라는 그림을 그저 선택받지 못한 안타까운 마음으로 보다가 이젤 위에서 내려놓았다. 부교수는 그런 풀 죽은 소미 대신 하얀 빈 캔버스를 이젤에 올려주었다. 부교수는 숱한 학생을 봐왔고 그 재능도 다양했지만 소미가 그린 그림엔 막연히 그림을 보는 사람을 위로하는 따스함이 있었다. 그러면서도 곳곳에 배치된 쓸쓸함이 아우러져 그림 자체가 주는 느낌이 탁월했었다. 밝은 색과 어두운 색을 적절히 조화 이루게 할 수 있는 감각을 저 나이에 가졌다는 건 본능 같은 재능이었다. 분명 지금 소미가 그리지 못한다고 원래 그리던 그 그림을 다시 그리지 못하는 건 아니었다. 그런 기대감으로 부교수는 소미를 지켜보는 것이었다.

"안소미, 다시 그 느낌을 찾아봐. 네가 지금 그리는 그림들 숱하게 많아. 하지만 그 다정하고 포근한 느낌을 전달할 수 있는 화가는 몇 안 돼. 그 느낌을 잃으면 넌 그만그만한 화가밖에 되지 못해. 그럼 나도 더 이상 널 특별히 볼 이유가 없고."

"언제는 전국 1등이라고 특별히 봐주셨나요? 그 느낌 가지고 있어요. 하지만 그리면 그릴수록 표현이 안 돼요. 물감하고 캔버스가 따로 노는 것 같아요. 어긋난 느낌이 들어서 더 안 그려지게 돼요."

"화가는 손으로만 그린다고 생각하면 오산이야. 손을 움직이게 하는 것은 머리기도 하지만 또한 마음이야. 단지 손만 움직인 거 아니니? 그리고 수업 빠지는 거 나한테 또 들키면 다음번에는 가만 안 둔다."

부교수가 빠져나간 텅 빈 작업실에서 울적해진 소미는 도무지 왜 그림이 이렇게 변했는지 잘 모르겠다. 마음으로 그리는 그림, 소미는 그 마음이 저 그림이라면 앞으로도 계속 그럴진대 터져 나오는 한숨을 쉬며 밝디밝은 조명을 올려보았다. 저토록 밝은 빛들이 숱한데 소미는 왜 어두운 색에 집착하는지 그 답을 찾고 싶다.

"어디로 가야 그 마음을 찾아올 수 있을까? 그 마음이 원래 없던 거 아닐까?"

소미는 스스로에게 물었지만 역시 답을 찾지 못했다. 그렇게 눈이 아프도록 빛을 보다 보니 소미 볼엔 눈물이 한 방울 또르르 흘러내렸다. 소미가 물었던 답은 그 눈물 안에 있었다. 그리고 그 눈물이 설마 그리움은 아닐 거라며 쓸쓸히 닦아냈다.

소미는 며칠째 머리를 싸매고 캔버스를 보았다. 답답한 듯 속이 꽉 막힌 것 같았다. 이모한테 하소연이라도 하고 싶은 맘에 소미는 오랜만에 고등학교를 찾아갔다. 여태까지는 그 시절의 행복한 추억이 곳곳에 많이 배어 있는 교정에 승호가 보일까 무서워 찾지 못했었다.

역시나 발을 내딛으니 금세 승호가 떠올랐다. 벤치에도, 현관에도, 교실 앞에도, 짧은 이 년의 시간이 고스란히 드러나 버렸다. 애써 잊으려 하지만 순간순간 섬광처럼 탁 떠올랐다 사라지는 승호의 모습에 소미는 고통스러웠다. 이 고통이 부디 혼자만의 것이 아니길 바라는 마음까지도 소미를 더 괴롭게 만들었다.

　늦은 시각이라 몇몇 선생을 제외하고는 다들 퇴근한 교무실에서 이모를 기다리던 소미는 책상을 뒤적거렸다. 여전히 많이 쌓여 있는 삐뚤빼뚤 억지 반성문들을 보면서 소미는 숱하게 쓴 자신의 반성문이 기억났다. 승호를 만나고 가끔 수업을 빠지며 햇살이 가득한 옥상에서 수다 떨던 그때도 참 많이 반성문을 썼었다. 그리고 잘 대꾸 않는 승호가 답답해 수업 시간에 꽥 소리 지르다 반성문을 참 많이도 썼었다.

　'꼬리에 꼬리를 무는 이 기억을 어디서부터 잘라야 할까.'

　소미는 그만 승호를 비워내고 싶어 머리를 절레절레 흔들곤 쌓여 있는 학생들의 작문 숙제들을 봤다. 고작 이 년이지만 어쩜 이리도 고등학생들이 유치해 보이는지 새삼 느낌이 달랐다. 그렇게 이것저것 들춰보던 소미는 잔뜩 쌓인 우편물들 중 맨 밑에 놓여 있는 특급우편봉투를 보았다. 해외에서 온 우편물이라 궁금증이 인 소미는 덥석 빼보았다. 그리고 순간 믿기지 않는 이름이 보였다. 영문으로 적혀 있는 이름을 몇 번이나 보고 또 보면서도 믿기지 않는 소미는 결국 소리 내 읽었다.

　"민…… 승호."

　봉투 겉면엔 숱하게 보았던 승호의 가지런한 필체로 그 이름이 적혀 있었다. 소미는 순간 허공에 붕 뜬 실체를 잡은 기분이었다. 봉투 안에 있는 것들을 꺼내보았지만 어느 한 군데도 소미를 언급한 내용은 없었다. 이렇게 그리워하고 아파했는데 소미는 정말 혼자만 애달파한 것 같아 이 우편을 갈기갈기 찢어버리고 싶었다.

"어라, 위대한 대학생 안소미. 이모 따위는 안중에도 없더니 여긴 웬일이야?"

소미 이모는 책상에 앉아 뒤도 안 돌아보는 소미 너머로 우편물을 보곤 아직도 그 어린 풋사랑에 허덕대는 소미를 마주하자 속이 상했다. 모녀가 미련스럽게 남들은 열댓 개도 넘게 가지고 있다는 사랑이 왜 하나여서 저리도 힘들어하는지 소미 이모는 말없이 책상에 걸터앉았다. 그리고 넋 놓고 앉아 있는 소미를 한참 동안 지켜만 보았다.

"이모, 승호가 보낸 거야?"

"영어 못 읽냐? 대학생이 되었으면 그런 건 알아서 해석해야지."

소미 이모가 장난스럽게 말했지만 소미가 이렇게 알게 돼 당황했다. 이미 한 번 호되게 앓았기에 소미 이모는 그저 들춰낼 필요가 없다고 묻어두었었다. 그런데 소미의 흔들리는 눈동자를 보자 그때의 연장선상에 있는 듯했다.

"이모, 왜 나한테 말 안 했어? 승호 주소 알고 있다고 왜 말 안 했어?"

"내가 왜 말해줘야 하는데? 게다가 너 나한테 한 번도 승호 주소 아냐고 물어본 적 없다. 괜히 나한테 시비 걸지 말고 그냥 덤덤히 넘겨. 유난스러운 것도 일 년이면 족해."

드디어 마주한 승호의 흔적에 당황스러운 소미는 온갖 감정이 뒤죽박죽 섞여 버렸다. 당연히 알 수 없을 거란 생각에 이모에게 단 한 번도 승호에 대해 묻지 않았다. 그렇게 지워진 사람처럼 여기고 살아왔는데 승호는 여전히 있었다. 여전히……

"이모, 까칠하게 굴어서 미안. 그냥 갑자기 승호가 생각나서 그래. 밥이나 먹으러 가자."

"이거 봐."

소미 이모는 자신의 마음은 감춘 채 웃음을 짓는 소미를 보자 너무 측은해졌다. 그래서 책상 서랍에서 작은 메모지 한 장을 꺼내 소미한테 주었다. 소미 이모는 절대 주고 싶지 않았는데 막상 소미가 저리 세상이 다 끝난 듯 울상을 짓자 마음에 걸렸다. 한때 소미 이모도 승호를 꽤 좋아했고 둘이 잘 어울린다며 부러 같이 일을 시키기도 했다. 하지만 그렇게 떠난 승호에게 소미 이모도 그리 감정이 좋지 않았다. 결국 소미가 흔적에 이리도 흔들리는 모습을 보며 집안 내력이려니 싶은 마음에 소미 이모는 그냥 감춰만 두려던 마음을 포기해 버렸다.

〈서류 몇 장이 부족해서 양식하고 같이 보냅니다. 번거로우시더라도 빠른 시일 내에 봉투에 적힌 주소로 보내주세요. 전화로 부탁드리고 싶었는데 시차 때문인지 통화가 이루어지지 않아 부득이하게 우편으로 보냅니다.

이모 선생님, 소미는 잘 지내죠? 소미도 많이 변했겠죠? 가끔 한국으로 돌아가고 싶어지네요.

건강하세요.〉

소미는 손에 든 작은 메모지를 보자 가슴이 꽉 막혀 숨을 겨우

쉬었다. 혼자 애달아하지 않는 것만으로도 족했다. 다른 건 차치하고라도 승호에게 아직 소미가 있다는 걸로 됐다. 소미는 그렇게 애써 위로하며 이미 떠나 버린 승호를 다시 지우려 메모를 구겨 쓰레기통에 버렸다.

"아직도 승호 많이 보고 싶니?"

"아니, 절대."

소미는 마음과 정반대의 대답을 의지처럼 굳게 말했다. 하지만 승호가 절대적으로 보고 싶었다.

소미 이모는 멍하니 앉아 있는 소미를 내버려 둔 채 퇴근 준비를 했다. 소미의 머릿속은 점점 하얀 빛이 번지더니 승호라는 두 글자가 점점 커져 턱하니 자리 잡았다. 소미는 그 이름을 지워내지 못하는 자신이 답답했다.

"이모, 승호…… 잘 지내겠지?"

"잘 지내겠지. 걔가 어디 너처럼 속 썩이던 애냐?"

"그렇지. 근데 이모, 나도 잘 지낸다고 보내줬어?"

"아니, 그냥 서류만 보냈어."

"왜? 승호가 나 궁금하대잖아."

"굳이 보내야 할 이유를 모르겠어서. 이루어질 수 없는 거라면 모르고 살아가는 게 너희들한테 더 좋지 않니? 어차피 이전에 끝났잖아. 너도, 승호도."

소미는 무엇이 끝났다는 건지 다시 헷갈렸다. 끝이란 건 헤어지는 것만이 끝이 아닌 것 같았다. 이렇게 살아남아서 꿈틀대는 감정이 아직 끝나지 않았다는 증거 같았다. 그렇게 끝은 아니었다,

아직 끝이 난 게 없었다.

"이모, 나 밥 안 먹을래. 집에 가고 싶어. 미안."

소미 이모는 하필이면 저 우편물이 소미 손에 걸려 저리도 우울하게 만들었는지 괜히 애면 승호 탓을 했다. 그래도 그리 마음을 다해 사랑한다고 괴로워하는 조카가 대견했다. 저러면서 마음의 깊이도 깊어져 결국엔 벗어던지어 제 엄마를 뛰어넘길 바랐다.

소미는 오랜만에 희순을 만났지만 울적한 기분에 금방 헤어지곤 혼자 강남의 북적거리는 거리를 걷고 있었다. 미국으로 어학연수 간다는 희순의 말에 승호가 생각나 더 이상 앉아 있을 수 없었다. 하지만 길거리를 꽉 메운 사람들 속에서도 소미는 쓸쓸했다. 귓가엔 시끄러운 소리가 맴돌고 사람과 어깨를 부딪치며 걷지만 소미는 여전히 세상의 외톨이가 된 기분이었다. 그리고 걸으면 걸을수록 높은 힐을 신은 다리는 당기고 아팠다. 소미는 은행 건물 앞의 화단에 다리 쭉 뻗고 앉아 지나가는 사람들을 구경했다.

뉘엿뉘엿 지는 석양 아래 많은 사람들은 각자 제 짝이 있었다. 젊은 남녀가 다정히 줄 지어가는 길에 앉아 있던 소미는 멍하니 그들을 바라만 봤다. 소미도 어느 때엔 이렇게 앉아 있는 자신 같은 사람에게 부러움을 줬을 거다. 그리고 이렇게 앉아 있는 자신 같은 사람의 외로움을 몰랐을 거다. 소미는 이렇게 다리 아플 때 혼자 쉬는 게 아니라 손을 잡아 일으켜 업어주는 사람이 있었으면 했다. 그리고 승호가 짠하고 나타나 예전같이 다정히 웃으며 손을 잡아주길 간절히 바랐다.

"보고 싶다. 진짜로."

소미는 혼잣말을 하곤 다시 일어나 엉덩이를 툭툭 털고 걸었다. 지하철 속의 사람들에게 치이며 혼들리는 순간에도 소미는 보고 싶다는 이 간절한 마음이 갈 끝이 어디일지 궁금했다. 이렇게 보고 싶어만 하는 것이 정말 끝이라는 마음의 신호일지 의구심도 들었다. 그러다가 어느 순간 이렇게 가만히 있는 게 한심해졌다.

승호가 보고 싶고 그립다. 다시 만나고 싶고 만나러 가고 싶다.

소미는 이제 더 이상 눈치 보는 고등학생이 아닌 성인인데 이대로 있고 싶지 않았다. 열망이 생긴 순간부터 소미는 다시 불끈 승호를 향해 갔다.

소미는 일주일이 넘도록 수업을 내팽개치고 집에서 빈둥거렸다. 온종일 하는 일이라고는 거실에 누워서 군것질을 하며 텔레비전만 보았다. 식구들이 학교 가라고 등 떠미는데도 소미가 아랑곳하지 않자 소미 엄마는 별말없이 내버려 두었다. 정 하고 싶으면 끝내 해내고 마는 지난날을 생각하면 소미에게 때가 아니려니 하며 소미 엄마는 느긋했다. 하지만 그런 엄마를 보는 소미의 마음은 편치 않았다. 언젠가 걱정하는 그 운명이란 굴레가 벗겨지면 소미는 엄마에게 불안하게 지켜보는 관심 말고 사사건건 다 휘두르고 싶은 그런 잔소리를 해달라고 말하고 싶었다. 그저 옆에 두고 바라만 보는 꽃이 아니라 물도 주고 벌레도 잡아주고 먼지도 닦아주는 그런 꽃으로 여겨주길 바랐다.

어둑어둑 노을이 지기 시작하자 창을 통해 들어오는 주황빛 물

결은 거실을 아늑하게 만들었다. 소미는 텔레비전에 나오는 여행 관련 프로그램을 보며 지나치게 소리를 키워놓았다. 소미 엄마는 소리를 줄이라고 몇 번을 말했지만 소미는 엄마 다리를 베고 누워 군것질을 하며 눈을 부릅뜨고 화면만 보았다. 소미 엄마는 재밌지도 않은 걸 소미 때문에 억지로 보고 있었다.

"와, 미국 좋네. 엄마 저기가 뉴욕이라는데 진짜 좋아. 희순인 이번 방학 하면 휴학하고 한 한기 동안 어학연수 받으러 미국 간대."

소미 엄마는 뜬금없이 미국이 좋아 보인다고 난리법석인 소미 마음을 진즉 알고 있었다. 어느 날 텔레비전에서 뉴욕을 소개하자 소미가 한참을 보다 눈물 흘렸던 적이 있었다. 게다가 그 화면에 지나가는 사람들을 보면서 승호가 보고 싶다는 혼잣말을 하던 소미 때문에 소미 엄마는 마음이 철렁 내려앉았었다. 고등학교 때 가볍게 만났던 친구가 아닌 남자로 승호를 그리워하는 걸 본 소미 엄마는 그 마음을 이해하면서도 자신을 닮아가나 싶은 맘에 못내 안타까웠다.

"오, 엄마, 저거 봐. 완전 짱인데! 나도 저기 가서 영어 배우고 싶다. 다들 샬라샬라 영어만 쓰네."

"네가 영어 배워서 뭐 하게?"

"어? 음, 영어는 이제 기본이잖아. 나도 세계적인 화가가 되려면 기본 회화는 샬라샬라 거려야 하지 않겠어?"

"그냥 그리고 싶은 그림이나 제대로 배워. 엄마는 소미가 옆에 없으면 하루도 못 살아. 알지?"

소미는 애당초 어림도 없다는 듯 잘라 버리는 엄마 때문에 입을 댓발 내밀고 과자를 아작아작 씹으면서도 화면에서 눈을 떼지 않았다. 미국이라면 소미는 지를 떨게 싫어했었다. 미국이란 자체가 싫을 정도였지만 막상 승호의 메모 하나에 마음이 손바닥 뒤집듯 확 바뀌어 버렸다. 주소도 알고, 희순이도 간다는데 소미가 못 가란 법도 없었다. 지금 이렇게 보고 싶은데, 승호가 오지 않는다면 만나러 가면 되는 거였다. 행복을 위해, 고등학교 때 깨달은 행복은 스스로 찾아야 한다는 그 지론에 따른 결정이 엄마한테 씨도 안 먹혔다.

TV 화면이 광고로 바뀌자 소미 엄마는 자리에서 일어났다. 하지만 소미는 눈을 감고 긴 생각에 잠긴 듯 일어날 생각을 하지 않았다. 그러다 소미는 벌떡 일어나 주방으로 가 식탁 앞에 앉았다. 그리고 식구들의 퇴근 시간에 맞춰 식사 준비하는 엄마 뒤를 이 악물고 바라보다 굳게 결심한 채 입을 열었다.

"엄마, 나 미국 보내주면 안 돼? 가서 열심히 공부하고 올게. 한 번만 보내줘. 응?"

소미 엄마는 뒤도 돌아보지 않고 분주하게 손만 움직였다. 아무리 그래도 간절하게 묻는 딸이 원하는 대답을 해줄 수 없었다.

"엄마는 아빠 보내고 많이 아팠지?"

"네 아빠는 날 버리고 간 게 아니라, 가고 싶지 않지만 목숨이란 우리가 어쩔 수 없는 거라 가신 거야."

어느새 차가워진 소미 엄마 때문에 더 이상 말하지 못한 채 소미는 식탁에 팔을 베고 엎드렸다. 우리가 어쩔 수 없는 건 목숨만

이 아니라고 소미는 말해주고 싶었다. 승호도 숨을 쉬고 싶어 어쩔 수 없이 갔다고 변명해 주고 싶은 걸 소미는 엄마의 화를 돋울까 봐 꾹 참았다.

"엄마, 승호는 그렇게 시린 바람처럼 갔는데. 그렇게 매정하게 가버려서 다시는 안 볼 거라 믿었는데, 나도 모르게 문득문득 승호가 떠오르는 건 어쩔 수 없나 봐. 아빠는 엄마와 다신 만날 수 없다지만 나는 미국에 가면 승호를 볼 수 있잖아. 볼 수 없어서 안 보는 것과 볼 수 있는데 안 보는 건 다르잖아. 그러니 나 그냥 보내주면 안 돼?"

"안 돼. 그렇게 가서 너한테 연락 한 번 없는 애를 찾아가고 싶니? 너는 자존심도 없어? 사랑이 뭔지도 모르면서 그저 보고 싶단 마음 하나로 그 먼 곳을 가?"

소미는 달라지는 건 그저 그리워 미칠 듯한 마음뿐이라는 대답을 삼켰다. 소미도 엄마의 말이 절대적으로 옳다는 걸 안다. 그 먼 곳까지 어떤 확정도 없이 그저 만나러 가는 건 너무도 철없는 짓이란 건 알지만 지금은 이성과 감성이 완벽히 구분되는 상태가 아니었다. 대책없이 하나에 꽂히면 죽자사자 덤벼드는 그 기질 그대로 승호라는 단 하나만 본 채 소미는 덤벼들었다.

소미 엄마는 치미는 화를 억지로 누르며 애타게 쳐다보는 소미를 돌아보지 않았다. 세상에 남겨진 사랑의 유일한 흔적인 소미, 그 소중한 딸을 공주처럼 떠받들어도 마음에 찰까 말까인데, 떠난 남자 하나 못 잊고 보고 싶다고 징징거리는 소미가 너무도 바보 같았다. 그리고 이 어린 나이에 깊이 박혀 버린 마음도 원망스러웠다. 하늘에서 남편이 같은 삶을 살지 않게 보살펴 줄 거라 믿었는데 소미도 같은 마음을 타고난 깃 같았다.

히나, 그 하나에 다 털어버리고 끝내 추스를 수 없는 상처를 받을 때까지 품고 있는 그 사랑.

소미 엄마는 절대 그런 사랑을 소미가 하지 않길 바랐다.

"엄마…… 내 마음속에서는 승호를 보내지 못하고 있나 봐. 그리워. 보고 싶어. 그래서 나 행복하지 않아."

"그저 얼굴 보면 뭐가 달라지니? 일 년이 넘었는데 승호가 널 예전같이 대할 거라고 믿어? 사랑은 같이 하는 거야! 바보처럼 혼자 애달아 하는 건 이 엄마처럼 아프기만 한 거라고!"

소미 엄마는 아무리 그래도 소미가 여기서 접는 그 마음이 덜 아플 거라 믿었다. 보고 또 보고, 그리워하고 또 그리워하고, 언젠가라는 기약없는 그 기다림을 소미가 하지 않게 하고 싶었다. 그리고 가서 새로운 인연으로 행복하기만 하다면 보내주겠지만 돌아올 날을 약속하고 가는 그 짧은 시간 후에 돌아올 허탈을 생각하면 소미에게도 별 의미 없는 만남이었다.

"그냥 보내달라고! 내가 가고 싶다고! 가고 싶은 걸 어떻게 해! 나도 돈 많은 집에서 태어났으면 내 마음대로 미국 가잖아. 엄마가 나한테 해준 게 뭐가 있어? 그것도 못 보내주면서 무슨 엄마야?"

소미는 뜻대로 되지 않고 가볍게 치부하는 억울함에 되는 대로 말을 내뱉어 버리고 방으로 들어가 버렸다. 단지 지금 가서 승호를 만나고 싶다는 생각 외에는 그 어떤 것도 떠오르지 않는 소미는 자신의 행동이 엄마에게 상처 주는 걸 모르고 있었다.

　소미가 단식선언을 하고 방에 틀어박힌 지 보름이 넘어서자 소미 엄마는 불면증에 시달리며 괴로운 번민의 시간을 보냈다. 자식이란 애물단지라더니 소미 엄마는 이런저런 방향으로 다양하게 생각해 보다 끝내 지고 말았다. 그리 원해 가서 막상 이전과 같지 않다는 걸, 변해 버린 자신들로 인해 더 큰 상처를 받더라도 완전히 끝이 난다면, 더는 그 시절이 존재할 수 없다는 걸 소미가 알아야겠다 싶었다. 그래서 결국 제대로 끝내지 못했던 마음에 마침표를 찍을 수 있을 것 같았다. 그 후에 마음이 썩어 문드러진다 해도 그건 철없는 대가로 소미한테 쥐어주기로 했다.
　사랑이란, 이미 시작한 사랑이란, 그 완전한 끝을 보기 전까진 애달파 온몸이 달아오르기 마련이다. 무모할 수 있지만 그럼에도 불구하고 돌아온다면 소미 엄마는 그것이 더 나은 결정이라고 스스로를 위로했다.

　한정된 삼 개월의 짧은 어학연수, 그 시간 속엔 끝이라는 명확한 선이 있었지만 들뜬 소미는 모른 척 외면하고 있었다. 다만 시간이 무한정이란 듯 그저 간다는 데 취해 한없이 행복한 기분으로 비행기를 탔다. 희순은 하나부터 열까지 다 챙겨 소풍 가는 듯 들뜬 소미를 비행기에 태우면서 마음이 여간 무거운 것이 아니었다. 아무리 소미가 승호코알라였다 하더라도 달랑 승호 주소 하나 들고 찾아가는 걸 친구로서 희순은 동조할 수 없었다. 그래도 희순은 친구니까 그런 소미를 몇 달간 잘 보살피기로 소미 엄마와 굳게 약속했었디.

"힉순아, 비행기 처음 타보는데 이건 은근 괜찮네. 자주 타고 싶어졌어."

"난 싫어. 답답해 죽겠어."

"어머, 은근 인내심 없어. 이런 고생 끝에 낙이 오는 거야."

마지막 기내식을 마친 소미는 다리도 다 못 펴는 일반석에서 지치지도 않는지 앞에 놓인 책자를 뒤적거리고 있었다. 희순은 벌써 열 시간이 다 되어가는 비행에 꼼짝없이 갇혀 기진맥진 진이 다 빠졌는데, 소미는 기내에서 주는 대로 하나도 놓치지 않고 다 받아먹으며 옆 사람과 수다까지 떨고 있었다.

"음, 그러니까…… 아메리카 굿 비커즈 마이 프렌드. 어, 어, 스터디 하드 잉글리시. 애니웨이 나이스 아메리카. 흐흐, 두 유 띵소?"

희순은 언뜻 소미가 한 말이 이해가 되지 않아 되짚어보았다. '미국은 내 친구가 있어 좋고 영어공부를 열심히 한다, 어쨌든 미국은 좋다. 너도 그리 생각하니?' 라고 말한 거 같았다. 옆에 앉은 미국인도 이해가 안 됐는지 희순을 보며 의아한 표정을 짓고 있었다. 희순은 창피해 고개를 확 돌려 버렸다. 저런 영어로 소미가 미국 가겠다고 난리 친 것부터 시작해 미국이 언제부터 그리 좋았는지 희순은 다 기막혔다.

불과 한 달 전만 해도 소미가 미국은 사라져야 할 나라라며 그리도 싫어했는데 저리 급 호감을 내비치는 간사한 마음이 희순은 이해할 수 없었다. 잠시 사귀다 헤어지는 게 일상인 나이에 소미가 하나만 본 채 잊지 못하고 마음이 움직이는 대로 간다는 그 발상 자체가 무모했다. 그러나 일순간 희순은 그 무모가 지금 겪고 있는 젊음의 상징이 아닐까 싶었다. 하나하나 돌계단 밟듯이 조심히 걸어가는 자신보다 저리 무모하면서 부딪쳐 깨지고 또 일어나 웃는 소미가 더 나은 삶의 굴곡을 가질 것 같았다. 소미가 계속해서 미국인과 대화를 시도하지만 그 짧은 영어 실력에 결국 서로 이해하지 못한 채 대화가 끊겼다. 희순은 이제 좀 조용해질 듯싶어 기내이불을 머리끝까지 덮고 다시 잠을 청했다.

소미는 미국이란 곳에 대한 두려움과 떨림이 아예 없는 건 아니지만 지금은 그저 트램펄린 위에서 팡팡 뛰어오르는 기분이었다. 장시간 비행이 계속되면서 소미는 자다 깨면 승호 주소를 적어놓은 메모를 가방에서 꺼내보다가 집어 넣었다. 창밖엔 상공에서만 볼 수 있는 구름떼 안의 진기함도, 기내 안의 답답함도, 미국이라는 거대한 나라에 풍덩 빠질 그 긴장감도, 소미에게는 그저 부스러기 같은 감정들이었다. 소미는 어서 빨리 비행기가 착륙해 미국에 발을 디뎌 찾아갈 곳을 가고 싶을 뿐이었다.

JFK공항을 빠져나오자마자 희순은 땡볕에 지친 몸도 가누기 힘들어 죽겠는데 막무가내인 소미까지 붙잡고 늘어져야 했다. 소미가 영어라도 잘한다면 무슨 걱정이겠느냐마는 달랑 승호 주소만 들고 찾아가겠다고 성화니 희순은 마중 나온 사람마저 세워놓고 오도 가도 못했다.

"안소미! 내가 몇 번 말해. 여기는 네가 원하면 다 갈 수 있는 한국이 아냐. 우선은 기숙사로 갔다가 내일 나랑 같이 움직이자. 승호가 아니라 승호 할아버지라도 내가 꼭, 기필코, 절대적으로 찾아줄게. 응?"

"나 택시 타고 가면 돼. 주소 주면 데려다 준다고 책에서 봤어. 넌 먼저 기숙사 가 있어. 내가 미국 택시가 어떤지 타보고 느낌을 읊어줄 테니 기다리기만 해."

"야! 내가 걱정돼서 어떻게 가. 그러지 말고 그냥 기숙사 가자. 응?"

"나 여기서 기숙사 가면 내일 해뜰 때까지 초조해서 잠 못 자. 너도 나 알잖아. 뭐 하나 손에 잡을 때까지 안달복달하는 거. 더 기다릴 인내심 없어. 가서 못 만나고 돌아온들 그냥 가보기라도 할래. 거기 승호가 사는 곳이 있는지 확인이라도 할래. 그래야 내가 오늘 여기까지 이 먼 곳을 오려고 버틴 힘을 지킬 수 있을 거 같아. 가서 아니라면 바로 쓰러지더라도 갈래."

"아주 열녀 났다. 그래, 가. 가서 만나든 말든 네 마음대로 해. 오늘 안 들어오면 바로 너네 엄마한테 이를 거야. 친구가 아니라 아주 원수지. 어쩐지 네가 너무 잠잠히 잘 따라오더라."

소미는 잔뜩 걱정하는 희순을 덥석 안았다. 소미라고 난생처음 타보는 뉴욕의 택시가 왜 아니 두렵겠느냐마는 그래도 가서 보고 싶었다. 그 마음이 너무 커 그 외에의 것들은 흩날리는 먼지 같았다.

"고마워. 너 아니면 나 여기 오지도 않았어. 얼굴만 확인하고 바로 갈게."

"안 자고 기다릴 거야. 혹시라도 승호가 널 실망시키면 바로 전화해. 내가 달려가서 아주 죽여 버릴 테니까."

희순은 뒤돌아가는 소미의 뒷모습을 보며 갑자기 부러움이 들었다. 같은 나이인 희순은 아직도 일말의 감정을 불러일으키는 남자가 없는데 친구랍시고 소미가 아주 염장을 들이붓고 가니 순식간에 외로움이 밀려왔다. 그리고 이 마음 전부 다 주고 휘청거릴 만큼 사랑하고 싶어졌다.

공항에서 한 시간가량 서울보다 더 빽빽이 늘어선 높은 건물들 사이를 느릿느릿 가던 택시는 맨해튼의 고급 맨션 앞에 도착했다. 그리고 로비에 들어선 소미는 경비원의 제지를 받았다. 민승호가 살고 있기는 한데 지금 집에 없으니 나중에 오라는 말을 대충 감으로 때려잡았다.

"Later은 나중이란 뜻이니까 음…… 아, 아 윌 웨이트 컴 승호 민! 롱롱 타임 웨이트. 오케이?"

소미는 무조건 기다린다는 말을 하고 로비 한쪽에 놓인 소파에 앉았다. 로비는 일반적인 아파트 입구가 아니라 고급 호텔과 비슷하고 직원들도 여럿 대기하고 있었다. 드나드는 사람들도 하나같이 이 더운 날 긴팔을 입고 있고 번쩍거리는 불빛이 화려한 로비는 소미를 불편하게 만들었다.

소미는 얌전히 구석에 자리 잡곤 가져온 여행서를 읽으며 경비원들의 눈치를 보았다. 자꾸 쳐다보며 뭐라고 자기들끼리 쑥덕거리는 게 기분 나빠서 따지고 싶어도 말이 짧은 소미는 어색하게 웃을 뿐이었다. 그렇게 한없이 기다리고 있으니 어둑어둑해지던 밖은 이제 완전히 컴컴한 밤이 돼버렸다. 너무 오래 죽치고 있어 민망한 소미는 물 한 잔 가져다주는 직원에게 연방 고맙다고 말하며 손목시계를 보았다. 뉴욕의 밤은 위험하다고 귀에 박히도록 들은 소미는 기숙사로 돌아가야 할 것 같았다. 실제 있는 건물에 승호가 살고 있다는 성과를 건진 것만으로도 만족해야 하나 싶던 소미는 그래도 승호가 설마 혼자 돌려보내겠느냐는 막연한 생각에 지루한 시간을 버텼다.

소미는 기다리는 내내 더는 여행서도 눈에 들어오지 않고 사람 구경도 질렸다. 시곗바늘은 12에 가까워지는데 승호는 여전히 나타나지 않았다. 소미는 점점 승호를 만나지 못할 수도 있다는 생각이 들자 그동안 부스러기 같던 감정들이 꽉 차올라 소미를 불안하게 만들었다. 그리고 배낭 맨 밑에 깔려 있던 약간 구겨진 소주팩을 꺼냈다. 미국 가면 소주가 비싸다며 학교 선배들이 챙겨준 걸 소미는 역시 잘 가져왔다고 생각하며 빨대를 꽂았다. 대학 가서 가장 눈에 띄게 는 건 그림이 아니라 술이었다. 사람을 좋아하는 소미는 붓을 들지 않는 시간 대부분을 학교에서 만난 또래 애들과 술자리로 즐겼다. 처음엔 픽픽 쓰러져 집에 업혀갔지만 어느새 늘어난 술은 쓰러져 가는 사람들 뒷정리를 할 정도가 되었다.

소미는 빨대를 입에 물고 소주를 쪽쪽 빨아 마시며 문이 열릴 때마다 휙휙 고개를 돌려 쳐다봤지만 승호는 나타나지 않았다. 아끼고 아껴 먹으려던 소주팩을 소미는 음료수처럼 후딱 마시고 나니 피곤이 밀려왔다. 장시간 비행에 또다시 멀뚱히 문만 쳐다보고 앉아 있으니 제아무리 기분이 좋아 날아갈 정도라도 몸이 배겨나 질 못하는 상태였다.

소미는 더 앉아 있다간 체력의 한계에 어지러움까지 밀려올 듯 해 자리에서 일어났다. 그때 나가려는 소미에게 다급히 다가온 직원이 뭐라고 말을 건넸지만 소미는 알아듣지 못한 채 그저 손을 맞잡고 웃어주었다.

"오케이. 땡큐베리머치. 시 유 투머로우. 굿 나이트!"

소미는 아는 영어를 총동원해 나름 멋진 작별인사를 나눴다고 생각하고 가려는데 자꾸만 직원이 팔을 붙들고 놓지 않았다. 말이 통해야 뭔 대화를 시도해 볼 텐데 이건 소 귀에 경 읽기니 정말 답답했다. 소미는 이제야 미국이란 나라에 온 것에 대한 걱정이 들었다. 더불어 여기선 영어가 안 통하니 벙어리나 귀머거리와 다를 바 없구나 싶었다. 공항에 도착하고도 느끼지 못했던 불안한 현실은 이렇게 소미에게 불쑥 다가왔다.

"쏘리, 아이 돈트 노우 잉글리쉬. 투머로우 시 어게인, 오케이!"

소미는 직원에게 아주 친절히 웃으며 내일 보자고 얘기했지만 직원은 팔을 놓지 않았다. 그렇다면 뭘 기다리라는지 차근차근 설명이라도 해야 하는데 직원은 샬라샬라 지하철 지나가는 속도로 말하니 소미는 알아듣지도 못한 채 괜히 로비에서 술 먹은 게 잘못돼 경찰을 부르는 게 아닐까 덜컥 겁이 났다.

문 앞에 서서 한참을 실랑이하는 소미와 직원을 지나가는 사람들마다 호기심 어린 눈초리를 보냈다. 소미는 빨리 이곳을 빠져나가고 싶었다. 가뜩이나 마음속 가득 찬 실망감에 희순일 붙잡고 펑펑 울고 싶은 심정인데, 역시 절대 돌아오지 않을 지난 감정에 허우적거리다 허상을 좇은 바보 같았다. 소미는 그만큼 오늘에 대한 기대가 컸기에 그에 따른 실망감 또한 클 수밖에 없었다.

"그런 영어 실력으로 여기까지 어찌 찾아왔어?"

소미는 마구 들리던 영어 속에서 남자의 한국말을 또렷이 들었다. 낯설지만 익숙한 목소리에 소미는 전기가 끊긴 로봇처럼 딱 멈춰 섰다. 분명히 기다리던 승호의 목소리지만 소미는 쉽게 뒤돌아보지 못했다. 역시 소미는 허상인 승호를 좇지 않았다. 아니, 결국 승호는 허상이 아니었다. 지금 소미는 그렇게 기다린 승호를 만난 것이었다. 이 먼 곳을 찾아와 반나절 넘게 기다린 끝에 승호를 만난 것이었다. 그렇다, 드디어 만났다!

소미는 직원이 놓은 자유로운 팔을 다른 팔로 감싸며 벅찬 마음 반, 혹시나 환청이 아닐까 두근거리는 마음 반으로 뒤돌아섰다. 그러자 승호는 여전한 그 모습으로, 아니, 조금은 변한 듯 키도 더 크고 몸도 더 날렵해져 있었다. 잘생긴 그 얼굴의 선도 더 진해졌고 결정적으로 더 멋있어졌다. 소미의 눈에 승호는 완벽한 남자로 불안에 떨던 가슴을 기쁨으로 벅차게 했다. 매번 머릿속에 나타나 휘젓던 승호를 소미는 한눈에 알아볼 수 있었다. 그리고 소미를 향해 승호는 환하게 웃고 있었다. 반가운 듯 밝은 표정의 승호는 소미를 향해 활짝 웃고 있었다. 소미는 그것만으로도 여기 온 모든 것을 확인 받은 기분이었다.

"안소미, 나 보러 온 거 아냐?"

소미는 시간이 꽤 흘렀지만 여전히 덤덤한 그 목소리가 반가워 눈가에 없는 주름이 지어질 정도로 웃었다. 하지만 소미는 그렇다며 단숨에 달려가 승호에게 안기고 싶던 충동이 차갑게 식어버렸다. 승호 옆에 갑자기 나타나 선 여자가 보였다.

유니폼을 입은 백인 여자가 아니라 머리카락이 검은 여자.

소미는 순간 시간의 흐름을 인정해야 했다. 저렇게 멋지게 변한 승호에게 저리 어울리는 멋진 여자가 서 있는 게 당연했다. 그렇게 승호도 변했고, 소미도 변했고, 다 변해 버렸다. 순식간에 쌓아 올린 마음이 와르르 무너져 내린 소미는 승호 앞에 서 있는 것이 부끄러웠다.

"안소미, 나 보러 온 거 아냐? 지나가다 들른 거야?"

승호는 멀뚱히 서서 눈물 가득 찬 눈으로 쏘아보는 소미에게 가까이 다가갔다. 반가워 죽을 것 같은 표정이 아니더라도 소미를 다시 보고 있다는 것만으로도 승호에겐 찌릿찌릿한 전율이 온몸에 흘렀다. 한국도 아닌 이 미국에서 소미를 만난다고 그 누가 감히 예상이나 했을까. 승호는 여전히 귀여운 볼에 홍조 가득한 소미를 보며 가슴속 깊이 묻어두었던 웃음이 겉으로 드러났다. 승호가 보조개가 생길 정도로 웃으며 다가오자 소미는 화가 나 승호의 다리를 발로 확 걷어찼다.

"그새 여자도 생기고 미국이 좋은가 보시죠? 능력 아주 대단하십니다. 잘 먹고 잘살아라, 이 지조없는 놈아!"

소미가 확 돌아 나가려는 걸 승호는 겨우 팔을 잡아 붙들고 인상을 찌푸렸다. 소미가 어찌나 힘을 줘서 찼는지 승호는 정강이가 얼얼했다. 승호는 그제야 소미가 잔뜩 쏘아보며 볼을 빵빵하게 부풀린 이유를 알았다.

"형수님이야. 물어보고나 화를 내든지. 형수님이 뭔지는 알지?"

소미는 눈을 깜박이며 형수님에 대한 뜻을 단번에 알아차리고는 입술을 삐죽 내밀었다. 승호에게 미국에 형이 있다고 예전에 들었었다. 그렇다면 말이 되기는 했는데 여전히 소미는 미심쩍었다.

"그러니까 네 형의 그런 사람?"

승호는 그런 사람이란 표현을 하며 아직도 고개를 갸웃거리는 소미를 보니 이전에 묻어둔 감정이 솟아나 소용돌이쳤다.

"그래, 내 형의 아내 분이시다."

"진짜지? 한 치의 거짓이라도 있으면 너 오늘 나랑 같이 이 뉴욕 바닥에서 죽는다."

"가서 확인해 봐."

소미는 그 대답에 싸늘했던 몸에 갑작스레 뜨거운 피가 마구 돌며 하나하나 제 감정이 소록소록 올라왔다. 그리고 하늘을 찌를 듯한 반가움을 아직 표현하지 못한 소미는 팔짝 뛰어올라 승호의 목에 대롱대롱 매달렸다. 그런 소미가 떨어질까 승호는 허리를 두 팔로 감싸 번쩍 들며 꽉 안아주었다. 소미는 이제야 제멋대로 뛰던 마음이 진정돼 양껏 웃었다.

"안소미, 보고 싶었다."

승호는 소미 귓가에 작게 속삭이며 더욱 꽉 소미를 껴안았다.

좀 전에 주차장에서 엘리베이터로 올라가려던 승호를 붙들어 세운 경비원은 로비에 기다리는 손님이 있다며 메모지를 주었다. 승호는 그 이름이 제대로 적힌 거냐고 몇 번이나 묻고 따라 읽어도 봤지만 믿기지 않아 아찔했다. 이 아릿한 이름이 먼저 이토록이나 빠르게 나타날 거라곤 꿈에도 생각지 않았었다. 게다가 미국에서, 그것도 이 건물 안에서 기다린다니 승호는 심장의 쿵쾅거림을 주체할 수 없었다. 승호는 로비에 들어서자마자 그토록 그리워했던 안소미를 보았다. 절대 보내지 말라는 승호의 부탁을 받은 직원은 소미를 가지 못하게 붙들고 있었다. 예전보다 많이 긴 머리칼을 찰랑거리며 소미는 여전히 큰 목소리로 띄엄띄엄 영어를 말하고 있었는데 불안한 표정이 역력했다. 소미를 본 승호의 심장이 멈췄다. 아니, 심장은 여전히 뛰고 있었으나 순간적으로 눈앞에 보이는 것 외에는 다 정지된 느낌이었다.

"민승호, 당연히 보고 싶어했어야지."

승호는 너무나도 행복이 가득한 표정의 소미를 내려놓았다. 그리고 승호는 소미가 멨던 가방을 들고 손 잡아 엘리베이터 앞에 서 있는 형수에게 갔다. 승호 얼굴엔 소미와 함께하는 것만으로 좀체 볼 수 없는 뿌듯한 표정이 서려 있었다.

"형수님, 오늘은 그만 가셔야겠네요. 다음에 봬요."

승호 옆에 선 소미를 보던 형수는 새삼 놀란 마음이 드러나지 않도록 감췄다. 언제나 자기 주변에 타인이 오는 걸 극도로 경계하던 승호에게 저토록 자연스럽게 안기는 여자가 있다는 게 신기했다.

"누군데? 승호가 이렇게 반가워하는 사람이 있다는 게 신기한 걸. 승우한테 가서 말해줘야겠나. 아주 귀여운 여자를 만난 후 나한테는 소개도 안 시켜주고 내쫓았다고."

소미는 연방 방긋방긋 웃으며 착해 보이는 형수님이라는 여자에게 인사했다. 그러나 여전히 흥분한 상태였다.

"민승호, 누군데? 자꾸 누나 궁금하게 할래?"

"친구예요."

순간 실실 웃던 소미의 표정이 확 굳었다.

"그냥 친구가 아닌 것 같은데?"

승호는 멋쩍은 표정으로 머뭇거리며 소미의 눈치를 봤다. 승호가 가족이란 관계 속에 가장 편히 지내는 형수에게조차 속을 드러낸 적이 드물었다. 오늘에서야 형수는 승호가 결코 어른들이 말하던 그리 차가운 성정만 가진 게 아니었을 거란 생각이 들었다. 게다가 올망졸망 귀여운 외모에 자유분방한 분위기를 풍기는 소미를 보니 형수는 되레 기대감이 들어찼다.

"여자 친구요."

소미는 기분이 팍 상해 승호가 잡고 있는 손을 확 뿌리쳤다.

"야! 더 좋은 표현 많잖아."

"뭐?"

"그걸 내가 꼭 내 입으로 말해야 알아? 넌 영어 샬라샬라 하느라고 한국말은 다 잊었니?"

"뭔 말이야?"

소미가 팩 토라져 고개를 돌려 버리자 승호가 슬쩍 웃으며 소미의 손을 다시 잡았다.

"애인이란 말이죠?"

"네."

형수는 사근사근하게 웃는 소미를 보니 승호가 달라 보였다. 소미에게 쩔쩔매는 승호를 보는 것도 재밌었다.

"형수님, 저희 그만 올라갈게요. 편히 가세요."

"그래. 소미 씨도 즐겁게 놀다 가요."

"네. 안녕히 가세요. 좋은 밤 되세요!"

소미는 형수가 가든 말든 할 인사는 다 했다는 듯 엘리베이터 안으로 쏙 올라탔다. 승호는 형수가 주차장으로 내려가는 것까지 보려다가 엘리베이터 문이 닫히려 해 급하게 올라탔다.

"몇 층인지도 모르면서 타면 어떡해?"

"나 알아, 22층. 호수도 알아. 2203."

"근데 너 여기 어떻게 온 거야? 누구랑 온 거야? 짐은 없어? 언제 왔어? 누가 주소 알려줬어?"

승호는 정신을 차리고 보니 여기 와 있는 소미한테 궁금한 게 너무 많았다. 한국에서 여기까지 거리가 얼마인데, 혹시라도 집에 알리고 오지 않은 거면 어쩌나, 묵묵부답인 소미를 보며 걱정이 태산이었다.

"너 미국 살더니 말 많아졌다. 예전엔 안 그랬는데, 미국이 좋아?"

"너 혹시 가출한 거야?"

"야! 미국이 그리 쉬운 곳인 줄 알아? 여기 오려고 대사관 앞에서 네 시간이나 기다리고, 엄마한테 돼지게 욕먹고. 아주 부유해져서 서민의 생활을 모르시는 민승호님! 미국은 가춤했다고 올 수 있는 곳이 아니란다."

"그럼? 어머님이 보내주신 거야? 너 혼자? 야! 여기가 어디라고 이렇게 함부로 왜!"

소미는 저렇게 말을 속사포처럼 내뱉는 승호가 낯설었다. 소미는 역시 미국이 승호를 숨 쉬게 해 한국에 돌아오지 않을지도 모른다는 생각이 들었다. 엘리베이터가 멈추고 환한 복도가 나왔다. 카펫이 깔린 복도를 처음 걸어보는 소미는 푹신푹신해서 발이 푹푹 꺼지는 느낌이 색달랐다. 승호가 문을 열고 들어간 집 안에서는 신발을 벗지 않았다. 소미는 현관에 서서 신발을 신고 들어가는 승호를 멀뚱히 보았다.

"왜 안 들어와?"

"신발 안 벗어?"

"그냥 들어와. 여긴 대부분 신발 벗는 곳이 없어. 집 안에서도 신어. 정 불편한 것 같으면 거기 앞에 놓인 슬리퍼 신든지."

승호는 소미가 바닥에 앉는 걸 즐긴다는 생각이 떠올라 현관으로 와 신발을 벗고 슬리퍼를 신었다. 그리고 소미를 보다 인상이 확 찌푸려졌다. 소미가 겁없이 입은 옷이 승호는 다른 사람들이 봤을까 걱정이 들었다. 가뜩이나 눈에 잘 띄는 소미인데 저런 옷차림에 별일없이 여기까지 온 게 다행이었다.

"너 옷이 그게 뭐야?"

"왜?"

"뭔 치마가 그리 짧아!"

"한국에선 다들 이렇게 입어. 다른 애들은 똥꼬 보이는 것도 입고 다니는데, 괜히 시비야. 내가 안 반가워? 나 갈까?"

소미는 청치마를 만지작거리며 드러난 맨다리를 내려보았다. 승호에게 예쁘게 보이려고 입은 옷인데 예쁘단 말 한마디 없이 구박부터 하니 소미는 섭섭했다.

"뭐 마실래?"

"됐어, 안 마셔. 나 희순이한테 전화해야 해. 전화해 줘."

소미는 가방을 뒤져 기숙사 전화번호가 적힌 메모지를 승호에게 툭 던졌다. 승호는 바닥에 떨어진 메모지를 주어 심통난 소미 대신 전화를 걸었다. 교환을 통해 잠에서 깬 듯한 희순이 반갑다며 호들갑을 떨자 승호는 건성건성 대답하고 소미를 바꿔주었다.

"응, 갈 거야. 승호가 데려다 줄 테니 걱정 말고. 응, 잘 자."

소미는 무지 클 줄 알았던 집이 의외로 방도 나뉘지 않은 그냥 뻥 뚫린 소위 말하는 원룸이었다. 그래도 갖출 건 다 갖춘 집을 둘러보며 소미는 소파에 앉아 창 너머 끝내주는 전망을 보았다. 뉴욕의 밤은 불빛들의 향연이었다. 서울의 단층 집에서 볼 수 없는 확 트인 시야 아래 갖가지 빛들이 요상하게도 튀는 곳 없이 잘 어우러져 있었다. 단 한 마디로 탄성이 절로 나올 정도로 멋있었다.

"안소미, 이제 어떻게 왔는지 말해봐."

승호는 창밖을 바라보고 있는 소미의 곁으로 와 물었다. 그러면서 승호는 이렇게 소미를 단 하루밤에 보고 말지 모른다는 괜한 두려움이 생겼다. 승호는 만나서 반가운 만큼 그동안 그리워했던 마음이 짙게 번져 소미를 눈에서 벗어나게 하고 싶지 않았다. 또다시 헤어질 생각을 하니 이대로 시간을 멈추고 싶었다.

"비행기 타고 왔이. 희순이가 어학연수 간다고 해서 따라왔고. 아, 기숙사에 희순이랑 한 방 쓰기로도 했다. 뭐, 그렇게 왔어."

"어디서 공부하는데?"

"몰라. 공부하러 온 거 아냐."

"그럼?"

"너 보고 싶어서 왔어. 너 만나러."

"너 바보니? 여기가 어디라고 보고 싶다고 와! 만나서 뭐 어쩌자고 여기를 찾아와."

승호는 고맙고 반가운 마음이 이젠 이성의 통제하에 겉으로 표현되지 않았다. 승호는 감성에 흔들리던 마음을 다잡고 소미의 무모함을 다그쳐 기숙사로 돌려보내려 했다. 하지만 그런 승호에게 소미는 두 눈 부릅뜨고 완강히 버렸다.

"야! 내가 널 보러 여기까지 왔는데 다른 건 다 그렇다 쳐도, 네가 이따구로 날 홀대해도 돼? 내가 무모하긴 했다만 난 행복을 쫓는 사람이야. 나는 너 없이 완전히 행복하지 않아서 왔어. 너는 나 없이도 무지 행복했나 보지? 그래, 어련하시겠어. 됐다. 그래, 넌 도덕군자고 난 우리 엄마 등골 빼먹는 딸내미다! 왜, 아예 내일 한국으로 당장 돌려보내지? 너 그러는 거 아냐!"

억울한 소미는 어쩜 저리도 하나 변한 게 없는 승호인지 소파 옆에 놓여 있는 배낭을 들고 일어났다. 엄마에게 상처까지 줘가며 어렵게 온 것인데…… 더럽고 치사했다. 더는 승호를 안 만나면 그만이었다. 어차피 공부하겠다고 온 거 기숙사로 돌아가면 그만이었다.

"안소미!"

소미는 듣는 척도 안 하고 다시 운동화를 신으려 바닥에 철퍼덕 앉았다. 하지만 잘 신겨지는 신발을 괜히 안 신겨지는 척 우물쭈물거렸다. 그런 소미의 양 겨드랑이 사이로 승호의 손이 들어와 벌떡 일으켜 세웠다. 소미가 깜짝 놀라 한 발짝 앞으로 옮기자 승호가 뒤에서 꽉 껴안았다.

"안소미, 보고 싶었어. 너 많이 보고 싶었어. 너 머리카락 많이 길었네."

소미는 금세 환하게 웃으며 허리를 감싼 승호 손에 손을 얹었다. 그러고는 이러려고 왔는데 공부는 무슨 공부냐고 또다시 마음이 바뀌었다. 소미는 이렇게 승호와 마음껏 웃고 따뜻한 살갗이 맞닿은 걸로 만족했다.

승호와 소미는 손을 맞잡은 채 서로 떨어져 있었던 시간에 대한 이야기했다. 소미가 미국 오기 전에 엄마와 대치했던 일과 그림에 대한 새로운 시각을 쉴 새 없이 떠드는 사이 승호는 밤이 깊어진지도 몰랐다. 그리고 점점 말수가 느려지면서 소미의 눈꺼풀은 한 번 감기더니 다시 뜨지 않았다.

잠든 소미를 번쩍 들어 침대로 옮겨놓고 이불을 덮어주던 승호는 어이없는 웃음이 나왔다.

"너란 애, 여기까지 올 생각을 한 그 자체가 참 대단하다. 근데 여기까지 찾아온 널…… 앞으로 어찌해야 할까?"

해가 뜨는 맨해튼의 새벽녘 푸른빛에 승호는 미국 와 처음으로 창 너머를 보며 웃었다. 이렇게 행복힌 새벽은 이전엔 없었던 같 았다. 소미와 같이할 수 있다면 무모한 열정일지라도 이 순간을 위해 쏟아 붓고 싶었다. 훗날 후회할지라도 승호는 앞으로 삼 개 월이란 한정된 시간을 소미에게만 쓰고 싶었다. 그리고 그 시간을 온전히 다 가지고 싶었다.

소미는 잠에서 번득 깨자 머리가 띵했다. 게다가 온몸이 얻어맞 은 듯 쑤시고 결려 침대에서 일어날 기력조차 없었다. 장시간의 비행과 몇 팩의 소주, 그리고 긴장감이 한꺼번에 풀리면서 소미는 몸살이 난 듯 몸을 뒤척이는 것조차 버거웠다. 소미는 얼마나 잠 든 것인지 알기 위해 바라본 창밖 너머로 붉은 해가 서서히 어둠 에 파묻혀 석양이 보였다. 그때 딸그락딸그락 그릇 부딪치는 소리 가 궁금해 겨우 일어나 침대맡에 기대앉았다.

소미는 가스레인지 앞에 우두커니 서 있는 승호 뒷모습에 뻐근 하던 몸이 싹 녹아내리는 것 같았다. 아무것도 한 것 없이 그저 승 호만 보는데 소미는 초콜릿 한 움큼 입 안에 넣은 듯 달콤함에 몸 을 떨었다. 승호를 지켜보는 소미는 일부러 기척을 내지 않고 그 렇게 바라만 봤다. 그저 승호와 함께한다는 것이 이렇게 행복하다 니……. 웃음이 가시지 않았다.

승호는 열기 가득 뿜어져 나오는 가스레인지 앞에서 죽이 늘어 붙지 않게 살살 저으며 손목에 찬 시계를 보고 있었다. 그러고는 소미가 너무 오랫동안 허기져 있으면 속 버릴 것 같아 불을 끄고 돌아섰다가 환하게 웃으며 쳐다보는 소미 때문에 순간 깜짝 놀랐다.

"언제 일어났어?"

"방금. 나 목말라, 물 줘."

소미의 말 한마디에도 승호는 재빨리 움직였다.

"배 안 고파?"

"몰라, 몸이 너무 뻐근해. 나 잘 때 때렸냐? 아니면 다른 음흉한 짓이라도? 사실대로 말해봐. 후자면 너그럽게 용서해 줄게."

"잘 자고 일어나서 헛소리는, 죽이나 먹어."

승호는 끓인 죽을 가져와 침대에 걸터앉았다. 일어난 내내 방긋거리는 소미를 보고 이제야 안심했다.

소미가 잠들자 승호는 소파에서 잠들었었다. 그러다 얼핏 들리는 끙끙 앓는 소리에 놀라 벌떡 깨 소미에게 다가가 흔들어 깨웠으나 소미는 좀체 일어날 줄을 몰랐다. 게다가 바싹 마른 입술과 달리 땀 범벅이 된 소미 때문에 승호는 걱정이 되었다. 하지만 시간이 지나도 소미의 몸상태가 그대로이자 의사를 부르기 위해 형수에게 도움을 청했었다. 하나, 형수는 호들갑스럽게 굴지 말라고 핀잔을 주며 지친 소미를 푹 자게 놔두라는 말뿐이었다. 소미는 곧 깨어날 거라며 조용히 지켜보라 했지만 승호는 안절부절못한 채 한시도 마음을 놓을 수 없었다.

"승호야, 나 얼마나 잤어? 어찌나 푹 잤는지 꿈도 안 꿨다. 지금 몇 시야?"

"태어나서 삼십 시간 넘게 자는 사람 처음 봤다. 사람 놀라게 뭔 잠을 그렇게 오래 자나?"

"어머, 진짜? 니 원래 숲 속의 잠자는 공주였나 봐. 여기 와서 네 자아를 찾네."

"말이나 못하면."

"내가 원래 잠이 많기는 한데, 미국 와서 기록 갱신이다. 네가 얼마나 힘들었으면 그랬겠어! 이게 다 민승호, 너 때문이야. 반성해!"

소미는 늘어지게 잔 후 뻐근한 몸보다 승호에게 게을러터진 모습을 들킨 게 창피했다. 그리고 밥을 먹고 싶지만 승호가 직접 끓인 죽을 싫다고 할 수 없어 소미는 꾸역꾸역 떠먹었다. 물컹하고 미끄덩한 덩어리가 목구멍을 넘어가는 게 결코 맛있지 않았다. 밋밋한 그 자체가 맛이라는 걸 느낄 수 없지만 소미는 쩝쩝 소리까지 내며 맛있게 먹는 척했다.

소미는 배가 부르고 몸이 나른해지자 노심초사하고 있을 희순이 걱정됐다. 가뜩이나 뭐든 지나치게 심각한 희순인데 별별 상상을 하며 애탔을 그 마음에 소미는 혼자 좋다고 승호와 시시덕거린 게 미안해졌다.

"승호야, 희순이한테 전화해 줘. 내가 그날 밤 간다고 했는데 안 가서 희순이 많이 놀랐을 거야. 넌 깨워서 보내지, 날 왜 그냥 뒀냐? 희순이 화났을 텐데 어쩌지. 걔 은근 뒤끝 있는 거 알아? 작년 여름방학에 같이 여행 가기로 했다가 내가 식중독 걸려서 못 갔거든. 완전 그 후로 꼭 잊을 만하면 술 먹고 얘기하잖아. 걔가 좀 그런 게 있어. 그래서 뭐든 제때 해줘야 하는데, 나 또 찍혔네."

"이미 전화했어. 너 아파서 자고 있다고 하니까 내일 온다고 하더라. 너보고 잘 쉬고 잘 놀고 있으라고 하던데."

"뭐야? 내일? 와, 차희순. 진짜 섭섭하게 말했네. 내가 아프다는데 내일 온대? 베프의 우정이 이따위였나. 오기만 해봐라!"

"오자마자 어학원 등록하고, 잡다한 것들 사러 다니고, 시차적응까지 하느라 걔도 피곤하지."

"그렇긴 해. 어쨌든 나 그만 기숙사 갈래. 데려다 줘."

소미는 침대에서 내려와 말려 올라간 치마 끝을 내리며 가방을 찾았다. 하지만 승호는 등을 보인 소미에게 순간 서운함을 느꼈다.

"더 있다가 가."

"씻고 싶어. 온몸이 다 끈적거려."

"저기 욕실이야."

"그건 나도 알거든, 근데 입을 옷도 없어."

"내 거 입어."

"됐어. 치수가 안 맞잖아. 왜? 24시간 네 옆에 붙어 있을 줄 알았어? 내가 그렇게 좋아? 나 가지 말까?"

소미는 실없이 내뱉은 말이 가소롭게 느껴져 피식 웃고 소파 옆에 놓인 가방을 어깨에 멨다. 그러나 승호는 굳은 표정으로 문가에 서 있는 소미를 그저 바라볼 뿐 움직이지 않았다. 승호가 데려다 줄 마음이 없는 건지, 아니면 또 심사가 뒤틀린 건지 일 수 없어 소미는 그냥 같이 서 있었다.

승호는 그렇게 한참이나 밝은 표정을 한 소미를 바라봤다. 그러자 소미를 만나면서 내내 꿈틀거리던 붙잡고 싶은 마음이 확 일어나 한순간조차 놓아주고 싶지 않았다. 승호가 미국으로 와 다시는 감정에 치우치지 말자고 다짐했던 이 년의 시간은 소미가 나타나자마자 애초에 없었던 듯 무너져 내렸다.

소미는 한참을 마주 서 승호를 보다가 주저한다는 느낌을 받았다. 예전보다 조금은 부드러워진 승호지만 여전히 어떤 결정을 내리기엔 많은 시간이 걸리는 듯했다. 소미는 이대로 돌아가야 정상이지만 왠지 그러고 싶지 않았다. 승호라면, 그토록 원해서 만나러 온 승호라면, 지금의 마음을 다 줘도 될 승호라면, 소미는 그저 승호가 말문을 열길 기다렸다.

"안소미, 가지 말라면 안 갈 거야?"

"왜? 나랑 있고 싶어? 말해봐. 나랑 그렇게 같이 있고 싶어?"

순간을 향해 온 소미처럼 승호도 내던지고 싶었다. 그게 비록 일반적이지 못한 동거라는 비호감적인 생활일지라도 승호는 소미와 함께하고 싶었다. 시작부터 끝까지, 눈을 떠서 감는 순간까지, 잠이 든 후 찾아오는 꿈까지, 승호는 소미의 전부를 다 차지하고 싶었다.

"여기 있어."

"여기서? 쭉? 한국도 가지 말고?"

하지만 소미의 질문에 승호는 선뜻 대답하지 못했다. 한국, 그리고 삼 개월. 승호는 한정된 시간 안에 소미가 머문다는 걸 다시금 떠올렸다. 그리고 소미가 떠날 때쯤 승호는 무엇을 약속해 줄 수 있는지 장담할 수 없었다. 그래서 이 시간이 더 간절했다. 하지만 승호는 섣불리 감정에 의존했던 말의 끝이 이리 명확히 드러나자 난처해졌다. 소미가 재촉하는 듯 눈초리를 찡그리자 승호는 숨을 깊게 들이쉬었다.

"한국 가기 전까지, 여기 있어."

소미는 잰걸음으로 걸어와 승호 손을 잡고 소파에 앉았다. 그리고 승호의 눈을 한참 바라보았다. 만약 어느 하나 거짓이 담겨 있었다면 저 맑은 눈이 진실을 말해줄 거라 믿었다. 소미는 결혼도 하지 않은 남녀가 같이 산다는 게 많은 뜻을 포함한다는 걸 알고 있었다. 그리고 그 뜻을 아주 충분히 자신에게 대입시켰다. 그러자 소미는 확신하지 못했다. 너무나 많은 것들이 머릿속에 떠올라 혼란스럽게 만들었다.

하지만 결국 소미는 선택했다. 이대로 아무도 모르게 들키지만 않는다면, 그리고 엄마가 모른다면 소미는 타인에게 아무런 피해를 줄 게 없었다. 이젠 어엿한 성인인 소미가 원해서 산다면 괜찮을 것 같았다. 깊이가 없는 얕은 열정을 쫓는다 할지라도 소미는 한공간에서 승호와 함께 산다는 것이 죄짓는 게 아니라고 믿었다. 다만 정말 아무에게도 들키고 싶지 않은 전제가 소미에게 존재했다. 그 누구에게도 괜히 손가락질 받고 싶지 않고 엄마에게 상처 주고 싶지 않았다. 그로 인해 소미는 돌아오는 비난의 부메랑으로 자신을 아프게 하고 싶지 않았다. 아무에게도 들키고 싶지 않은 마음은 승호와 함께할 시간이 오롯이 행복하기만 하길 바라는 바람이었다.

"승호야, 정말 나랑 살고 싶어? 온종일? 밤에도?"

"왜, 부담돼?"

"그것보다 정말 그렇다면 너 나한테 한마디 정도 더 해야 할 거 같지 않니?"

"뭐?"

"뭐, 있잖아. 내가 너랑 꼭 살아야 하는 단 하나의 이유 같은 거? 막 그 말 한 마디면 거부할 수 없는 그런 거."

빤히 마주 보는 승호는 영 모르는 표정으로 소미만 보았다. 언제나 앞뒤 다 빼고 핵심만 말하는 승호지만 소미는 꼭 듣고 싶은 말이 있었다. 단지 같이 살며 욕망을 해소하는 것이 아니라는 확신을 받고 싶었다. 모든 걸 다 빠짐없이 나누게 될 이 공간에서 소미는 온전히 내줄 수 있도록 승호가 말해주길 바랐다.

"빨리 말해."

"뭐가 듣고 싶은 건데?"

소미는 감을 못 잡는 승호 앞에 손바닥을 쫙 펴보여 주면서 엄지손가락 하나만 구부렸다.

'숫자 넷, 사.'

소미가 듣고 싶어하는 말, 사랑해의 첫 음절. 승호는 여전히 자신과 다른 소미의 저 숨김없는 모습이 부러웠다. 승호는 지난 이년의 시간 동안 단 한 번도 소미에 대해 잊지 않았던 그 마음이 결코 친구와 연인의 중간에 걸쳐진 가벼운 감정이 아니란 걸 진즉 알고 있었다. 잔뜩 기대하는 소미를 덥석 안은 승호는 낮게 속삭였다.

"잘 지내보자."

"뭐야?"

"앞으로 잘 지내보자고. 싫어?"

"내가 양보한다. 안 싫어. 좋아. 것도 아주 많이."

소미가 새침한 표정을 지으며 싱긋 웃자 승호는 너무 얄미워 홍조 띤 볼을 살짝 깨물었다. 놀란 소미가 볼을 만지며 눈을 동그랗게 뜨고 말을 못하자 승호는 대수롭지 않은 듯 어깻짓을 하며 웃었다.

"침 묻었잖아. 내가 먹을 거야? 왜 물어!"

"완전 여우. 안소미, 너, 진짜 여우야."

"됐거든, 나는 대한민국이 인증한 주민등록증을 가진 사람이야! 우선 희순이부터 데려오자. 내 짐도 가져오고, 엄마한테 말하지 말라고 입막음도 시키고 이래저래…… 하여간 데려와."

승호가 나가고 혼자 있는 소미는 막상 벌어진 이 동거에 괜히 두근거리며 초조해졌다. 꼭 엄마가 하지 말라는 짓을 하다 딱 걸리기 직전 같은 불안이었다. 그러면서도 소미는 결코 나쁜 짓이 아닌 사랑하는 사람들이 모두 다 할 수 있는 그런 거라며 스스로 합리화시켰다. 그리고 점차 가라앉은 마음은 어느새 기대감으로 부풀어졌다.

희순은 승호가 느닷없이 기숙사로 찾아와 소미의 짐을 챙기자 미국 올 때부터 했던 걱정이 현실이 된 막막함이 들었다. 막말로 말이 좋아 동거지, 결혼을 통해 가져야 하는 책임을 외면한 둘이 그렇게 지내 득이 될 게 무엇인지 희순은 경솔한 승호에게 불쾌했다. 적어도 승호가 책임감을 가지고 소미를 대한다고 희순은 의심하지 않았었다. 그러나 둘의 동거가 철없는 소꿉놀이와 다를 바가 무언지 희순은 절대 인정할 수 없었다.

승호는 노골적으로 못마땅한 기색을 드러내는 희순을 보자 마음이 흔들렸다. 어쩌면 소미가 이 짧은 시간을 통해 겪게 될 시선일지도 모른다는 생각이 들자 승호는 이 무모함에 주춤했다. 그러나 결국 승호는 양단의 마음 중 어디에 더 무게를 두지 못하고 그저 원하는 것에 끌려가 버렸다.

소미는 현관문이 열리고 잔뜩 화가 난 희순을 보자 움찔했다. 아무리 소미가 세상은 모두 아름답다고 나풀나풀 낙천적이라도 시선이 두렵지 않은 건 아니었다. 희순의 저 표정에 한참 욕 얻어먹을 듯한 소미는 먼저 선수 쳐 실실 웃었다. 웃는 얼굴에 침 뱉지 못한다는데, 게다가 승호까지 버티는데, 희순이 패지는 않을 거라 믿으며 소미는 일부러 더 환하게 웃었다.

"안소미, 이 나쁜 계집애! 너 정말 여기서 살 거야?"

"응."

"미쳤지? 민승호, 너도 같이 미쳤지? 네들이 미치지 않고서는 어떻게 한집에 살 수 있어? 결혼도 하지 않고 어떻게 같이 살 수 있어? 네들이 미국 물 먹더니 제대로 미친 거야. 이 나쁜 것들!"

희순이 허리에 손을 얹고 씩씩거리지만 소미와 승호는 얌전히 듣고만 있었다. 크게 잘못한 건 아니지만 우선은 희순을 공범으로 만들어야 앞날이 편하다는 걸 둘 다 알고 있었다.

"둘 다 왜 말이 없어! 이제야 네들이 잘못하고 있다는 반성이라도 하는 거야!"

희순이 화를 내도 꿈쩍 않는 소미는 실실 웃으며 자리에서 일어났다. 그리고 희순의 손을 억지로 잡아끌어 소파에 앉혔다.

"차희순, 너 그렇게 화내면 내가 무섭잖아."

소미는 궁여지책으로 가방에서 소주팩을 꺼내 빨대를 꽂아 희순에게 건넸다.

"나 깡소주 싫어해."

"튕기기는. 여기서 뭘 더 바라. 그냥 마셔!"

둘이 나란히 앉아 빨대를 물고 쪽쪽 마시는 걸 보니 승호는 웃음이 새어나왔다. 승호는 가져온 소미 짐 가방을 옷장 근처로 가져다 놓으며 둘에게 조금 떨어졌다.

"안소미, 실망이야! 너 이렇게 무책임할 순 없는 거야!"

"그렇게 말하지 마. 뭐가 책임 있는 건데? 서로 떨어지기 싫어 같이 사는 게 나쁜 건 아니잖아."

"네 엄마가 알면 참도 좋아하시겠다. 한국에 전화해서 다 말해버릴 거야!"

"너는 무슨 말을 해도 그렇게 꼭 극단적으로 하니. 아주 잠깐이잖아. 너만 눈감아 비밀 지켜주면 아무도 몰라. 알지?"

희순은 한 팩의 소주를 다 마시고 탁자에 내려놓았다. 그리고 실실 눈웃음치는 소미가 단단히 미쳤다는 생각엔 변함이 없었다.

"너 동거가 잘하는 짓이야?"

"야! 왜 자꾸 잘못했다고 하는데! 좋아서 같이 산다는데 무슨 죄야? 법적으로 같은 집에서 살면 안 된다고 하니? 우리가 무슨 애늘노 아니고 이제 성인이잖아."

"그러다 임신이라도 하면 어쩌려고. 네 친구 이야기 나한테 해준 사람은 너야. 무분별하게 앞도 생각 안 하고 즐기다가 아이 낳아서 그 개고생 하는 거 보면 넌 느끼는 것도 없니?"

소미는 고교 동창 중 하나가 아이를 낳다 죽어 그 친구가 맡아 키우고 있는 이야기를 희순에게 한 적이 있었다. 그리고 그 친구의 애를 지키기 위해 얼마나 희생하는지도 말해주었다. 그건 그 애들 이야기고 소미는 달랐다. 다르다고 믿기에 승호와 같이할 수 있었다.

"그런 일 없을 거야."

"너라고 다를 것 없어."

"달라. 나는 달라. 나랑 승호는 달라. 됐니?"

"참도 다르겠다. 이렇게 살겠다는 게 참도 달라?"

"이해해 달라고 안 해. 너는 나처럼 순간을 위해 절대 살지 않으려 하니까. 미래를 위해 사는 네가 날 온전히 이해할 수 있을 거라고 믿지도 않아. 하지만 난 지금 이 순간이 중요해. 내가 원하고, 하고 싶고, 느끼고 싶은 것들을 미래를 위해 참고 싶지 않아. 지금 내가 행복하지 않다면 그 미래가 행복할 수 있다고 믿지 않아. 넌 더 나은 미래를 위해 지금을 참지만 난 지금 이 순간을 위해 미래에게 참으라고 할래. 이게 나고 네 친구 안소미야. 이제 됐어?"

희순은 소미 가방에서 소주 한 팩을 더 꺼내 빨대를 꽂았다. 그리고 소미도 더 말하지 않았다. 승호는 그런 둘을 보며 냉장고를 뒤져 뭐든 먹을거리를 찾았다. 승호 또한 희순처럼 미래를 위해 살지만 지금 이 순간에 온전히 충실하다고 해서 그 미래가 완벽해질 거라 믿지 않는다. 이 행복이 미래를 위한 빛이 될 수도 있는 거다. 분명 아닐 수도 있지만 승호는 그건 그때가 되어야 알 수 있을 거라 생각했다.

"소미야, 불나방은 불을 쫓다가 결국 타 죽는대."

"희순아, 그 불나방은 불을 쫓아가는 동안 행복하대."

"결국 죽는다고!"

"죽기 전에 충분히 행복하다고!"

"결국 뒈지는데 행복한 게 대수야? 죽으면 더는 행복할 수 없는데!"

"안 뒈지는 게 어디 있어? 결국 다 뒈지지! 행복한 순간이라도 있다면 그게 다행인 거 아냐? 불이 좋아 앞뒤 안 재던 불나방이 불을 피하면 무지 행복해? 그렇게 살아서 불나방이 아주 좋다고 할까?"

"사는 게 죽는 것보다 나아!"

소미와 희순은 극과 극으로 도돌이표처럼 중간 지점을 찾지 못했다. 그러나 희순은 소미의 마음을 완전히 이해 못하는 건 아니지만 그 후가 걱정이었다. 둘은 다시 헤어질 것이 이미 정해졌고 지금의 이 나약한 나이에 무엇을 약속할 수 있으며 그저 즐긴 후 남게 될 그 후유증들은 어떻게 할 것인지 대책이라고는 둘에게 눈곱만치도 없어 보였다. 하지만 희순은 그렇게 지금을 충분히 즐기겠다고 덤비는 열정이 부러웠다. 단 하나의 흠이라도 남기지 않으려 발악하는 자신에 비해 그 무엇이 되었든 꽂히면 최선을 다하는 소미가 내심 질투났다.

"몰라, 알아서 해. 다만 나중에 나한테 안 말렸냐고 뭐라 하면 절교일 줄 알아!"

"절교는 무슨. 뭔 말을 해도 그리 하냐. 차희순, 제발 그런 극악한 단어들 말고 좀 부드럽고 상냥해져라. 뭐든 그렇게 안 좋은 쪽으로 생각하는 거 나쁜 버릇이야."

"지금 누가 누굴 가르쳐!"

팩 소리 지르는 희순 때문에 승호는 먹을거리를 챙기던 손길을 멈추었다. 투닥대는 둘을 보는 것도 참 오랜만이었다. 왠지 모르게 아린 느낌이 들었다. 저렇게 언성을 높이다가도 둘은 곧 서로 껴안을 게 뻔한 사이였다. 소미 편이라도 들어주려고 나서려던 승호는 괜히 희순이 더 열 낼까 봐 모른 척 식탁에 앉았다. 그리고 잔뜩 주눅 든 소미를 보며 미안했다.

"화내기는, 알았어! 엄마한테 말 안 할 거지?"

"미안하기는 하냐?"

"잘못했다고 생각지 않아서 미안하진 않아. 다만 마음 아프게 하고 싶지 않을 뿐이야. 알다시피 엄마가 워낙 평범한 생각을 가져서 내 정신세계를 이해 못하잖니."

소미는 엄마 앞에 부끄럽지 않은 건 아니지만 또 떳떳이 말할 수 있는 것도 아니었다. 그저 엄마가 모르고 지나가기만 바랐다. 그저 다시 엄마를 보며 또 즐겁게 살아갈 수 있기를 바라는 게 욕심이 아니라고 믿었다.

"몰라, 말 안 해. 했다가 나까지 혼날 텐데 뭐 하러 해. 대신 꼬박꼬박 전화 드려. 어제도 전화 왔었는데, 너 아파서 잔다고 했어."

"응. 고마워."

"고마울 거 없어. 네가 좋다고 하는 거니 친구로서 말리지 않을 뿐이야."

희순은 자신의 친구이기에 소미가 남들에게 손가락질 받길 원하지 않았다. 그래서 승호와 소미가 순수하기만 한 그런 관계라고 믿는 마음이 더 컸다.

희순을 데려다 주고 온 승호는 욕실에서 들리는 물소리에 아까 만들려던 먹을거리에 다시 손댔다. 끓이고 식히고 조물조물 무치며 승호는 자취 생활에서 익힌 간단한 음식을 만들어냈다. 승호가 그릇에 담아 식탁에 올려놓자 소미는 머리칼을 수건으로 닦으며 욕실에서 나왔다.

"뭐야? 맛난 거 해놓은 거야? 안 그래도 희순이 때문에 깡소주 마셨더니 속이 허했는데 잘됐다."

짧은 반바지와 쫙 달라붙은 티셔츠를 입은 소미는 식탁 의자를 꺼내 앉았다. 승호는 그런 소미 때문에 눈을 질끈 감았다가 다시 떴다. 아무리 원래 소미가 승호를 어려워하지 않았다지만 희순이 그리 열 내고 간 게 무색한 옷차림이었다. 승호는 불끈거리는 자신의 허벅지를 세게 꼬집으며 마주 앉았다.

"뭐야, 왜 국수가 갈색이야? 이런 맨 국수를 무슨 맛으로 먹어?"

"간장에 비빈 거야. 침기름 들어가서 고소해. 인상 쓰지 말고 먹어봐."

소미가 한 젓가락 돌돌 말아 입에 넣자 승호는 기대에 찬 눈으로 쳐다봤다. 죽은 억지로 먹는 게 티나더니 이번엔 오물거리는 소미 입가에 둥근 곡선이 생기자 승호는 내심 기분이 좋았다.

"맛있네. 언제 이런 걸 다 배웠어?"

"음식 해주러 오는 한국 아줌마가 계시는데 아저씨가 몸이 좀 불편하셔서 요새는 자주 못 오거든. 그래서 간단히 요깃거리 하라고 저번에 가르쳐 주셨어."

"그렇구나. 아까 희순이 술 마시는 거 봤어? 나보다 더 잘 마신다. 걔는 꼭 화나면 술로 풀어."

"또 괜히 희순이 걸고넘어진다."

"얄밉잖아. 죽을죄 진 사람처럼 몰아붙이고. 친구라는 게 편은 못 들어줄망정. 하여간 독하고 냉정한 계집애."

"그만큼 널 생각해 주는 거지. 그리고 타인의 시선도 무시 못하는 거고."

"남의 시선이 무슨 소용 있어? 내 인생 대신 살아주는 것도 아니잖아. 단지 그들의 눈에 들지 않는다고 날 맞춰줘야 해? 내가 무슨 인형도 아니고 내 좋은 대로 살면 그만이지."

"혼자 사는 세상이 아니잖아."

"같이 사는 세상이지만 꼭 획일화시켜서 맞춰 살아가야 하는 건 싫어. 대학 가서도 마찬가지더라. 조금만 행동이나 옷차림이 튀면 이상한 애라고 수군거리고 교수들도 꼭 문제 있다는 식으로 취급하고. 다양하게 살아야지. 하나나 둘이면 재미없잖아. 셋도 되고 열도 되고 그래서 다 각기 다른 걸 즐기며 살아야 하는 거 아냐?"

"사회에 그렇게 불만이 많아? 대학생 되더니 심각해졌네."

"원래 나는 진보주의자야!"

소미는 국수를 마저 먹자 그렇게 잤는데도 또 잠이 밀려왔다. 천장에서 내려오는 에어컨 바람이 시원해 나른해진 소미는 딱 눕고만 싶었다.

"안소미, 과일 먹을래?"

"싫어. 나도 배부름을 느끼는 사람이라고."

소미는 상체를 앞으로 잔뜩 내밀며 배를 두드렸다. 그런 소미를 보다 승호는 괜히 얼굴이 붉어져 휙 돌아서 그릇을 개수대로 옮겼다.

"안소미, 너 몸이 좀 달라진 것 같다."

"어디? 나 키 좀 컸어? 잘 먹어서 뒤늦게 크나?"

"아니, 키는 아니고 그냥 좀……."

"뭐야, 빨리 말해."

승호가 말없이 설거지만 하자 소미는 일어나 이리저리 자신의 몸을 살펴보았다. 모든 게 그대로인데 뭐가 변했다는 건지 알 수 없는 소미는 승호 뒤로 다가가 허리를 감싸 안았다. 넓은 등에 승호만의 냄새가 진하게 풍기자 소미는 뺨을 비비며 그대로 기대 버렸다.

"왜 이래?"

"그냥 좋아서. 근데 뭐가 변했다는 거야?"

"그냥 가슴이……."

승호가 퉁명스럽게 말하며 얼굴을 붉히자 알아들은 소미는 새어나오는 웃음을 참았다. 그러다 소미는 승호 목에 팔을 걸고 폴짝 뛰어 이전과 같이 완벽히 업혔다. 승호 어깨에 얼굴을 기대고 대롱거리는 다리는 허리를 감쌌다. 소미는 이 포근함을 참 그리워했기에 맘껏 느끼고 싶었다.

"나 원래 컸어. 고등학교 땐 교복이나 옷을 헐렁하게 입어서 그랬을걸. 이모가 내 몸에서 가장 예쁜 건 가슴과 다리래. 너도 그렇게 생각하지?"

"그랬나? 근데 좀 떨어져. 설거지하기 불편해."

"싫어. 너 은근 웃겨. 내가 아무나 안아주지 않는다는 걸 잊은 거야?"

승호는 순진하다 못해 아예 성적으로 맹한 소미에게 드는 욕망이 헛된 거라며 누르고 눌렀다. 승호는 대롱대롱 매달린 소미를 업고 행주로 개수대를 싹 닦아낸 후 침대로 걸어갔다.

"어서 자."

"응, 졸렸어. 근데 침대에서 같이 자는 거야?"

"아니. 넌 침대에서 자. 난 소파에서 잘 테니."

"진짜? 내가 덮칠까 봐 겁나?"

"애랑 뭘 하냐. 네가 잊었나 본데 너보다 두 살 많은 오빠다. 반

말도 작작해라."

"어머, 그러셨어요? 그래도 고등학교 졸업연도가 같아서 오빠라 못하겠는걸요. 나 내일 메트로폴리탄 미술관 데려가 줘. 꼭 볼게 있어."

"해달라는 거 천지니, 내가 애를 키우지, 키워."

승호한테 매달렸던 소미는 순식간에 침대 위로 떨어졌다. 승호는 얇은 이불을 소미 목까지 꼼꼼히 덮어주었다. 그리고 마주한 시선에선 묘한 긴장감이 들었다. 소미는 살갗에 닿는 승호의 손이 어떤 느낌일지 괜한 호기심이 들었다. 생전 그 어떤 야릇한 상상을 해본 적 없는데 소미는 문득 이 밤에 남녀가 사랑을 나눈다면 어떤 형태와 느낌일지 궁금했다.

"승호야, 잘 자."

바로 뒤에서 졸린 소미 목소리를 들으며 승호는 불을 끄고 소파에 누웠다. 승호는 그 다정한 목소리가 바람이 되어 온몸을 안는 듯한 느낌이 들었다. 친어머니를 보낸 후 처음으로 타인과 한 방에 누워 자고 있었다. 비록 몸은 한참 떨어져 있지만 승호도 남자이기에 소미의 숨소리만으로도 성욕이 솟아올랐다. 그렇게 제대로 잠을 이루지 못한 승호는 피곤함에 뒤척이면서 어서 잠이 들기만 바랐다.

소미는 아침부터 일찍 일어나 미술관 가자고 소파에서 자는 승호를 깨웠다. 미술관에 전화 건 승호는 한국 안내자가 없는 날이라며 다음에 가자고 다시 누웠지만 소미는 포기하지 않았다. 소미가 원하던 일정은 미국에 도착해 승호를 만난 후 꼭 메트로폴리탄 미술관 가는 거였다.

"민승호, 정말 이러기야? 내가 가고 싶다고 했잖아."

"오늘은 좀 쉬고 내일 가자."

"네가 잡아놓고 내가 하자는 건 안 하고. 나 막 실망하려고 해. 잘해보자는 말이나 말지."

승호의 굳은 표정과 묵묵부답에 소미는 결국 꺾지 못한다는 걸 알았다. 어차피 이런 승호라는 걸 알았지만 소미는 약간 마음이 가라앉았다.

"가자. 씻고 나와."

"정말?"

"어. 실망하지 말라고. 해달라는 거 다 해줄게. 원하는 거 있으면 다 말해."

"진심이야?"

"어. 대신 통역 안 해준다. 알아서 봐."

"응. 너한테는 실망할 새가 없어. 언제나 좋아."

소미한테 한 번도 이겨본 적 없는 승호는 결국 일어나 어쩔 수 없이 집을 나섰다.

'내가 그렇게 좋은가? 승호는 한 번 아니면 아닌데, 기분 좋네.'

승호가 운전하는 차 안에서 내내 소미는 이 작은 변화에 큰 의미를 부여했다. 떨어져 있던 시간만큼 자신 못지않게 승호도 자신을 그리워했을 거라는 심증을 확고히 받은 소미는 마음이 들떴다.

메트로폴리탄 미술관에 도착한 소미는 그 웅장한 입구도, 다양한 전시물도 제대로 보지 않았다. 길을 잃은 듯 복잡한 미술관 안을 한참 헤매던 소미는 그토록 보고 싶었던 실제 그림 앞에 섰다. 눈으로 실물을 직접 보고 있으니 소미는 벅찬 감동에 휘말렸다. 할 수만 있다면 손으로 그림을 한번 훑어보고 싶었다. 이 그림이 주는 그 느낌을 손으로 통해 온몸으로 다 받아들이고 싶었다.

"잭슨 폴락, 가을의 리듬. 네가 잘 보던 그 책에서 나온 그림하고 같지?"

승호가 묻지만 아무것도 들리지 않는 소미는 보통의 캔버스 크기를 넘어 이 덮칠 듯한 크기의 그림에 압도되어 버렸다. 가만히 서서 바라만 보는데도 소미는 그림에 빨려 들어가는 느낌이 들었다. 이 배열되지 않은 선들 사이의 스산함, 형식이 파괴된 새로운 창조, 가는 선들이 엉키고 엉켜 만들어낸 가을바람에 휘날리는 낙엽들, 탁 트인 소용돌이. 소미는 궁극적으로 그리고 싶은 그림을 마주했다.

"승호야, 아까 오다가 이 가을의 리듬 그리는 잭슨 폴락 사진 봤지? 대단하지 않냐?"

"물감으로 휙휙 멋대로 뿌리던데."

"야! 이런 명작에 그런 무식한 소리를! 이건 그냥 휘그린 게 아냐. 잘 봐봐."

승호는 질서도 없이 그저 물감을 이리저리 뿌려놓은 듯한 혼란스러운 그림을 아무리 보아도 알 수 없었다. 원래 승호는 그림에

문외한이었고 관심도 없었다. 그저 소미가 그토록 목매는 거니까 쳐다보는 척했다.

"민승호, 이제 느껴져?"

"뭐가?"

"아, 내가 너를 데리고 이런 명작을 일일이 설명해야 하다니. 폴락 그림은 질서가 완전히 사라진 듯 혼란스러워 보이지만 그 안에 감춰진 이미지가 있어. 가을의 리듬도 그렇잖아. 혼란스러우나 딱 보면 긴장감이 들지 않아? 그게 미학적 질서에서 오는 예술의 힘인 거야. 난 저런 그림을 그리고 싶어."

"저렇게 괴상한 그림?"

"괴상하다니, 정말 이 불타는 가슴 찢어지네. 만날 가르쳐 주는 그 지켜야 한다고 강요하는 형식에서 탈피하고 싶어. 저렇게 자유롭게, 그리고 싶은 대로, 화가는 자신을 그린다고 하듯이 그렇게 나를 그리고 싶어. 그저 이전에 모두가 그린 틀에 박혀 개중 잘난 그림이 아니라 나만의 그림을 가지고 싶어. 한 번 보는 그림이 아니라 두번세번 계속해서 눈에 아른거리는 그런 그림을 그리고 싶어. 아, 이 화가 지망생의 넘치는 의욕이 잭슨 폴락 그림 앞에서 기가 팍 죽네."

소미는 아예 미술관 바닥에 양반다리를 하고 앉아 그림을 올려다보며 눈을 반짝였다. 소미가 그리고 싶은 것들 중엔 사랑도 있었다. 승호와 나누는 이 사랑을 고대로 옮겨 많은 사람들에게 보여주고 싶었다. 그래서 보기만 해도 사랑에 관한 모든 것을 느끼며 동경할 수 있게 하고 싶었다.

미국, 빅애플이라 불리는 뉴욕, 그 중심의 맨해튼 5번가에서 소미는 승호 손을 꼭 잡고 그날이 올 것이라 굳게 믿었다. 그리고 그 순간에도 여전히 이렇게 승호와 손을 잡고 있을 거라고 확신했다.

4. 열정에 젖던 날들

실내를 휘감은 에어컨 찬 바람이 무안하게 뜨거운 햇살이 소미의 잠을 깨웠다. 부스스 일어난 뒤 협탁에 놓인 시계를 보니 벌써 아홉 시가 넘었다.

뉴욕에 온 이상 여행서에 나온 곳은 다 가고야 말겠다는 소미를 억지로 따라다니던 승호는 아직 일어날 기척이 없었다. 폭염 속에서도 하루 다섯 곳 이상 다니고 나니 소미의 소도 때려잡을 체력 또한 지쳐 있었다. 그러나 새로운 곳에서 색다른 느낌으로 확 트인 시야가 더 다양한 방향으로 넓혀져 가는 것 같았다. 소미는 지금까지 보았던 것 이상의 너머를 보면서 드는 많은 생각을 곱씹었다.

소미는 침대에서 내려와 두 손을 깍지 껴 머리 위로 쭉 당기며 몸을 이리저리 비틀었다. 피곤하긴 하지만 금방 풀리는 듯 상쾌한 느낌에 몸이 금세 가벼워졌다. 그리고 문득 엄마가 생각났다. 벌써 일주일이 훌쩍 넘었는데 나갔다 들어오면 뻗어 자느라고 집에 한 번도 전화하지 않았었다. 소미는 이렇게 마냥 웃으며 세상 모든 것이 다 빛나게 보이도록 보내준 엄마한테 미안해졌다. 그리고 까치발을 하고 살금살금 전화기 앞으로 갔지만 한국으로 전화 거는 방법을 몰랐다.

소미는 소파에서 똑바로 누워 자는 승호의 얼굴 위로 손바닥을 흔들어 보았지만 전혀 깨는 기색이 없었다. 자는 모양새도 어째 그리 성격을 닮았는지 승호는 나무토막처럼 천장을 보고 곤히 잠들어 있었다. 소미는 소파 옆에 무릎을 꿇고 앉아 승호를 빤히 보았다. 남자애들에게 보이는 그 흔한 여드름 자국 하나 없는 매끈한 피부, 적당히 도톰한 이마에 꽤 높은 콧대, 그 사이로 보이는 콧구멍도 크지 않고, 코털은 감춰져 보이지 않았다. 게다가 얇은 선이 뚜렷하고 도톰한 붉은 입술에 소미는 마른침을 꼴깍 삼켰다. 소미는 저 입술에 입술이 닿는다면 어떤 느낌이 들지 생각만 해도 설레 온몸이 간질거렸다. 그리고 소미는 몸을 숙여 승호의 입술로 천천히 다가갔다.

쾅, 쾅, 쾅. 왜 이리 심장이 거세게 뛰는지 소미는 눈을 꼭 감고 주먹을 쥐면서 승호 입술 바로 위까지 다다랐다. 아슬아슬하게 떨어진 사이로 승호의 숨이 소미의 입술을 확 덮치듯 닿았다. 소미는 그 뜨거운 숨결이 짜릿해 몸을 가볍게 떨었다. 이런 기분이 입술에 닿는다면 더 색다른 전율이 흐를 거란 기대감에 소미는 온몸을 들썩이며 더 가까이 다가갔다.

"뭐 해?"

승호는 바짝 다기와 거친 숨을 훅훅 내뿜는 소미 때문에 눈을 떴다. 소미는 뒤로 물러나 꼿꼿이 허리를 펴고 승호를 향해 능청스럽게 씩 웃었다.

"굿모닝! 내가 방금 너 덮치려고 했는데, 분위기 파악 못하고 일어나면 어떡하냐. 그냥 자는 척이라도 하지."

승호는 가뜩이나 밤에 제대로 잠을 자지 못해 며칠째 고생 중인데 겨우 든 잠을 깨운 소미 때문에 신경질이 나 확 돌아누웠다. 소미는 민망하기도 하고 아무렇지 않게 다시 눈을 감고 자버리는 승호에게 실망감이 들었다. 대학에 들어가 나름대로 많은 선배에게 유혹을 받은 소미였는데 승호한테는 소 닭 쳐다보는 듯한 시선을 받아 여자로서 무시당하는 기분이 들었다.

"일어나. 나 배고파! 밥 줘."

"지금이 몇 시인데 배가 고파! 어제도 잔뜩 먹고 잤잖아."

"너 지금 짜증 낸 거야? 그런 거야? 나한테? 나 집에 갈 거야."

소미는 벌떡 일어나 옷장 앞에 서성이며 가방을 찾는 척했다. 그래도 별 반응이 없자 소미는 옷장 문을 열고 가방을 큰 소리 내며 꺼내는 시늉을 하자 승호가 벌떡 일어났다. 그리고 승호는 터벅터벅 걸어와 가방끈을 잡은 소미 손을 덥석 때어내 발로 가방을 옷장 안에 툭 차 넣고 옷장 문을 쾅 닫았다. 승호는 큰 한숨을 내쉬며 지친 표정으로 소미 손을 잡고 소파로 돌아왔다.

승호는 뭐든 소미 뜻에 맞춰주지만 가끔 소미가 지나칠 때가 있다고 느꼈다. 그래도 같이 온 시간을 함께한다는 것만으로 충분하다고 참으며 넘기지만 승호는 가끔 머슴이 돼버린 것 같은 기분을 느꼈다.

"뭐 먹고 싶어?"

"나 전화하고 싶어."

"먹고 싶다면서!"

"전화하고 싶어졌어. 엄마한테 전화 걸 거야!"

승호는 아침부터 깨워놓고 변덕 부리는 소미를 노려보며 전화번호를 꾹꾹 눌렀다. 승호가 툭 던진 전화기를 소미는 아슬아슬하게 받아 들면서 승호를 쏘아봤다.

"엄마, 나 소미! 여긴 아침인데 거긴 밤이지? 잘 지내?"

[왜 이제 전화해? 몸은 괜찮아? 물갈이는 안 했어? 아침은 먹었니? 학원은?]

엄마가 호들갑스럽게 속사포처럼 말을 쏟아내자 소미는 왠지 가슴 한구석이 아팠다. 그리고 갑자기 미안하기도 했다. 소미는 이렇게 잘 지내고 좋아 웃고 떠드는 사이에 엄마가 얼마나 가슴을 졸였는지가 이제야 느껴졌다.

"잘 지내지. 내가 누군데! 미국 밥도 먹을 만한데 엄마 김치가 너무 생각나. 그리고 여기 무지 덥다. 살갗을 다 지글지글 태울 것 같아. 이모랑 할아버지, 할머니 다 잘 계시지?"

[다들 잘 지내. 너 왜 그렇게 전화를 안 받았어? 아침 일찍 해도 항상 희순이가 너 나갔다고 해서 엄마가 얼마나 걱정했는지 알아?]

"미국 온 김에 미국 접수하려고. 아침형으로 변신해서 여기저기 씨돌아다니고 있어. 엄마, 잘 지내. 알았지? 아프지 말고, 다들 안부 전해주고."

[벌써 끊게? 얼마 만에 듣는 목소리인데. 승호는 만났니?]

"응, 반가워하더라. 많이 변했어. 엄마, 보고 싶다. 사랑하는 거 알지? 이거 돈 나가는 거라 끊어야 해."

[엄마도 소미 사랑하고 보고 싶어서 잠이 안 와. 다음엔 콜렉트 콜로 해. 알았지?]

소미는 전화를 끊고 한참을 멍하니 있다 긴 한숨을 내쉬었다. 잘못한 것도 없는데 왜 이리 미안하고 가슴이 아릿한지 소미는 괜히 거실 바닥만 노려보며 입술을 깨물었다.

"어머님 잘 지내신대?"

승호는 축 처진 소미의 뒷모습을 보니 마음이 편치 않았다. 승호는 어머니에 대한 그리움은 있지만 사랑은 없었다. 무책임하게 자신을 낳고 세상까지 떠나 버린 뒤 그 모든 상황을 승호의 짐으로 만든 어머니를 사랑하지 않았다. 다만 어머니라는 존재에 대한 막연한 그 그리움만은 승호도 어쩔 수 없었다.

"잘 지낸다는데, 나 꼭 죄짓는 기분이 드네. 내가 뭘 잘못하고 있다고."

승호는 바닥에 앉아 점점 움츠러드는 소미를 뒤에서 꽉 안아주었다. 잘못했다고 생각진 않으나 미안한 것은 있었다. 그것이 지금 같이 살고 있는 마음이었다. 소미는 뒤에서 안아주는 승호 팔에 얼굴을 기대고 손에 든 전화기를 쳐다봤다. 그리고 이미 되돌리기에는 너무 멀리 왔다는 생각에 더 신경 쓰지 않으려 마음에 끝이라는 도장을 쾅쾅 찍었다.

"승호야, 네가 안아주니까 따뜻해. 마음까지도."

승호는 더 꽉 힘주어 안으며 소미 머리에 자신의 머리를 맞댔다. 승호도 이렇게 안고 있으니 마음까지 따뜻했다. 들끓어오르는 용암은 아닐지언정 살살 부는 봄바람에 승호는 이 소소한 생활이 더 큰 의미로 다가왔다. 또, 한 사람이 한 사람을 사랑하는 게 그리 힘들지만은 않을 거란 생각도 들었다. 그리 어렵고 버거워 보이던 어머니의 사랑은 옳지 않았기 때문이고, 사랑을 너무 가볍게 여긴 아버지의 잘못이라고 느껴졌다. 그리고 승호는 그들과 앞으로 다를 거라고 믿었다. 그 믿음엔 어두운 검은빛이 아니라 붉은 빛을 뿜어내고 있는 소미와 함께하고 있었다.

"밥 줘. 배고파."

소미는 귓속으로 들어오는 승호의 뜨거운 숨에 점차 몸이 달아올라 견디지 못하고 욕실로 달아났다. 손과 손을 잡을 때와 달리 몸과 몸이 딱 밀착돼 작은 움직임까지 온몸에 전달되니 소미는 멀쩡한 발가락이 꿈틀꿈틀 오므려지는 야릇한 느낌에 당황스러웠다.

승호는 배고프다고 징징거리는 소미를 끌고 급하게 연락 온 형 집으로 향했다. 몇 번이나 안 된다고 거절을 했지만 급하다고 채근하는 형 말을 결국 듣지 않을 수 없었다. 배다른 형이면서 이젠 특별한 형이 돼버렸기에 승호는 언제나 형이 원한다면 결국엔 갈 수밖에 없었다. 승호가 운전하는 내내 소미는 왜 형 집에 가는지 백번도 더 넘게 물어보았지만 승호로부터 되돌아오는 답은 모른다 하나뿐이었다. 그래도 한적한 도로의 울창한 가로수들 사이를 한참을 가니 소미는 마음이 들떴다. 빽빽한 건물들 사이를 헤집고 다니다 탁 트인 길을 만나자 마음까지 확 열어젖힌 듯 상쾌해졌다. 끝도 보이지 않던 길을 달리던 차는 끝내 경비가 서 있는 게이트를 통과해 저택이 즐비한 곳에 도착했다. 땅덩어리가 큰 나라여서 그런지 하나같이 통 크게 집들도 컸다.

"네 형은 이렇게 좋은 데서 사는데 너는 왜 답답한 맨션에서 살아?"

"본처와 첩 자식의 차이."

소미는 예상치 못했던 직설적인 승호의 대답에 할 말을 잃고 착잡한 기분으로 차에서 내렸다. 그리고 승호는 초인종 앞에서 주저하다 비장한 표정으로 소미를 보았다.

"형이 조금 아파. 그래서 일반 사람들하고 다른 모습이더라도 놀라지 마. 아니, 놀라는 게 당연한데 크게 티 내지 마. 알았지?"

소미는 연방 고개를 끄덕이며 승호가 형을 만나는데 왜 저리 심각한지 이해가 안 갔다.

"많이 아프셔? 누워만 있는 거야?"

"아니, 그 정도는 아니고. 모르겠다, 우선 봐라."

승호가 초인종을 누르자 기다렸단 듯 문이 열리고 미국 오던 첫날 봤던 형수가 소미 앞에 짠 나타났다.

"소미 씨도 왔네요. 나 기억하죠?"

소미는 다정하게 반가워하는 형수를 보며 고개를 끄덕였다.

"그땐 경황이 없어서 내 이름도 말하지 않았죠? 강유진이에요. 앞으로 언니라고 불러도 괜찮아요."

"형수님, 저희 좀 들어가게 비켜주시죠."

승호는 문을 막고 서 있는 유진이 옆으로 비키자 소미를 데리고 들어갔다. 그리고 당연히 거실에 있어야 할 형이 보이지 않아 두리번거렸다.

"승우 씨가 잠시만 기다리래. 뭐 마실 거라도 줄까?"

소미는 아침도 안 먹이고 데려온 승호 눈치를 보았다. 그러나 승호는 딴 곳을 보면서 소미가 이것저것 유진에게 주문하는 걸 모른 척했다. 그러면서 소미가 어쩜 저리도 어려운 게 없는 천하무적인지 승호는 그 속을 확 파헤쳐 보고 싶었다.

"승호야, 저기 유진 언니도 우리처럼 같이 사는 거야?"

유진이 사라지자 궁금해 죽는 소미가 소곤소곤 승호에게 물었다. 돌아서면 잊는 짧은 기억력을 가졌지만 결혼했다는 말을 들은 적 없는 유진이 너무나 안주인 같아 소미는 의아했다.

"우리처럼은 아닐걸."

"그럼? 결혼한 거야? 결혼했단 말은 안 했잖아."

"형!"

승호가 벌떡 일어나 가는 쪽으로 소미는 고개를 돌리며 일어나다가 놀라 엉거주춤하게 서 있었다. 그리고 승호가 절대 티 내지 말라고 신신당부한 대로 입가가 아프게 억지로 웃었다. 승호는 큰 걸음으로 걸어가 승우의 휠체어 손잡이를 잡아 밀면서 소미가 앉아 있는 소파로 다가왔다.

"처음 뵙겠습니다. 승호 형 민승우입니다."

"안녕하세요? 전 안소미입니다. 승호 여자 친구이고요. 어, 또 한국에서 왔습니다. 만나 뵙게 돼서 영광입니다."

소미는 이마가 탁자에 닿을 정도로 허리를 굽혀 인사하고는 승우를 빤히 보았다. 옛말에 씨도둑질은 못한다는 말이 있듯 둘은 영락없이 닮은 생김새가 딱 형제로 보였다. 그리고 승우가 앉아 있어 작아 보일 뿐 승호와 체격도 비슷비슷한 게 풍기는 분위기만 달랐다. 승우가 온화한 미소를 짓자 소미는 그제야 특유의 해맑은 웃음을 지을 수 있었다.

"앉아요. 나 보고 많이 놀랐나 보네요."

유진은 음식이 잔뜩 든 쟁반을 소미 앞에 놓으며 승우에게 괜히 어린 사람 불편하게 한다고 핀잔을 주었다.

"당신 보고 안 놀랄 사람 있나요. 처음에 다들 그러는 걸 꼭 그렇게 확인해 줘야 해요?"

"아니에요. 절대 그렇지 않아요. 오해하지 마세요."

소미는 손사래 치며 극구 부인하지만 다들 믿지 않는 눈치였다. 소미는 어색해진 분위기 때문에 유진이 가져다준 토스트를 먼저 먹으면 안 될 듯해 얌전히 앉아 있었다.

"승호랑은 고등학교 동창이라고 들었는데, 미국은 무슨 일로 오셨어요?"

"에이, 그냥 동창이 아니라 여자 친구라니까요. 미국은 승호 만나러 왔고요. 덤으로 영어도 좀 배우려고 했는데 공부에 그다지

취미가 없어서 그런지 꼬부랑 글씨만 보면 울렁증이 생기네요."

승우는 승호 옆에 딱 붙어 앉아 있는 소미를 보니 아직 한참 어린애 같았다. 그런 소미가 불편할까 소파 쿠션까지 이리저리 옮겨 놓으며 안절부절못하는 승호가 더 색다르게 보였다. 저리 쌀쌀맞은 성격에 저런 천방지축 같은 애를 옆에 끼고 있다니 승우는 평소에 승호가 어찌 지내고 있을지 그 일상이 너무나 궁금했다.

"소미 씨는 여기 연고지가 있나요?"

소미는 뭐라고 대답해야 할지 짧은 사이 머리를 열심히 굴리는데 승호가 미리 나섰다.

"형, 소미는 친구랑 공부하러 같이 와서 기숙사에서 지내. 이런 이야기 말고 급한 일이라는 게 뭐야?"

설마 소미가 동거한다고 하지 않겠지만 거짓말하면 항상 티가 나기에 승호가 나섰다. 눈치 빠른 승우에게 조금이라도 빌미를 주기 싫었기 때문이다.

"소미 씨가 듣기는 그렇고 서재로 가자. 유진이 네가 소미 씨 심심치 않게 해줘."

승호가 휠체어를 밀며 사라지자 소미는 재빨리 토스트부터 집어 먹기 시작했다.

"승우 씨 보고 놀랐나 봐요?"

"사실 조금요. 승호가 그냥 아프다고 했거든요. 그냥 어디가 아픈지 말했으면 괜찮았을 텐데, 하여간 기분 상하진 않았겠죠?"

"그럼요. 아마 승호도 쉽게 말하기 어려워서 그랬을 거예요. 승호가 미국 와서 얼마 안 됐을 때 승우가 교통사고 났거든요. 아무리 의술이 좋아도 끝내 하반신 마비된 거 보면 의술로도 안 되는 건 있더라고요."

"아고, 석정이 많으시겠어요. 빨리 쾌유하셔야 할 텐데."

"익숙해지면 괜찮아요. 처음이 좀 힘들 뿐이죠. 대신 승호가 빼도 박도 못하게 됐죠."

"왜요?"

"아들이 둘인데 승우 씨가 저리 되고 나니 아버님이 누구한테 가업을 물려주시겠어요. 승호만 아버님 손아귀에 꽉 잡힌 거죠. 승우 씨는 가끔 차라리 잘되었다고 해요. 아버님이 좀 강압적인 편이시거든요. 그 밑에서 답답해했는데 이렇게 뚝 떨어져 사는 게 더 나은 걸지도 모른다고. 승우 씨가 못다 꾼 꿈이야 다른 꿈들로 대체할 수 있을 테니까요."

소미는 이제껏 승호에게 아버지에 대한 이야기를 거의 들어본 적이 없었다. 이렇게 넘보기도 어려운 풍족한 생활을 할 수 있게 해준다는 것만 알고 승호에 대한 세세한 것들을 소미는 알려고 한 적이 없었다. 소미는 막연히 승호 아버지가 그동안 자신이 꿈꾸던 그런 평범한 아버지가 아닌 것 같다는 느낌이 들었다. 승호가 굳이 들춰내고 싶지 않은 그 상처를 소미는 건드려 아프게 하고 싶지 않았다. 어떤 상처들은 꺼내지는 것만으로도 괴로워 숨 쉬기 힘든 것들이 있었다. 그러나 소미는 이제는 승호에 대해 모든 걸 다 알고 싶어졌다. 그 상처가 아파 괴롭더라도 그 괴로움마저 소미는 같이하고 싶어졌다.

승호는 서재에 앉아 승우가 전해주는 이야기를 듣다 치미는 화에 이를 꽉 깨물었다. 앞에 놓인 편입학 서류와 몇 달치 생활비도 타오르는 분노를 달래주지 못했다. 승호는 자신이 흔들리는 걸 더는 용납하고 싶지 않아 입술을 꽉 깨물고 참아보았지만 자신만 아프게 할 뿐이었다. 그리고 아픈 것은 그 분노를 더 치솟게 만들었다.

"왜! 왜 그렇게 나를 못 잡아먹어 안달이시래? 큰어머니한테 내가 뭘 그렇게 잘못했대! 그래, 큰어머니 말씀대로 내가 재수 없게 미국 와서 형이 사고 난 거 맞다고 쳐. 내가 원해서 태어난 것도 아닌데 내 자체가 그렇게 죽을 죄인이라면 난 어떻게 하라는 거야? 형한테는 미안하지만 큰어머니 지독하다 못해 진저리쳐져. 이번엔 이대로 안 넘어가. 제발 나 좀 그냥 두시면 안 되는 거래?"

승호가 주먹을 꽉 쥐고 분에 받쳐 거칠게 씩씩대자 승우는 서랍에 감춰뒀던 담뱃갑을 꺼내 던졌다. 승호는 아주 오랜만에 손에 담배를 끼우고 불을 붙여 날숨에 맴돌던 화를 뿜어냈다. 처음 승호에게 담배를 가르쳐 준 사람이 승우였다. 이래저래 승호에게 한바탕 퍼부어지는 소란이 잠잠해지면 승우는 말없이 담배를 승호 방에 툭 던져 주고 갔었다. 그게 승우가 할 수 있던 유일한 위로였으며 그런 사이였다.

"네가 어머니랑 맞설 수 있는 게 뭐가 있어? 가장 좋은 방법은 당장 소미 씨를 기숙사로 보내. 괜히 일 커져 봤자 너나 소미 씨에게 좋을 거 없어. 기숙사에 머문다고 아예 못 보는 것도 아니고 왜 그리 가볍게 행동을 해."

"왜? 내가 왜? 뭐 때문에? 내가 소미랑 산다고 큰어머니한테 무슨 피해를 줘? 형도 그렇게 말하면 안 되는 거 아냐? 형이 나서서 큰어머니를 말려줘야 정상이지. 내 집에서 내가 누구랑 살든 그건 내 문제야."

"그러게 왜 소미 씨가 있는데도 일하는 아주머니를 들락거리게 해. 어머니가 구해준 사람이니 뭐든 다 어머니 귀에 들어갈 거 알면서 왜 그 사단을 만들어! 네가 그 아주머니라면 자식이 동거한다는데 안 알리겠니? 어머니한테 너도 자식인데 동거한다고 하는데, 그럼 가만있으시는 게 당연한 거니? 조심하지 않은 네 탓도 있어."

승호는 가슴이 꽉 막힌 듯 숨이 쉬어지지 않았다. 아니, 숨은 충분히 쉬고 있지만 목구멍에 걸린 숨들이 심장을 조여들게 만들었다. 한살한살, 이렇게 나이를 더해가고 있지만 여전히 할 수 있는 게 없었다. 그게 승호를 더 슬프게 만들었다. 혼자 나가 우뚝 설 기반이 없어 맨땅에 헤딩이라도 하면 머리만 깨질 판국이니 더 괴로웠다. 저 하늘에서 슬피 울고 있을 어머니를 생각하니 이대로 다 버리고 떠날 수도 없었다. 승호는 벗어나고 싶어 발버둥 쳐보았지만 그들이 놓아주지 않으면 절대 벗어날 수 없는 상황이었다. 그 잡혀 있는 손아귀가 돈과 힘을 가지고 있다면 더욱더 벗어날 수 없는 게 당연한 이치였다. 당장은 무모하고 싶은 승호지만 그 이치를 너무나 잘 알고 있기에 더 암울했다. 언제나 그렇듯 세상은 승호의 마음과 반대로 흘러가는 듯했다. 승호는 비참한 기분이 들지만 그게 어쩔 수 없는 처지였다. 세상 사람들은 돈이 많은 사람들을 부러워하고 그리 되고 싶어한다. 그리고 이젠 돈이 곧 권력이자 힘인 세상이다. 그 돈만 있다면 제아무리 반항하는 사람도 뜻대로 옭아매는 건 어렵지 않다. 그건 그 수단과 방법이 돈에서 나오기 때문이다.

승호는 담배 한 대를 다 태우고 또 집어 들고 태우며 목이 바짝 마르도록 피우고 나서야 겨우 말을 이었다.

"형, 내가 알아서 정리하든 해결하든 뭐든 알아서 할 테니까, 아버지한테 괜히 말하지 말라고 해. 그동안 큰어머니가 해달라는 대로 다 해왔듯이 다 해드릴 테니까."

"어머니도 곧 나아지실 거야. 내가 이렇게 돼버리니 심기가 많이 불편하셔서 더 그러신 것도 같고. 너도 어머니 자식인데 동거한다는 게 결코 달갑지 않으셨겠지. 게다가 나한테 못다 이룬 꿈이란 게 있으신 분이잖아. 네가 그 아들 노릇 해드려야지. 그저 이번 한 번만 마지막으로 더 져준다고 생각해."

어차피 큰어머니란 승호에겐 심장에 칼을 꽂는 비수같이 변했지만 승우에겐 단 하나뿐인 어머니이자 온갖 사랑을 지극으로 베푸는 다정한 분이었다. 언제나 위하고 다정한 척하지만 그 뒤엔 할머니를 부추겨 한바탕 난리 속으로 승호를 끌고 가야 속이 시원해지는 분이었다. 그건 승호가 생긴 것 자체가 불편한 것이 아니라 심사가 이미 뒤틀려져 있어 그런 것이었다. 누군들 남의 뱃속에서 나온 자식을 키워야 하는 심정이 달갑겠느냐마는 큰어머니가 사사건건 걸고넘어지는 게 승호는 참고 견디기 힘들었다. 그러나 승호는 또 꾹 참았다. 그리고 때가 곧 올 거라 믿었다. 지금은 세상이 약자를 품어주지 않지만 그때가 오면 강해진 승호에게 세상을 다 내줄 거라는 그런 희망이 있었다.

"형, 왜 형수님 집에서 그렇게 반대하고 형수 데려가려고 해도 큰어머니가 막아주시는지 알아?"

"그거야 이렇게 된 아들 누가 또 좋다고 할까 그러시는 거지. 나도 유진이랑 식도 올리지 못한 채 이렇게 살고 있는 게 썩 좋지만은 않아. 괜히 똑똑한 애 붙잡아 앞길 막는 것도 같고."

"형은 아직 큰어머니를 몰라."

"그게 무슨 소리야!"

승호의 차갑고 경멸에 가까운 태도에 승우는 기분이 상했다. 둘이 좋지 않은 모자 사이라도 승우가 보기엔 어머니는 항상 승호에게 많은 신경을 쓰며 잘해주려고 애썼다고 생각하고 있었다.

"형, 무슨 소리냐고? 왜냐면 언젠가 아버지를 이어 형이 꼭 회장님이 되어야 하니까. 그러려면 형수님과 그 집안이 절대적으로 필요하니까. 그건 나란 존재가 생겨난 순간부터 아버지에게 받고 싶었던 큰어머니의 보상이야. 그러려면 난 뭐가 되어야겠어? 그저 희생양일 뿐이야, 기반이나 잘 닦아놓고 자리 잡아놓으면 그 자리에 형이 앉을 수 있도록. 그러니 원하는 대로 다 해드린다고 전해드려. 형을 위해 열심히 살아볼 테니까, 형이 나중에 회장 자리에 앉을 수 있게 다 해드릴 테니까, 제발 더는 나 좀 괴롭히지 말라고 전해드려. 나 하나로 족하시고 소미는 절대 그냥 놔두시라고. 어차피 이 진흙탕 같은 집에 소미까지 끌어들이고 싶지 않았어. 그러니 그런 걱정일랑 접어두시고 제발 놔두시라고 해. 알았어?"

"어머니가 너한테 잘해준 부분도 있어. 그렇게 꼭 어머니를 비난만 하지 마. 네가 지금 소미 씨와 한 행동이 결코 옳다고 볼 수 없잖아. 더 좋은 여건의 여식을 염두에 두고 있을지 모르는 어머니 진심을 그렇게 함부로 왜곡하지 마."

"형, 사람은 기쁨보다 슬픔을 더 오래 기억하고 듣기 싫은 말이 듣기 좋은 말보다 더 오래가. 때론 잘해주셨겠지. 백번에 한 번 잘해주신 걸 가지고 형도 그렇게 말할 자격은 없다고 보지 않아? 그리고 내가 형 동생이라면 큰어머니 막아줘. 이건 부탁이야. 무조건 막아줘. 소미 곧 돌아가. 그러니 두 달만 막아줘."

"너는 원래 내 동생이야. 자신은 없지만 어머니 막아볼게. 그리고 그 담배 내놓고 가라. 유진이가 알면 또 길길이 날뛰거든."

"형, 다시 학교로 돌아가. MBA 마저 끝내. 그게 지금 다 던지고 형을 위해 고생하는 형수님을 편하게 해주는 거야. 그리고 내 부탁도 절대 잊지 마. 절대."

승호는 앞에 놓인 담뱃갑을 승우에게 던지고 서류와 돈을 들며 자리에서 일어났다. 결국 그들이 이용하려는 심보라면 승호는 이용당해 주는 대신 챙길 건 기필코 다 챙겨낼 거라고 마음먹었다.

승호는 거실에 가까워질수록 소미의 큰 목소리가 점점 뚜렷이 들렸다. 그리고 아직 소미가 자신을 발견하지 못하자 지켜만 봤다. 소미는 그 버릇 그대로 벌써 유진과 친해져 언니라고 부르며 손 맞잡고 이야기 중이었다.

"근데 언니, 미국 사람들은 USB를 되게 좋아하나 봐요."

"USB?"

유진이 어리둥절한 표정을 짓자 소미는 어깨에 잔뜩 힘이 들어가 우쭐해졌다.

"언니 정말 몰라요? 왜 길거리 다니다 보면 큰 차들 있잖아요. 승호 차도 그렇고 들어오다 보니 언니네 차도 그거던데."

"아, SUV. 스포츠 유틸리티 바이클. USB는 컴퓨터와 기기를 접속시키는 장치지요."

"어머, 그랬나요?"

소미는 너무나 당황스러워 어서 승호가 나와 데려가 버렸으면 좋겠다고 생각했다. 이래서 영어 쓰면 안 되는데 며칠 살아봤다고 자신있게 꺼낸 영어 단어에 땅이 꺼져 버렸으면 좋을 정도의 망신만 당했다.

"일부러 그런 거지?"

"네. 설마 제가 그런 기본 상식을 모를까요. 제가 좀 유머감각이 탁월하다고 자타 공인하거든요. SUV는 기본 중에 기본인데! 일부러 그런 거예요."

승호는 이 기분에도 쿡쿡 웃음이 삐져 나오게 만드는 소미에게 다가갔다. 그리고 그새 쟁반이 텅 비어 있는 걸 보았다.

"안소미, 뱃속에 거지가 들었냐."

"어머, 나 얼마 안 먹었어. 언니, 그쵸? 언니가 손이 작아서 조금씩 가져다줘서 맛만 봤다. 승호야, 언니가 점심 먹고 가라는데 먹고 가자. 매콤한 김치찌개랑 잡채도 해주신대."

"됐어. 형수님, 저희 그만 갑니다. 다시 들를 일 없도록 해달라고 형에게 꼭 전해주세요."

승호가 하도 찬바람 쌩쌩 돌게 말하며 돌아서자 소미와 유진은 서로 의아해하며 어깨를 으쓱하고 말았다.

"언니, 또 놀러올게요. 다음번에 꼭 잡채 해주세요."

"그래요. 승호도 잘 가고 다음에 보자. 오늘은 너무 일찍 가서 섭섭해."

승호는 아쉬워하는 유진에게 제대로 대꾸조차 않고 차에 올라탔다. 소미는 대신 유진에게 허리를 굽혀 꾸벅 인사하고 승호가 혹시 때어놓고 갈까 봐 재빨리 차에 올라탔다.

"민승호, 너 왜 그래? 언니가 말하는데 쌩까고, 너 형한테 혼났어? 야! 너 담배 피웠어?"

소미는 운전하고 있는 승호 손에 코를 박고 킁킁거렸다. 미국 와서 한 번도 승호한테 나지 않던 냄새가 또 확 풍겨오자 소미는 괜한 걱정이 들었다. 한국에서 승호가 심란할 때 담배를 태웠는데 미국에서도 마찬가지인 것 같았다.

"비켜. 운전하는데 방해돼."

소미는 차디찬 승호 때문에 분위기를 파악하고 입을 꾹 다물어 얌전히 있었다. 게다가 점심 먹자는 승호를 따라 이태리 레스토랑에서 느끼한 하얀 소스의 스파게티를 억지로 먹었다. 그러는 동안에도 승호는 몇 마디 하지 않았다. 집에 와서도 승호는 영화를 틀어놓고 화면만 뚫어지라 볼 뿐 그 앞을 몇 번이나 왔다 갔다 하며 방해하는 소미에게 고개 한 번 돌리지 않았다.

"승호야, 왜 그래? 형이 뭐라고 했어? 사람이 말을 하고 살아야지 입에 거미줄 치면 쓰냐?"

소미는 답답함에 지쳐 몇 번을 승호에게 질문을 했지만 굳게 다물어진 입은 열릴 기미도 보이지 않았다.

소미는 혼자 땅 파는 승호 보란 듯이 혼자 저녁을 챙겨 먹은 후 맨션 앞에 있는 커피전문점에서 케이크도 사 먹고 잠깐 산책을 했다. 낯선 미국인들은 언제나 눈이 마주치면 슬쩍 입가를 움직여 웃어 보였다. 그 모습에 소미는 혹시 무슨 흑심이라도 있어 슬슬 꼬시려는 줄 알고 어색해 죽을 것 같더니 이젠 엘리베이터에서 마주치면 인사는 못 나눠도 슬쩍 웃을 수 있게 되었다. 그리고 생각해 보면 참 한국이 삭막하다는 생각도 들었다. 낯선 타인에게 서로 미소를 전하는 이 문화가 한국에서 말하는 정보다 더 정겹게 느껴졌다.

소미는 텅 빈 집에 들어서자 손에 든 케이크를 쓰레기통에 버렸다. 분명 소미가 나가기 전까지 영화 세 편을 내리 보던 승호였는데 차 열쇠와 함께 사라졌다. 소미는 아까 낮에 들렀던 승우 집에서 분명 심상치 않은 일이 있었던 것 같은데 승호가 도통 말을 안하니 그 속을 알 길이 없었다. 소미는 씻고 나와 혹시나 싶은 마음에 책상에 올려져 있는 서류를 꺼내 보다가 온통 영어라 포기하고 내려놨다. 그리고 혼자 잠자리에 들었다.

소미는 침대 옆 전등을 켜놓고 탁 트인 창밖을 보았다. 여러 건물이 내뿜는 색색의 빛들이 까만 밤과 잘 어우러져 아름다웠다. 삭막한 높은 건물이 즐비한 사이에서 저런 향연을 만들어낸다는 게 이질적이었다. 이곳에서 처음으로 혼자 잠자리에 든 소미는 문득 외로움을 느꼈다. 어디서부터 오는지 알 수 없는 이 막연한 외로움은 누군가가 이유가 되는 외로움이 아니었다. 그저 어두운 밤에 느끼는 쓸쓸함, 결국 인간이란 혼자 살 수 없는 존재일지 모른다는 그런 느낌이었다.

승호는 조용한 술집에서 혼자 술을 들이키며 앞으로 어떻게 해야 할지 막막한 기분이 들었다. 큰어머니는 당장 소미를 집에서 내보내지 않으면 가만두지 않을 거라고 했다. 아무리 들여온 자식이라도 호적상 큰어머니 밑에 있는 자식이기에 소미가 용납되지 않는다고 했다. 그건 뭐든 다 반대하고 싶은 큰어머니의 핑계라는 걸 승호도 알고 있었다. 하지만 앞으로 승호가 가야 할 길에 소미가 보탬이 되지 않을 거라는 큰어머니의 단언이 맞을 것 같아 두려웠다. 승호는 이제 이 집안을 이어갈 유일한 자식이 됐고, 드디어 친어머니가 원했던 그 모든 걸 다 손에 쥘 수 있는 단 하나가 되었다. 앞으로 승우가 어떤 식으로든 경영에 참여하겠지만 결국 전면엔 멀쩡한 승호가 나서야 할 것이다. 그렇다면 아버지란 사람이 소미를 가만히 놔둘지 의문이었다. 자신의 사랑마저 냉혹히 버린 아버지가 소미를 그냥 모른 척 넘어갈 확률은 전혀 없었다.

승호가 아는 아버지는 야망이 크고 매몰찬 사람이었다. 아버지는 사랑하는 여자의 존재가 자신의 위치를 위협시키자 단번에 내치고 큰어머니 옆을 평생 지켰다. 단지 자신의 성공만이 아니라 자식들의 성공에도 집착하던 아버지는 승호가 원하는 대로 놔둘 분이 아니었다. 그렇게 매정하게 짓밟은 자신의 사랑에 대한 대가인 승호를 그냥 놔두지 않을 것이었다. 그건 아버지가 그래도 너무나 사랑했던 여자가 남겨둔 자식이기에 그럴 것이다. 어떻게 해서든 원하는 대로 이뤄내는 아버지가 그 성격으로부터 소미를 어찌 지켜야 할지 승호는 막막하고 참담했다.

결국 승호는 아직 어리고 소미도 역시 어렸다. 그리고 앞으로 다가올 미래는 더 많은 기회를 줄 거라 믿었다. 소미에게 지금은 승호가 전부를 차지하지만 미래는 승호만의 것이 아닐 수 있었다. 승호는 빠져나갈 곳 없이 막힌 암울한 속을 같이하고픈 바보 같은 열정에 무릎을 꿇고 말았다. 또다시 이전과 같이 비겁할지도 모른다. 하지만 승호는 이토록 옥죄는 그 식구들을 넘고 싶었다. 그들이 가진 것 하나 빼놓지 않고 다 가지고 싶었다. 친어머니가 그리억압의 세월을 살다 비명횡사한 한을 풀어주고 싶었다. 세상을 발아래 두고 비웃어주고 싶은 욕심을 진즉부터 가지고 있었다. 승호는 지금 자신만 생각하며 마음의 결정을 내린다는 걸 알고 있었다. 소미에게 어떠한 약속도 주지 못한 채 떠나보내야 할지도 모른다. 그래도 지금의 이 열정을 놓고 싶지 않았다. 이제 남은 시간을 지키는 건 승호나 소미의 몫이 아니었다. 그저 하늘이 줄 운을 믿어야 했다. 그러나 승호는 적어도 승우만큼은 큰어머니를 막을수 있을 거라 믿었다. 그렇다면 이 남겨진 운이 나락에 떨어질 거라고 생각지 않았다.

소미는 딸깍이며 열리는 문소리에 놀라 잠에서 깼다. 어차피 깊게 든 잠도 아니었고 불이 환하게 켜지자 소미는 눈을 비비며 일어나 앉았다. 그리고 비틀거리며 들어오는 승호를 보고 놀란 소미는 벌떡 일어나 다가가려고 한 걸음 내디뎠다.

"지금은 가까이 오지 마. 내가 갈 거야."

승호는 손을 들어 소미에게 더는 가까이 오지 말라는 태도를 보였다. 소미는 기운이 쭉 빠진 채로 한 걸음 뒤로 물러나 침대로 쏙 들어갔다.

"술 마셨어? 술 냄새가 여기까지 나."

"조금."

승호는 소파가 아닌 소미가 누워 있는 침대에 앉았다. 환한 불빛에 비친 승호의 눈이 일렁이고 있었다. 승호의 입은 소미를 보며 웃고 있지만 그 눈을 물기가 고여 점점 슬퍼 보였다. 소미는 일어나 앉아 승호의 어깨에 기대고 침대를 짚고 있는 승호 손을 꽉 잡았다.

"무슨 일이야?"

"그냥, 답답해서."

"그렇다고 혼자 술 마셔? 나도 같이 가지. 오늘 내내 너 때문에 나도 벌서는 거 같았단 말야."

"미안해. 어서 자."

승호는 자리에서 일어나며 소미가 잡은 손을 빼려 했지만 오히려 더 꽉 붙들렸다. 승호는 아직 소미가 자신에 대해 모르는 게 너무 많다고 느껴졌다. 저렇게 순수한 눈망울로 걱정스럽게 보는 소미에게 승호는 다 알려주고 싶어졌다. 승호가 도로 앉자 소미는 또 도망갈까 봐 승호 허벅지를 베고 누워 그를 올려보았다.

"안소미, 형 보고 나니 어때? 놀랐지?"

"안 놀라겠니. 왜 말 안 했어? 만나기 전에 어디가 아픈지 말해 줬으면 그렇게 놀라지 않았을 텐데 너 미웠어."

"말하는 게 참 어렵더라고. 난 도망가는 성격인가 봐."

"뭐 그럴 수도 있지. 그냥 너랑 되게 닮았다 싶었어. 그리고 난 여태껏 휠체어 타는 사람들은 되게 우울하고 막 이상하고 동떨어진 사람들 같았거든, 근데 오늘 실제로 보니까 아무렇지 않고 그냥 똑같더라. 앉아 있는 게 불편하기는 하겠지만 나와 다르다는 생각은 싹 사라졌어."

승호는 조잘거리는 소미 머리칼을 잡아 비틀며 장난을 걸었다. 게다가 승호는 소미 귀를 만지작거리며 마른 입술을 혀로 핥았다. 소미는 뜨거운 손에 잡힌 얇은 귀가 만지작거려지자 온몸이 화끈거렸다. 그리고 간질간질려 몸을 뒤틀려다가 승호가 말을 하기 시작해 가만있었다. 소미는 승호를 알고 싶었다. 그 속에 무엇을 담고 그리 승호가 힘들어하는지 소미는 듣고 싶었다.

"형은 나한테 넘볼 수 없는 그런 존재였어. 활동적이고, 성격 좋고, 특히나 할머니가 좋아하셨거든. 아주 당연히 아버지 뒤를 형이 이를 거라는 데 의심하는 사람도 없었고. 형이랑 나는 같은 아버지 자식이지만 참 많이 달랐어. 형이랑 다르게 난 방에서 나오지 않았고, 중학생 때부터는 아주 반항적으로 다 때려 부수고만 싶었어. 각종 사교 모임도 많았는데 가족들이 모두 참여해도 난 당연히 빠졌고. 그런데도 형은 항상 날 동생이라고 잘 챙겨줬어. 큰어머니는 겉으로 우애가 깊다고 자랑해도 내심 나랑 어울리다 형이 잘못되는 게 아닐까 걱정도 많이 했을 거야. 그런 눈초리는 말로 하지 않아도 다 알 만큼 난 눈치가 빨랐거든."

"그렇게 친했어? 아까는 데면데면한 것 같던데."

"뭐 그렇다고 그렇게 친한 건 또 아니었어. 한집에 살다 보니 정이 들어서 그런지 제법 붙어다니기는 했지. 형이 워낙 성격이 좋았거든. 뭐든 뛰어나고 잘하고. 아, 그런 얘기는 중요하지 않고 형은 그 어렵다는 하버드 경영대학원에 다녔어. 내가 미국 온 지 한석 달쯤 됐을 때야. 굳이 오지 말라는데도 형이 그날따라 부득부득 오겠다고 우기더라. 오랜만에 보니 그래도 형제라고 반갑대. 그날 그렇게 밤새 놀다가 새벽녘쯤 형이 돌아갔는데 병원에서 연락이 왔어. 졸음운전으로 가드레일을 들이받는 교통사고였는데 꽤 부상이 심각했지. 한국에서 아버지랑 큰어머니가 들어오고 형수님도 매일 병구완하며 경과를 지켜보는데 끝내 하반신 마비라는 진단이 나오더라. 그 상황에 맞닥뜨리니 나조차 앞이 캄캄해지더라구. 큰어머니 마음을 아예 이해 못하는 건 아냐. 당연히 나만 아니었다면 그 먼 거리를 왔을 일도 없고, 사고도 나지 않았을 테니까. 그렇다면 결과적으로 휠체어 따위에 잘난 내 형이 앉을 일도 없었을 거고. 큰어머니가 머리 검은 짐승은 집에 들이는 게 아닌데 결국 그 화가 형한테 간 거라고 말하는데 나란 존재가 그렇구나 싶더라고. 내가 그렇지 뭐. 나라고 형이 저리 됐는데 아무런 죄책감이 없을까. 자고 가라고 할 수 있는 걸 그냥 보낸 것도 그렇고. 내가 그런 놈이야. 난 정말 재수 없는 놈일지도 몰라."

"네 탓이 아니잖아. 그런 운명은 사람이 바꿀 수 없는 것들이야. 근데 왜 그렇게 큰어머니는 널 싫어하셔? 네 엄마도 돌아가셨다면서."

"큰어머니한테 직접 들은 건 아니지만 자존심이 상당히 무너지셨다는 말은 들었어. 남편이 바람피워서 나온 자식을 호적에 넣어 어릴 때부터 키운다는 게 당연히 자존심 상하겠지. 게다가 아버지가 그리 큰어머니에게 다정하거나 잘하는 편이 아니었고. 요즘엔 아버지 건강이 좋지 않아 그 수발까지 든다는데, 그 쌓인 분노가 어디로 가겠어? 애초에 없어야 할 존재가 버젓이 있다면 그 마음도 결코 사라지지 않아."

소미는 그 큰어머니의 마음을 이해할 수 없었다. 그래도 이십여 년을 키워온 정이라도 있을 텐데 그렇게 철저히 미워할 수 있다는 게 소미는 결코 느낄 수 없는 그 너머의 마음이었다.

"근데 더 웃긴 건 아버지야. 형이 저렇게 됐으면 어떻게든 큰어머니를 위로해야 했는데, 대뜸 날 형 대신 앞으로 경영일선에 내세우겠다고 했어. 앞으로 형이 밟던 길을 그대로 따라 아버지 뒤를 이어가라는데 큰어머니가 날 곱게 볼 수가 없지. 자기 아들 그리 만들어놓은 것도 모자라 오랜 숙원도 무너졌으니. 난 그런 거 싫어. 그냥 자유롭고 싶어. 그딴 자리도, 아버지도, 큰어머니도, 내 어머니도 이젠 다 벗어나고 싶어. 그냥 난 나로 살고 싶어."

승호는 결코 자유로울 수 없는 그 먼 미래 때문에 괴로웠다. 그리고 고통스런 표정을 지켜보는 소미의 마음도 따끔따끔 아팠다. 언제나 승호는 덤덤하기에 덜 아파하는 줄 알았다. 그러나 너무 아프기에 아픈 것조차 표현하지 못하는 승호였다. 소미는 손을 올려 승호의 뺨을 어루만졌다.

"나한테 민승호는 그냥 민승호야. 너는 그냥 내가 보고 있는 너일 뿐이야. 그러니 아파하지 마. 그냥 너로 보는 내가 있잖아."

"난 결코 그곳에서 벗어날 수 없을 거야, 아마 죽을 때까지. 그건 형에 대해 미안함이고 내가 태어난 운명이고 내 아버지가 그런 사람이기 때문이야. 괜한 몸부림에 엄한 사람이 다치게 하고 싶지 않아. 그게 나야. 난 이렇게 평생 누구를 대신하는 존재로 살아야 하는 걸까?"

소미는 한참을 승호의 변하는 표정을 보며 대답하려다 말았다. 이미 승호 스스로 아니라고 믿고 있는 표정이 확연했다. 그렇다면 언젠가 소미처럼 엄마가 그렇게 외치던 운명에서 스스로 노력해 벗어날 수 있었다. 알지 못하면 그 고리를 뜯어낼 수 없었다. 그러나 알면 그 고리를 풀어 벗어날 방도를 찾을 수 있었다. 소미는 그 고리를 승호가 찾기만 하면 된다고 생각했다.

"승호야, 너 취한 것 같아. 자."

소미는 눈이 반쯤 감긴 승호에게 떨어져 베개를 베고 누웠다. 창밖은 어둠과 빛이 섞여 대치되는 모습이 너무 쓸쓸해 보였다. 그리고 승호가 느끼는 그 아픔을 어루만져 줄 수 없는 자신이 너무 초라하게 느껴졌다.

승호는 돌아누워 작은 등을 보인 소미를 보자 심장이 철렁 내려앉는 것 같았다. 이렇게 언제든 소미도 등을 돌릴 수 있다는 불안이 들었다. 승호는 침대에 누워 소미 어깨를 잡아 돌리더니 품에 꼭 안았다.

"오늘은 이렇게 자자. 나한테 떨어지지 말고 날 위해서."

소미는 꽉 붙들려 숨 막히지만 승호의 들썩이는 가슴에 얼굴을 대고 뜬눈으로 밤을 새웠다. 편히 자는 승호가 혹시 깰까 봐 소미는 답답하게 갇혀 있지만 미동도 하지 않았다. 사랑은 아픔도 치유할 수 있다고 하지만 소미는 자신의 사랑은 승호의 아픔을 치료할 능력이 없는 것 같았다. 승호를 옥죄는 것들은 소미가 걷어줄 수 있는 것들이 아니었다. 그래서 더 깊이 아프고 슬펐다. 그 아픔은 밤새 고여 눈물이 돼서 승호의 마른 가슴을 촉촉이 적셨다.

소미는 때때로 혼자 여행서를 들고 곳곳에 분포된 미술관과 박물관을 다니며 범접할 수 없는 위대한 예술이란 오묘한 세계를 맘껏 엿보았다. 보는 걸로 만족하지 못하는 소미는 몇 번이나 불쑥 손으로 그림을 만져 경비원에게 혼나기도 했다.

미국에 와서 제일 좋은 건 책으로만 봤던 그림들을 실제로 보는 그 흥분감이었다. 물론 승호가 제일 좋지만 그 외에도 소미는 미국에 온 성과를 톡톡히 얻고 있었다. 가끔 혼자 집으로 걸어가다 타임스퀘어 근처에 있는 술집에서 맥주도 마셔보고, 센트럴 공원 지도를 보며 공원 내를 온종일 활보해 보기도 했다. 주말엔 무조건 희순과 보내기로 약속해 둘이서 자유의 여신상을 보러 돈까지 내는 페리를 타고 구경 갔었다. 그러나 그 유명해 껌벅 죽는다는 브로드웨이를 아직 가보지 못했다. 대신 유명한 음식점을 골라 다니며 몸을 살찌우니 승호가 공연 표를 구해와 소미는 희순까지 데리고 같이 보러 갔었다. 난생처음 보는 뮤지컬에 소미는 그 떨림과 긴장감, 그리고 폭발적인 흥분에 두 시간 내내 환호하며 정신이 나가도록 빠져들었다.

소미는 그 벼르고 벼르던 브로드웨이를 다녀왔다는 흥분에 집에 와서도 방방거리며 앉아 있지를 못했다. 승호는 소파에 앉아 맥주를 마시며 소미가 손을 치켜들고 배우들을 흉내 내는 걸 지켜보았다. 되지도 않는 영어 단어들을 마구 가져다 붙이며 기억하는 동작을 다 따라 해보는 진지한 소미 때문에 승호는 배가 아프도록 웃으며 매번 열렬히 호응해 줬다.

"승호야, 그 뮤지컬 제목이 한국말로 뭐라고?"

소미는 기대다시피 승호 품에 안기며 앉았다. 그런 소미를 다정한 손길로 끌어안으며 승호는 웃음기 가득한 얼굴로 바라봤다. 매번 같은 밤을 보내지만 매일 밤이 이토록 행복해 승호에게 새로운 삶이 열린 듯한 느낌을 받았다.

"오페라의 유령."

"아까 희순이 막 내릴 때 우는 거 봤어? 평상시엔 무지 독하더니 눈물을 뚝뚝 흘리는데 나 깜짝 놀랐잖아."

"비극이잖아. 그러는 넌 공연 내내 왜 웃었어?"

"난 못 알아듣잖아. 배우들 표정만 보고 따라가다 보면 뭔지 몰라서 웃겨. 그래도 진짜 신기하더라. 어쩜 그리 노래들을 잘하냐. 그 가면 쓴 유령 있잖아. 좀 안 어울리기는 한데, 예전에 나 아빠 없는 애라고 놀림받았을 때 꼭 나타나서 혼내줬으면 하던 내 상상 속 구세주랑 닮았다. 뭔가 멋지고 음침하고 애들이 확 기죽을 만큼 정말 잘생긴 것도 같고. 포스가 죽여주잖아. 그런 포스로 휘리릭 나타나 어쩌고저쩌고하다가 연기처럼 휙 사라지면 애들은 초토화되는. 웃기지?"

승호는 별일 아닌 걸 겪은 듯 지난날을 웃으며 말하는 소미를 보며 그 마음을 읽었다. 덤덤히 말하는 그 속은 결코 그리 잔잔하게 잠재워지지 않는다. 잊히지 않는 아픔은 결국 마음속 일부가 되어 그러려니 하며 받아들일 수밖에 없었다.

"애들이 많이 놀렸어?"

"조금, 초등학교 5학년 될 때까지 그랬던 것 같아. 그 나이 때는 다 그렇잖아. 자기랑 다르고 약자인 거 같으면 뭔지도 모르면서 떼지어 놀리는 거. 어릴 때 유치원에서 무지 싸웠다. 유치원을 한 세 번쯤 옮겨 다니고 초등학교 때도 끝까지 싸우고 그랬는데, 나중에 엄마가 너무 힘들어해서 그만뒀어. 아무렇지 않은 척해도 싸우고 들어가면 꼭 티나잖아. 엄마는 내가 그러는 게 너무 슬픈 거야. 내가 엄마를 선택한 게 아니라 엄마가 날 선택한 건데, 그 선택이 날 힘들게 하니까. 그래서 놀리면 놀리는가 보다 하고 상대를 안 하니 놀리는 애들도 지치더라. 뭐, 하여간 그랬어. 시간이 한참 지난 지금 생각해 보면 엄마의 선택에 당연히 내가 겪어야 했을 고비였어. 그게 비록 힘들지만 엄마와 내가 한 번은 넘겨야 했을. 그리고 내 나름 잘 넘겼다고 생각해. 그치?"

"그래."

"너도 잘 넘길 거야. 돌아보면 그 흔적은 남아 있지만 더는 아프지 않은, 나는 너도 그럴 거라고 믿어."

승호는 소미가 잡고 있는 손을 끌어 뛰는 심장 위에 놓았다. 소미는 그 손을 바라보며 승호의 감추지 않는 마음을 전달 받는 듯했다. 그리고 승호의 다른 손은 소미 얼굴을 감싸 마주 보게 했다.

"소미야, 넌 네 아버지에 대해 전혀 모르는 것 같아."

"응. 엄마가 말 안 해줬거든."

"왜?"

"엄마도 감추고 싶은 게 있지 않을까? 말하지 않는 이유가 있을 거라고 믿어. 한때는 아빠가 있었기는 한가, 라는 의문도 들었거든. 근데 없는 아빠를 엄마가 만들어내지는 않았을 것 같아. 그냥 더는 아빠가 우리 곁에 없으니 속속들이 알아 더 그리워하게 하고 싶지 않은 엄마 마음이라고 혼자 이해했어."

"내가 알아볼까?"

"됐어, 네가 무슨 능력으로. 그리고 난 굳이 알아내고 싶지 않아. 엄마가 원하는 만큼만 알아도 괜찮아."

그런 소미의 말에 승호는 알지도 못하는 소미 아버지에 대한 궁금증이 점점 커졌다. 소미조차 모르는 그 아버지에 관해 승호는 무슨 사연이 숨어 있을 듯했다. 그리고 소미가 이토록 그리워하는 아버지에 대해 승호는 언젠가 꼭 찾아 알려주고 싶었다.

"승호야, 난 가끔 이렇게 다 알지 않아도 좋아. 우리 할머니가 많이 알수록 복잡해지는 거라고 했어. 난 그냥 보이는 대로 보여 주는 대로 그렇게 믿으며 단순하게 살래."

"나에 대해서도?"

"아니."

"왜?"

"넌 살아 있으니까. 내 남자니까."

소미는 느릿하게 다가오는 승호에게 씩 웃었다. 그리고 가까이 닿는 뜨거운 공기에 방금 마신 맥주 냄새가 진하게 배어 있었다.

"안소미, 키스하고 싶어. 지금."

승호는 놀라 동그라진 소미 눈을 마주하며 빠르게 다가가 입을 맞추었다. 소미는 말캉하고 부드러운 입술이 닿자 부끄러운 열기가 치밀어 눈을 꼭 감았다. 소미는 눈을 감지 않고 승호가 어떤 표정을 지을지 보고 싶었지만 눈이 떠지지 않았다. 승호는 바짝 마른 소미의 입술을 살살 핥으며 조금만 아주 조금만 더 나아가고 싶은 욕구가 치밀었다. 소미의 내 남자라는 표현이 승호를 충동적으로 만들었다. 승호의 서툰 손길이 얇은 소미의 티셔츠 안으로 들어가 그녀의 봉긋한 가슴을 움켜쥐었다. 그리고 그 틈을 타고 놀라 벌어진 소미 입 안으로 승호는 주저없이 들어갔다. 하지만 눈을 뜬 소미의 굳은 몸이 승호를 멈추게 만들었다.

"놀랐어?"

소미는 여전히 큰 눈을 채 깜빡이지도 못한 채 가슴에 닿은 승호의 손을 어찌하지 못했다. 게다가 가슴을 쥔 승호 손이 움직일 때마다 뜨거운 숨이 소미 입가에 확 와 닿았다. 소미에게 승호는 언제나 남자였다. 그러나 승호의 짙은 눈 속에 담긴 남자는 낯설었다. 승호는 뒤로 물러나는 소미의 허리를 한 손으로 마저 잡아 꽉 당겨 안았다.

"그만둘까?"

전혀 그만둘 의사가 없는 감미로운 승호의 목소리에 소미의 입가엔 미소가 걸렸다.

"내 첫 키스야."

소미 말에 승호는 미간을 살짝 찌푸렸다. 첫 키스, 승호는 순간 이 장소가 소미가 언젠가 말했던 로맨틱함과 거리가 멀다고 느꼈다.

"나도 처음이야."

"근데 너 너무 능숙해."

"그래?"

"그래도 괜찮아. 넌 뭐든지 잘하니까."

"그만 하고 싶지 않아. 싫으면 참을게."

승호는 가슴을 쥔 손을 풀며 아래로 내리는데 소미의 손이 잡아 멈추었다. 그간 입술과 입술만 살짝 닿았던 선을 넘어서 소미는 당황하기도 했었다. 그러나 소미를 향한 들뜬 열정이 가득한 승호의 눈이 좋았다. 승호라면 이 모든 처음이란 걸 다 내던져 줘도 절대 아쉽지 않을 듯했다. 그게 어떤 상황이든…….

"여기서 멈추면 내 첫 키스는 반쪽이잖아. 승호야, 참지 마."

승호의 손이 다시 슬금슬금 위로 올라가면서 발그레한 얼굴로 옅은 미소를 짓는 소미에게 다가갔다. 살짝 벌어진 입술 사이로 소미의 뜨거운 숨이 승호의 입술에 닿았다. 승호는 부드럽게 입술을 비비며 소미를 끌어안았다. 뜨거운 입 안에 서로 엉키고 타액이 넘나드는 키스가 짙어질수록 소미는 배꼽보다 아랫부분에서 달뜬 열이 거미줄처럼 퍼져 나가는 것 같았다.

맨살에 닿는 승호의 뜨거운 손이 움직일 때마다 소미는 온몸이 비틀렸다. 소미가 움직이면 움직일수록 맞닿은 승호의 몸 구석구석 부딪쳤다.

"움직이지 마."

"왜?"

승호는 잠시 멈추고 의아해하는 소미를 번쩍 들어 무릎에 앉혔다. 짧은 반바지로 인해 맨살이 서로의 허벅지에 맞닿았다. 승호와 소미는 순간 몸을 파르르 떨며 온몸을 휘젓는 낯선 열기에 빠졌다.

"나 움직이면 안 되는 거야?"

"어."

"왜? 부러 그러는 것도 아니고 나도 모르게 그렇게 되는 건데?"

"순진한 자극이다. 정말."

소미는 화끈거리는 볼을 만지는 승호 때문에 온몸이 비비 꼬였다. 갑자기 승호가 너무나 관능적으로 보였다. 어느 순간에도 참으로 멋있는 그 모습을 잃지 않는 승호였다.

"계속 안 해? 여기서 끝나는 거야?"

"계속할까?"

소미는 수줍게 고개를 끄덕거리며 승호에게 다가갔다. 승호는 매끄러운 소미의 맨다리를 만지며 다시 입 맞췄다. 승호가 깊게 들어와 더는 놓지 않을 듯 강하게 엉겨왔다. 입 안이 얼얼하고 정신이 멍멍할 정도의 키스 앞에서 소미는 서투르게 맞추며 승호를 놓지 않았다. 그러다 자세가 불편한 소미는 벌떡 일어나 승호의 양다리를 다시 사이에 가두고 마주 앉았다.

"가만있으라니까."

"불편해. 나도 내가 하고 싶은 만큼 할래."

승호는 역시나 소미다운 말이라며 허리를 손으로 감으며 싱긋 웃었다. 소미는 다시 깊어진 키스에 숨을 쉬려고 얼굴을 돌리며 잠깐잠깐 입술을 떼었다. 그 순간 아쉬운지 더 꽉 허리를 끌어안는 승호의 손에 소미는 벅찬 기분이 들었다. 승호에게 이만큼 자신을 원하는 갈망이 있다는 것에 소미는 만족했다. 여자로서 완벽히 승호에게 다가간 기분이었다. 거친 숨소리와 타액이 섞이는 소리가 넓은 원룸 안에 울렸다. 더위를 식히려 내려오는 에어컨 바람조차 승호와 소미가 내뿜는 열기를 식히지 못했다.

승호는 핏줄이 잔뜩 솟은 소미의 목으로 입술을 옮겨 살갗을 빨아들였다. 그리고 탱글탱글 움직이는 가슴을 손바닥으로 거세게 문지르며 돋은 정점을 손가락으로 잡아당겼다. 소미는 예민한 살들이 빨려 들어가 승호의 이에 눌릴 때마다 저절로 고개가 뒤로 젖혀지고 눈이 떠졌다. 소미는 천장에서 뿜어져 나오는 불빛을 보며 눈을 깜박거렸다. 소미는 행복감에 온몸이 펄떡펄떡 날뛰는 것 같았다. 그리고 본능에 따른 얕은 신음을 마음껏 내지르며 몸을 들썩거렸다. 승호와 맞닿은 몸 구석구석 빠짐없이 휘젓는 찌릿한 쾌감이 몸 중심으로 조여들자 천장의 불빛이 아득해졌다.

"승호야, 사랑해."

소미는 덜 찬 듯 이미 터져 버린 쾌락에 헉헉거리며 승호 어깨에 얼굴을 묻고 고백했다. 여태 승호에게 제대로 해주지 않은 고백이었다. 승호는 이 열기가 빠져나갈 틈이 없도록 소미 허리에 양손을 둘러 꽉 붙들어 안았다. 승호는 그 누구도 모를 미래를 위해 더는 욕심 내지 말자고 들썩거리는 소미 등을 두드리며 아직도 타오르는 열정을 억지로 가라앉혔다.

승호는 아침부터 끈질기게 울려대는 전화벨 소리에 아침잠 많은 소미가 깨지 않도록 귀찮아도 소파에서 내려왔다. 그리고 신경질적으로 전화기를 집어 들자 반갑지 않은 목소리가 들렸다.

[지금이 몇 시인데 이제 일어나느냐?]

승호는 아버지의 목소리에 미간을 찌푸리며 건성으로 안부 인사를 꺼냈다. 그러면서 아버지가 무슨 꿍꿍이가 있기에 생전 안 하던 전화를 다 했는지 불쑥 불안이 밀려왔다.

[여자애 하나가 네 집에 산다며?]

승호는 결국엔 큰어머니가 품고 있는 원망엔 일말의 여지도 없다는 걸 다시 확인했다. 그리고 아버지까지 알게 되었으니 승호는 그 짧은 찰나에 여러 생각을 했다.

"그렇습니다."

[내가 널 마음에 들어하는 이유는 괜한 거짓말은 안 한다는 거다. 맨션 앞 커피숍이다. 나와라.]

전화가 툭 끊겼다. 급작스러운 아버지 방문에 승호는 갑자기 찬물을 뒤집어쓴 듯 온몸이 싸늘해졌다. 그리고 여전히 편히 잠들어 있는 소미를 보며 아랫입술을 깨물고 욕실로 들어갔다.

승호는 커피숍에 들어가자마자 대기하고 있던 경호원과 마주쳤다. 경호원까지 대동하고 온 민 회장이 단순히 승호만을 위해 이 미국까지 오지 않았을 거다. 승호는 어쩌면 짧게 몇 마디로 해결

될 수 있을 거라고 기대하며 자리에 앉았다.

"무슨 일로 오셨습니까?"

"미국에 경제인 모임 초청 받았다. 뉴욕에 온 김에 네 얼굴이나 보고 갈까 하고 들렀다."

"형한테는 다녀오셨습니까?"

"내가 그놈을 왜 봐. 쓸데없는 소리 하지 말고 내가 나서야겠냐, 아니면 알아서 하겠느냐?"

진심인 듯 쌀쌀맞은 민 회장의 말에 승호는 표정이 드러나지 않도록 속을 다스리려 안간힘을 썼다.

"제 일에 신경 쓰지 않으셨으면 합니다. 제가 알아서 할 테니 모른 척 넘어가 주시죠."

"네가 누구 아들인 줄 잊었느냐! 여기서 널 보는 사람의 눈이 얼마나 많은데, 앞으로 내 뒤를 이을 유일한 놈이거늘 어디 감히 그따위로 말해."

"형도 있습니다. 원래 형 자리였지 않습니까?"

"승우가 그리 되지 않았다면 난 네가 여자를 들이든 말든 관여치 않았을 게다. 젊은 치기려니 하고 넘겼을지도 모르지. 하지만 승우가 다시는 걸을 수 없고, 제 대소변 하나 혼자 조절하지 못하는 그 몸으로 내 뒤를 이을 수 없다. 세계 어디에도 휠체어 탄 기업 오너는 없어. 난 그런 망신을 당하고 싶지 않다."

"그럼 형이 세계 최초로 그리 되면 되겠네요. 그래서 언론의 주목을 받는다면 그게 더 좋은 거 아닙니까?"

"미친놈, 내가 나서서 그 여자애가 어찌 되는지 보길 원한다면 그만 일어나야겠구나."

민 회장은 냉혹하게 일어서 커피숍을 걸어나가려 했다. 이대로
는 안 된다고 여기 승호가 벌떡 일어나 그 팔을 붙들었다. 애초에
승호에게 승산없는 시비였다. 그리고 에둘러 될 일이 아니기에 승
호는 정면으로 부딪쳤다.

"할 말이 남았느냐?"

민 회장이 다시 자리로 돌아오자 승호는 눈을 꼭 감고 깊이 숨
을 들이마셨다가 내뱉었다. 그리고 강경하게 부탁이 아닌 요구를
했다.

"결혼시켜 주시면 하라는 대로 다 하겠습니다."

"결혼? 네 나이가 몇인 줄 알고 하는 소리냐?"

"정 결혼이 안 되겠다 하시면 약혼이라도 하겠습니다."

"지금 네가 하는 말이 무슨 뜻인 줄이나 알고 하는 소리냐?"

"네. 충분히 알고 있습니다. 개처럼 굴라면 굴겠습니다. 형 대
신 살라면 살겠습니다. 원하시는 것 그 어떤 것도 다 해드리겠습
니다. 그 대신 결혼만 고려해 주시면 됩니다."

"네가 단단히 빠졌나 보구나. 그리하지 않아도 너는 하라는 대
로 하게 돼 있는 놈이야. 그런데 내가 왜 그런 며느리를 봐야 하느
냐?"

"사랑합니다. 그게 이유입니다. 제가 원하는 사랑마저 갖지 못
하는데 아버지 뜻을 따를 거라 어찌 확신하십니까?"

"네가 편히 살고 있으니 네 친모를 잊었나 보구나. 그깟 사랑 때
문에 네 친모가 원하는 것을 다 포기할 거냐? 그렇다고 한다면 넌

아무것도 가질 수 없다. 그리고 내 뜻을 거스른다면 그 어떤 것도 가질 수 없게 내가 만들 거다. 또 하나, 그 반대에도 불구하고 종가에 둔 네 친모의 위패를 빼낼 거다. 네 친모에게 지키겠다고 한 처음이자 마지막 약속이 있다는 걸 잊지 마라. 네 친모에게 네게 줄 수 있는 모든 것을 다 주기로 했다. 네 철없는 사랑놀음 때문에 그 희생을 다 물거품으로 만들 작정이냐? 죽은 네 어미가 참도 바랐겠구나."

승호는 첩으로 살다 아들 덕분에 위패를 올린 어머니가 가여웠다. 이젠 그 위패를 빼버리겠다고 말하는 아버지가 승호는 무서웠다. 아버지가 하찮은 것을 대하는 태도가 어떤지 아는 승호는 순간 두려웠다.

"아버지도 어머니를 사랑하지 않으셨습니까? 사랑 때문에 희생한 어머니나 사랑을 택한 저나 뭐가 다릅니까?"

"시답지 않은 소리 그만둬라. 내가 안 된다면 안 되는 거야. 그리고 그 여자애를 네가 정말 사랑한다면, 내 등쌀에 그 미래를 망쳐 놓게 만들고 싶지 않을 게다."

"말씀이 지나치십니다."

"승호야, 지난 세월이 억울하지 않더냐?"

갑작스러운 민 회장의 말에 승호의 눈가가 파르르 떨렸다.

"난 네가 그 방황을 하고 다시 학교로 돌아갈 때부터 알았다. 네 목표가 정해지지 않았다면 네 눈빛이 바뀌지 않았겠지. 억울한 만큼 갚아주는 게 사랑보다 더 크다고 생각하느냐? 풋내기 사랑이 네 지난 세월을 다 보상하지 못한다. 네게 기회를 주는 건 네 친모에게 진 빚 때문이다. 넌 내 자리를 원하지 않느냐?"

승호는 차마 밀을 하지 못하고 매서운 민 회장의 눈초리를 보았다. 한참을 기다리는 민 회장에게 승호는 어렵게 말문을 열었다.

"그 자리를 원합니다. 하지만 사랑도 하고 싶습니다."

"둘 다 할 수 없다. 네 목표가 있다면 훗날 다시 가지면 된다."

"훗날을 어찌 보장하십니까?"

"훗날은 네가 만드는 거다. 어떤 일이 있어도 내 자리는 네 거다. 그리고 네가 미국에 온 것도 내 자리를 얻기 위해서 아니냐? 그걸 만들기 위해 난 뭐든 할 것이다. 그 여자애가 떨어져 나가지 않으면 그 다음은 그 여자애네 집이다. 것도 안 된다면 난 아예 널 버릴 거다. 널 버리는 순간 네 친모도 버릴 거고. 날 더 악하게 만들지 마라."

"건들지 마세요. 그렇게 함부로 아무렇지 않게 할 만큼 하찮은 애 아닙니다."

"그래? 그리 하찮지 않다면 알아서 네가 지킬 수 있는 순간이 언제인지 깨달아라. 사람 하나 하찮게 만드는 건 쉬운 일이지."

승호는 입술을 꽉 깨물며 맺히는 핏방울을 입 안으로 삼켰다. 비릿한 피가 입 안에 퍼지며 역겨운 승호 속을 게워내게 하고 싶었다.

"정리해라. 정리하면 내 기필코 내 자리를 네게 주겠다. 약속하마. 네가 피 터지게 싸워 얻지 않도록 내 뒤를 확실히 밀어줄 게다. 알다시피 친척들이 그리 네게 호의적이지 않아. 승우가 저리 되고 자기들한테 내 자리가 넘어올지도 모른다는 생각을 심심찮게 하더구나. 이제 그만 이런 분란을 잠잠케 하고 싶다. 너만 그 여자애를 정리하면 한국 가는 대로 모임 한번 가지마. 앞으로 그 누구도 네 자리를 넘보지 못하도록."

민 회장은 생각보다 고집을 부리는 승호를 설득했다. 승호가 그 토록 가지고 싶어하던 자신의 자리를 이렇게 확고히 준다는데 거절하지 못할 것이다. 그동안 받은 냉대를 되갚을 기회를 고작 여자 하나에 다 날려 버릴 만큼 그 세월은 만만치 않았다.

"사랑은 지나간다. 지나가면 그저 흩날리던 감정이란 걸 깨닫게 될 게다. 더는 말 안 하겠다. 내가 나서면 어찌 되는지 안다면 네가 알아서 잘해라. 너는 내 아들이야. 그리고 난 널 놓지 않는다. 내가 네 친모를 놓는 대신 널 데려왔다는 걸, 결코 내가 너 따위에게 호락호락하게 굴 거란 생각 하지 마라. 그게 무슨 의미인지 잘 깨달아라."

민 회장이 말을 마치고 매몰차게 돌아서 나가자 승호는 온 힘이 빠졌다. 난생처음 아버지 앞에 진실한 감정을 보여줬다. 아버지가 그 속에 무엇을 담고 있느냐고 물어도 승호는 언제나 삭이며 말을 아꼈었다. 그러나 이전에 말을 아끼지 않았어도 지금과 같은 결과였을 것 같았다. 애초에 진심이란 아버지에게 통하지 않았다. 하지만 승호는 결혼시켜 주지 않는다고 승우와 애처로운 고인의 바람까지 내팽개치며 아버지를 벗어날 수 없었다. 승호에겐 그 두 사람이 무겁게 짓누르고 있었고, 아버지가 어떤 사람인지 너무나 잘 알고 있었다. 그리고 지금까지 품어왔던 그 복수도 버릴 수 없었다. 하지만 소미는 그리 쉽게 놓고 싶지 않았다.

난생처음 승호를 이토록 따뜻하게 품어주는 사람이 소미였다. 난생처음 승호를 세상에서 최고라 여기며 무한한 믿음을 보이는 사람이 소미였다. 난생처음 승호를 흔들어놓고 그 세월마저 놓아버리게 하고 싶은 사람이 소미였다.

난생처음, 소미는 참으로 의미가 깊었다.

승호는 커피숍 밖으로 나와 담배를 꺼내고 불을 붙이며 혹시 소미가 깨어 있지 않았을까 하는 걱정이 들었다.

소미는 이제 얼추 두 달이 돼가는 뉴욕에서 웬만한 곳은 대부분 가보았다. 비싼 돈 주고 온 미국에서 하나라도 더 보고 가야 한다고 우긴 소미가 악착같이 승호를 끌고 다닌 덕분이다. 이제 한국에 돌아가면 애들에게 신나게 떠들어댈 거리가 무궁무진했다. 그러면서도 소미는 끈질기게 단 하루도 멈추지 않고 가는 날짜에 불안해졌다. 미국에 도착해 승호를 만나던 순간에 소미는 아무런 욕심이 없었다. 승호를 만나서 같이하는 것만으로도 벅찬 행복에 하루하루가 소중했다. 그러나 애초에 소미도 사람이기에 욕심이 생겼다.

소미는 현재만 충실하자고 자신을 다독이지만 언제나 꿈꾸는 미래엔 분명 승호가 있었다. 앞으로 한시도 승호와 떨어질 일이 없다고 믿고, 심지어 소미는 미국으로 유학을 와 이 생활을 계속 유지하고 싶었다. 그러나 소미는 이런 불분명한 동거가 남기는 허전함을 어쩔 수 없이 느끼고 있었다. 게다가 소미는 아직도 승호에게 완벽히 여자로서 덜 다가간 듯한 느낌이 들었다. 사랑하는 남녀라면 충분히 몸을 나눈다는 걸 소미는 알고 있었다. 그러나 승호는 진한 키스와 애무만으로 소미에게 더 다가오지 않았다. 승호가 같이 살자는 말을 하던 순간부터 소미는 사랑의 육체적 행위까지 포함해 허락했었다. 그런 마음의 준비를 이미 한 소미는 요새 더 다가가지 못할 벽에 닿은 듯한 느낌을 받았다. 그건 한결같은 승호가 변했다기보다 더 나아가지 않는 사랑에 소미는 불안했다.

소미는 내내 저기압인 승호를 떼어놓고 희순과 시끌벅적한 술집을 찾았다. 술집 안은 터질 듯 쿵쾅거리는 음악과 금요일이라 미어터지는 사람들로 정신없었다. 소미와 희순은 춤을 추려 몸을 흔들 때마다 낯선 타인과 부딪쳐야 했고, 그것마저 즐겼다. 빡빡한 사람들 틈에서 소미와 희순은 땀에 흠뻑 젖을 정도로 쉬지 않고 추었다. 그럼에도 불구하고 소미는 별 재미를 느끼지 못했다. 소미는 이상하게 요 며칠 생각이 많아지면서 뭘 하든 흥이 나지 않았다. 소미의 표정이 지루해지자 희순은 미련없이 술집에서 나왔다. 그리고 일렬로 서 있는 택시에 같이 올라탔다.

"안소미, 네가 오자고 하고는 왜 그리 재미없어해?"

"몰라, 그냥 갑자기 그러네."

"궁금해 죽기 전에 빨리 말해. 뭔 잡생각을 그리 열심히 하는 거야?"

"희순아, 나 요즘 내 사랑에 너무 자신하고 있는 게 아닐까 싶은 생각이 든다."

"갑자기 왜 그런 이상한 말을 하고 그래? 승호가 구박해?"

"그런 건 아니고. 난 승호한테 다 주고 싶은데, 승호는 덜 받으려고 빼는 기 같아서. 내 사랑이 부담스럽나?"

"부담? 설마. 승호가 너한테 하는 거 봐라, 그게 빼는 거냐?"

"뭘 봐?"

"승호 하는 짓을 보면 다정도 그런 다정은 없을 거다. 너한테 하는 거 남들한테 반의반만 해도 남들이 승호보고 그리 차가운 놈이라고는 안 할걸? 네가 못 봐서 그런데 승호는 너랑 있으면 확 달라져. 너 빼고 나나 다른 사람들이랑 있으면 찬바람이 불다 못해 그냥 무시당하는 것 같은데, 무슨 그런 말도 안 되는 소리를. 아주 살 만해 행복해 죽으니까 별걱정을 다 한다."

"그렇지? 내가 조금 요새 예민한가 봐."

"생리할 때 됐냐?"

"그런가. 할 때 다 되긴 했지."

"너! 염장을 질러서 아주 날 죽여라. 내가 얼마나 부러워하는지 알아! 승호는 매번 하나부터 열까지 너한테 다 맞추고, 너만 보고, 너만 챙기고, 내가 그래서 너 사는 집에 안 가는 거야! 세상에 그런 남자가 어디 흔한 줄 알아? 복 받은 줄 알기나 해라."

"승호가 복 받은 거지 내가 왜!"

"하여간 만날 승호가 떠받드니 지 잘난 줄만 알아. 근데 왜 그딴 생각을 다 한 거냐?"

"그냥 그런 게 있어. 넌 잘 모르는."

"요새 승호 기분 계속 다운이라 그래? 걔라고 만날 좋겠냐? 너도 이렇게 기분 처질 때 있는데, 그냥 그런가 보다 하고 네가 이해해."

"그것도 그렇고. 에잇, 그냥 묻지 마. 설명할 수 없는 그런 게 있어."

택시는 기숙사에 희순을 내려주고 소미가 머무는 맨션 앞에 섰다. 소미는 로비에 들어서면서 언제부터 이렇게 주저했는지 그냥 마음 내키는 대로 지르기로 했다. 두 발이 멈춰 서 있으면 나가고 싶은 발을 움직이면 그만이었다. 소미는 오늘 밤 기필코 승호와 결판을 내고 말겠다며 엘리베이터에 올라탔다.

승호는 다용도실에 넣어놓았던 러닝머신을 꺼내 속도를 최대한 올려 빠르게 뛰고 있었다. 숨이 턱턱 막히지만 승호는 멈추지 않고 벽에 걸려 있는 시계에서 눈을 떼지 못했다. 이마에 송골송골 맺힌 땀이 눈가로 흘러내려 따끔거리자 승호는 아예 눈을 감아버렸다. 이미 자정이 지나 새벽이 되어버린 시각에 소미는 아직도 들어오지 않았다. 소미가 그 짧은 몇 시간 동안 곁에 없다고 승호는 짜증이 솟구쳤다. 이미 어쩌지도 못하는 처지면서 자꾸만 소미를 옭아매고 싶은 욕심이 승호를 더 힘들게 했다. 승호는 하루에도 몇 번씩 다 내팽개치고 어디론가 소미와 숨어버리고 싶다는 생각을 했다. 그러나 언제나 승호가 꿈꾸는 삶의 끝엔 아버지가 나타났다. 그리고 그 후는 너무나 깊은 절망이 자리 잡았다.

소미는 일부러 기척없이 살그머니 들어와 러닝머신 위에서 힘겹게 뛰는 승호의 뒷모습을 말없이 바라보았다. 그리고 무엇이 저토록 승호를 끝까지 밀어붙이는지 궁금했다.

"오, 민승호. 이 밤에 웬 뜀박질? 넘치는 체력을 발산해야 할 일이라도 있는 거야?"

승호는 갑자기 들린 소미의 목소리에 놀라 발이 엉켜 넘어질 뻔했다. 기계를 정지시키고 내려온 승호는 엉큼한 표정을 지으며 웃는 소미 때문에 무안해졌다.

"어머, 승호야. 너 땀에 흠뻑 젖으니까 무지 야릇해 보인다. 날 위해 일부러 그리 만든 거야? 앙큼한 승호!"

소미가 살살 눈웃음치며 다가가자 승호는 러닝머신을 접어 다용도실로 끌고 갔다. 소미는 인상을 팍 구기며 뒤돌아서 있는 승호를 졸졸 쫓아갔다. 승호가 물 한 잔 마시고 소파에 앉자 소미는 그 옆에 딱 붙어 앉았다. 그리고 승호 얼굴에 흐르는 굵은 땀을 소미는 손으로 살살 닦아냈다.

"화났어? 늦게 왔다고 아예 말 안 할 정도로 화난 거야?"

"왜 이렇게 늦게 다녀!"

"왜 또 소리를 지르고 그래. 놀다 보면 늦을 수도 있지."

"지금 시간이 몇 시인데, 늦으면 걱정하게 되는 거 당연하지. 왜 만날 나가기만 하면 별 보며 들어오냐고."

"어머, 걱정하면서 기다렸구나. 희순이랑 뉴욕에서 제일 잘나가는 술집 갔었는데, 입장료도 받더라. 그래서 그 돈이 아까워 춤이라도 죽어라 춰 본전을 뽑아야겠다 싶어서."

"일찍 다녀."

"민승호는 잔소리쟁이."

"잔소리 안 하게 만들어봐."

"알았어. 앞으로 해만 보고 다닐게. 됐지?"

승호가 이제야 부드럽게 웃으며 마주 보자 소미는 맞닿은 몸을 비비며 깊게 파고들었다. 가뜩이나 잔뜩 뜀박질한 후 열이 나 있는 승호는 안겨드는 소미의 말캉거리는 몸을 감당할 수 없어 슬쩍 밀어내려 했다. 그러나 소미는 오늘 밤 결코 쉽게 놓아주지 않으리라 결심한 상태였기에 피하는 승호의 목을 양손으로 확 감싸 당겼다. 순식간에 벌어진 승호 입술 사이로 소미는 깊이 들어가 강하게 빨아들였다. 승호는 입 안 전체로 퍼지는 술 맛에 소미를 꽉 잡아 떼어냈다.

"취했으면 그냥 자."

"왜? 위스키 딱 세 잔 마셨어. 나 그 정도 가지고 안 취해. 네가 더 잘 알잖아. 계속하자."

"나 먼저 씻는다."

승호가 매몰차게 일어나 욕실로 가버리자 소미는 그 뒷모습을 씩씩거리며 노려보았다. 그리고 한참 후 승호가 나온 욕실에 들어간 소미는 한쪽 벽면을 다 차지하는 전신거울 앞에 나체로 섰다.

소미는 거울 앞에 서 있는 자신을 보며 여자로서 부족한 부분이 없다고 생각했다. 마른 몸에 비해 두드러지게 큰 가슴은 어딜 가든 남자들의 시선을 받았다. 잘빠진 각선미는 짧은 치마를 입으면 사람들의 시선을 한 번쯤 붙들어둘 정도로 빼어났다. 게다가 이렇게 탁 올라붙어 있는 탱탱한 엉덩이까지 어디 하나 빠지지 않는 몸매인데, 어디가 부족해 승호에게 사랑받지 못하는지 억울하고 답답했다. 그리고 거울에 비친 자신을 손으로 천천히 훑어보았다. 소미는 이 몸이 승호에게 닳아 사라질 정도로 만져지길 원했다. 매번 짙은 키스 후 채워지지 않는 만족은 승호와 다 나누지 못한 반쪽에서 오는 것을 소미는 이미 알고 있었다. 샤워기 밑에서 한참이나 물을 맞던 소미는 수건으로 몸을 닦으며 뿌연 거울 앞에서 다시금 밝게 웃었다.

"내가 원하면 하는 거야. 여태 그랬는데, 뭐가 문제야. 그치?"

소미는 얇디얇은 티셔츠 하나만 입고 욕실에 나왔다. 그리고 소파에 앉아 잠자리를 정리하는 승호를 불렀다.

"승호야, 나 좀 봐봐."

소미의 기척에 돌아본 승호는 헉하고 숨을 들이마시더니 그대로 굳어버렸다. 소미에게 눈을 떼지 못하는 승호는 손을 짚고 있는 소파의 천을 세게 잡아 뜯었다. 소미가 입은 승호의 하얀 티셔츠는 입지 않은 듯 속이 훤히 다 비쳤다. 소미가 요염한 미소를 지으며 승호에게로 한 걸음 다가가자 탱글탱글한 가슴이 출렁였다. 완벽히 드러난 나체로 다가오는 소미 때문에 승호는 정신이 아찔했다.

"옷 제대로 입어라."

어느새 소미는 소파에 앉아 있는 승호 앞에 섰다. 그리고 새빨개진 얼굴로 소미는 승호의 붉어진 얼굴을 마주했다.

"안소미, 옷 제대로 입으라고 했지."

"왜? 침대에서 같이 자자. 너 매일 소파에서 자는 거 불편해 보여."

"됐어. 난 편하니까 넌 어서 침대로 가."

승호는 매몰차게 말하면서도 매혹적인 모습을 한 소미에게 눈을 떼지 못했다. 소미가 입은 짧은 티셔츠 아래로 쭉 뻗은 다리는 반짝거리며 승호의 손을 유혹했다. 게다가 시선이 위로 옮겨질 때마다 보이는 검은 숲 사이로 도드라진 여성은 승호를 들썩이게 만들어 입 안을 깨물며 겨우 참았다. 눈앞에 있는 소미의 나체는 승호가 여태 영화나 잡지에서 봤던 여자들과 비교조차 할 수 없을 정도로 완벽하고 아름다웠다. 소미의 반들반들 빛나는 몸을 보는 승호의 가슴을 휘감아 몰아붙이는 욕망에 크게 들썩였다.

"술주정이면 그만 하고 아니어도 그냥 자."

"웃겨. 너 지금 나한테 눈을 떼지도 못하면서 그런 말을 내가 믿을 것 같아?"

"소미야, 오늘은 그냥 자."

"오늘이 아닌 내일은 없어. 어떻게 할 거야?"

"뭘 원해?"

"알고 있을 텐데?"

승호는 불끈 선 남성을 가리던 손을 뻗어 소미에게 내밀었다. 소미는 그 손을 잡아 이끄는 대로 승호의 허벅지 위로 다리를 벌리고 올라앉았다. 승호는 소미의 잘록한 허리를 두 손으로 으스러지게 꽉 감싸 끌어안았다. 소미는 맞닿은 가슴으로 터질 듯이 뛰어대는 두 개의 심장을 느꼈다. 그리고 승호의 거칠어진 뜨거운 숨이 소미의 귓가에 닿았다. 승호는 자잘하게 몸을 떨며 더 깊이 안겨드는 소미의 티셔츠 안으로 손을 집어 넣었다. 어디다 둘지 모르던 승호 손은 매끄럽고 부드러운 등을 쓰다듬었다.

"소미야, 더는 유혹하지 마."

승호는 방금 내뱉은 말이 거짓이 아닌 듯 소미를 끌어안고 일어나 침대에 눕혔다. 그리고 홱 돌아 소파로 가버렸다. 소미는 터질 듯 말 듯 부풀었던 기대가 확 무너져 내렸다.

"나도 여자야! 너한테 난 여자가 아냐? 내가 이렇게까지 너한테 안아달라고 유혹하는 데 무시하는 거야?"

"무시하는 거 아냐! 그만 자."

"사랑하면 내 몸도 사랑해 줘야지!"

"자! 자라고! 괴롭히지 말고 자!"

"내가 너 괴롭힌 거야? 알았어. 잘게. 너도 잘 자."

소미는 침대에 누워 눈을 꼭 감고 이 사랑엔 더 나아갈 깊이가 없을 것 같다는 생각이 점점 번졌다. 사람은 누구나 이기적이라 욕심이 없을 수 없었다. 하지만 소미가 본 승호는 자신에 대한 욕심을 내지 않는 거 같았다. 소미가 욕심 내 안아달라는데도 승호는 외면해 버렸다. 소미는 실망감을 감추지 않은 채 잔뜩 인상을 쓰고 확 돌아누웠다. 소미는 술기운이 확 돌아 잠들길 바랐다. 그리고 한참 후 소미는 부스럭거리는 소리와 함께 옆에 눕는 승호를 느꼈다.

"소미야, 자?"

승호가 옆에서 쳐다보는 걸 소미는 느꼈지만 더 눈을 꼭 감으며 반응하지 않았다. 승호는 눈가의 미세한 움직임을 보며 소미 손을 끌어 품에 안았다.

"안 자는 거 알아."

소미는 몸을 뒤로 빼 그 품에서 빠져나와 승호를 마주 보았다. 승호의 눈에 잔뜩 담겼던 열기는 어느새 가라앉아 있었다.

"승호야, 너 나 사랑하니?"

"왜 물어?"

"난 널 다 느끼고 싶어. 사랑하면 느끼는 감정들 그 무엇이 됐든 하나도 빼놓지 않고 다 느끼고 싶어."

"그래서?"

"날 여자로 봐줘."

"나 너 여자로 보고 있어. 넘치도록 널 안고 싶은 감정에 허덕거릴 때도 있어."

"하지만 넌 날 탐내지 않잖아. 나 불안해."

소미가 간절한 눈빛으로 승호를 바라보았다. 승호는 그 눈빛에 무너져 내리는 마음을 주체하지 못했다. 소미에게 행복만 주고 싶던 마음이 어느새 상처를 주고 있는 현실 앞에 승호는 마음이 쓰렸다.

"왜 불안해?"

"너에게 여자가 아닐까 봐. 친구는 아니지만 애인도 아닌 그냥 옆에 두고만 보는 그런 존재일까 봐."

"내가 널 꼭 안아야 그 사실이 증명될 것 같아?"

"응, 왜 날 안지 않는 거야. 넌 나한테 욕심이 없어?"

"내가 그렇게 보였어? 나 참고 또 참으려고 노력했는데, 그게 널 불안하게 했다면 미안해."

"참지 말고 나처럼 그냥 다 풀어놓고 지내면 안 돼?"

"소미아, 나 너 아껴주고 싶어. 너 나한테 너무 소중해서 그 소중함마저 경이로워서, 그래서 더 아끼고 아껴서 바라만 봐도 마음이 넘칠 정도로 그렇게 지켜주고 싶어. 지금 당장 네 몸을 가지지 못한다고 우리 관계가 그렇게 헛되다고 생각하지 않아. 내가 지금은 너무 초라해 널 다 가지지 못하지만 더 훗날 우리가 스스로 우리를 완벽히 책임질 수 있을 때 좋은 환경과 좋은 조건 속에서 귀하게 널 가지고 싶어. 지금은 난 널 바라보는 것만으로 넘칠 만큼 행복해."

"아끼면 닳을 뿐이야. 성급해도 좋고 지금의 너만으로도 난 충분해. 난 완벽히 네 여자가 되고 싶어."

"난 그저 욕망 앞에 무릎 꿇는 그런 남자이고 싶지 않아. 내가 너와 네 미래까지 존중해 주는 마음을 받아주면 안 되겠니?"

"넌 너무 멀리 봐서 문제야."

소미는 역시 본전도 못 찾은 상한 기분에 승호에게 등을 돌려 누웠다. 그러나 아껴주고 싶다는 그 말 한 마디, 존중해 주고 싶다는 마음, 귀하게 가지고 싶다는 달콤한 말, 바라보는 것만으로 행복하다는 승호의 마음에서 소미는 그만 사르르 마음을 풀어버렸다. 승호 눈을 마주하고 그 입으로 속삭이는 말에 소미는 마음의 진심을 보았다. 그 진심을 왜곡하며 승호에게 안아달라고 더 강요하지 않았다. 사랑하는 마음과 마음이 통해 서로를 아끼는 걸로 소미는 그냥 만족했다.

"소미야, 나 봐줄래?"

승호는 소미의 어깨를 잡아 끌어당기며 마주 보게 했다. 그리고 승호는 이미 소미의 한결 부드러워진 입가를 보며 마음을 놓았다.

"서운하지?"

"응."

"소미야, 훗날 다시 기억해야 한다면 오늘 밤을 후회하지 않을 거야. 너도 그랬으면 좋겠어."

"그 마음 믿을게. 너와 내가 다르다는 거 인정할게. 됐어?"

"어. 졸리지 않아?"

"이제 조금 졸려. 내 옆에서 자. 나 팔베개 해줘."

승호는 팔을 쭉 뻗어 소미의 머리를 베게 했다. 그리고 소미의 머리칼을 쓰다듬으며 승호는 한없이 미안했지만 한편 잘했다고 위로했다. 그 먼 미래에 오늘 밤 나눴을지 모를 사랑을 떠올리며 소미가 후회하게 만들지 않아 다행이었다. 승호는 마음이 꽉 막혀 죽어간다는 느낌이 들었다. 그리고 이 죽어가는 마음을 아버지에게 어떻게 되돌려 줄 것인지 생각하며 승호는 치밀어 오르는 분노를 참느라 이를 꽉 깨물어야 했다.

소미는 잠에서 서서히 깨면서 긴 손톱이 아랫배 속을 긁어대는 듯한 통증에 눈을 벌떡 떴다. 그리고 아랫배 밑에서 느껴지는 축축한 느낌에 이불을 들춰보았다. 빨간 핏빛이 선명하게 묻어진 다리와 그 아래 침대보마저 버린 핏빛에 소미는 당황했다. 원래 생리 양이 많았지만 철철 흘러 쏟아진 듯 번져 있는 피를 보며 소미는 조심히 일어나려다 허리에 걸쳐진 승호의 손 때문에 멈추었다.

승호에게 이런 모습을 들키고 싶지 않지만 이미 이불과 침대보에 진하게 묻어 어쩔 수 없있다.

"승호야, 일어나."

소미는 승호 어깨를 흔들며 깨웠지만 승호는 일어나지 않았다. 신경질이 난 소미는 승호 가슴팍을 주먹으로 팍팍 치자 승호가 겨우 눈을 떴다.

"왜?"

"너 소파 가서 자. 얼른."

"왜?"

"빨리. 당장 소파로 가."

"자다 말고 왜 그리 날카로워?"

승호는 계속 밀어내는 소미 때문에 일어나 불을 켰다. 그리고 울상을 지은 소미가 꽉 붙들고 있는 얇은 이불에 베인 피를 보자 승호는 심장이 덜컥 내려앉는 듯했다.

"어디 아파? 어디가 아파?"

승호가 이불을 잡아당기자 소미는 뺏기지 않으려 힘 주며 창피함이 밀려와 왈칵 눈물이 났다.

"어디가 아픈지 말해야 알지! 우선 구급차부터 부르자."

승호가 전화기를 가지러 일어서자 소미는 더 버틸 수 없었다. 하필이면 이렇게 다 벗고 잔 날 많은 양이 쏟아져 나와 감당할 수 없게 만드는지 소미는 매번 하는 생리에 짜증이 났다.

"승호야, 나 생리해. 그러니 구급차 부르지 마."

"뭐?"

"생리한다고! 그러니 너 거기 소파에서 자."

"어, 어. 알았어."

승호가 소파에 눕자 소미는 우선 몸에 묻은 피부터 닦아내고 싶었다. 이불과 침대보를 대충 뭉쳐 놓고 소미는 가방 맨 밑에 넣어 놓았던 생리대를 찾아 욕실로 들어갔다. 그러면서도 왜 이리 창피한지 짜증이 나 흐르는 눈물을 닦았다.

승호는 욕실 문이 닫히는 소리가 나자 일어나 소미가 뭉쳐 놓은 뭉치를 침대에서 내려놓았다. 그리고 새 침대보와 이불을 꺼내 깔끔하게 덮어놓았다. 승호는 놀랐던 마음이 사라지자 왠지 쿡하고 웃음이 터졌다. 소미가 저렇게 창피해하며 안절부절못하는 모습도 승호는 거의 처음 보는 거였다. 자연스러운 현상인데 뭐 그리 창피해하는지 승호가 더 멋쩍어했다.

"승호야, 너 뭐 하려고?"

소미는 욕실에서 나오자 승호가 한 손엔 이불 뭉치를 다른 손에는 세제를 들고 서 있었다.

"세탁기에 그냥 넣으려고 했는데, 원래 이렇게 물든 건 손으로 한번 빨아 넣어야 하잖아."

"됐어. 내가 할게. 내놔."

소미가 뺏으려 들지만 승호는 요리조리 피해 욕실 안으로 들어가 버렸다. 그리고 소미는 아랫배를 들쑤시는 통증에 갖은 인상을 쓰고 배를 어루만지며 따라 들어갔다.

"생리하면 아프고 힘들다면서. 가서 누워."

승호가 욕조로 들어가 물을 틀자 소미는 민망함을 감추지 못한 채 변기 덮개를 내리고 그 위에 앉았다. 소미는 승호를 말리고 싶고 당장 그만두라고 소리치고 싶었다. 그러나 승호가 한 번 한다고 나서면 꼭 해야 하는 성미라 소미는 두 다리를 접어 가슴팍에 당겨 옷으로 둘러쌌다. 불뚝 튀어나온 무릎에 얼굴을 기대고 열심히 세제를 풀어 손으로 비비는 승호를 보며 소미는 요 며칠 그렇게 감정이 뒤숭숭했던 이유를 알았다. 소미는 보통 생리하기 전 들쑥날쑥한 감정에 예민해지고 쉽게 기분 상하는 일이 많았다. 게다가 승호가 기분이 별로 좋지 않던 것마저 더해져 소미는 괜히 엄한 사람을 가지고 트집 잡은 것 같았다.

"넌 비위도 좋지, 그걸 네가 왜 빨아?"

"그럼 너한테 하라고 할까? 가서 어서 누워."

"나 지금 쥐구멍이라도 숨고 싶어."

"왜?"

"못 볼 꼴 보이고 그 뒤치다꺼리는 네가 하고 있잖아."

"괜찮아. 네가 건강하다는 증거 아냐?"

"그래도 들키고 싶지 않은 게 여자 마음이라고."

"그래? 난 별 상관 없는데."

승호는 묵묵히 침대보 군데군데 묻었던 자국을 손으로 비비고 문지르며 다 지워냈다. 대충 뭉치를 손으로 꾹 눌러 물기를 짜내고 변기 위에 앉아 있는 풀 죽은 소미를 보며 승호는 씩 웃었다.

"안소미, 가서 자라니까 왜 말을 안 들어?"

"고마워서. 인상 한 번 쓰지 않고 민망해하는 나한테 웃어줘서."

"난 생리 안 해서 모르지만 그거 하는 여자들 힘들어하잖아. 내 여자가 가뜩이나 힘들 텐데, 빨래까지 시키고 싶지 않았을 뿐이야."

"내 여자?"

"그래, 내 여자. 지금은 그렇잖아. 아냐?"

"알아. 그 마음."

"알아주니 고마워. 나 이제 다 했어. 그러니 너도 침대로 어서 가."

승호가 욕조에서 나오자 소미도 침대로 돌아가 그 뒷모습을 지켜봤다. 그리고 승호가 품고 있는 그 사랑의 깊이가 자신이 생각했던 것 이상일 거란 느낌이 들었다.

"승호야, 네 옆에서 자라."

"괜찮겠어? 아픈데 거치적거리면 짜증나잖아."

"그렇게 많이 아픈 거 아냐."

"그래? 근데 너 미간을 너무 찡그리고 있는데."

승호는 수건으로 물기를 닦고 빨리 오라고 재촉하는 소미 옆에 누웠다. 그리고 승호는 소미 배에 손을 척 얹었다.

"예전에 텔레비전 보면 할머니들이 내 손이 약손이라며 배 문질러 주는 거 해보고 싶었어."

소미는 승호의 따뜻한 손이 배를 살살 문지르자 찡그리던 표정이 슬슬 펴졌다. 그리고 한없이 행복해졌다.

"있지, 너 진짜 멋있는 남자 같아."

"이제 알았어?"

"아니, 옛날부터 알았어."

소미는 다정히 쓰다듬어 주는 승호 팔을 베고 스르륵 잠이 들었다. 승호는 편안히 잠든 소미를 말없이 한참을 보다 동이 튼 새벽 해를 보며 긴 한숨을 내쉬었다.

며칠 전 승호가 형네 집에 다녀온 후 다시 저기압을 보이자 소미는 또 희순을 만나러 혼자 나왔다. 얼굴을 잔뜩 찌푸린 이유라도 알면 편할 텐데 승호는 가끔 사람이 답답해 숨이 꼴까닥 넘어갈 때까지 만들었다. 소미는 털어놓지 않으면 체한 듯 속이 더부룩해 입이 근질한데, 승호는 언제나 뭔 일이 생기면 안으로 더 안으로 혼자 파고들었다. 소미는 이젠 파고들다 끝이 보이면 또다시 승호가 기어나올 걸 알기에 아예 건드리지 않았다.

"소미야! 여기!"

소미는 맨션 앞에 있는 커피 전문점에 들어서자마자 들린 희순의 큰 목소리에 둘러볼 필요도 없이 단번에 찾았다.

"매너없이 어디서 버럭질이야!"

"어디서 네가 매너를 운운해! 뭐 마실 거야?"

희순이 주문하러 가고 소미는 탁자 위에 놓인 영어 책을 들춰보았다. 깨알 같은 글씨로 뭐 그리 적어놓은 게 많은지 전교 1등은 어딜 가나 티를 내는 듯했다. 희순은 커피를 내려놓으며 소미가 보고 있는 연습장을 낚아채듯 뺏었다.

"어머, 뭐야? 공부는 나눠야 하는 거야! 공부해서 남 주자! 몰라?"

"웃겨, 공부 안 하고 연애질하는 너랑은 내가 좀 다르거든! 난 공부해서 나 줄 거야, 힘들게 공부해서 왜 남 주냐!"

"알았어. 너 다 해 쳐드셔. 근데 그리 공부에 열심인 네가 왜 학원까지 제치고 날 찾아온 거야?"

희순은 갑자기 심각한 표정을 지으며 혹시라도 흉기가 될 만한 물건들이 없는지 살피고 탁자 위에 있는 걸 주섬주섬 가방에 담았다.

"너 뭐야? 왜 그래?"

"소미야, 내 말 오해하지 말고 들어."

"알았어. 오해하고 잘 들을 테니까 말해."

희순이 잔뜩 어깨를 움츠리고 눈치를 보자 소미는 혹시나 싶은 생각이 불현듯 떠올랐다.

"혹시 너 우리 엄마랑 관련된 얘기야?"

"어제 어머님이 비행기 타셨대. 어떻게 해?"

희순이 울상을 지으며 말했지만 소미는 제대로 한 방 맞은 사람처럼 말을 잃고 충격에 휩싸였다. 이미 비행기를 탔다면 엄마가 언제부터 알았다는 건지 소미는 덜덜 떨리는 마음을 애써 부여잡으며 희순을 보았다.

"엄마가 언제부터 알았는데?"

"그게 이미 눈치 채시고 오실 준비 하셨나 봐. 너 기숙사에서 이름 빠졌을 때도 이모 선생님이 겨우 영어로 말해서 나한테 전화가 넘어왔었거든. 거기서부터 의심하셨는데 저번 달에 어머님이 저녁에 전화하셨거든."

"그때 네가 집에 전화했는데. 그게 왜?"

"끝까지 들어봐. 그때 너 안 들어왔다고 한 시간에 한 번씩 전화하셨잖아. 그래서 네가 전화해서 끝난 줄 알았는데 그 다음날 아침에 다시 전화하셨더라고. 근데 너 나갔다고 하니까 사실대로 말하라고 하시잖아. 그래서 그냥 모르겠다고만 했어. 그 후로 연락이 드문드문 오니까 당연히 별일없겠거니 했거든."

"그래, 그래서 내가 삼 일에 한 번씩 전화했는데. 왜?"

"몰라, 오늘 기숙사 나오는데 막 할아버님이 전화하셨어. 어제 이모 선생님하고 어머님이 비행기 탔다고. 아무래도 이모 선생님이 승호 주소 알고 있으니 바로 쳐들어오지 않겠냐? 이제 어쩌냐?"

"그러게 기숙사에 돈 다 낸 건데, 내 이름을 왜 빼고 난리야!"

"야! 사람이 없으니 그쪽에서 당연히 그렇게 한 거지."

소미는 당장 어떻게 해야 할지 떠오르지 않고 우왕좌왕 엉켜 버렸다. 희순은 소미가 말을 잃고 멀뚱멀뚱 쳐다보자 너무 놀라 확 맛이 간 게 아닌가 하는 생각이 들었다.

"야! 차희순! 승호가 그 어렵게 표까지 구해 오뭐시깽이 뮤지컬도 보여줬는데! 너 내가 죽었으면 좋겠어? 그럼 당장 나한테 그런 일이 있었다고 말해야 할 거 아냐! 일을 이렇게 만들면 어떡해? 아, 진짜 너 어떻게 할 거야? 몇 시 비행기 탔대? 여기 언제 떨어지는지 알아?"

소미는 턱 막혔던 숨이 트이자 버럭 성질을 냈다. 초조하고 두근거려 속이 울렁거렸다. 이대로 두 사람의 일을 들킨다면 정말 그때는 엄마에게 돌이킬 수 없는 상처를 주게 된다. 소미는 희순에게 잔뜩 열을 내면서도 당장 뭐부터 해야 할지 마음이 급했다.

"나도 몰라, 할아버님이 그냥 갔다고만 알려줬어."

"너 당장 나 따라와. 짐부터 싸자. 기숙사 간 다음에 난 무조건 기숙사에 있던 거야. 기숙사 착오로 내 이름이 빠졌던 거야. 무조건! 그리고 내가 술을 뒤지게 처먹고 승호네서 어쩔 수 없이 몇 번 잔 거고. 알았어?"

"잔머리는 잘 굴려. 가자!"

희순은 친구 관계까지 끊길 거란 각오로 왔지만 소미에게 해결책이 보이는 듯해 한결 가벼운 마음으로 쫓아갔다. 희순은 다 마시지도 않은 커피 두 잔을 들고 소미를 쫓아가다 목 근처에 새파란 작은 멍들을 보았다.

"야! 승호가 너 때려?"

"너 오늘 죽어볼래! 어디 승호가 그리 허접한 놈으로 보여?"

"너 목에 퍼런 멍이 여러 개 있어. 저번에도 그래서 이상하다 했는데, 승호가 목 조르고 막 패니?"

"애들은 몰라도 돼."

소미는 쌀쌀맞게 말하며 두 손을 들어 목을 가리고 엘리베이터에 쏙 올라탔다. 급하게 따라 올라탄 희순은 그 의미를 이제야 알아챘다. 그리고 그 의미가 남녀 간에 충분히 있을 수 있는 것이지만 희순은 순간 닭살이 쫙 돋았다. 저 순진한 소미가 그런 영화에서나 보던 야릇한 분위기를 승호와 연출할 수 있을지 희순은 상상이 잘 안 갔다.

"차희순! 상상은 마음껏 하되 티 내지 마. 잘하다가 입에서 침이 질질 흘러나오겠다."

소미는 가뜩이나 몰랐던 자국에 민망해 죽겠는데 희순이 실실거리자 얄미웠다.

"야! 느낌이 어때? 정말 막 좋아서 죽을 것 같아?"

"너 나한테 지금 그런 말할 기분이 들어? 난 지금 엄마한테 걸릴까 봐 심장이 밖으로 튀어나가기 일보 직전인데 네가 그러고도 친구냐?"

소미는 뒤쫓아오는 희순이 뭐라고 하든 엘리베이터에서 내려 현관까지 혼자 걸어갔다. 희순은 뭐 저리 친구 사이에 소미가 버팅기나 싶다가 지은 죄가 커 참았다.

소미가 문을 열고 들어오자 승호는 화들짝 놀라 담배를 껐다. 소미가 몇 번이나 한 번만 더 담배 태우면 손모가지를 잘라 버린다고 난리를 쳤는데, 승호는 뿌연 연기 속에 나타난 희순을 보고 안심했다.

"희순, 오랜만!"

"어, 소미 목에 이상한 거 있더라. 애들은 몰라도 된다는데, 나 애들 아닌가 봐. 나 알고 있어."

희순이 킥킥 웃으며 승호에게 장난치자 소미는 희순의 뒤통수를 한 대 팍 치고 노려보았다.

"우리 엄마는 지금 미국 어느 상공에서 딸내미를 어떻게 죽일까 고심하실 텐데 넌 그딴 농담이 나와! 이 나쁜 친구 년아!"

승호는 그제야 표정이 잔뜩 어두운 소미를 보며 상황이 어찌 돌아가는지 희순에게 들었다.

소미는 바들바들 떨리는 손으로 옷장에서 옷가지를 마구잡이로 꺼내 가방에 쑤셔 넣었다. 소미는 불안해 미칠 것 같았다. 승호는 짐을 싸는 소미 손을 탁 잡아 멈추게 하고 억지로 끌어다 소파에 앉혔다.

"진정해. 희순아, 네가 소미 짐 좀 대신 싸. 어서."

희순은 소미가 마구잡이로 담아 넘쳐 나는 옷가지를 다시 꺼내 차근차근 개어 넣었다. 화장품과 욕실에서 칫솔까지 다 챙긴 희순은 손톱을 물어뜯는 소미를 심란한 표정으로 보았다. 소미는 발을 동동거리며 왠지 예감이 불길했다. 당장 이곳을 빠져나가야 이 요동치는 속이 좀 가라앉을 듯했다.

"다 쌌어."

"가자."

소미는 뒤도 돌아보지 않고 나가다 다시 돌아와 승호에게 팍 안겼다. 승호는 떨고 있는 소미를 꽉 안아주며 등을 다독거렸다.

"괜찮아, 늦지 않았잖아. 어서 가."

"이렇게 가서 미안해."

"미안하긴, 내가 만든 일인데. 오히려 내가 미안해."

승호에게 떨어진 소미가 눈물을 글썽이며 돌아서 한 걸음 막 뗄 때 집 안에 초인종이 울렸다. 그리고 제대로 때를 맞춰 울린 초인종 소리에 셋 다 쥐 죽은 듯 고요히 굳어버렸다. 한 번, 두 번, 세 번. 멈추지 않고 초인종은 계속 울렸다. 희순은 불안한 듯 승호를 봤고 소미는 아예 바닥에 주저앉았다.

"Who's it(누구세요)?"

승호는 떨리는 목소리로 물었지만 웅성거리는 소리만 들렸다. 방음이 잘된 곳이라 문가에서 좀 떨어져 있는 승호는 그 소리를 정확히 듣지 못했다. 승호는 이를 악문 뒤 단단히 각오하면서 문을 열었다. 그리고 승호의 불안한 예상대로 소미 엄마와 이모 선생님이 문 뒤에서 나타났다.

"안녕하세요?"

"비켜!"

소미 엄마는 승호를 밀치고 들어와 바닥에 앉아 있는 소미를 보자 씩씩거리며 어이없어했다. 결코 일어날 수 없는 일이란 생각에 한참을 고민하다 견디지 못하고 찾아왔건만 딸을 믿은 결과는 참혹했다.

소미는 일어나 바로 앞에 서 있는 엄마를 보자 눈물이 왈칵 터졌다. 너무나 화가 난 엄마의 표정에 소미는 한 발자국도 다가가지 못하고 그대로 서 있었다. 대신 소미 엄마가 소미에게 다가갔다. 그리고 손을 높이 치켜들어 그대로 소미 뺨을 내려쳤다.

"엄마!"

"언니!"

"내가 너 이러라고 여기 보냈는지 알아? 내가 너 이렇게 되라고 여기 보냈냐고! 네가 그러고도 내 딸이라고 할 수 있어!"

소미 엄마는 소리를 고래고래 지르며 두 손으로 소미를 밀쳐 바닥에 주저앉혔다. 바닥에 주저앉은 소미를 따라 소미 엄마도 무너지듯 앉았다. 소미 엄마의 눈에서도 소미와 같은 눈물이 흘렀다.

"내가 널 어떻게 키웠는데! 네가 나한테 이럴 수 있어? 네가 나를 이렇게 실망시킬 수 있어? 네가 어떻게 나한테!"

"엄마, 미안해. 정말 미안해."

소미는 엄마 손에 몸이 이리저리 휘둘리면서도 미안하다는 말밖에 할 수 없었다. 소미 엄마는 공황 상태에 빠져 숨이 멎을 듯 꺽꺽 울었지만 이미 상황은 돌이킬 수 없는 상태였다.

"언니, 그러다 애 죽이겠어. 그만 해."

"죽으라고 해! 내가 어떻게 키웠는데!"

소미 이모가 나서서 소미 엄마를 소미에게 떼어내자 희순은 바닥에 엎드린 소미를 일으켜 감싸 안았다. 승호는 나설 틈이 없어 그저 묵묵히 지켜보고만 있었다. 소미 엄마는 소미 이모를 뿌리치고 승호에게 다가가 소미에게 그랬듯 손을 치켜들어 뺨을 내려쳤다. 한 대, 두 대, 세 대, 매서운 손에 승호의 입가엔 피가 고였다.

"엄마! 승호 피 나잖아! 왜 승호 때려? 내가 살자고 했어! 내가!"

"아이고, 내가 죽어야지. 소미 아빠, 나 좀 데려가요. 나 좀 데려가! 내가 이제 어떻게 살아. 내가 그때 따라갈 걸. 저걸 딸이라고 낳아놓고 이게 뭔 꼴이야. 내가 미쳤지. 소미 아빠, 나 미치겠다고!"

소미 엄마는 맥없이 주저앉더니 바닥을 치며 통곡하기 시작했다. 아무도 나서서 소미 엄마를 말리지 못했다. 억장이 무너진 소미 엄마가 진정할 때까지 모두 그렇게 서 있었다.

한참 만에 소미 엄마의 울음소리가 멈추자 소미와 승호, 그리고 희순까지 소파 앞에 무릎을 꿇고 앉았다. 세 사람을 보는 소미 엄마의 입에선 기가 찬 한숨만 나왔다. 그렇게 믿고 보내줬는데 셋이 한꺼번에 이렇게 배신을 하다니 소미 엄마는 셋 다 제정신으로 보이지 않았다.

"승호, 너! 내 아무리 네가 남자지만 그래도 반듯했기에, 소미가 하도 보고 싶다기에, 희순이 같이 가니까 억지로 보내줬는데, 너는 딸 가진 엄마 마음을 이렇게 무너뜨릴 수 있는 거니? 소미 목에 있는 자국은 뭐야? 네들 그렇게 막 살기로 작정한 거야? 네들이 몇 살이나 됐다고 이렇게 살아!"

"죄송합니다."

"죄송? 그래, 앞으로 어쩔 거야. 너희도 뭔가 계획이 있어 이리 살았을 거 아냐."

"죄송합니다."

"왜 죄송해? 앞으로 우리 소미 어떻게 할 거야? 너는 티 안 나도 여자는 다르다고!"

"엄마, 우리 그런 일 없었어. 정말이야."

소미는 아무리 엄마한테 걱정하는 일이 없었다고 설명하지만 씨알도 먹히지 않았다. 그런 한편 소미는 승호가 이젠 뭔가 답을 주기 원했다. 소미도 이렇게 된 이상 은근 바라는 마음이 있었다. 승호가 엄마를 위해서라도 확실히 나서주길 바랐다.

"희순이, 너! 내가 묻는 것에 사실대로 말해."

"네."

"언제부터 둘이 같이 살았어?"

희순은 소미 눈치를 보며 딱히 언제라고 집어 대답해야 할지 헷갈렸다. 괜한 거짓말로 앞뒤 안 맞아 화를 돋우느니 희순은 이제 다 털어놓는 게 상책일 듯했다.

"여기 도착해서부터요."

소미 엄마는 앉은 자리에서 뒤로 넘어갈 것 같았다. 소미 이모는 그런 언니를 재빨리 받아 기대게 만들어놓고는 소미와 승호를 쏘아보았다. 소미 이모는 이렇게까지 무모할 거라고 생각도 못했다. 열정이 넘치는 소미지만 승호는 그걸 제어할 수 있을 거라 굳게 믿었던 소미 이모였기에 둘을 보는 시선이 매섭게 변했다.

"승호야, 선생님이 보기엔 네들이 계획적으로 이랬다고 생각지 않아. 하지만 이렇게 어른들이 다 알게 되었고 우리 입장에서 그냥 가볍게 넘어갈 수 있는 일이 아니야. 승호도 충분히 그 정도는 알 거라고 생각하는데?"

"알고 있습니다."

"그래, 그럼 승호가 뭘 잘못했는지도 알겠지. 그렇다면 승호가 뭔가 앞날에 대한 확신을 줘야 하지 않을까?"

"이모!"

소미는 저렇게 죄인처럼 기죽어 있는 승호 모습이 싫었다. 미래는 분명히 누구에게나 존재한다. 하지만 그 미래를 위한 약속은 다 지켜지지 않는다. 승호가 처한 상황을 아는 소미는 이런 상황에서 급조해 나온 약속을 믿지 못할 것 같았다. 아니, 그 약속이 이렇게 밀어붙여서 떠밀리듯 나오길 바라지 않았다. 승호가 저절로 약속이란 형태의 어떤 대답을 내놓기를 기다리고 있었다. 그 약속을 승호가 꼭 해줄 거라고 소미는 믿었다.

"넌 입 다물어!"

"내가 뭘 잘못했어? 내가 사람 죽였이? 내가 물건 훔쳤어? 그냥 좋아서 같이 있었을 뿐이야! 엄마도 내 나이에 날 낳았잖아. 그런 엄마 사랑은 대단하고 고결해? 내 사랑은 한낱 불장난이야? 승호가 약속을 해주든 말든 그건 내 문제야!"

소미가 눈을 치켜뜨고 바락바락 대들자 소미 엄마와 소미 이모는 할 말을 잃었다. 그 대가로 지금까지 소미 엄마가 어찌 살았는지 지켜본 소미가 저리 철없이 말하자 이제껏 버텨온 기운이 다 빠졌다.

"그래, 사랑 좋다. 네들 사랑도 대단하고 중요해. 한때 이렇게 살다 헤어질 거 아니면 결혼을 하든 약혼을 하든 뭔가 해야 엄마인 내가 안심을 할 거 아냐! 그냥 살다가 헤어지는 거야? 그러려고 미국 가겠다고 그 난리였니?"

소미 엄마는 끝내 자존심이라도 지키려 꺼내지 않던 결혼이란 단어를 꺼냈다. 소미 엄마에게는 소미 아빠와 같이 꿈꾸던 행복한 미래가 있었다. 비록 그 꿈이 산산이 부서졌지만 그 꿈을 같이 이루려 했었다. 하지만 승호나 소미를 보고 있자니 소미 엄마와는 엄연히 달랐다. 승호의 태도나 소미를 보면 같은 꿈을 꾸는 듯하지 않았다. 그게 소미 엄마를 계속해서 더 불안하게 만들었다.

"죄송합니다."

승호는 결코 해줄 수 없는 약속에 절망하며 고개를 숙였다. 그리고 또다시 쌓이는 죄책감이 가슴을 짓눌렀다. 이렇게 될 거라는 예상을 하지 않았던 자신을 책망하며 승호는 눈을 감아버렸다. 그런 승호를 보던 소미 엄마는 또 속에 천불이 끓어올라 소파에서 내려와 승호 등짝을 때리며 하염없이 원망을 쏟아냈다.

"네가 우리 소미한테 이럴 수 있어? 네가 이렇게 우리 소미를 가지고 놀아! 너 혼자 잘살면 그만이니? 우리 소미는 앞으로 어떻게 살라고! 네가 뭐 그리 잘났니? 너 즐길 대로 다 즐겨놓고 우리 소미를 이렇게 헌신짝처럼 버리겠다는 거야? 난 너 절대 용서하지 않을 거야!"

"죄송합니다. 전 어떤 약속도 해드릴 수 없습니다. 제 상황이 그리 녹록하지 않습니다. 더 솔직히 이야기하면, 여기서 소미가 떠나면 그걸로 끝입니다. 소미에게 진즉 말하지 못했지만 제가 누굴 책임질 수 있는 그런 형편이 못 됩니다. 어머님께는 죄송하지만 제가 해드릴 수 있는 게 없습니다."

"승호야!"

소미는 멈췄던 눈물이 다시 주르륵 흘렀다. 특별히 바라고 시작한 동거는 아니었지만 그 끝이 이렇게 허망이 사그라지는 불꽃이라고는 생각 안 했다. 분명 미래를 같이할 수 있을 거라고 조금 전까지도 소미는 그렇게 믿고 있었었다. 승호가 한국으로 돌아오면 같이할 그 시간을 기다려 달라고 말할 줄 알았다. 그러나 소미에게 이젠 아무것도 없었다. 소미는 아픈 다리를 펴고 승호만 넋 놓고 쳐다봤다.

"승호야."

승호는 소미가 아무리 불러도 대답하지 않았다. 그리고 그 묵묵부답은 소미에게 그 어떤 말보다 더 확실한 답이었다.

"엄마, 가! 한국 가자, 가! 난 행복했어. 엄마가 어떻게 생각할지 모르지만 난 승호랑 보낸 시간이 그 어느 때보다 행복했어. 그래서 난 후회하지 않아. 그러니 엄마한테 미안하기는 하지만 잘못한 것 같지 않아. 엄마, 이런 모습 보여서 미안해."

소미가 차라리 엉엉 울며 잘못했다고 싹싹 빈다면 소미 엄마는 마음이라도 편했을 거다. 하지만 소미는 젊었을 때의 자신과 똑같았다. 그래서 소미 엄마는 더 몰아붙이지 못하고 소미를 껴안고 같이 울었다. 사랑하는 마음이, 그리고 그 마음을 이렇게 끝맺게 된 소미가 더 아파할 것을 소미 엄마는 너무나 잘 알고 있었다. 그래서 소리조차 못 내고 눈물만 흘리는 소미를 안고 대신 소리 내 승호 들으란 듯 울었다.

희순과 소미 이모가 먼저 나가고 소미 엄마는 승호를 소파에 앉으라 했다. 승호는 절뚝거리는 다리로 겨우 소파로 걸어와 소미 엄마 옆에 앉았다. 소미 엄마는 잔뜩 기죽은 승호의 젖은 눈가를 보았다.

"내 딸이 행복했다는데 어쩌겠어. 근데 아무것도 약속해 줄 수 없는 미래엔 승호가 다시 나타나지 않길 바라. 내 딸이 승호로 인해 다시는 오늘의 상처를 꺼내 아파하는 걸 보게 되지 않길 바라. 내 말 뜻 알지?"

"네, 죄송합니다."

"혼자 살고 싶다고 해서 사는 것도 아니고 같이 살고 싶었으니 살았겠지. 반반씩 책임 나눠 갖는다고 생각할게. 죽을 때까지 우리 서로 보지 말고 살자. 앞으로 이 일이 소미 앞에 걸림돌이 되면 안 된다는 거 알지?"

소미 엄마가 차갑게 달래는 듯한 가시에 찔린 승호는 저릿하게 아파져 눈물이 한 방울 툭 떨어졌다. 승호는 이렇게 보내고 나면 무엇이 남아 앞으로 살아갈 수 있을지 목이 메어 말이 나오지 않았다. 그리고 당장에라도 결혼하겠다고 말하고 소미를 붙잡고 싶은 걸 겨우 참았다.

"엄마, 먼저 나가주면 안 돼?"

"왜?"

"딱 한 번만 마지막으로 승호랑 할 얘기가 있어. 부탁이야."

"빨리 나와."

소미 엄마는 이렇게 금세 둘의 마음이 정리될 거라 믿지 않았다. 그러나 마지막으로 소미가 승호에게 마음을 다 털어버리고 나오길 기대하며 자리를 떴다.

소미는 승호 옆에 앉아 눈물이 흐른 볼을 손으로 닦아주고 터진 입가를 만졌다. 승호는 그런 소미를 보며 자꾸만 고이는 눈물에 앞이 흐릿해졌다.

"기다리라면 기다릴게. 어떤 약속하지 않아도 좋아. 그냥 기다리라면 기다릴 거야."

"기다리지 마. 난 너 대신 내 앞날을 택했어."

"그래도 혹시 모르니까 기다리라면 기다릴게."

"언제까지 기다릴 건데? 언제까지 기다릴 수 있는데!"

미련스러운 소미에게 승호는 못나게 화를 내고 말았다. 소미가 이리도 무모한 믿음을 보여줄수록 승호는 점점 자신이 한심스럽게 느껴졌다. 소미를 잡고 싶은 마음이 전부인 승호는 견디기 힘들었다. 하지만 소미뿐만이 아니라 그 집까지 괜한 고욕을 치르게 하고 싶지 않았다. 그긴 승호가 지켜줘야 할 마지노선이었다.

"언제까지? 그래, 얼마나 내가 기다려 주면 되는데. 말해봐."

"일이 년, 삼사 년, 사오 년? 아니야. 그 후야. 그런데도 기다린다고? 괜한 억지 부리지 마. 기다리라고 해서 기다리는 바보 같은 짓 하지 마. 네가 원하는 것 모두 하면서 네가 하고 싶은 대로 살아. 그러다 보면 시간은 다 흘러가 버려. 지금은 아냐. 어떤 약속도 안 돼. 널 위해서야. 그러니 그냥 가."

"알았어. 그 후까지 기다릴게."

"기다리지 마."

소미는 결국 마지막까지 승호에게 품었던 희망마저 무너졌다. 그렇게 무모했던 소미의 열정은 단번에 싸늘히 식어버렸다.

"할 말 없니? 마지막이야. 나한테 마지막으로 할 말 해봐."

한참의 침묵이 흘렀지만 승호는 고개를 떨어뜨리고 말을 잇지 못했다. 소미가 그 침묵을 참지 못하고 자리에서 일어났다.

"안소미, 사랑해."

승호의 이 때늦은 고백이 소미를 더 가슴 아프게 만들었다. 소미는 충분히 그 사랑을 느끼고 있었기에, 살갗에 와 닿는 그 행동 하나하나로 이미 알고 있었기에 승호가 더 미웠다.

"한 번이 아니라 두 번, 날 이렇게 다시 보내는 너한테 다시는 기약 따위 하지 않을 거야. 두 번 다 내가 너에게 갔는데 결국 넌 나한테 손가락 하나 내밀지 않았어. 넌 네가 숨 쉬는 건 중요하고 내가 숨 쉬는 건 확인하지 않으려는 거야. 너만 숨 쉬면 그만인 거지? 내 사랑도 숨 쉬기 위해 왔는데, 결국 숨 한 번 제대로 쉬고 소멸한 것 같아. 잘 있어, 그리고 잘살아. 맘껏 숨 쉬며 언제나 오늘같이 지내."

소미는 흐르는 눈물을 닦으며 마지막으로 승호를 다시 한 번 보며 남은 미련을 고이 가슴에 접어 넣었다. 그리고 두 달이 넘도록 살던 곳곳에 묻은 행복을 훑어보면서 집을 나왔다. 소미는 엄마가 마련해 온 비행기 표로 바로 한국행 비행기에 올라탔다. 미국이란 곳은 또다시 소미에게 상처만 남기고 말았다.

결코 잊을 수 없는 상처⋯⋯.

승호는 텅 빈 집 안이 컴컴해졌지만 불도 켜지 않은 채 소미가 떠난 그때부터 꼼짝도 하지 않고 앉아 있었다. 용기를 내 소미에게 약속을 했다면 뭐가 달라졌을까, 승호는 차라리 헛된 약속이라도 해 소미를 붙들어둘 걸 하는 후회가 밀려왔다. 그러나 승호는 곧 아버지를 떠올렸다. 그리고 형과 돌아가신 어머니를 떠올렸다. 승호는 아버지가 어떻게든 소미를 떼어내려 주시며 할 행동들을 상상했다. 그리고 그 미래를 온통 망쳐 놓을 아버지 때문에 그 마음을 포기했다. 하지만 언젠가 다시 찾을 거다. 그 미래를⋯⋯.

딱 들어맞았던 순간, 승호는 소미가 뜬구름처럼 머물다 가버린 집 안에서 소파를 쥐어 뜯으며 터져 나오는 울음을 억지로 막았다. 그렇게 잠시 철없던 젊은 열정은 서서히 꺼져 갔다.

5. 흐르고 흘러온 날늘

승호는 치열한 십 년의 세월을 보낸 후 다시 한국으로 돌아왔다. 그리고 그 세월 안에 낡은 공항이 신공항으로 바뀐 듯 승호를 맞는 대접도 떠났을 때와 확연히 달랐다. 승호는 입국장에 들어서자마자 대기하고 있던 비서진들에 의해 차에 올라탔다. 서울을 향해 공항전용도로를 달리는 차 안에서 승호는 넥타이를 꺼내 매고 까슬한 커프스를 만지작거리다 차창을 반쯤 내렸다. 차 안엔 봄의 끝자락에 걸쳐진 이른 여름 바람이 밀려들어 왔다. 그리고 언제나 그렇듯 승호는 잠시 틈이 생기자 소미가 떠올랐다.

'맘껏 숨 쉬며 오늘같이.'

승호는 소미를 내쳤던 그날같이 하루하루를 그 마음으로 지금까지 살아왔다. 후회하며 치열하게 단 하루도 소미를 보냈던 그날의 절망감을 잊지 않았다. 그리고 그 오늘 같은 오늘은 한국이었다.

"오늘 스케줄을 말씀드리겠습니다. 도착 예정시간 오후 1시, 명예회장님과 석파정에서 점심. 오후 2시 30분, 한남동 본가 방문. 오후 4시, 기획실 직원들과 다과. 오후 7시, 현(現) 회장님 주체 사장단 및 이사회 환영회. 환영회는 약 두 시간가량 진행될 예정입니다. 머무시는 댁은 본가 여사님이 마련해 두신 서초동 빌라이고, 미국에서 쓰셨던 짐은 모두 옮겨져 정리가 끝난 상태이며, 가사 도우미가 하루에 한 번 본가에서 보내질 예정입니다. 더 궁금하신 사항 있으십니까?"

승호는 시차 적응할 시간조차 주지 않고 몰아붙이자 머리가 지끈거렸다. 가뜩이나 한국에 들어서자 숨이 턱턱 막혀 답답한데 승호는 앞으로 이어질 날들의 전초전을 치르는 기분이었다.

"기획 전무가 입국했다고 환영회라니. 나와 일하던 윤 비서는 어떻게 되었습니까?"

"윤 비서는 전무님 직속비서로 발령 받아 이틀 전부터 출근해 대기 중입니다."

"그럼, 하나 부탁합시다. 본가 약속은 나중에 잡아주시죠. 그 시간에 좀 쉬었으면 하는데."

"여사님이 꼭 모셔오라고 하셨습니다."

승호는 열린 차창을 닫으면 한국에서 또 이렇게 시작된 빠듯한 일상에 한숨을 쉬었다. 수행비서가 몇 가지 더 이야기했지만 승호는 눈을 감고 머리를 뒤로 기대 잠든 척했다. 승호는 대학원을 졸업하자마자 숨을 쉴 틈조차 없이 날마다 바쁜 일상을 보냈다. 미국 지사에서 일하는 동안 승호가 해야 할 일과 실전에서 배워야 할 일은 너무 많았었다. 하지만 곧 미국 전역을 돌아다니며 고가 입찰경쟁에 뛰어든 승호는 젊은 패기와 정확한 자료로 탁월한 우위를 선점했다. 그로 인해 승호는 건설 분야에 이어 중공업까지 떠맡아 하루에 네 시간을 겨우 자며 닥치는 대로 일했었다. 다들 혀를 내두를 정도로 몇 년을 치열하게 보냈다. 승호는 그 누구에게도 빼앗기지 않을 자리를 다지기 위해 더 일하고 덜 자며 지금의 자리에 섰다. 그리고 그는 이제 또 다른 시작점에 서 있었다.

세월의 흔적을 고대로 지닌 고목들 사이에 자리 잡은 한옥으로 들어간 승호는 신발을 벗고 방문을 열기 전 숨을 한번 크게 들이쉬었다. 근 일 년 만에 다시 보는 아버지였다. 호랑이가 나이를 먹어도 이빨만 빠질 뿐이라더니, 승호는 매번 아버지를 뵐 때마다 주눅이 들었다.

"왔느냐?"

"잘 지내셨습니까?"

승호는 자리에 앉아 반갑지 않은 인사치레를 몇 마디 나누다 바로 들어온 음식들로 허기진 속을 채웠다. 오랜만에 맛보는 제대로 된 한식이 승호의 입맛을 돌게 했다. 각 음식을 골고루 맛본 후 후식으로 수정과가 나오자 승호의 마음속에는 소미가 또 스쳐 갔다. 미국에서 그토록 먹고 싶다고 소미가 며칠을 조르는 바람에 한국 식당을 다 뒤져 사 왔던 기억이 떠올랐다. 소미를 떠나 보낸 시간이 팔 년이지만 승호는 그 짧은 시간 하나하나 또렷이 기억하고 있었다. 게다가 한국에 도착하니 확연히 밀려오는 소미의 그림자에 승호는 수정과를 내려 보며 씁쓸한 마음이 들었다.

"아무래도 첫 끼는 아비가 챙겨야 할 것 같아 불렀다. 수정과가 맛이 없느냐?"

"아닙니다."

승호는 과일 몇 조각 먹은 후 더 권하지 못하게 아예 손을 놓았다. 민 회장은 제법 눈매가 또렷해진 승호를 한참 바라보며 뿌듯했다. 이제 민 회장이 원하는 상태에 승호는 거의 다 와 있었다. 승호가 몇 가지만 더 해내준다면 민 회장은 완전히 손을 놓을 수 있을 것 같았다. 하지만 욕심이 다른 욕심을 불러오니 승호를 잡아챈 민 회장의 손은 그리 쉽게 놓이지 않을 것이었다.

"잘 먹으니 보기 좋구나. 기획실에 준비시켜 두었으니 직속 직원들하고만 짧은 시간을 가지면 된다. 네가 원하는 대로 윤 비서도 데려다 놓았고, 수행비서도 얼마 전까지 내 바로 밑에 있었으니 따로 신경 쓸 게 없을 게야. 앞으로 미국에서 하던 대로만 하면 별문제없을 테니 잘해라."

"제가 제법 쓸모있는가 봅니다."

승호가 잔뜩 비웃음 지으며 말했지만 민 회장은 별다른 반응이 없었다. 어차피 애틋한 아들로서 승호를 대하기에는 민 회장과 승호의 사이는 이미 이전에 돌아올 수 없는 강을 건넌 듯했다. 하지만 민 회장이 이루고 싶은 대를 이은 소유와 경영을 큰아들 대신 작은 아들인 승호가 꼭 이루도록 만들 예정이었다. 한평생을 회사를 위해 살았고, 그 결과로 계열사까지 거느린 대기업으로 성장했다. 그걸 핏줄이 아닌 남에게 맡긴다는 건 그로서는 상상할 수 없었다. 지금은 건강상의 이유로 회장 자리에서 물러나 전문경영인을 앞세워 놓고 있지만 민 회장은 궁극의 소망을 승호가 아주 잘해내고 있어 안심했다.

"너를 불러오는 데 이견이 없는 걸 보면 제법 쓸모가 있는 거겠지. 하지만 넌 아직 멀었어. 쓸모는 있으되 없으면 안 되는 놈은 아니란 말이다."

승호는 태어나는 순간부터 이 세상에 없어야 할 존재였다. 그러나 이제 형 자리를 차고앉으니 없으면 안 될 존재가 되어버렸다. 승호는 이 모순에 순간 피식 헛웃음이 나왔다. 자신을 죽이고 죽여 얻은 자리인데 아직도 멀었다는 아버지를 보며 승호는 그 욕심을 그리 쉽게 채워주지 않을 작정이었다.

"형과 형수님은 잘 지내십니까?"

"그래. 이제 너도 결혼해야지. 완전히 귀국했으니 이른 시일 내로 가정을 이뤄야 한다. 네 형수에겐 기대할 수 없으니 대는 네가 이어야 하지 않겠느냐."

"형수님이 못 낳는 게 아니라 형에게 문제있다고 들었습니다. 그리 원하신다면 큰어머니에게 하나 더 낳으시라고 하시죠."

"농이 지나치구나. 네 어머니가 좋은 자리 여럿 알아보고 있으니 조간만 너도 결혼 준비를 해라."

"글쎄요. 결혼은 하게 된다면 아마도 제가 원하는 결혼을 하게 될 듯합니다. 아버지가 원하는 걸 다 얻으실 수 없는 것 아닙니까?"

승호는 곧이곧대로 아버지에게 원하는 대로 다 해주고 싶지 않았다. 이제는 그리하지 않아도 될 만큼 꼿꼿이 마주 서 있었다. 앞으로 넘어서는 건 시간이 지나면 자연히 되는 일이며 승호는 이젠 맞서 같이 숨을 쉬고 있는 것만으로도 뿌듯했다. 그만큼 지나온 시간이 승호를 변화시켰다. 그 과정은 때론 몸이 부서질 정도로 힘들었다.

"내가 원한다면 다 얻지 못할 것도 없지. 앞으로 자주 볼 테니 그만 일어나자꾸나."

승호는 먼저 일어나 혼자 걷기 힘든 아버지를 부축해 일으켰다. 승호에게 완전히 기대 느릿느릿 걷는 민 회장은 한결 가벼운 발걸음이었다. 민 회장은 어릴 때부터 유약했던 승호의 마음이 탐탁지 않았지만 이제는 그 마음마저 곱게 보였다. 그 마음이 돈과 권력, 그리고 제 형을 외면하지 못하고 결국엔 떠안았으니 민 회장은 아니 마음에 차지 않을 수 없었다.

승호는 한남동 본가에 도착 후 시계를 보며 예의상 정확히 삼십 분을 채우고 나왔다. 그리고 회사에 들어와 큰어머니가 준 두꺼운 스크랩북을 넘겨보다 바로 쓰레기통에 처넣었다. 하나같이 아버지가 원하는 그런 배경이란 없는 지극히 평범한 중산층, 혹은 평판 안 좋아 승호 귀에까지 들어온 여자들로만 골라 채워져 있었다. 큰어머니의 마음은 세월이 흐르고 승호가 변해도 여전했다. 그 시간이 무색하고 민망할 정도로 아집과 원망이 줄어들기는커녕 더 커져 언제든 승호를 찌를 준비하는 듯했다.

"윤 비서 자리에 있나?"

승호는 인터폰으로 비서를 부르고 디부룩한 속을 위해 활명수 하나 따 먹었다. 소미가 그렇게 좋아하던 활명수에 맛들린 승호도 조금만 소화가 안 되면 참지 못하고 활명수를 찾았다.

"또 속이 안 좋으십니까?"

"오랜만에 과하게 먹었더니 더부룩해서."

"활명수를 자주 드시니 더 그러신 것 같습니다. 여기 말씀하셨던 구매 목록입니다."

승호는 한동안 귀국 준비로 정신없이 바빴던 탓에 살펴보지 않았던 구매 목록을 뒤적거렸다. 그리고 근래에는 아예 구매한 기록이 보이지 않아 의아했다.

"더 이상 그림을 팔지 않으시겠답니다."

"꾸준히 내놓았잖아. 갑자기 왜랍니까?"

"안소미 씨가 갤러리 측에 더는 팔 생각이 없다고만 알렸답니다."

"화실에 안 나타나나? 혹시 구매자가 나인 게 밝혀져 그러는 건 아닙니까?"

"알아본 바로는 화실에 자주 보이시기는 한데 아예 작품을 보여주지 않는다고 합니다. 저희가 개인적으로 구매 요청을 하면 전무님이 드러날 것 같아 갤러리 측에 전시 작품이 나오면 연락 달라고 언질만 두었습니다. 지금으로선 안소미 씨가 구매자가 누군지 전혀 모르고 알려 한 적도 없습니다."

"뭐 그렇다면 할 수 없죠. 두바이 건설 진행 건과 새로운 투자자

명단 빨리 정리해서 올리라고 지시하세요."

승호는 비서가 나간 후 잔뜩 쌓인 서류를 보는 대신 볼펜으로 묵직한 서궤를 두드리며 생각에 빠졌다. 그러다 벌떡 일어나 정면에 걸려 있는 그림 앞에 가 섰다. 그 당시 아버지는 사랑이 바람처럼 지나간다고 했었다. 그러나 승호에겐 사랑이 가슴에 묻어졌을지언정 지나가지 않고 더 깊게 고였다. 비극이 더 깊이 각인된다는 말도 있지만 그 아련한 사랑을 승호는 소미의 그림으로 아슬아슬하게 붙들고 있었다. 때론 이렇게라도 그림을 살 수 있게 만들어주는 돈이 귀하게 여겨졌다. 하지만 돈으로 살 수 없는 것들을 떠나보낸 후 승호는 돈만으로는 절대 가질 수 없는 것들에 대한 후회가 뼛속까지 박혀 있었다.

큰 캔버스를 빡빡이 채운 화려한 색채, 어지럽게 엉켜 있는 난잡한 선들, 그러나 승호는 그 선들이 그저 마구잡이로 그려진 것이 아닌 걸 알고 있었다. 얼핏 보면 이 그림이 그저 눈길 한 번 사로잡고 말지도 모르지만 승호는 그 선들이 얽히고 엉켜 만들어내는 교묘한 모양을 눈치 챘다. 일반적으로 사랑을 표현하는 시각적 모양인 하트, 그림을 보다 보면 다양한 형태의 하트가 돌출되는 듯했다. 승호는 분명 둘이 같이 겪었던 그 사랑의 혼란스러움을 표현한 거라 믿었다. 하지만 승호가 직접 그린 그림이 아니기에 확신할 수는 없었다. 보고만 있어도 심란해지는 그림 앞에서 승호는 해가 지고 어둑해질 때까지 서 있었다. 그리고 지난날을 어제같이 떠올리며 풀리지 않는 묵직한 답답함에 숨을 크게 내쉬었다.

'그때 기다려 달라고 붙잡을 걸이란 후회는 하루에 수십 번도 더 했어. 그때는 이렇게 돌아올 수 있단 생각조차 못했는데, 결국 널 보낸 그 마음이 날 여기로 돌아오게 만들었어.'

사무실 문이 얼리고 연회장으로의 이동을 재촉하는 비서 때문에 승호는 그림에서 시선을 떼고 사무실을 나섰다. 연회장에 모인 많은 사람들은 냉철한 승호를 후계자로서 흡족해했다. 독종이라 불리며 미국서 이뤄낸 수많은 성과를 들고 온 승호를 보며 그 자리에 모인 사람들은 민 회장을 부러워했다. 승호는 이 많은 사람들이 끝내 이르고자 하는 뜻을 이뤄줄 밑거름이 될 거라 믿었다. 그래서 비위가 뒤틀렸지만 당장은 고개를 숙이고 참았다.

물감이 잔뜩 묻은 채 너저분히 흐트러진 붓, 완성되지 못하고 어지럽게 쌓여 있는 캔버스들, 이젤 위에 오른 새하얀 빈 캔버스, 소미는 며칠째 어디서 오는지 알 수 없는 불안에 심장이 벌렁벌렁 거려 편치 않았다. 소미는 억지로 캔버스 위에 손을 움직이지만 딱 원하는 그 느낌이 나타나지 않았다. 소미는 뜬금없이 일렁대는 마음을 다잡으려 가슴에 손을 얹고 눈을 감았다. 그리고 숨을 크게 쉬고 내뱉으며 떠오르는 영상에 집중하려고 노력했다. 그러나 그것도 잠시, 문이 쾅 소리를 내며 열리자 소미는 화들짝 놀라 문가로 고개를 홱 돌렸다.

"소미야, 나 왔어!"

희순이 들어왔지만 소미의 놀라 굳은 표정은 좀체 풀리지 않았다. 소미는 가뜩이나 그림이 안 그려져 예민한 데다가 깜짝 놀라 짜증이 더해졌다.

"놀랐잖아! 예술가의 작업실에 올 때는 경건한 마음으로 방해되지 않게 살며시 들어와야 한다고 내가 몇 번이나 말해! 공부 잘했던 것들은 매너가 없어."

"짜증 내기는. 내가 남이야! 열쇠까지 줘놓고, 너 은근 섭섭하게 한다."

희순은 뭐 그리 대단한 걸 그리기에 소미가 저 난리법석인지 고개를 쭉 빼며 이젤 가까이 다가갔다.

"너 내놓는 그림 족족 다 팔린다면서?"

"야, 내가 누구야! 안소미가 그린 그림은 약 오백 년 후에 제대로 빛을 볼 거야. 그걸 알고 다들 대대손손 예술의 혼을 이어주려는 구매자가 넘친다. 나가자. 잘나가는 화가한테 얻어먹고 싶어 온 거 다 알거든!"

소미는 간만에 들린 희순을 쏘아보며 토시를 벗겨냈다. 그리고 희순의 팔짱을 끼고 혹시라도 빈 캔버스를 보고 뭐라 할까 지레 찔려 끌고 나갔다.

화실 근처 돼지부속 집에 들어간 소미는 희순이 어울리지 않은 옷차림에 어색해 움츠리자 킥킥거렸다. 희순은 그런 소미를 노려보며 혹시라도 비싼 옷에 냄새 배고 튀는 게 싫어 앞치마를 둘렀다. 그러면서 계속 놀리는 듯 웃는 소미를 향해 탐탁지 않은 표정을 노골적으로 드러냈다.

"야! 화실 근처에 이만한 맛집은 없다. 대기업 다닌다고 티 내는 거야? 너 무지 잘나가는 커리어우먼인 건 알겠는데, 예술인은 칼질 할 돈 없어."

"누가 맛없대! 가뜩이나 오늘 행사가 두 건이나 있어서 잔뜩 차려입었는데 이린 곳에 데려오면 너무 튀잖아. 그리고 네가 무슨 돈이 없어? 그림 판 돈은 돈 아니냐!"

"아, 진짜. 그러게 내가 가볍게 입고 다니라고 몇 번을 말하냐. 몸에 깁스한 사람처럼 정장을 딱 달라붙게 입고 있잖아. 너 그리 입으면 답답하지 않냐? 난 그렇게 입으면 가슴이 눌려서 숨도 못 쉴 것 같아."

"비서실이 그리 만만한 곳이 아니라니까. 옷 입는 것 하나까지 다 상사한테 맞춰야 하는 곳이야. 네가 이 피 말리는 직장생활을 경험해 봐야 하는데. 그래야, 이 차희순이 얼마나 비굴하고 힘들게 돈 버는지 뼈저리게 느끼지."

소미는 모둠 구이에 덤으로 소주까지 시키고 희순의 직장생활을 한참이나 들어줬다. 희순은 대학을 졸업하자마자 손꼽히는 기업 비서실에 수행비서로 들어갔다. 그 후 만날 볼 때마다 그만둔다고 말하면서 벌써 대리 직급을 딴 걸 보면 제법 잘하는 듯했다. 그러나 뭐 그리 불만이 많은지 희순이 상사를 흉보는 내내 소미는 소주를 자작하며 맞장구를 쳐주었다.

"야, 안소미! 너 들어주는 척하면서 오늘따라 과음이다. 작작 마셔."

희순은 오늘 내내 기분이 별로인 소미를 보며 괜한 걱정이 들었다. 어느 때부터인가 희순은 여전히 소미랑 친하면서도 만나는 횟수가 줄었다. 문득 생각나 찾아갈 수 있지만 평소엔 서로 뜸하게 연락을 나눴다. 어릴 땐 매일같이 붙어 다녀야 친구라 여겼는데 어느덧 서른 자락이 되고 나니 힘들 때 얼굴이라도 보며 수다 나눌 수 있는 친구가 진짜 같았다.

"그냥, 요새 화실에 틀어박혀 있느라고 술자리가 거의 없었거든. 오늘 완전 필 받네."

"참, 너 저번에 선본 남자 어찌 됐어? 그 변기 사건 이후로 연락이 없어?"

소미는 저번 달에 선본 남자에게 변기 커버를 어떻게 사용하느냐고 물었었다. 같이 한 집에서 공용으로 쓰는 변기 커버를 올려놓고 사용 후 다시 내려놓느냐고 소미가 묻는데 남자는 당연히 그냥 나온다고 했다. 소미는 불끈해 그 다음에 혹시라도 여자가 급해서 뭣 모르고 앉으면 엉덩이에 찝찝한 게 묻을 텐데 배려심이 없다고 남자를 다그치다 퇴짜를 맞았었다.

"아, 그 남자. 당연히 그날 이후로 연락 없지. 삼 주 전에 또 선 봤어. 얘기 안 했나?"

"안 했어. 너 선 너무 자주 본다. 나보다 먼저 시집가는 거 아냐?"

"엄마가 아주 날 보내려고 혈안이 돼 있다. 이제 남은 소원은 내가 시집가는 거라는데, 영 마음이 그래."

소미는 작년 가을부터 줄기차게 선 자리를 만들어오는 엄마를 외면할 수 없었다. 그래서 나가기는 하지만 만나고 돌아오면 찝찝하고 한쪽이 아릿한 기분을 떨칠 수 없었다. 그냥 그런 만남을 갖는 자체가 소미를 힘들게 하고 있었다. 지금 이렇게 사는 것만으로도 소미는 전혀 부족한 게 없었다.

소미는 대학원을 다니며 갤러리에 취직해 일하면서 짬짬이 그린 그림을 혹시나 하는 마음에 내놓았는데, 높은 가격에 팔려 갑작스레 미술계의 신예로 급부상했다. 덕분에 미술제전에서 입상을 거저먹기로 얻었고, 지금도 미술계의 가장 주목받는 신인이라고 하면 소미를 꼽았다. 그에 반해 소미의 그림이 곧 사라질 거품이라고 폄하하는 사람도 많았다. 그래서 소미는 당분간 쉰다는 명목으로 쏠린 시선을 피하려 갤러리 측에 전시 및 판매 중단을 요구한 상태였다. 그리고 소미는 예상보다 넉넉히 모든 돈으로 당분간은 편히 지낼 수 있었다. 그러나 소미 엄마는 예술가는 언제 배곯을지 모른다면 든든한 직업을 가진 남자를 만나라고 성화였다. 이모도 시집가고 할아버지도 은퇴를 준비하시는데, 소미는 소미 엄마가 느끼는 불안을 이해는 했다. 여태껏 경제활동을 한 번도 하지 않은 엄마가 느끼는 불안을 소미는 그림을 파는 생활로 안심시킬 수 없었다.

"그 남자랑 한 세 번 만났나. 직업도 그 정도면 나한테 과분하고 화가에 대한 동경도 있고 괜찮았는데, 며칠 전에 그 남자 친구들이랑 술 마실 기회가 있어서 같이 어울렸거든. 근데 그 남자가 자기가 선 자리에서 제일 만나기 싫은 여자가 있대."

"뭐? 된장녀?"

"어릴 때 동거하고 즐길 거 다 즐긴 후 결혼할 때 되면 순수한 척하면서 경제적으로 풍족한 남자 찾아 선보러 나오는 여자들. 와, 순간 식겁하겠더라. 나 들으라고 한 말은 아니겠지만 괜히 푹 찔린 기분이 드는 게. 하여간 이번엔 내가 퇴짜 놨어."

"뭐야, 그딴 거지 같은 말에 네가 해당돼? 너 아직도 그래?"

희순은 또 비워진 소미 잔에 술을 따르며 열난 기분대로 인상을 팍 썼다. 한때 심하게 힘들어하던 소미는 승호를 잊고 이전같이 돌아와 잘사는 듯했다. 그러나 요즘 소미를 만날 때마다 희순은 승호가 떠올랐다. 소미가 다시금 그 시간에 억눌리는 것 같았다. 차라리 희순은 소미 엄마가 내버려 두길 바라는 마음이 있지만 나이가 나이인 만큼 소미가 스스로 넘겨야 할 일이었다.

"그냥 그때는 좋아하면 살아도 훗날 아무렇지 않을 거라고 믿었어. 그리고 같이할 거라 믿었으니 그런 생각조차 안 했다는 게 맞지. 근데 이젠 그 시간이 마음에 걸려. 다른 사람을 만나 결혼을 하기엔 내 마음이 편치 않아. 남자를 만나면 꼭 불쑥 튀어나와 다 막아버리는 기분이야."

"네가 뭘 잘못했다고! 열정이 지나쳤을 뿐이야. 시간이 얼마나 지났는데 괜히 혼자 그러지 마. 더한 애들도 결혼해서 잘살잖아. 남들처럼 그런 것도 아니고, 그 짧은 몇 달이 네 전부는 아냐."

"있지. 내가 다시 그때로 돌아가면 또 그렇게 살 걸 알거든, 근데 자꾸만 마음에 걸려. 뭔가 흠집난 기분이야. 남자를 만나다 보면 나란 사람은 결국 그 사람한테 온전히 다 줄 수 없는 그런 느낌, 일부분이 떨어져 나가 있는 기분, 그렇다고 그때를 후회하지는 않아. 그런데도 자꾸 걸려."

소미는 쓰디쓴 잔을 벌컥 들이키고 오이를 이가 아프도록 씹어 먹었다. 그 떨어져 나간 부분을 영원히 가져올 수 없다는 걸 소미는 잘 알고 있었다. 그리고 그 부분을 철저히 아예 없었다고 믿고 살아가야 한다는 것도 알고 있었다. 다른 사람들처럼 결혼하고 아이 낳으며 그렇게 평범히게 살아가는 게 정석이란 걸 소미는 절실히 느끼고 있었다. 주변에서 소미의 그림에 두드러지는 불균형은 가정을 가지면 나아질 수 있다고들 해 혹하기도 했다. 그러나 아무리 만나도 소미를 그렇게 하게끔 만들지 못했다. 시간이 흘러 그 감정들이 꾹꾹 눌려 어딘가에 저장된 듯한데 닫힌 마음의 자물쇠 열쇠를 잃어버린 기분이었다.

"안소미, 내가 너 선본 역사를 되짚어보면서 뭘 느꼈는지 알아?"

희순은 잔뜩 따른 술잔을 쭉 마시고 탁자에 소리 나게 놓으며 심각한 표정을 지었다. 소미는 그런 희순에게 무슨 말이 나올지 기대 반 걱정 반으로 대답 않고 마냥 기다렸다.

"넌 만나는 남자들한테 자꾸 승호를 찾으려고 해. 다른 남자들한테 승호를 찾지 마. 승호는 이제 없다고 말한 사람이 너야. 그냥 결혼해서 살면서 맞추고 그러는 거잖아. 처음부터 승호 같은 사람이 어디 있겠어? 승호를 기준으로 삼으며 이것저것 핑계 삼아 넌 자꾸 내치려고만 하잖아. 그 시간은 그 시간대로 묻어두고 이젠 새로운 시간을 만들어야 하지 않겠니?"

소미는 희순이 마음에 들어왔다간 듯 딱 집어내자 할 말을 잃었다. 소미도 정확히 몰랐던 이 휘몰아치던 마음을 희순은 애초에 알고 있었다.

"희순아, 다 잊었다고 생각했거든. 아니, 다 잊고 잘살았지. 근데 선보기 시작하니 또 머릿속에 박하유같이 그렇게 확 퍼지대.

참 마음이란 이상해. 그렇게 못 잊을 것 같더니 잘 잊고 몇 년을 살다 또 이러는 게."

소미는 고이려는 눈물을 쓴 소주와 함께 삼키며 뜨거운 목을 적셨다. 그리고 고기를 입 안 가득 집어 넣고 와왁 씹으며 희순이 따라주는 술을 한 잔 더 마셨다.

"널 보면 사랑이 두려워. 독한 것 같아서."

"사랑…… 독하지. 근데 하면 좋아. 근데 너무 깊게 하지 마. 사랑에 깊게 베이면 그 후가 너무 아프거든."

희순은 아직도 절절히 아파하는 소미를 보며 훗날 찾아올 자신의 사랑에 덜컥 겁이 났다. 돌아서면 잊는다는 요새 세상의 사랑은 소미가 한 사랑과 달랐다. 진실한 마음을 다 내주고 그 열정을 쫓던 사랑은 결코 그리 쉽게 사그라지지 않는 것이었다.

소미는 이미 자정이 훌쩍 넘은 시각에 살금살금 집에 들어가다 불이 켜져 있는 주방으로 발길을 돌렸다. 할아버지가 혼자서 술 드시는 모습에 소미는 슬그머니 식탁 앞에 마주 앉았다. 소미 할아버지도 인기척에 마시던 술잔을 내려놓고 빙그레 웃었다.

"늦게 다니지 말라니까. 택시 타느니 화실에서 자. 요새 밤에 얼마나 위험한데, 겁도 없이."

"할아버지, 소미는 천하무적! 밤이 활동 시간이잖아요. 근데 할아버지는 시간이 몇 시인데 안 주무시고 술이세요?"

"그냥, 네 아버지 기일이 다가오니 잠이 안 오네. 참, 네 기사 봤다. 인터뷰 아주 잘했더라."

소미 할아버지는 식탁에 놓인 잡지를 손으로 가리키며 뿌듯한 표정을 지었다. 소미는 깜박 잊고 있었기에 잡지를 들고 페이지를 휘릭 넘겨 자신이 나온 부분을 찾았다.

〈—최근 나타난 신인 중 가장 많은 비평을 듣고 있습니다. 그 부분에 대해 어떻게 생각하시나요?

"문화는 다양성입니다. 그런 부분에서 나오는 비판들은 인정하고 또 수용할 의사가 있습니다. 하지만 전 아직 많은 작품을 내놓은 화가가 아닙니다. 그리고 오늘과 내일은 분명 다릅니다. 그건 그림에서도 마찬가지이고요. 곱지 않은 시선을 받는 입장에서 달갑지 않지만 그 또한 관심이라고 생각해 나름 기분 괜찮습니다. 하지만 전 특별히 추상표현주의를 따르지 않아요. 다들 제 그림을 어떤 형식으로 묶어 평가하고 싶어하지만 전 그때그때 제 느낌에 따라 그릴 뿐이에요. 제 그림 대부분이 추상표현주의를 따른다고 생각하는 건 아마도 선을 좋아하는 제 방식 때문인 것 같지만 절 그런 틀 속에 넣지 않았으면 좋겠어요. 기자님도 제가 추구하는 그림이 그리 난잡스럽고 이해하지 못할 것이라고 생각하시나요? 제가 고등학교 때 전국 1등이었거든요. 그리 싹이 나쁜 화가는 아니라는 뜻입니다."〉

"네 아버지가 살아 있었다면 참 좋아했을 듯하구나."

"그렇죠. 그러시겠죠. 그런데 안 계시잖아요. 엄마는 또 드러누우셨어요?"

"이맘때면 항상 그렇지. 평생을 저리 살 거라고는 생각 안 했는데, 내 자식이지만 참 맹해."

매년 소미는 아빠의 기일이 다가올 즈음이면 심하게 앓아눕는 엄마를 보며 안쓰럽다는 생각뿐이었다. 그런 엄마를 보는 할아버지의 마음이 아픈 건 당연했다. 한때는 정신과도 다녀봤지만 소미 엄마는 그때뿐이고 변하지 않았다. 소미 엄마는 그저 명이 다하는 날 소미 아빠를 찾아간다는 그 일념밖에 없었다.

"할아버지는 엄마한테 상처받지 않으세요? 전 가끔 엄마한테 질리는데, 벌써 세월이 몇 십 년이에요."

"바다가 비 온다고 변하던? 비가 내리면 그때뿐 바다는 언제나 같듯이 부모도 마찬가지다. 네 엄마가 저래도 내가 부모인 걸 어쩌느냐. 그게 부모의 마음인데."

소미는 할아버지의 술잔에 술을 따라 드리며 자신을 향한 엄마의 마음도 할아버지와 같을 듯했다. 그렇게 소미가 상처 줬지만 언제나 엄마는 감싸 안는 걸 보면 바다는 내리는 비에 잠시 염도가 옅어지다 도로 돌아오는 그런 것이었다.

"너도 시집가야지."

"가야죠."

"너만은 네 엄마처럼 안 살아서 다행이다. 이제 내가 벌지 않아도 네가 네 엄마를 돌봐줄 수 있으니 다행이지 않니?"

"할아버지도 그만 쉬실 때도 됐잖아요. 저만 믿으세요."

"소미야, 결혼도 너무 어렵게 생각하지 마라. 사는 건 그저 살아지는 대로 살면 되는 거란다."

소미는 방에 들어와 침대에 누워 한참 동안 천장만 보았다. 그리고 엄마처럼 살지 않겠다며 운명 따위는 없다던 그 어릴 때의 다짐이 헛되이 돼버린 듯했다. 어쩌면 운명이란 애초에 가지고 태어난 것이라 아무리 바꾸려 해도 바꿀 수 없는 그런 것일지도 모른다.

소미는 화실에서 겨우겨우 캔버스를 채우고 있지만 영 속도가 안 났다. 가끔 이럴 때 책이나 영화를 보며 시간을 달래곤 했는데 이번만은 달랐다. 그림의 제목을 미리 불안이라고 정해둬 그런가 싶기도 하면서 보일 듯 말 듯 아주 옅은 그림의 선들이 자꾸 더 그려내라고 재촉하는 것 같았다.

소미는 내내 암막으로 햇빛을 막았던 커튼을 걷고 내리쬐는 햇살을 흠뻑 받았다. 사람도 광합성을 하는 것인지 소미는 구석구석 햇빛을 받자 온몸이 꿈틀꿈틀거리며 피로가 싹 풀리는 것 같았다. 소미는 어깨에 뭉친 근육을 손으로 주물럭거리며 휴대전화를 찾아 전원을 켰다. 그리고 몇 통의 부재전화와 문자를 확인하고 바로 갤러리 관장에게 전화를 걸었다.

"관장님, 잘 지내셨어요?"

[안소미 씨, 어쩜 이리 연락이 안 돼?]

"그냥, 요새 그림 좀 그리느라고요. 근데 무슨 일로 찾으셨어요?"

[아, 다음 주 금요일 여섯 시에 갤러리 투자자 모임 행사가 있거든. 화실로 입고 올 의상 보냈으니까 아마 오늘 내로 도착할 거야. 투자자들 사이에서 소미 씨가 얼마나 유명한지 알지? 전시회 잡으

라고 성화인 거 겨우 달래고 있으니 꼭 와야 해.]

소미는 대답할 새도 없이 할 말만 딱 하고 끊은 관장 때문에 난처했다. 모임만 열리면 안달난 듯 모이는 상류층을 만나는 것이 소미는 익숙지 않았다. 그래서인지 매번 행사 때마다 실수를 저지르거나 인사 몇 마디 나누고 꿔다 놓은 보릿자루 신세가 되었었다. 소미는 벌어먹고 살기 참 힘든 세상이라고 스스로 위로하면서 한참 후 도착한 상자에서 풀어봤다. 반짝반짝 거리는 짧은 민소매 원피스, 얇은 외투, 높은 힐 구두에다가 명품 클러치 백까지 아주 돈으로 도배한 듯했다. 소미는 그림을 위한 거라 생각하면서도 이런 거추장스러운 것들이 그저 그리고 싶은 그림을 그리며 사는 아주 평범했던 소망과는 어울리지 않는 느낌이었다.

승호는 입사한 지 얼추 한 달이 되어가자 민 회장이 참석해야 할 중요한 행사들 대부분을 파고들었다. 승호가 눈도장을 찍으며 밤새 각종 행사를 다니다 돌아오는 곳은 집이 아닌 사무실이었다. 한 기업의 전체를 파악하는 일은 눈 깜짝할 새에 되는 그리 만만한 일이 아니었다. 아직도 다 끝내지 못한 자료들이 승호 서궤 한쪽에 잔뜩 쌓여 있었다. 그러나 승호는 손에 든 서진갤러리 초청장을 보며 간만에 뚜렷한 미소를 지었다.

소미는 관장이 보내준 대로 잘 차려입고 갤러리 뒤에 위치한 작은 공원 입구에서 초청장을 보이고 들어갔다. 소나무와 대나무의 어울리지 않는 듯한 조경과 조명이 멋스럽게 배치된 공원은 많은 사진작가들이 탐내는 곳이었다. 그렇게 애지중지하던 공원이 오늘은 사람들로 몸살을 앓고 있있다. 얼마ㅏ 많은 사람들을 불렀는지 인산인해가 따로 없을 정도로 빽빽이 차 있어 소미는 그 사이를 요리조리 피해 관장을 찾아다녔다. 우선 관장을 만나 눈도장만 찍고 갈 생각이었지만 소미를 알아보고 부르는 소리에 그만 발걸음을 멈추었다.

"안 화가, 오랜만에 보네. 잘 지냈어?"

소미를 붙잡은 목소리는 마지막으로 내놓았던 그림을 사준 대진그룹 안주인이었다. 김 여사가 반갑게 손을 내밀며 인사하자 소미는 어쩔 수 없이 두 손으로 잡아 악수하며 반갑게 웃었다.

"여사님은 잘 지내셨어요? 제 그림은 잘 가지고 계시죠? 그사이에 내놓으셨으면 저 정말 서운할 거예요."

"그럼, 우리 회장님 서재에 걸어뒀지. 회장님이 매번 무슨 의미인가 골똘히 보셔. 근데 정말 우리 구면이 아닐까? 난 안 화가 볼때마다 왜 이리 낯이 익는지 모르겠네."

김 여사는 소미가 너무 낯이 익어 기억을 되짚어보았지만 희미한 잔상조차 떠오르지 않았다. 그러나 사교계에서 알아주는 인맥을 가진 김 여사가 한 번 듣고 본 사람을 잊지 않는 뛰어난 감각을 가졌기에 그녀가 안다면 아는 것이다.

"여사님이 절 너무 좋아하셔서 그런 거 아니에요? 오늘따라 손님이 많은 것 같은데 바쁘시겠어요."

"바쁘긴, 안 화가를 보니 기분 좋네. 요새는 왜 그림 안 내놔? 참, 그 그림 의미가 뭐야. 나도 회장님한테 아는 척 좀 해보게."

"제목대로 나비예요. 날고 싶지만 갇힌 절망에 꺾인 날갯짓. 퍼덕거리지도 못하고 파르르 떠는 날갯짓인데, 회장님한테 가깝게 그림을 보면서 찾으려 하지 마시고 멀리서 그림 전체를 한눈에 담아보시라고 귀띔해 주세요."

소미는 잊고 있던 그림을 떠올리며 그 그림의 진짜 근원이 생각났다. 아예 날 생각조차 못하고 그저 주저앉아 있던 연약한 나비, 그 나비는 승호였다. 소미가 겪은 지난 시간이 추구하는 그림의 전부였다.

"그래? 요새 통 안 화가 소식 듣기 어려워. 그림 값도 많이 올랐던데, 너무 뜸한 거 아냐? 이제 개인전 할 때도 됐는데, 그만 그림 좀 보여주지."

소미는 이 자리에 모인 돈 많은 사람들이 그림을 소유하는 이유를 뻔히 알고 있었다. 그저 순수한 예술적 가치를 높이 사는 것도 일부 있지만 누군가 가지지 못한 배로 비싸게 팔릴 그림을 가지고 싶은 투자라는 면도 있었다. 그림 하나가 비싸게 팔리면 저절로 그 둘째는 배로 비싸진다. 그렇게 만든 사람들이 이 자리에 모인 사람들이었다. 소미는 서글픈 마음이 들지만 미소를 지으며 발길을 옮기려 했다.

"네, 오늘 즐겁게 보내시고 혹시 전시회 하게 되면 제일 먼저 초대장 보낼게요. 그때 안 오시면 저 배로 섭섭해할 겁니다."

"그럼, 당연히. 안 화가 전시회면 없는 시간을 내서라도 가야지. 그림 좋은 시간 보내."

소미가 방긋방긋 웃으며 싹싹하게 굴다 사라지자 김 여사 표정은 흐뭇했다. 같이 자리한 일행들도 소미와 아는 사이면 그림 좀 사게 다리 좀 놔달라는 부러운 눈길을 보내 으쓱해지기까지 했다. 그러나 그리 좋은 기분도 오래가지 않아 불쑥 나타난 승호 때문에 잠시 인상이 구겨졌다.

"네가 웬일이냐?"

"초대장이 아버지 앞으로 와 있기에 대신 왔습니다."

"우리 둘째 아들. 이번에 미국에서 왔어. 다들 초면이지?"

김 여사는 다정히 승호 팔짱을 끼며 일행들에게 일일이 소개했다. 승호는 큰어머니가 부드러운 표정으로 변해 사근사근하게 소개하는 대로 따라 그에 맞춘 미소를 지으며 잠시 소소한 이야기를 나눴다. 그러면서 틈틈이 주변을 돌아보지만 초대 목록에 있던 소미가 보이지 않았다. 승호는 대충 마무리를 지으며 자리를 뜨려 하자 큰어머니가 팔을 잡았다.

"너 따로 나 좀 보자. 우리 애가 갑자기 와서 잠시 얘기하고 올게."

승호는 팔짱을 낀 큰어머니가 이끄는 대로 따라갔다. 그래도 남들 앞에선 체면이 우선인 듯 티 내지 않는 저 도도함에 승호는 속으로 혀를 내둘렀다.

"내가 참석한다고 비서한테 알렸는데, 왜 온 게냐?"

"아버지 대신 왔다고 말씀드렸던 거 같은데, 더 하실 말씀 있으십니까?"

"될 수 있으면 이런 자리에서 서로 부딪치지 않았으면 좋겠구나."

"저는 상관없습니다만 그래도 대외적으로 모자 사이인데 너무 냉랭하신 거 아닙니까? 어차피 제가 한국에 들어온 이상 이런 상황이 자주 있을 텐데 그건 큰어머님이 감수하셔야 할 듯합니다. 아니면 형을 데리고 다니시던가요."

승호가 일부러 형이란 단어에 힘주어 말하자 김 여사의 눈초리가 매섭게 변했다. 승호는 비열하게 형까지 들먹여 큰어머니 속을 뒤집고 싶지 않았지만 어쩔 수 없었다. 승호도 이젠 날아오는 가시를 막으려 방패를 들 때가 되었다.

"건방도 떨 만큼 네가 많이 크긴 컸구나."

"덕분입니다. 전 그만 물러가겠습니다. 편히 맘껏 즐기다 가세요."

김 여사는 사라지는 승호를 뒷모습을 보면서 이를 악물었다. 자신의 아들인 승우를 암흑 속에 빠뜨리고도 잘살고 있는 승호가 괘씸했다. 게다가 승우보다 더 나은 자리를 꿰차고 맞서는 승호에게 분통이 터졌다. 김 여사는 언젠가 저 당당히 걸어가는 승호 다리를 꼭 꺾어 자신 앞에 무릎 꿇게 할 날이 올 거라 믿었다. 그리고 그 승호를 치켜세우는 민 회장도 김 여사는 가만두지 않을 거라며 치미는 화를 참으며 몸을 잘게 떨었다. 그리고 어느덧 김 여사는 입가에 온화한 미소를 지으며 일행들에게 돌아갔다.

소미는 관장에게 끌려다니며 각계각층의 인사들을 소개받아 그 성함과 직책을 외우는 것만으로도 벅찼다. 부족한 기억력에 돌아서면 잊어버려 소미는 한 번 들렀던 자리엔 그들과 다시 부딪치는 게 겁나 가지도 않았다. 올해도 여실히 건재한 세를 과시하고 싶은 관장에게 소미는 알맞은 제물이었다. 그래도 먹고사는 게 중요한 세상에 소미는 별말없이 쫓아다니며 방긋방긋 웃느라고 입가에 경련이 날 것 같았다.

소미는 그렇게 공원 곳곳을 누비고 다니던 중 갑자기 발걸음이 빨라진 관장을 따라가다 넘어질 뻔했다. 높은 힐을 신고 푹신푹신한 바닥을 걷는 건 생각보다 많은 신경을 요구했다. 뻐끗한 다리를 내려보니 발목에 묶은 힐의 끈이 헐렁해 신발의 밑창과 떨어져 덜렁거렸다. 소미가 잠시 주저앉아 끈을 팽팽히 당겨 다시 묶는 사이 관장의 호들갑스러운 목소리가 들렸다. 그리고 소미는 그 호들갑을 들으며 자신의 귀를 의심했다.

"승호야, 오랜만이네. 아니다, 이제 민 전무라고 불러야겠지. 이렇게 와주니 너무 고맙다."

소미는 발목에 다 묶은 끈을 손에 놓지 못하고 고개만 슬쩍 들어 위를 보았다. 그리고 순간 몰려온 아찔함에 휘청대다 뒤로 주저앉고 말았다.

쿵, 쿵, 철렁, 소미의 흔들린 심장이 발밑에 떨어졌다가 겨우 올라와 제자리를 찾았다. 소미는 앉은 채 손에 잡히는 잔디를 꽉 쥐어뜯었다. 그리고 쥐어 뜯긴 잔디는 소미 손 안에서 짓이겨졌다.

앞에 있는 승호는 소미가 알고 있던 그 승호가 맞았다. 그렇게 오랜 시간이 흘렀음에도 소미는 단번에 승호를 알아봤다. 지금 눈앞에 것들이 다 사라지고 승호만 서 있는 듯했다. 그리고 충격에 빠르게 뛰는 심장 때문에 어지럼증을 느꼈다. 소미는 그 긴 시간을 흘려보낸 것이 무색하게 격한 반응을 보이는 자신에게 어이없어 터지는 거친 숨을 내뱉었다.

세상에 신이 너무도 많아 숱한 우연들이 남발된다고 한다. 하지만 소미는 이런 우연 따위는 필요치 않았다. 소미가 눈을 다시 감는 그 순간까지 다시는 승호를 마주하지 않겠던 다짐은 이렇게 흔한 우연 앞에 무너졌다. 소미는 당황한 표정을 감추며 바닥에서 황급히 일어났다. 그리고 그저 지나가는 바람에 굳이 흔들릴 필요가 없다며 자신을 진정시키려 했다. 우연이란 어차피 한 번으로 끝나기에 우연이라고 하지 않을까. 그래서 소미는 이렇게 만났다고 흔들리지 않으려 굳게 마음을 다잡았다. 그저 잠시 친분있던 사람을 만난 듯 소미는 얼었던 표정을 풀려고 애썼다.

"소미 씨, 괜찮아?"

"네, 구두가 높아서 일어나려다 넘어졌어요."

"조심하지."

관장은 갑자기 사색이 된 소미를 보며 걱정스러운 시선을 보냈다. 그러나 승호와 소미 사이에 흐르는 이상한 눈빛을 본 관장은 닳고 닳은 눈치로 두 사람 사이에 흐르는 감정을 쉽게 알아챘다. 어쩌면 승호가 무명 화가의 그림을 사들여 한순간 별을 만들어놓은 이유를 알 것 같았다. 그리고 그 이유가 맞다면 관장은 앞으로 소미의 쓰임새가 배로 늘어날 것이다.

"민 전무, 소미 씨. 서로 아는 사이야?"

소미는 정신을 차린 듯 땅에 떨어진 백을 집어 들고 아무렇지 않게 다시 웃었다. 그리고 승호가 대답할 사이를 두지 않고 소미가 말했다.

"예전에 잠시 알았던 분인데, 오랜만에 뵙게 돼서 좀 놀랐네요. 잘 지내셨죠?"

소미가 굳은 표정으로 입만 억지로 웃으며 시선을 피하자 승호는 씩 웃으며 한 걸음 가까이 다가갔다. 승호가 그토록 애타게 보고 싶던 소미는 많이 변해 있었다. 긴 생머리는 짧은 머리칼로 바뀌었고 적당해 보기 좋던 몸은 깡말라 있었다. 예전에 그리도 애달프게 승호의 가슴을 녹이던 환한 미소는 더 이상 소미에게 찾아볼 수 없었다. 승호는 그런 낯선 소미 앞에서 그동안 했던 숱한 상상과 달리 아무 말도 할 수 없었다. 그리고 숨을 고른 승호는 흔하디흔한 인사로 소미에게 첫 마디를 건넸다.

"오랜만에 보는 거지. 잘 지냈어?"

"네, 그럼 즐겁게 보내다 가세요. 관장님, 전 이만 가볼게요."

소미는 제대로 눈 한 번 맞추지 못했던 승호에게 돌아섰다. 언젠가 이렇게 만날 거란 상상이라도 했다면 차라리 어찌할지 생각해 뒀을 텐데 지금의 소미는 너무나 무방비 상태였다. 그리고 그 여파에 소미는 머릿속이 텅 빈 것 같았다. 문득 한 걸음 걷자 전무란 직책에 오른 승호가 어찌 살았을지 궁금했다. 아니, 아는 사람을 오랜만에 만나면 드는 평범한 궁금증이었다. 그러나 소미는 승호가 겉은 그대로였을지언정 그 자신감과 당당함에 소미는 세월이 흐른 만큼 많은 변화가 따랐다는 걸 느꼈다. 승호에게 진한 남자 냄새를 맡은 소미는 그냥 허탈한 웃음이 새어나왔다. 이렇게도 저렇게도 살아가는 세상에 승호가 어디로 사라진 게 아니라 살아 있었다는 현실이 와 닿았다.

소미가 황급히 갤러리를 빠져나가 빠르게 걷자 승호는 그 뒤를 느긋이 따라갔다. 그리고 승호는 쫓아오는 차를 세우고 기사를 보냈다. 승호에게 진짜 시작은 이제부터였다. 이 순간을 위해 지난 팔 년을 승호는 그렇게 살았었다. 다시 돌아온 승호에겐 소미를 다시 얻지 못한다면 이 한국은 별 의미가 없었다. 일을 해서 누리는 성취감도, 한 자리 한 자리 치고 올라갈 때마다 느끼는 통쾌함도, 그렇게 멸시하던 부모에게 맞설 수 있는 당당함도, 승호에겐 이제 없어진 부수적인 것들이었다. 승호가 매일같이 하던 후회를 뒤엎을 시작이 바로 눈앞에 보였다.

승호는 택시 정류장에 서 있는 소미 앞에 차를 세웠다. 그리고 차에서 내려 고개 숙인 소미 앞에 섰다.

"할 얘기가 많은 것 같은데, 그냥 가기 아쉽지 않아?"

소미는 또 갑자기 나타난 승호 때문에 놀라 심장이 철렁거렸다. 그리고 승호가 참 당돌히 뻔뻔해진 것 같았다.

"아쉽지 않아. 전혀."

"난 있는데."

"내가 없어. 가."

소미가 날카로운 음성으로 거부했지만 승호는 주저하지 않고 덥석 소미의 손목을 잡아 도로로 끌어내렸다. 소미는 끌려가지 않으려 버티는 힘보다 배로 힘을 준 승호에게 끌려 차 안에 태워졌다. 소미가 그사이 버둥거려 봤지만 차 문이 닫히자 다시 열리지 않았다. 소미는 차 안에 들어와 여유있는 표정의 승호를 노려봤다.

"뭐야? 차 문 열어."

"할 얘기가 있다고 했잖아."

"난 없어 그리고 너 보기 싫어. 진저리치게 싫어. 네가 뭘 모르는가 본데 너랑 할 얘기는 이미 팔 년 전에 다 끝났어. 당장 이 문 안 열면 경찰에 신고할 거야."

소미가 백에서 휴대전화를 꺼내 번호를 누르자 승호는 재빨리 손을 뻗어 전화기를 빼앗았다. 승호가 보기엔 소미는 여전히 활활 타오르는 불이었다. 승호는 뺏은 휴대전화를 안주머니에 넣고 시동을 걸어 차를 출발시켰다.

"넌 아무것도 아냐! 내 친구도, 고등학교 동창도…… 헤어진 옛 애인도 아냐! 아무것도 아냐! 아무것도!"

소미는 일순간에 억누른 감정이 폭발해 소리치지만 승호는 여전히 묵묵부답이었다. 세월이 변해도 결코 변하지 않는 것들은 여전히 있었다.

"안소미, 뭐라든 괜찮아. 어차피 반겨줄 거라고는 생각 안 했으니까."

"그래? 그럼 내려줘."

"그냥 지나간 사람들끼리 술 한잔하며 이야기할 수 있는 거 아냐? 나하고 술 한잔하기 어려울 정도로 아직 감정이 남은 건 아니겠지? 설마 안소미가 그렇다는 건 아니겠지?"

승호가 슬슬 긁어대자 소미는 승호의 도발에 걸려들고 싶지 않아 입을 다물었다. 승호는 어차피 소미 다루는 법을 알고 있었다.

하지만 그건 예전의 소미가 지금의 소미와 같다는 전제하에 그랬다. 승호는 침묵을 잠시 놔두며 소미가 먼저 입을 열기 기다렸다.

"난 미국식의 쿨 한 거 싫어."

"나도 미국식은 싫어."

"난 너 기다린 적 없어. 민승호는 내 머릿속에서 완전히 사라진 사람이야. 그러니 이렇게 나타났다고 뭐 어쩌려는 꿈은 꾸지도 마."

"난 그런 말 한 적 없는데? 그냥 술이나 한잔하자고."

소미는 아차 싶은 생각에 다시 입을 꾹 다물었다. 치미는 분노와 갑작스러운 등장에 떨리는 마음, 소미는 지금 어떤 마음으로 이 차 안에서 승호와 같이 숨을 쉬고 있는지 자신도 알 수 없었다. 소미는 혼란스러운 그 자체로 차창 밖에 주황빛 가로등을 보면서 한때 불나방 같던 자신을 오랜만에 마주했다. 그때는 그랬었지 하는 오랜 기억들이 밀려온 소미는 서글픈 생각에 괜히 눈물이 고였다.

"안소미, 잘 지냈어?"

승호는 차창을 보며 일체 눈길조차 주지 않는 소미에게 말 걸었다. 승호는 이보다 더한 것도 상상했기에 차 안을 가득 메운 침묵을 견딜 수 있었다. 그러나 막상 마주한 냉대는 승호의 마음을 슬프게 만들었다.

"안소미, 말 안 할 거야?"

"한때는 잘 못 지냈고, 지금은 잘 지내."

"난 잘 지낸 적이 없는 것 같아."

승호는 차창을 내리고 담배를 꺼내 불을 붙였다. 소미는 그런 승호의 쓸쓸한 옆모습을 흘낏 보며 고인 눈물이 혹여나 흘러내릴까 도로 차창을 보았다. 그러나 차창에 승호가 내뿜는 하얀 연기가 비쳤다. 그리고 그 연기 속에 담긴 수많은 지난날도 어렴풋이 보였다. 소미는 한참을 달리는 차 안에서 겨우 마음을 추스르고 입을 열었다.

"미국에서 돌아온 후 많이 힘들었어. 밥을 먹다 툭 떨어지는 눈물 때문에 엄마한테 많이 맞았고, 한 육 개월은 그림도 못 그렸을 정도니. 그래도 지금의 난 널 만나기 이전으로 완벽히 돌아갔어. 엄마처럼 약하게 그 미련을 붙들고 살지 않으려고, 날 위해 살려고. 그러니 이렇게 내 앞에 나타나지 마. 널 만나고 싶지 않아. 후회하지 않지만 떠올리고 싶지 않아. 지난 시간에 대한 미련이 너한테 남았다면 그건 네 거야. 네 미련으로 잘살고 있는 날 괴롭히지 마."

소미는 그 철없던 사랑에 혹독히 앓았었다. 눈만 뜨면 고이는 눈물을 흘려내고 밤이면 괴로워 침대보를 쥐어뜯으며 숨죽여 울었다. 죽을 만큼 보고 싶기도 했고 잠이 들면 꿈속에 나타나 괴롭히는 승호를 잊으려 머리칼을 쥐어뜯으며 몸부림친 날들도 숱했다. 그렇게 가라고 한 승호가 미웠고, 치가 떨리도록 분노했다. 하지만 그 사랑은 소미가 한 사랑이었다. 승호가 하라고 시킨 것도 아니고 소미가 원해서 한 사랑이기에 그만 묻어두기로 했었다. 그리고 다시는 꺾이지 않으려고 강하게 일어섰다. 승호만이 주던 행복이 아닌 소미가 만들어내는 행복을 위해 지금까지 열심히 살았다.

"난…… 후회해. 아직도 아침에 눈 뜨면 그렇게 보내는 게 아니었다고 후회해. 그때 기약이라도 했더라면 지금 하는 이 노력이 헛되지 않을 텐데, 나약했던 그때의 나 자신한테 후회해. 그리고 이제야 돌아온 나한테 후회해."

"그건 네가 하는 후회야. 나는 후회하지 않아. 그리고 그 추억은 그냥 추억으로 묻었어. 더는 너랑 그 추억에 대해 얘기하고 싶지 않아."

소미를 둘러싼 단단한 벽을 마주한 승호는 앞으로의 일이 그리 쉽지 않을 거라 느꼈다. 그리고 그 시작점이 너무 늦었을 수도 있다는 생각이 들었다.

"안소미, 자주 보자."

승호 차가 화실이 있는 건물 앞에 섰다. 그리고 소미는 화실 앞에 선 차 안에서 또다시 놀랐다.

"네가 내 화실을 어떻게 알아?"

"팔 년을 그냥 후회만 했을 거 같아? 다시 시작할 거야."

"혼자 해. 난 너로 인해 그 누구도 다시 상처받는 거 원치 않아. 그리고 네 말대로 팔 년이야. 난 예전처럼 너만 보지 않아. 아직도 착각하는가 본데 나 결혼 준비 중이야. 날 더 많이 사랑해 주는 사람하고 평범하게 그림 그리며 애도 낳고 그렇게 살 거야. 너처럼 대단한 전무 따위랑 어울리고 싶지 않아. 경고하는데 다시는 내 앞에 나타나지 마. 네가 나타나면 잊고 싶어 괴로워. 적어도 네가 한때나마 날 정말 사랑했다면 내가 괴로워하는 건 원치 않겠지?"

소미는 열리지 않는 차 문을 거세게 잡아당기며 멋지게 나가려던 계획이 허사가 되었다. 승호가 차에서 먼저 내려 차 문을 열어주자 소미는 쏘아보며 내렸다. 그리고 승호 양복 안주머니로 손을 넣어 휴대전화를 꺼냈다.

"다시는 나타나지 마. 재수 없으니까."

소미는 어지러움이 몰려왔지만 똑바로 걸으려 숨을 고르며 건물 안으로 들어갔다. 승호는 냉랭한 소미를 만났지만 아직 남은 감정을 느꼈다. 비록 그 감정이 온전한 사랑이 아닐지라도 소미 가슴속에 어떤 형태로든 감정이 남아 불편해하는 걸 승호는 명확히 감지했다. 그런 감정들이 소미에게 도화선이 된다면 승호는 앞으로 자신있었다.

정기주주총회에서 등기이사로 선임된 승호는 간만에 밝은 표정으로 회의실을 빠져나왔다. 예상보다 이른 결정을 내린 아버지에게 내심 놀라며 승호는 확실히 경영권을 손에 쥔 앞으로가 더 기대됐다. 분명 아버지는 이렇게 쉽게 승호에게 경영권을 내준 것을 곧 후회하게 될 것이었다. 하지만 승호는 이렇게까지 혹사하고 있는 자신이 무엇을 위해 이러는지 가끔 고민이 들었다. 해야 할 학업은 넘치도록 했고, 실전도 다질 만큼 다져 이 자리에 올라선 승호였지만 어느 하나 만족스럽지 못했다. 오히려 이 그룹의 미래를 책임져야 한다는 옥죄어진 삶이 불편해졌다. 소미만 아니라면 승호는 당장에라도 벗어날 수 있을 만큼 언제나 마음속엔 경영권과 거리를 두기 시작했다.

승호는 가벼운 마음으로 사무실에 들어섰다가 승우를 보자 표정이 급격히 굳었다. 성취감에 젖은 표정으로 승우를 마주하기엔 승호는 마음 한구석이 편치 않았다. 그때만 아니라면 분명 오늘은 승우 것이었는데 승호는 형의 것을 대신 빼앗은 듯한 미안함마저 들었다.

"민승호, 축하한다."

"축하는 무슨, 뭐 앞으로 아버지가 함부로 내쫓지는 못할 테니 그건 좋아. 아마 아버지 날 붙잡아두려고 발목 잡은 것 같은데, 곧 후회하실 거야."

"아직도 겉돌 거야? 그만 아버지한테 마음 풀고 자리 잡아. 곧 결혼해 가정도 생길 텐데, 언제까지 아버지한테 날 세울 거야?"

"형도 그리 말할 자격은 없는 거 같은데. 하여간 의 상하기 싫으면 내 앞에서 아버지나 큰어머니 꺼내지 마."

승호는 한층 더 싫은 기색으로 서궤에 놓여 있는 서류뭉치를 들고 소파에 앉아 승우 앞에 쑥 내밀었다.

"뭐야?"

"봐."

승우는 그 서류들을 차근히 넘겨보다 마뜩찮은 표정을 지으며 탁자에 탁 내려놓자 승호가 기다렸다는 듯 설명을 하기 시작했다.

"얼마 전에 대진재단 이사장 자리가 별세로 공석인 거 알지? 형이 맡아. 그룹 이미지 대변만 하지 말고 복지 쪽에 힘을 싣자고. 진짜 도움이 필요한 저소득층이나 불편한 장애인에 대해선 대폭 지원을 늘려줄 테니까 그쪽에 지원할 방안도 생각해 보고. 아, 그리고 전 직원 복지를 위해 뭘 더 해야 할지 형이 연구 좀 해줘. 직원 하나만을 위한 복지 정책 말고 직원의 가족까지 회사가 세세히 해줄 수 있는 것들. 나보다 형이 그런 쪽은 더 잘할 거 같은데, 해줄 거지?"

"진짜 의도가 뭐야?

승우가 확 달아오른 얼굴로 인상을 찌푸리자 승호는 한숨이 나왔다. 민씨 집안 피가 섞이면 애초에 서로 진심이란 통하지 않는 것인지 승우는 잔뜩 의심이 섞인 눈초리로 승호를 보았다.

"형에 대한 내 배려라고 해둬. 집에만 있지 말고 일해. 형이 만날 집에 있으니 형수님도 힘들잖아. 그 좋은 머리가 걷지 못한다고 죽은 거 아니잖아? 하나하나 발휘할 수 있는 곳부터 시작해서 안으로 들어와. 외곽에서 오래 맴돌게 하지 않을게."

"그리고?"

"뭐?"

"더 있을 텐데. 네가 예전의 민승호가 아니란 것쯤은 한국에 앉아서도 듣고 있어."

승호는 역시 이 집안 피는 어쩔 수 없다는 생각을 하며 피식 웃음을 지었다. 승우는 변해 버린 승호를 마주 대하면서 왠지 착잡했다. 저렇게까지 냉혹한 승호는 아니었는데 정말 그때 그 여자아이가 승호에게 전부였을지도 모른다는 생각이 승우는 이제야 들었다.

"그리고라. 큰어머니에게 보여주고 싶은 마음, 형을 네가 그 자리에 앉혀 이리로 끌고 올 거라는. 그래서 내 앞에서 고맙다고 큰

절이라도 하시게. 형이 밖으로 나와 활동하는 모습에 아버지가 좌불안석하시면 더 좋고. 그러나, 나 그리 막돼먹은 놈은 아닌 거 알지? 그건 아주 일부분이야. 일해, 일해야 살지. 형은 나보다 더 머리 좋잖아."

승호는 삐익 울리는 인터폰 때문에 뒷말을 삼키며 자리에서 일어났다. 승우에게 어떤 대답도 필요없다는 듯 다시 양복 상의 단추를 잠그며 승호는 사무실을 나가다가 돌아섰다.

"형, 난 형이 걷지 못한다고 그렇게 처박혀 사는 거 싫어. 형이 할 수 있는 일은 걷는 일 말고도 많아. 내 마음 너무 왜곡해서 보지 마. 그리고 앞으로는 무조건 내 편 해줘. 진짜 부탁이야, 예전처럼."

승호는 사무실 문을 탁 닫고 새하얀 천장을 올려보며 또 부질없는 짓이라며 후회했다. 그러나 지금은 그 부질없는 짓도 해볼 만한 자리에 있다. 그리고 승우가 두 번씩이나 승호를 실망시키지 않을 거라고 믿었다.

회장실에 들어선 승호는 아버지와 이 회장 앞에서 별다른 인사없이 바로 앉았다.

"내게 보고할 게 없느냐?"

승호는 민 회장의 딱딱한 노기에 승우에 관한 소식이 귀에 들어간 걸 눈치 챘다. 이 시각에 이미 승호 마음대로 임명장까지 발급해 놓았으니 민 회장이 그리 좋아할 만한 일은 아니었다.

"형 일을 말씀하시는 거면 그냥 저에게 맡겨두시는 게 좋을 듯합니다. 그 정도 권한은 있지 않습니까?"

"네 마음대로 하는 건 이번이 마지막이다."

"앞으로도 그리할지 모릅니다. 그러게 경영권을 그리 쉽게 허락하시는 게 아니죠."

민 회장은 기막혀 헛웃음을 지으며 애써 담담한 척하고 전문 경영인에게 눈길을 돌렸다.

"이 회장, 이놈 좀 잘 다듬어. 이리 거칠어서 어디 써먹겠어."

"민 전무야 원체 일을 잘하니 제가 다듬을 게 어디 있겠습니까? 잘 맞춰 조율해 나가는 거죠. 그렇지 않은가, 민 전무?"

"전 지식은 알되 지혜는 부족합니다. 회장님이 가르쳐 주시는 대로 잘 따르겠습니다."

"민 회장님은 아드님을 참 잘 두셨습니다."

이 회장의 입바른 소리에 민 회장은 그새 노기가 다 풀렸다. 그러나 여전히 냉랭한 승호를 마뜩찮게 보며 입을 열었다.

"어차피 네게 맡기기로 한 일 어디 한번 제대로 해보아라. 괜히 투자자들 심기 건드리지 말고 곧 있을 두바이 건도 철저히 대비하고."

"알았습니다. 더 하실 말씀 없는 걸로 알고 일어나겠습니다."

승호가 바로 일어나 들어올 때처럼 별다른 인사 없이 빠져나갔다. 그런 승호를 보는 두 사람의 눈은 상반됐다.

"민 전무가 아주 당찹니다. 예전엔 그렇지 않았는데 확실히 크면서 작은 아드님이 회장님을 더 닮아가는 게 아닌가 싶습니다."

"이 회장이 몰라서 그래. 저놈 속엔 화가 들끓고 있어. 그 화만 꺼지면 아마 미련없이 날아갈걸. 절대 빠져나가지 못하도록 자네가 잘 붙들어둬. 승호한텐 틈을 주지 말고 몰아붙여야 해. 잠시라도 딴 데 눈 돌리면 큰일나."

"이제 방황할 나이는 지났잖습니까. 저 나이면 이제 마음에 불던 바람도 잠잠해질 때입니다. 당분간은 민 전무가 하는 대로 지켜보는 게 더 나을 듯합니다."

"흠, 어째 자식이 둘인데 하나같이 속을 썩이는지. 이 회장이 고생 좀 해줘."

민 회장은 자꾸만 승호에게 불편한 마음이 쓰이는 자신이 이상했다. 오래전 여자 하나로 인해 확 변해 버린 승호에게 다시 돌아온 한국이 독이 될지 약이 될지 민 회장은 아직 가늠할 수 없었다. 그리고 그 여자를 다시 만난다면 또 어떻게 변하게 될는지……. 한참을 생각하던 민 회장은 그 모질게 버린 사랑에 목맸던 승호 친모가 떠올랐다. 민 회장이 어떻게든 가둬두고 싶던 그 아름다운 여자와 승호는 닮아 있었다. 겉은 민 회장의 아들이지만 승호의 속은 어쩌면 그 여자의 것일지도 몰랐다.

소미는 아버지 기일에 맞춰 제사 지내고 화실로 돌아와 딱 들어맞는 일인용 침대에 누워 천장만 바라봤다. 그리고 진짜 다시 나타나지 않는 승호가 문득문득 떠올랐다. 그동안 풀지 못하고 꾹꾹 눌려 있던 분노와 원망이 승호를 만나며 다시 풀어나 자신의 마음을 휩쓰는 것 같았다. 그 무엇보다 승호가 이제야 나타나 다시 시작이란 말을 하는 그 뻔뻔스러움에 소미는 화가 났다. 솔직히 소미는 승호를 기다렸던 적도 있었다. 체념에 가까운 그리움을 견디지 못해 혹시 돌아올지 모른다며 몇 년을 기다리기도 했었다. 하지만 현실은 달랐고, 그런 시간늘을 넘어 거우 정리된 승호였다. 소미는 돌아온 승호를 본 후 든 혼란스러움에 짜증이 치밀어 이불을 들썩거리며 뒤척였다. 남은 찌꺼기 감정들이 다시 명확히 드러난 소미는 승호를 처음 보는 사람처럼 그렇게 보고만 넘겨지지 않았다. 그러나 그렇지 않다고 해서 소미가 다시 승호를 볼 일은 없었다. 그건 소미가 겪었던 괴로운 시간에 대한 예의가 아니었다. 그렇게 심란할 대로 심란한 소미는 눈을 감고 도피의 잠을 청했다.

사람의 마음은 그리 쉽게 이것과 저것을 경계할 수 없는지도 모른다. 이것과 저것의 사이에 놓여 어디로 치우쳐야 할지 혼란스러워하다가 흐르는 상황에 따라 결정되는 것일 수도 있다. 아니면 뻔히 마음의 방향을 알면서도 그 다른 마음도 정당하다고 미련스럽게 주저하기도 한다. 애초에 뚜렷이 정해진 것들이 아니라면 누구나 이리저리 휘몰아치다 결국에 잔잔해지는 것이었다.

승호는 보름간의 두바이 출장에서 돌아오자마자 밀려 있던 일정을 소화하느라고 잠시의 틈도 없었다. 잠시 짬이라도 나야 소미를 찾아갈 텐데 이건 무슨 전쟁터 선봉에 선 말도 아니고, 승호는 버티던 체력이 바닥나기 직전이었다. 요새 승호는 틈틈이 이동시간에 눈을 붙이고 밤이면 사무실에서 잠시 뜨는 해를 보며 잠이 들었다. 잠시만 이렇게 참으면 뜻이 이뤄진다고 승호는 지친 자신을 달랬다. 소미를 위해서라도 승호는 버텨야 했다.

희순은 사장실에 찾아온 대진그룹 기획전무가 승호란 사실을 듣고 사장실 앞에서 초조하게 기다리고 있었다. 깐깐한 사장을 설득해 몇 천억짜리 공사에 기업과 기업 사이에 흔치 않은 협조 체제를 만든 수완가가 민승호라니, 희순은 눈으로 직접 보기 전까지는 믿지 못할 것 같았다. 한 시간째 사장실 앞에서 서성거리던 희순은 막 사무실 문이 열리며 이전에 알던 그 승호가 나오자 귀신을 본 듯 화들짝 놀랐다.

"세상에……."

"차희순, 안 그래도 여기 온 김에 보고 가려고 했는데 잘됐네. 잠깐 시간돼? 윤 비서 한 삼십 분 정도 괜찮겠지?"

"삼십 분은 곤란할 듯합니다. 십 분 정도는 어떠신지요?"

"그러지. 희순아, 내가 지금 좀 빠듯해서 그러는데 주차장으로 이동하면서 얘기 좀 할까?"

"어, 어. 그럼, 그럼."

윤 비서가 앞서 가자 승호는 당연히 희순이 따라올 거라는 듯 뒤도 안 돌아보고 엘리베이터로 걸어갔다. 희순은 어안이 벙벙해 그저 큰 보폭으로 걷는 승호를 따라가기만 했다. 엘리베이터 안에 들어서자 희순은 이 놀라운 변화를 어찌 받아들여야 할지 몰라 당황스러웠다. 승호는 팔 년 전 마지막으로 봤던 그때와 달리 자신감이 넘쳐 그저 같이 서 있는 것만으로도 눌리는 기분이 드는 그런 남자로 변해 있었다. 희순이 눈치로 버틴 직장생활 오 년 차에 앞으로 솔솔 뭔가 새로운 바람이 소미에게 불 듯했다.

"비서실에서 근무한다면서?"

"어. 이렇게 볼 줄 몰랐는데, 반갑다. 근데 너 좀 많이 변한 것 같네."

"그 사람이 그 사람이지 변하긴. 네가 비서실에서 근무한다니 얼마나 많은 말들이 오가는지 알 거야. 그래서 부탁인데 나에 관한 어떤 소문도 앞으로 소미한테 괜히 옮기지 마. 그게 좋든 나쁘든. 아, 오늘 나 만났다는 건 상관없고."

"알았어."

"그리고 소미가 선보고 다닌다고 하던데, 혹시 앞으로 또 본다면 네가 그 날짜랑 장소 좀 미리 알려줄 수 있어?"

희순은 고개를 갸웃거리며 승호가 지금 무슨 소리를 하는지 이해되지 않고 헷갈렸다. 이미 소미에 대해 모두 파악한 듯한 승호에게 희순은 맞장구치는 게 친구로서 맞는 건지 이 짧은 찰나에 결정하기 어려웠다.

"왜?"

"뻔한 거 아냐? 참, 조금 있다가 내 비서가 전화할 건데, 소미 어머님에 대해 아는 거 있으면 말해줘."

"그건 왜?"

"글쎄, 그렇게 해주는 거로 알고 간다."

승호는 명함 한 장을 희순의 손에 쥐여주고 엘리베이터에서 내렸다. 희순은 손에 든 명함을 보면서 다시 올라가는 엘리베이터 안에서 황당해 어리둥절해했다. 돌아온 승호, 그리고 소미. 희순은 다시 시작될 인연이 어떤 결말이 날지 궁금해졌다. 그리고 지금, 승호를 본 희순의 입가에 묘한 웃음이 지어졌다.

자정이 다 되어가는 시각, 소미는 뜬눈으로 며칠을 지내다 겨우 잠이 들었었다. 그러나 복도 지지리 없는지 끈질기게 울려대는 휴대전화에 그만 잠이 깨버렸다. 그리고 액정에 뜬 베프라는 표시에 인상을 잔뜩 쓰고는 신경질 내며 받았다.

"야! 내가 직장인이야? 불규칙한 예술인에 대한 배려가 이따위면 정말 우리 관계를 다시 정리해 봐야겠어."

[뻑하면 예술인이래. 아주 벼슬을 해라! 그리고 잘 거면 휴대전화를 꺼놓든지.]

"꺼놓는다는 걸 깜박했다. 어쨌든 왜 이 시간에 전화질이야! 나라가 망했냐, 네가 다니는 회사가 망했냐, 것도 아니면 이 더운 날 반달곰이 잠들러 갔냐! 뭐가 그리 중요해서!"

[야! 그보다 더 놀랄 일이야.]

"더 놀랄 일이 어디 있어. 허접한 소리 하려면 그만 끊자."

[민승호가 돌아왔어. 오늘 우리 회사에 왔었는데, 와, 완전 대단해졌더라. 예전의 민승호가 아니야. 너 몰랐지? 좀 충격이 오냐?]

소미는 주저리주저리 떠드는 희순 때문에 허탈해 한숨을 푹푹 내쉬며 침대에 도로 누웠다. 겨우 잊고 잠들었는데 전생에 무슨 죄를 졌다고 희순이 헐레벌떡 생난리를 치며 그 사실을 상기시키는지 소미는 그저 듣고만 있었다. 어차피 남의 일이라고 생각하며 듣고만 있다가 끊으면 그만이었다. 그러나 소미는 들으면 들을수록 짜증이 치밀어 올랐다. 굳이 이렇게까지 열심히 승호 소식을 듣고 싶지 않았다. 제발 좀 승호기 존재한다는 것 자체를 잊고 싶었다.

"그래서? 내가 승호네 회사 이름을 알고 싶을 것 같아? 필요없어."

[뭘 그래서야. 그냥 봤다고. 얼마나 대단한 집 아들인 줄 궁금하지 않아? 기분 어때? 보고 싶지 않냐?]

"나도 봤어. 됐냐? 그만 끊자, 피곤해. 죽기 직전이야."

[정말? 그럼 승호가 어느 집 아들인 줄도 알겠네?]

"알고 싶지 않다고 했지! 하나 알면 둘 알고 싶은 게 사람 마음이라잖니. 아예 모르고 살고 싶으니 나 좀 내버려 둬라."

[그래? 웃긴다. 나라면 궁금해 죽을 텐데. 하긴, 네가 좀 원래 좀 브랜드에 무심하기는 했어. 근데 너 언제 봤어? 승호 보고 나서 왜 나한테 말도 안 했냐?]

"끊자고! 나 지금 짜증이 나 미칠 지경이라 누구든 걸리면 확 지랄할 것 같아. 이 고매하신 화가님은 이만 끊으시겠다."

소미는 치민 짜증에 휴대전화를 힘껏 던지려다 차마 비싸서 꾹 참고 침대 끝에 툭 던졌다. 어쩜 희순은 이리도 소식이 빠르고 관심은 많은지 혀를 차며 소미는 다시 잠을 청했지만 잠이 깨 눈만 말똥말똥해졌다. 그렇게 누워만 있다가 도저히 몸이 천근만근 땅으로 떨어질 것 같아 소미는 다시 일어나 이젤 앞에 앉았다. 그리다 만 캔버스 위에 검은 붓칠을 잔뜩 하며 또 하나 미완성된 그림을 버렸다. 한참 화실을 정리하느라 분주히 움직이던 소미는 화실

전체를 뒤흔드는 초인종 소리에 소스라치게 놀라 시각을 보고 이미 새벽 한 시가 넘어 있자 무시했다. 그러나 계속해서 울리는 초인종에 걱정스러운 마음이 들어 주저주저하며 문가로 갔다. 이 늦은 시각에 소미가 야식을 시킨 것도 아니고 화실을 아는 사람도 극히 드문데 누구일지 두근거리는 마음으로 잠금장치를 풀지 않고 문을 열었다. 소미는 슬며시 연 문틈으로 승호가 보이자 기막혀 문을 쾅 닫아버렸다.

"먹을 거 사 왔어. 문 열어."

소미는 아예 화실 불을 꺼버리고 침대로 다시 들어갔다. 어두우면 잠을 이루지 못하는 소미는 불까지 끄고 문을 발로 툭툭 차는 소리를 듣지 않으려 베개로 머리를 감쌌다. 그러나 것도 잠시 참을성이란 개미 눈곱만큼밖에 없는 소미는 다시 문가로 돌아갔다. 그리고 계속 발로 차이고 있는 죄 없는 문과 이웃을 위해 불을 켜고 문을 열었다.

승호는 또 문이 닫힐까 봐 발부터 쑥 집어 넣고 검은 비닐봉지를 흔들며 들어갔다. 그리고 돌아보지 않는 소미를 아랑곳 않고 작은 식탁 앞에 앉아 사 온 음식들을 늘어놓았다. 음식냄새가 솔솔 풍겨 구미가 당기도록 승호는 손으로 부채질까지 하며 꿈쩍도 않고 서 있는 소미를 기다렸다.

"야, 안소미! 사람이 왔으면 아는 척은 해야 할 거 아냐?"

"어, 왔니? 잘 가! 문은 저쪽이야."

"내가 이 밤에 포장마차 가서 순대랑 떡볶이 사 왔어. 성의를 봐서 쳐다나 봐줘라."

소미는 견디다 못해 실실 웃는 승호를 쏘아보며 정말 하고 싶지 않던 말들을 꺼냈다.

"너 나보고 힌 첫 마디가 뭐야?"

"어? 그건 왜?"

"사람이 잘못한 게 있으면 미안하다, 잘못했다, 죽을죄를 지었다, 이런 말 정도는 해야 하는 거 아냐? 너 나한테 무지 잘했었니? 아니잖아. 왜 나타나서 사람 속을 뒤집는데!"

승호는 순간 그런 말들에 대해 미리 생각지 않은 모자람에 할 말을 잃고 멍했다. 그저 소미를 만나면 반가울 것만 같았고, 다시 시작할 수 있을 거라 믿었다. 그러나 그 이전에 일어났던 상처에 대해 알고 있지만 소미에게 사과조차 하지 않았다. 아니, 어쩌면 그건 그렇게 흘렀고 이젠 새로운 시작이라 굳이 해야 할 생각을 못했다고 해도 맞을 거였다. 승호는 자신이 어쩌면 이리도 이기적인 사람인지 소미 앞에 움츠러들었다.

"미안해, 내가 생각이 짧았어."

"됐어. 사과 따위 애초에 듣고 싶지 않았어. 다만 네가 미안한 걸 알면 이렇게 나오지 않을 거라는 걸 알려주고 싶었을 뿐이야. 이제 그만 가줘."

소미는 한 치의 틈도 보이지 않기 위해 냉정하게 승호를 대했다. 그러면서도 이렇게까지 해야 하는 상황이 불편했다.

"그거 아니? 정말 미안하면 그 미안하다는 말조차 못하는 거. 지난 팔 년 하루도 빠짐없이 후회했어. 그 당시엔 최선이라고 생각했던 내 나약함이 너무나 미안했어. 그래서 돌아온 거야. 더는 후회하며 널 그리워만 하고 살기 싫어서.”

“이기적인 너! 너만 생각해! 항상 넌 그랬어. 넌 네 감정, 네 상황, 네 아픔이 더 중요하고 그저 난 즐겁게 해주는 기쁨조였잖아. 그랬으니까 날 안지도 않고 그렇게 쉽게 날 버렸지!”

소미와 승호가 그렇게 헤어지고 속으로 곪아 있던 감정들이 부딪히고 있었다. 차라리 악다구니라도 쓰며 서로 질리고 미워하며 헤어졌다면 이렇게 남는 감정도 없었을 거다. 그저 잠시 느낄 허전함뿐이었을 텐데, 그러지 못한 승호와 소미는 이제야 그 감정들이 만나 엉킨 실타래를 헤집고 있었다.

“버린 게 아냐!”

이제껏 차분했던 승호는 벌떡 일어나 고함을 질렀다. 그러나 소미는 그런 승호에게 지지 않고 맞섰다.

“버렸어! 버린 거야! 어차피 버릴 거니까 나한테 손도 대지 않은 거야! 네가 날 여자로서 얼마나 비참하게 만들었는지 알아?”

“내가 나만 생각했다고 생각해? 정말 그랬다면 널 그렇게 보내지 않았어. 어떻게든 널 옆에 두려고 입에 발린 거짓말로 붙들었을 거야. 하지만 너도 살아보니 세상엔 돈이 권력이란 거 알겠지? 내 아버지가 널 어떻게 할까 봐, 혹여나 네 미래까지 흔들어놓을까 봐 그게 두려워 널 포기한 것뿐이야. 내가 널 정말 그렇게 하찮게 여겼다면 내 욕망을 마음껏 풀어 널 탐하고 말았을 테고 이렇게 돌아오지 않았어! 잠이 부족해 머리가 띵한데도 이렇게 늦은 밤 겨우겨우 짬을 내 일부러 찾아오지도 않아! 알아, 내가 잘못한 거. 내가 널 상처 준 거. 하지만 그때는 그럴 수밖에 없었어. 미국만 가면 다 이룰 줄 알았는데 아무것도 아닌 나로선 아버지를 이기기에 너무 약했어. 내 스스로 날 아버지에게 가둬놓고 벗어날 수 있다는 생각조차 안 했어. 난 그들에게 뺏고 싶었던 내 열망만 쫓았어. 하지만 지금은 아냐."

"넌 네 상황만 설명하잖아! 기약만 했다면, 네가 계속 연락을 했으면 되는 일이었어! 날 그렇게까지 버려두지 말았어야 한다고!"

"그랬다가 우리가 들키면 누구 손해일 것 같아? 너만 다치는 거잖아! 난 어쨌든 아버지를 이을 자식이기에 그리 심하게 하지는 못하겠지. 그렇다면 나 대신 널 건드렸을걸! 네 미래까지 망쳐 버리게 놔뒀다면 그때도 내가 널 버렸다고 할 거야? 널 육체적으로까지 탐하고 싶던 내 욕심대로 했다면 좋았겠니? 그땐, 조금이라도 네가 덜 힘들게 해주고 싶었을 뿐이야!"

승호는 그때의 처절한 좌절감이 밀려와 눈물이 고였다. 소미는 그런 승호를 보며 다시 파득거리며 아픈 마음을 애써 외면했다. 그때라는 지난 시간에 붙들려 괴로워하던 승호와 소미는 잠시 말 없이 서로를 바라만 보며 서 있었다. 소미는 아직도 그때를 떠올리면 아프다. 아직도 아픈 마음이 승호를 보니 소미는 더 아팠다. 그러나 이젠 소미만 아팠다고 승호를 더 탓할 수도 없었다. 승호 눈에 가득 담긴 같은 상처를 소미는 결국 보고 말았다.

"그렇게 난 아무것도 아니었어. 미안해, 널 아프게 하고 싶지 않았어. 널 행복하게 해주고 싶었어. 근데 난 아무것도 해줄 수 없었어. 이젠 아냐, 그래서 널 찾은 거야. 그 누구를 위해서가 아니라 널 위해 지금까지 버티며 달려왔으니까. 너에게 돌려주려고, 그때

주지 못했던 그 행복과 미래를. 너무 늦었다고 하지 마. 그렇다면 내가 살아온 이유가 없어지잖아."

소미는 승호에게 부딪쳐 밀려온 감정을 추스를 시간이 필요했다. 하지만 마주한 진실은 이별을 한 번 겪은 마음을 넘어설 만큼 소미를 흔들지 못했다. 끝은 영원한 끝이고 마침표는 쉼표로 바뀌지 않는다. 소미는 기운이 쭉 빠져 어깨가 축 처진 승호 앞에 앉았다. 그리고 나무젓가락을 쪼개 승호 앞에 놓았다.

"먹어, 먹고 가."

소미는 허기진 것도 아닌데 잔뜩 사 온 떡볶이와 순대를 입에 마구잡이로 넣었다. 입에 너무 많이 넣어 씹을 수 없을 정도로 계속해서 젓가락질하는 소미 손을 승호가 탁 잡았다.

"천천히 먹어. 체하겠다."

"빨리 먹어야 네가 갈 거 아냐."

"그렇게 싫니?"

애써 웃으려 억지로 입가에 힘을 주는 승호에게 소미는 더 말하지 않았다. 그렇다고 대신 고개를 끄덕이지도 못했다. 그게 지금 승호를 대하는 소미의 마음이었다.

"갈게. 버리지 말고 다 먹어. 그리고 살 좀 쪄."

"내가 살찌든 말든."

"네가 포동포동 살찌면 잡아먹게."

승호가 능글맞게 웃으며 사라지자 소미는 기막혔다. 그리고 입안에 잔뜩 들어 있던 음식들을 변기에 다 뱉어내고는 침대에 누웠다. 다들 소미에게 나이를 먹으며 이전보다 훨씬 차분해졌다고들

했다. 반면 승호는 예전의 그 무모하던 소미 같았다. 소미는 시간이 거꾸로도 길 수 있는지 의문이 들었다. 마무가내로 들이닥쳐 자신을 들쑤셔 놓고 사라진 승호 때문에 소미는 아무것도 하지 못한 채 천장만 바라보며 괜한 한숨만 내쉬었다.

주말을 보내고 다시 시작된 한 주, 승호는 아침부터 회의실에서 빠져나오지 못하고 있었다. 수많은 프레젠테이션, 보고, 기획, 진행까지 굳이 챙기지 않아도 되는 일까지 승호는 자신이 확인하고 수정했다. 하나부터 열까지 세세히 신경 쓰는 깐깐한 상사 앞에 직원들은 긴장감이 들었다. 언제나 평정을 유지하고 큰 언성 한번 없이 숫자 하나까지 발견해 지적하는 승호 앞에서 프레젠테이션을 끝낸 팀장은 자리로 돌아왔다.

"장 팀장, 중장비사업본부 불황 극복을 위해 새로운 의지를 다지는 영업전진대회라고 하고선 빠진 부분이 있는 거 같은데, 어느 부분이라고 생각하십니까?"

승호는 프레젠테이션 차트를 넘겨보며 미진한 부분을 묻지만 팀장은 대답을 않고 자료를 뒤적거리며 그 부분을 찾기 바빴다.

"내년 경영계획 소개가 빠진 것 같은데, 아닙니까?"

"지사 직원들에게 내년 경영계획 소개는 아직 이른 게 아닌가 싶어서 제외했습니다."

"본사의 목표를 더 구체적으로, 그리고 장기적으로 지사 직원들에게 알려 정신적인 재무장이 필요하다고 봅니다. 영업력 강화에 초점을 맞춘 만큼 그런 부분은 본사에서 확고하게 제시해 줘야 한다는 생각이 드는군요. 동의하십니까?"

"네. 수정하겠습니다."

"힘드시겠지만 내일 오전까지 수정하시고 그 부분은 비서실을 통해 전해주세요. 그리고 굴삭기 자동제어 시스템 개발에 대해 어디까지 홍보했죠? 보도자료 배포했나요?"

"아직 보도자료 배포하지 않았습니다. 내일 최종안 보고하겠습니다."

"아니, 초고는 이미 봤으니 최종안 나오면 그대로 진행하세요. 참, 초안에서 '이 첨단 자동제어시스템의 개발로 연간 4백억 원의 수입대체 효과 및 수출 효과가 기대된다고 밝혔다'라고 한 부분에서 조금 더 구체적으로 '여타 중장비 분야에도 응용할 수 있는 유압시스템의 자동화 기술을 확보할 수 있게 됨으로써 연간 4백억 원'이라는 말 추가시켜 주세요. 홍보팀에서 알아서 잘하겠지만 이런 개발 부분은 언론에서 적극적으로 다루면 투자자들이 더 좋아하지 않겠습니까? 액수나 그 개발로 인한 분야는 지나치리만큼 구체적이고 명확하게 표현해 주세요."

승호는 뒤늦게 중장비사업부분 전체의 총괄을 맡는 바람에 하나하나 신경 쓸 일이 많았다. 더구나 아직 구조조정도 거치지 않아 느슨해져 있는 사업부들을 재조정해야 했다. 그래서 승호는 자신이 관여하지 않아도 될 일들을 살펴보며 일의 진행속도를 지켜보는 중이었다. 점심시간이 한참이나 지나서야 정례보고가 끝나고 승호는 사무실로 돌아왔다. 간단히 도시락으로 점심을 대체한 승호는 넓은 창으로 초록이 물든 한강변을 내려보고 있었다. 한여름, 그러나 오늘은 주룩주룩 비가 내리고 있었다. 그간 하늘이 더위로 인해 화가 쌓인 듯 거칠게 칭을 때리고 있었다. 그리고 승호는 그 비를 잔뜩 얻어맞고 싶었다. 소미를 두 번 더 찾아갔지만 두 사람의 관계는 전혀 진전이 없었다. 계속 밀려드는 일정을 다 취소해 버리고 소미에게만 매달리고 싶은 마음이 굴뚝같지만 그랬다가 또다시 무너져 아무것도 할 수 없을지 모른다는 두려움이 들어 승호는 그리하지도 못했다. 애초에 하나를 가지면 하나를 가질 수 없게 태어난 존재가 자신일지도 모른다는 밑도 끝도 없는 우울함이 밀려들었다. 생각만큼 일이 잘 풀리지 않으니 승호는 자꾸 부정적인 생각이 머릿속을 채우고 있음을 느꼈다. 그러나 언제나 소미가 그랬듯 승호는 억지라도 웃어 보았다. 승호는 실없기는 해도 웃으니 조금 나아지는 것 같았다.

"전무님?"

윤 비서는 생각에 빠져 인기척도 느끼지 못하는 승호를 불렀다. 벌써 이렇게 승호와 같이 한지 오 년이 다 되어갔다. 그러나 요새처럼 승호가 힘겨워하는 모습은 처음이었다. 언제나 경주마처럼 한 길을 달리더니 한국 들어오면서부터 다른 곳을 보는 느낌이 들었다.

"아, 미안. 잠시 딴생각하느라고. 무슨 일이죠?"

"저번에 말씀하신 안소미 씨 어머님인 안미선 씨 건, 중간보고 드려야 할 것 같습니다."

"뭐 알아낸 게 있나 보군요."

"네. 우선 안미선 씨가 만났다던 화가 분이 누군지 찾았습니다.

그 당시 상황에 따르면 고인의 사인은 만취에 의한 음주운전사고였습니다. 그리고 안미선 씨 대학 동창에게 들은 바로는 그 후에 안미선 씨는 바로 자퇴했고, 자살시도 후 정신병원에 여러 차례 입·퇴원을 반복했다고 합니다. 지금은 안미선 씨와 연락하고 지내는 이가 거의 없다고 합니다."

"소미 아버님이 누구랍니까?"

"그게…… 세진그룹의 작고하신 회장님의 큰아들인 김이준 화백랍니다. 당시 파리에서 입상한 후 안미선 씨가 다니던 대학에 특강 왔다가 두 분이 만났다고 합니다. 우선 김 화백 집안에서 반대가 심했고, 두 분 다 경제적 상황이 그리 좋지 않았던 모양입니다."

승호는 김이준이란 이름이 꽤 많이 세간에 오르내렸다고 설핏 기억했다. 항상 그 재능이 아깝고 천재의 단명이라고 여러 사람이 입방아를 찧던 걸 기억해 냈다. 승호가 들은 것에 따르면 김이준은 두 번 다시 없을 반항아로 유명했다가 흔적도 없이 사라졌었다고 했다. 그리고 몇 년 후 대한민국 대표 화가로 나타나 그 유명세를 제대로 떨쳐 보지 못하고 세상을 떠난 풍운아였다. 사람의 인연이란 하나의 거미줄같이 얽혀 있다더니 승호로서는 예상치 못한 일이었다.

"그런데 왜 소미는 그쪽 호적에 오르지 못했답니까?"

"그쪽은 소미 씨 존재 자체를 모르고 있답니다. 들리는 소문에 의하면 교통사고 당일 김이준 화백이 본가에 들렸다가 술집에서 만취한 채로 사라졌다고 합니다. 그리고 후에 안미선 씨가 여러 번 작고하신 회장님을 찾아가 교통사고에 대한 의혹은 해명해 달라 했지만 일반 교통사고였다고 합니다."

"정말 뭔가 있는 거 아닙니까?"

"저희가 알아본 바로는 그렇지 않습니다. 워낙 두 분 사이에 대한 반대도 심했고, 당시 김 화백의 그림을 판매할 수 없게 작고하신 회장님이 판로를 다 막아 경제적으로 많이 힘들었답니다. 그런 일들이 겹치면서 우발적으로 술을 마시고 운전했던 것 같습니다. 그 후에 안미선 씨에게 거액이 건너갔고 그 사건은 잠잠해졌답니다. 그리고 당시 임신한 사실은 작고하신 회장님도 안미선 씨 본인도 몰랐던 것 같습니다. 아무래도 안미선 씨가 아이를 뺏길지 모른다는 불안감에 임신한 채로 정신병원으로 도피한 게 아닌가 싶기도 합니다. 그 당시엔 그런 일이 흔했잖습니까? 게다가 세진 그룹이 원체 손이 귀한 집안이라고 알려졌고요."

승호가 살아보지 않은 그 시절엔 그런 일이 흔했다고들 한다. 사랑 하나만으로 살 수 없는 건 그 시대나 이 시대나 매한가지였다. 그리고 소미가 한 번도 아버지 그림을 보지 못했다던 이유를 승호는 알 것 같았다.

"김이준 화백 그림은 지금 나온 게 있나요?"

"작고하신 회장님이 워낙 김이준 화백의 활동을 싫어하셔서 유고전을 한다는 명목으로 모든 그림을 사들였다고 합니다. 안미선 씨도 한 점 가지고 있지 않고요. 그림은 모두 세진갤러리 창고에 있다고만 들었습니다."

"세진갤러리 측에 가격은 얼마든 좋으니 한두 작품 달라고 하세요. 개인적으로 그림 목록도 한번 보고 싶다는 언질 좀 주시고요. 빠른 시일 안에 구했으면 하는데 가능하겠습니까?"

"최선을 다하겠습니다."

"오늘 오후 일정은 느슨하지요?"

"네. 몇 개 부서 보고만 남았지만 저녁에 최 사장님과 JM호텔 중식당에서 일곱 시에 저녁 약속 있습니다."

윤 비서가 나가자 골똘히 생각하던 승호는 손목시계를 보며 나머지 일정을 확인했다. 그리고 비서들의 만류에도 불구하고 저녁 일정을 다 취소하고 소미에게 향했다. 비가 오는 오늘은 소미가 예전에 말했던 막걸리와 파전이 어떤 맛인지 궁금해졌다.

소미는 이번엔 아예 밖으로 끌고 나가려는 승호한테 버티고 버티다 결국 지고 말았다. 잊을 만하면 먹을 걸 잔뜩 들고 찾아와 쿡 찌르고 가는 승호에게 지쳤기도 하거니와 한여름에 내리는 습한 비가 기분을 축 처지게 만들어 그냥 나왔다. 소미가 입을 다물고 있는 대신 승호가 열심히 주절거렸다. 재미도 없고 전혀 궁금하지 않은 회사 얘기를 주절주절 늘어놓는 승호를 보며 소미는 그 노력이 참 가상하다 싶었다.

소미는 한참을 한 귀로 승호의 말을 들으며 요상한 자신의 마음이 성에 차지 않았다. 승호를 만나던 순간, 그리고 만날 때마다 흔들린다는 생각이 들었다. 다시는 절대 그런 확신도 없는 무의미한 시간에 빠진 사랑을 하지 않을 거라고 결심했는데 지금은 전혀 그렇지 않았다. 하지만 이대로 안 된다는 생각에 소미는 마음을 다

잡으려 부단히 애썼다. 다시는 상처받고 싶은 자기애가 더 발동하기를 바랐나.

서울에 이런 허름한 골목이 남아 있었는지 의문이 들 정도로 오래된 가게들을 지나쳐 차가 멈추었다. 승호는 우산을 받쳐 들고 느릿느릿 걷는 소미를 끌고 서울에서 가장 막걸리가 맛있다는 집 앞에 섰다.

"여긴 어디야?"

"예전에 네가 비 오는 날엔 막걸리와 파전을 먹어야 한다고 했잖아."

소미는 기억도 나지 않지만 승호가 그렇다니 그런가 했다. 이제 소미는 승호가 말하면 뭐든 토 달지 않기로 했다. 토 달고 따지면 따질수록 소미는 자꾸 승호에게 말려드는 것 같았다. 그 예전을 잘도 기억하는 승호가 지어내든 아니든 귀한 시간이었다는 걸 상기시켜 주는 건 나쁘지만은 않았다. 그 감정들은 같이 한 추억에 대한 애틋함이라고 할 수 있고, 동상이몽은 아니었다는 안도감일 수도 있었다.

한참 만에 나온 큼지막한 파전과 노란 주전자 앞에서 승호는 멀뚱멀뚱 쳐다만 보았다. 소미는 막걸리를 사발에 찰랑찰랑하게 따라주며 승호한테 피식 비웃어줬다.

"너 막걸리 처음 먹어보는 거지?"

"아니."

"에이, 자존심 세우지 말고. 너 만날 보리차 색 양주만 마셨잖

아. 그치?"

"그래. 처음이다. 왜?"

"내가 너한테 해주는 게 너무 많은 거 같아서. 처음은 대부분 나랑 했잖아."

"맞아. 내 처음엔 항상 네가 있지. 나한테 네가 얼마나 특별한지 이제 알겠냐?"

"하여간 무슨 말만 하면 그렇게 가져다 붙이지. 왜 아예 숨 쉬는 것도 나랑 처음으로 했다고 하지?"

"그 말도 맞는걸. 너랑 있으면 내 가슴이 숨 쉬는 것 같아."

"느끼해. 너 미국 물 너무 먹었나 봐. 나 느끼한 남자 싫어."

승호는 이제야 소미가 편안하게 웃으며 막걸리 한 사발을 쭉 들이키자 내내 긴장했던 등줄기가 풀렸다. 소미가 파전을 먹으며 별말 없이 앉아 있어도 승호는 마냥 웃음이 나왔다. 그렇게 바랐던 함께 마주할 수만 있어도 좋은 이 기분이 새록새록 즐거웠다. 얼큰하게 마신 소미의 볼에 홍조가 띠자 제법 승호의 말에 맞장구치며 깔깔거리도 했다.

"야, 민승호. 너 과대표 안 해봤지? 미국은 그런 거 없지 않냐? 난 대학 때 과대표도 해봤다. 완전 잘나갔어. 뭐, 지금도 엄청 잘나가지만. 참, 너 잡지 하나 사봐라. 나 인터뷰했었거든. 지난 것이긴 한데 구해봐. 기사 죽이게 나왔어. 나 이제 네가 넘볼 수 없는 그런 경지에 오른 예술인이야."

"그래? 아버님도 화가셨다더니 그 재능을 확실히 물려받았나 보네."

"그렇지. 이런 재능은 우리 아빠한테 물려받았다고밖에 설명이 안 되지. 그런데 아빠가 못 보시는 게 좀 그렇나. 화가가 돼서 그림을 판매해 보니 만약 아빠가 살아 계시면 이런저런 조언을 해줬을 텐데 싶은 아쉬움이 들어. 너도 이런 짓거리 그만 하고 아빠 말 잘 들어. 있을 때 잘하라잖아."

"아버님 보고 싶냐?"

"얘가 자꾸, 누가 아버님이야! 너 웃긴다. 에휴, 뭘 알아야 보고 싶지. 그냥 가끔 생각해 보면 막연한 그리움인 것 같아. 있으면 참 좋겠다 싶은. 내가 너 그래서 좋아했었잖아. 온몸을 감싸는 따뜻한 냄새가 꼭 아빠한테 날 것 같았거든. 우리 아빠는 아마 살아 계셨다면 너처럼 포근한 그런 분이셨을 거야."

"좋아하는 거지, 좋아했다가 뭐냐?"

"내가 같이 술 마셔주니까 좋아하는 줄 아는가 본데, 나 집에 갈래. 이런 오해 따위 원치 않아."

소미가 벌떡 일어나자 승호는 급하게 손목을 잡아 도로 앉혔다.

"알았어. 오해 안 할 테니까 그냥 마셔."

아주 말 한마디 한마디 뭐든 토 달아 거슬린다고 저리 까칠하게 구는 소미 때문에 승호는 갈피를 못 잡고 있었다. 오늘은 잘 풀리는가 싶더니 영 아닌 것도 같고, 소미가 도로 앉아 조잘거리는 걸 보니 또 기분이 풀린 듯해 승호는 에라 모르겠다는 심정으로 앞에 놓인 사발만 연방 들이켰다.

"참, 나 다음 달에 전시회 할 것 같아. 너 은근 잘나가는 집 아들인 거 아는데 전시회 첫날은 아무나 못 오는 거 알지? 아니다, 너

저번에 어떻게 왔니? 너도 그런 상류층이야?"

"상류층은 무슨, 돈 좀 있다고 다 상류층이냐. 그냥 아는 사람이 같이 가자고 해서 갔다. 왜?"

"그럼 그렇지. 그런 데는 막 진짜 돈 많아서 마빡에 튀는 대기업 여사님이나 회장님, 그런 부류들이나 대따 유명한 사람들이 오거든. 완전 비까번쩍이야. 오늘 술 샀으니 내 친히 초대해 줄게. 그렇다고 오해는 마. 그래도 내가 원체 정이 많아서 너 성공하라고 초대하는 거야. 관장님이 그랬는데. 사교계가 원래 그렇게 모여서 안면 트고 그런다더라."

소미는 아주 거대한 은혜를 베푸는 양 어깨에 잔뜩 힘주며 말했다, 그런 말을 듣는 승호는 코웃음이 나왔지만 기분 좋은 소미를 괜히 건드려 좋은 분위기를 깨기 싫었다. 시작은 미비할지 모르지만 승호는 이미 그 시작점을 지났다는 생각이 들었다. 다시금 이리 스며들어 젖으면 된다고 여기며 소미가 떠드는 상류층이란 사람들에 대해 연방 고개 끄덕이며 들어줬다.

소미는 매일 오지 않아도 꼭 여파를 남기고 가는 승호 때문에 허덕이고 있었다. 감정은 흔들리고 이성은 막고 오락가락 매일 뒤바뀌는 마음을 가지고 소미는 도저히 그림에 집중할 수 없어 전시회도 한 달가량 뒤로 밀었다. 지금까지 소미의 작업은 한 가지 주제를 잡으면 허리가 아작 나도록 단기간에 끝냈었다. 그만큼 그 느낌에 완벽히 빠져버려 한순간도 벗어나지 못하게 빠른 속도로 그렸었다. 전체적인 마무리엔 시간이 걸리더라도 집중만 한다면 중요한 부분을 그리는 것은 소미에게 어려운 일이 아니었다. 하지만 요새 붓만 잡았다 하면 온갖 생각들이 들면시 갈피를 못 잡았다. 한풀 꿰여 누그러진 마음이 승호에게 한 걸음 더 걸어가려 하고, 소미는 그 걸음이 싫어 막으려 하니 힘들 수밖에 없었다.

자정이 넘어 라면 하나 끓여 먹고 이젤 앞에 앉은 소미는 멍하니 캔버스만 뚫어지게 보며 한숨을 푹푹 쉬다 어렵게 붓을 들었다. 이보다 더 늦어지면 관장이 하루가 멀다 하고 쪼아댈 텐데, 되든 안 되든 소미는 해야만 했다. 그러나 그렇게 마음먹은 것도 잠시, 또 문을 발로 뻥뻥 차는 소리에 소미는 붓을 던져 버리고 짜증스럽게 일어났다.

"문이 무슨 축구공이야! 차기만 하면 열리는 참깨냐! 넌 시간 개념도 없어?"

소미는 신경질적으로 문을 확 열어젖히자 승호가 쓰러지듯이 소미에게 퍽 안겨왔다. 소미는 그 덩치를 피할 사이도 없이 받아내면서 그의 몸에서 확 풍기는 짙은 술 냄새에 멈칫했다. 여태 승호와 술을 많이 마셔봤지만 이렇게 제 발로 걷지 못하도록 정신을 놓은 걸 본 적이 없었다. 승호가 가쁜 숨을 내쉬며 소미를 꽉 끌어안자 소미는 문을 닫고 승호를 질질 끌며 안으로 들어왔다.

"민승호! 너 미쳤지."

소미는 안아 든 승호를 이리저리 흔들어보았지만 아무런 반응이 없었다. 이 상태로 여기까지 찾아온 것도 용하지만 왜 하필 여기인지 소미는 축 처져 무거운 승호를 침대에 눕혔다. 그리고 양복 상의와 신발을 벗겨내 물을 한 잔 먹여보려 했지만 머리조차 가누지 못해 포기해 버렸다. 신경질이 잔뜩 난 소미는 침대에 걸터앉아 엎어져 누운 승호의 등짝을 한 대 퍽 때렸다.

"술 마셨으면 집에 가야지 왜 여기 와서 이래? 나 밤에 일해. 너랑 달라서 밤에 일해야 밥 벌어 먹고 산다고. 제발 이렇게까지 괴롭히지 마라. 그나마 남은 정마저 떨어지려고 하니까!"

승호는 정신이 들어 알아듣는 건지 몸을 뒤척이며 거친 숨을 내쉬다 소미를 겨우 올려봤다. 게슴츠레한 눈으로 소미를 보던 승호는 다시 눈을 감았다.

"나 오토바이 타고 싶다. 오토바이 타고 날아가고 싶어. 훨훨, 저 멀리."

"타. 누가 타지 말라고 하니?"

"너."

승호는 손을 뻗어 소미 팔을 확 잡아 끌어당겼다. 소미는 앉은 채로 승호 가슴에 얼굴이 닿았다. 그리고 얇은 와이셔츠 닿은 소미 뺨은 그 옛날 승호가 사고로 난 긴 상처를 느꼈다. 이렇게 평생 지워지지 않는 것들이 있었다. 그리고 소미의 마음에도 지워지지 않는 것들이 있었다. 그것은 상처이고 그 이전은 부정할 수 없는 사랑이었다.

"다치면 너만 손해니까. 그래도 타고 싶으면 타. 괜히 내 핑계 대지 말고."

"왜 이리 세상엔 쉬운 게 하나 없니?"

"똥 싸는 것도 힘든데, 뭐든 쉽겠냐?"

"명언이다, 명언."

소미는 한참을 들썩이던 승호가 잠이 들자 일어나 에어컨 온도를 더 낮춰놓았다. 그리고 이젤 앞에 앉아 캔버스가 아닌 승호를 바라봤다. 예전엔 나무인형처럼 똑바로 누워 천장만 보고 자던 승호인데 오늘은 잔뜩 웅크리고 불편하게 자고 있었다. 더구나 자다가 뭐가 그리 괴롭고 억울한지 주먹으로 벽을 치며 울부짖어 소미는 깜짝깜짝 놀랐다.

소미는 불현듯 스쳐 간 느낌에 목탄지를 꺼내 캔버스 위에 붙였다. 그리고 빠른 손놀림으로 승호의 잠든 모습을 옮겨 그렸다. 웅크려 잠든 피곤에 지친 남자의 뒷모습, 소미는 대강 스케치해 놓고 좀 떨어져서 보니 미진한 느낌이 들었다. 한참을 이리저리 고심하던 소미는 다시 이젤 앞에 앉았다.

소미는 허리에서 전해져 오는 묵직한 통증을 더 견디지 못하고 일어나 깍지 낀 손을 쭉 올려 몸을 이리저리 움직였다. 굳었던 근육들이 풀리며 소미는 움직일 때마다 온몸이 다 쑤셨다. 그리고 고요한 밤의 진중함을 보려 소미가 암막을 걷자 환한 빛이 물밀듯이 들어왔다. 갑작스러운 아침 해가 의아한 소미는 침대맡에 걸린 시계를 보니 여덟 시가 훌쩍 넘어 있었다. 소미는 욕실에 들어가 손을 박박 씻고 승호를 깨우기 시작했다. 그러나 승호는 잠자는 왕자라도 된 듯 몇 번을 흔들었지만 낮게 앓는 소리만 낼 뿐 깰 기미가 없었다. 그러던 중 식탁의자에 걸린 양복 상의에서 휴대전화가 울리기 시작했다. 소미는 처음엔 무시했지만 끈질기게 울려대는 휴대전화에 질려 대신 받았다.

"여보세요?"

[민승호 전무님 휴대전화 아닙니까?]

"맞긴 맞는데, 지금 자거든요. 나중에 다시 전화하세요."

[아, 안녕하십니까? 전 민승호 전무님 직속 비서 윤기상입니다. 무리한 부탁이 아니라면 지금 전무님 좀 깨워주실 수 있겠습니까?]

"네. 잠시만 기다려 보세요."

소미는 전화 속 비서라는 남자가 괜한 오해할 것 같아 억울함에 승호 엉덩이를 발로 힘껏 걷어찼다. 그래도 별다른 반응이 없자 소미는 예전에 승호가 깨우듯 위에 올라타 몸으로 짓눌렀다. 한 번도 승호에게 되갚아준 적 없는데 기회다 싶은 소미는 한껏 힘을 줘 누르며 꼬집기까지 했다. 승호는 소스라치게 놀라며 벌떡 일어나 앉아선 잔뜩 인상 썼다.

"뭐야!"

"정신줄 놓았냐? 네 전화다."

소미는 휴대전화를 건네주고 순간 너무 가까이 붙어 앉아 있는 자신한테 화들짝 놀라 승호에게 떨어졌다. 승호는 얼떨결에 받은 휴대전화에서 다급한 윤 비서 목소리를 듣고 손목에 찬 시계를 보았다. 그러나 눈이 너무 뻑뻑해 뿌옇게 보였다.

"지금 몇 신데?"

[8시 45분입니다. 아무래도 9시 20분 회의는 시간상 어려울 듯한데, 10시 이후로 조정할까요?]

승호는 머리카락을 손으로 헤집어 뜯으며 멍멍한 정신을 차리려 애썼다. 어제 그동안 공들인 투자가 깨지고 눈앞에 닥친 실패를 받아들이지 못한 승호는 신낮 술을 마셨었디. 그리고 그 뒤의 기억은 머리를 완전히 드러낸 듯 끊겨 있었다.

"열 시도 어려울 것 같은데, 점심시간 후로 조정해서 다신 전화해. 그리고 지금 화실로 차 보내주고. 아, 열한 시에 회장님한테 보고하는 건 윤 비서가 대신하는 걸로 하지."

승호는 휴대전화를 바닥에 던져 놓고 침대에 앉아 고개를 숙이고 꾸벅꾸벅 졸았다. 소미는 그런 피곤에 찌든 승호를 더는 깨우고 싶지 않았다. 어차피 또 전화 오면 일어날 테고 왠지 처량해 보이기까지 하는 승호에게 자신까지 더 보태고 싶지 않았다. 한참을 앉은 채로 꾸벅꾸벅 졸던 승호는 초인종 소리에 벌떡 깼다. 그리고 소미는 기사의 손에서 옷가지가 든 쇼핑백을 받아다 승호에게 전해줬다.

"씻고 갈아입어. 특별히 오늘만이야. 너 자꾸 이러면 더 싫어져."

"나도 네가 싫다는 말하는 거 싫다. 너 말고도 나 싫다는 사람 숱해. 제발 너만이라도 그냥 넘어가 줘라."

승호가 크게 휘청거리며 일어나자 소미는 받아주려고 가까이 가다 말았다. 술 처먹고 정신 못 차리는 게 무슨 장한 일이라고 일일이 시중을 들어주는가 싶어 아까 그린 그림을 가려두었다. 그리고 또 줄기차게 울리는 휴대전화를 소미는 또 대신 받았다.

"지금 씻으러 들어갔어요. 한 십오 분 후에 다시 전화하세요."

[아, 제가 지금 회의 들어가야 해서 그러는데, 받아 적어주시겠

습니까?]

"제가 지금 손에 아무것도 안 들고 있거든요. 잠시만 기다리세요."

소미는 후다닥 볼펜과 종이를 찾으며 살다 살다 이젠 별일을 다한다고 투덜대면서 식탁 앞에 앉았다. 그리고 잠시 전화기 너머 희미하게 들리는 정신없는 소리를 엿들었다.

[아냐, 무조건 다음 주로 넘겨. 내일은 안 돼. 전무님도 사람인데 그럴 수 있지 뭐 그리 불만들이야! 오늘 중공업 운반 설비팀 회의는 저녁 여덟 시로 옮기고 팀별 보고는 무조건 이십 분 압축해. 참, 오후 재단 이사장 인터뷰 참석하게 시간 잘 조정해.]

"저기요. 이제 말씀하셔도 되는데요."

윤 비서가 불러주는 대로 소미는 다 받아 적으면서 어쩜 이동시간까지 분 단위로 계산해 일정을 만드는지 어이없었다. 전화를 끊고 소미는 빽빽이 받아 적은 종이를 골똘히 보았다. 소미가 아는 한 승호는 언제나 자유롭고 싶어했었다. 소미는 왜 이렇게까지 숨막히는 생활을 하는지 승호가 애처로웠다. 소미는 아까 기사가 전해주고 간 옷가지들 외에 딸려온 죽을 꺼내 식탁에 차렸다. 비서실은 원래 별일을 다 한다고 들었지만 식사까지 챙겨 보낸 걸 보니 왠지 희순이 생각나 짠했다.

"죽 먹어. 네 비서님께서 친히 챙겨 보내주셨다."

소미는 욕실에서 나온 승호를 부르다 잠시 눈을 반짝이며 쳐다봤다. 그 부스스한 모습은 어디로 사라지고 잡지에서 튀어나온 듯 완벽히 말끔함 그 자체였다. 소미는 양복 입은 남자에게 환상이 있었는지 승호의 잘빠진 선을 훑어보다 침이 꼴깍 넘어갔다. 그리고 죽을 먹는 승호를 가만히 보던 소미는 이런저런 생각 끝에 급격히 기분이 나빠졌다.

"넌 여자도 없니?"

"뭔 뜬금없는 소리야?"

"그렇게 술 마셨을 때 안아주고, 밥 차려주고, 챙겨주는 뭐 그런 정도는 있어야 하는 거 아냐? 너 되게 잘나가잖아. 있는 사람들은 그런 여자 두지 않아? 여태 네가 혼자였을 리도 없고 술 먹고 잘못 찾아온 게 아닌가 싶어서. 있어도 내 알 바는 아니지만."

승호는 까끌까끌한 입맛에 억지로 먹던 수저를 탁 놓으며 굳은 표정으로 소미를 보았다. 소미는 승호가 그러든 말든 비아냥거리며 말했다.

"더 먹어. 난 다른 여자들이랑 달라서 이런 거 손수 챙겨주지도 못하는데."

"아무리 내 진심이 거짓 같더라도 지저분하게 함부로 말하지 마."

승호가 정색하며 일어나자 소미는 지나쳤다는 생각이 들었다. 처음엔 그저 돈 많은 건설회사 아들 정도로만 알았던 승호가 갑자기 대기업 후계자라는 걸 눈치 챈 소미는 황당하고 언짢았다. 그래서 그리 대단해 감히 쳐다보기도 힘든 승호에게 꼬인 마음으로 잔뜩 빈정거렸다. 소미는 문을 열려는 승호를 후다닥 쫓아가 팔을 잡았다.

"말이 심했어, 미안."

"됐어."

"사과하면 받아줘야 할 거 아냐?"

"알았다고! 나중에 봐."

"더 안 봐! 오지 마!"

소미는 문이 쾅 닫히며 승호가 사라지자 허탈했다. 잔뜩 꼬이고 꼬인 꽈배기처럼 승호 행동 하나하나가 다 가식 같았다. 지금까지 봐온 승호가 그랬을 리 없겠지만 왠지 계층에 덜컥 걸린 기분이었다. 재벌이란 소미의 그림을 사주는 그런 사람들이었는데 승호도 그런 사람들 중 하나라는 생각이 들자 승호가 너무 멀게 느껴졌다.

소미는 식탁에 놓인 죽을 쓰레기통에 버리고 생전 남자가 쓴 적 없는 욕실을 청소하러 들어갔다. 그러나 욕실은 소미가 쓰던 그대로 물기도 없이 깨끗했다. 아무리 깔끔 떠는 걸 즐기는 승호지만 이건 너무 이질적이었다. 돌아 나오던 소미는 세면대 위에 올려져 있는 지갑과 시계를 보았다. 반짝거리는 지갑과 허연 보석이 박혀 있는 영문 상표 시계가 함부로 만졌다간 수억은 물어줘야 할 것들로 보였다.

소미는 단연코 한 사람을 바라보는데 그 사람이 아닌 그 사람을 둘러싼 부수적인 것들에 영향 받는다고 생각지 않았었다. 그러나 막상 거대한 재벌이란 배경이 승호 뒤에 놓여 있으니 어렵게 느껴졌다. 그리고 이제야 왜 그리 승호가 발버둥 치며 힘겨워하는지 알 듯했다. 아마도 승호도 이런 걸 염두에 두고 있기에 지금까지 그저 아버지가 두려운 존재라고만 소미에게 말했었던 듯했다. 그때 헤어지지 않았다면 어땠을지 생각하니 소미는 아찔했다. 소미가 만난 상류층은 좋은 사람들이지만 그들의 특권외시에 치를 떨었던 적이 한두 번이 아니었다. 차라리 이렇게 된 것이 다행이라고 마음을 털어내던 소미는 아무 생각 없이 지갑을 열어보았다. 확 펼쳐진 지갑엔 이미 오래전 소미가 버린 사진 한 장이 끼워져 있었다. 허드슨 강 유람선에서 둘이 다정히 찍은 이 단 두 장뿐인 사진은 약간 빛이 바랬지만 여전히 그때를 간직하고 있었다. 소미는 울컥 눈시울이 붉혀졌다. 진심이 이런 것일까, 하루에도 여러 번 들춰보는 지갑 안에 이 사진이 고이 놓여 있는 걸 보니 반가움이 들어 뜨거운 숨이 가슴에서 터져 나왔다.

"그랬구나. 나는 다 버려서 아무것도 남기지 않았는데, 넌 그랬구나."

사진 속에서 밝게 웃는 승호를 보며 소미는 왜 이 진심이 마음을 파고드는지 속상했다. 그리고 그렇게 대단한 집 아들은 쉽게 사랑을 나눌 수 없다는 것도 소미의 가슴에 한줄기 상처로 그어졌다. 그리고 왜 이제야 모든 게 다 보이는지 눈치 없는 자신이 속상했다. 소미는 무엇을 위해 그리 승호가 혹사하고 있는지 알 거 같은 머릿속을 흩뜨려 놓고 싶었다. 욕실에 주저앉아 그저 넋 놓고 사진만 보던 소미는 초인종 소리에 느릿느릿 걸어가 힘없이 문을 열자 옅은 웃음을 짓는 승호가 문 앞에 서 있었다.

"지갑하고 시계 놓고 갔어. 욕실에 있을 거야."

"정말 그것만 가지러 왔어?"

"아니, 미안하다는 말하려고. 혹시 기분 상했으면 풀어."

승호가 저자세로 나오자 할 말을 잃은 소미는 문을 열어놓은 채 욕실로 가 지갑과 시계를 들고 왔다. 그리고 승호는 문을 닫고 안으로 들어와 소미를 기다리고 있었다.

"네 진심이란 건 어떤 거니? 다 까발려 내 앞에 가져다 놓고 품평회라도 할 수 있는 거니? 네 진심은 눈으로 보이는 거니?"

소미는 묵묵히 서 있는 승호의 손에 물건을 넘겨주며 물었다. 승호에 대해 다 알고 있다고 믿었지만 소미는 막상 아는 게 없었다. 승호가 말하는 그 진심이 옛날의 사랑에 매달린 미련인지, 흐르고 흘러 돌아온 사랑인지, 소미는 명확히 알지 못했다.

"안소미, 화났어? 나 지금 시간이 촉박해 그냥 가는데, 화내지 마. 안 그래도 나 요새 좀 지친다."

승호는 손목에 시계를 차며 시각을 확인하고 돌아섰다. 그리고 손잡이를 돌려 나가려는데 소미의 잔뜩 가라앉은 목소리에 발걸음이 잡혔다.

"화난 거 아냐. 모르겠어. 네가 누군지, 네 진심이란 어디에 머물고 있는지, 네가 왜 지금 그러고 사는지."

승호는 돌아서서 혼란스러워하는 소미를 애틋한 눈길로 봤다.

'난 승호고 내 진심은 네게 머물고 있어. 내가 이렇게 사는 건 너와 함께하고 싶어서. 그게 전부야. 나한테는 네가 전부야.'

승호는 감춰진 진실을 말하고 싶었지만 소미가 아직 한 발자국도 다가오지 않아 그만두었다. 그리고 소미가 편해지라고 씩 웃고 말았다.

"그렇게 웃지 마. 그런 눈으로 그렇게 아무렇지 않은 듯 웃지

마. 내 눈에 너 슬퍼 보여."

"소미야, 나 한 번만 안아줄래. 그냥 내기 한 번 꽉 안아주면 기운이 날 것 같아."

소미는 주저하다가 두 팔 활짝 벌린 승호를 살짝 안아 등을 두들겨 주었다. 그러나 그런 소미를 놓치지 않고 승호는 두 팔로 꽉 안아 들었다. 소미는 대롱거리는 다리가 어색해 떨어지려고 몸부림쳤지만 소용없었다. 소미는 흔들리는 감정에 그저 딱 한 번이라고 변명하며 대롱거리는 다리를 승호 허리에 둘렀다. 그 예전처럼 승호는 여전히 따뜻하고 포근했다. 여전히 소미가 그토록 좋아하던 아빠 냄새가 승호에게 진하게 났다. 여전히 소미를 간질거리게 하는 승호였다. 그리고 그 예전처럼 소미는 승호 어깨에 얼굴을 묻었다.

"내 진심은 네가 보는 게 전부야. 네가 보는 그대로 믿어."

"넌 누굴 위해 사니? 왜 그렇게 살아? 널 위해서 살아."

"널 위해서, 널 갖고 싶어서, 네가 예전에 네 행복을 찾아 미국에 왔듯이 나도 이제 내 행복을 찾아 여기에 왔어. 믿지 않겠지만 널 사랑해, 여전히."

소미는 귓가에 달콤히 속삭이는 승호 때문에 눈물이 날 것 같다. 승호는 이제 움직이는 소미의 마음이 보이는 것 같았다. 그리고 이 진심은 꼭 소미에게 통하리라 믿었다. 늦었지만 언제나 그리워하고 갈구하던 그 행복이 가슴속에 차오르는 거 같았다.

"내가 보이는 대로 믿으라면 넌 영원히 끝인 마침표일 뿐이야. 근데 그 마침표에서 자꾸만 작은 선이 새어나오는 것 같아. 정말 모르겠다. 난 왜 이리 헷갈리니?"

승호는 대답 대신 소미를 안아 든 팔에 힘을 줘 더 꽉 끌어안았다. 어제는 바닥을 치며 땅으로 기어들어 가던 자신감이 다시 치고 올라왔다. 이렇게 다시 또 소미를 안을 수 있으려면 승호는 또 움직여야 했다. 그러나 아주 잠시 승호는 눈을 감고 벅찬 가슴을 그대로 느꼈다. 승호는 이 순간이 울컥할 정도로 행복했다.

"예전에 너보고 애들이 승호코알라고 했던 말 생각난다. 지금 이 모양새가 그렇잖아. 네가 헷갈리고 싶은 만큼 헷갈려. 그리고 나한테만 돌아와. 너 하나만을 위해 지금껏 버텼어. 네가 없다면 아무 소용 없는 것들에 난 집착하고 있어. 네가 돌아오면 완벽하게 만들어주고 싶어서 나 노력하고 있어. 그러니 좀 너그럽게 봐줘라. 우리 이렇게 안고 있는 만큼 가깝잖아."

소미는 포근했던 승호에게 싸늘히 식은 마음을 다잡으며 떨어져 마주 보았다. 승호가 싱그런 웃음으로 소미를 달래려 했다. 소미는 이쯤에서 마음이 약해져 승호를 봐줘도 될 듯하지만 아무런 확신도 없었다. 승호에겐 미안하지만 그 반가운 진심이 그저 반가울 뿐이었다. 소미는 그만 떨어져 내려오려고 승호에게 두른 팔을 풀지만 승호는 놓아주지 않았다.

"나 너 사랑하지 않아. 이렇게 자연스럽게 너에게 안길 수 있는 건 익숙한 것 이상도 이하도 아냐."

"어쩌면 네 가슴에 내가 남아 있을지도 몰라. 아니라고 그렇게 단정하지 마. 자꾸 단정하니까 정말 없다고 느끼는 거야."

"전혀. 사랑이란 감정은 없지만 친구로서, 그리고 한때 상처 줬던 너에 대한 다른 선 있어. 됐니? 이제 놔줘."

승호는 또다시 원점으로 돌아간 소미를 서칠게 내려놓고 돌아섰다. 승호는 이리 애원하고 노력하는데 너무 냉정하게 잘라 버리는 소미에게 화가 치밀었다. 물론 승호는 이보다 더한 벽을 예상했지만 막상 만나고 함께하는 그 짧은 시간에 진전이 있기 바라는 욕심이 들었다. 그리고 그 욕심이 아예 이루어지지 않을 것 같단 생각에 불안이 밀려왔다.

"나중에 다시 얘기하자. 간다."

"가, 가서 다시는 오지 마. 너는 너대로 나는 나대로 이렇게 살면 그만인 거야. 잘난 상류층은 잘난 상류층끼리 놀면 되고 나는 나대로 맞는 상대랑 살 거야. 너처럼 돈 많아 넘치는 놈들하고는 안 놀아!"

승호가 갑자기 돌아서 밀치자 소미는 딱딱한 벽에 등이 쾅 부딪쳤다. 승호는 잔뜩 굳은 표정으로 입술을 깨물며 화를 삭이고 있었다. 소미는 이렇게까지 참는 승호에게 미안한 감정이 들었다.

"상류층? 넌 날 그렇게 봤니? 너도 날 그렇게 봤어? 민승호가 아니라 그런 꼬리표가 눈에 들어왔니!"

"아니, 이전엔 민승호만 봤어. 하지만 지금은 아냐! 그 꼬리표가 전부야! 나도 눈이 있고 귀가 있는 사람이야. 뭉뚱그려 말할 때는 그냥 집안에 특이한 사정이 있는가 했어. 근데 나 오늘 알아버렸어. 넌 나랑 너무 달라. 애초에 안 되는 거였기에 내가 상처받은 거야! 그래서 이전에 우린 끝난 거라고!"

승호는 지금 소미가 하는 말을 정확히 이해했다. 그리고 치미는 화를 참지 못해 소미를 앞에 두고 주먹으로 벽을 내리쳤다.

쿵, 쿵, 쿵.

승호는 벽을 몇 번이나 치며 이젠 별게 다 막아서 소미와의 사이를 답답하게 만들었다. 그딴 것들은 이전에도 승호에게 있었고, 지금도 있다. 소미에게 번번이 거부당하던 승호는 끝내 최악의 상황에서 분이 터졌다.

"너! 뭐야? 난 비폭력 간디 추앙자야!"

"나? 민승호야. 애초에 그딴 꼬리표 따위는 네 앞에 없었어."

"웃겨. 내가 모르고 있던 거지 아예 없던 건 아니잖아."

"그래? 어쩌냐, 곧 있으면 그딴 꼬리표도 다 네 것이 될 텐데. 왜 그건 싫어? 그런 다 떼어내고 다시 오면 그때는 나 받아줄 거야? 그럼 당장 가서 버리고 올게. 그게 네가 원하는 거면 당장 할 수 있어. 너만 원한다면."

"원하지 않아. 그냥 너 혼자 잘살면 그만인 거야. 제발 나 좀 그만 흔들어. 나 괴롭다고! 진짜 마음이 찢어질 듯 괴로워. 너 때문에 괴로워. 내가 왜 너 때문에 괴로워야 해? 뭘 잘못했다고? 이건 아니야. 그냥 우리 서로 모른 척하고 살자."

승호는 능청스럽게 웃으며 소미에게 한 걸음 가까이 다가갔다. 소미는 너무 가까이 다가온 승호와 얼굴이 맞닿았다. 그리고 승호는 옆으로 비켜서려는 소미의 양 팔을 붙들었다. 소미가 움직일수록 승호 손에 꽉 잡힌 팔뚝은 압력에 아팠다.

"맘껏 괴로워해. 그게 내가 원하는 거야."

"그래? 그럼 무시할래. 민승호 자체를 완전히 싹 다 무시해 줄

게. 그럼 되는 거 아냐?"

소미는 매섭게 쏘아보는 승호가 낯설었다. 그리고 마음과 다르게 자꾸 녹하게 뱉어지는 말에 당황스러웠다. 꼬이고 꼬여 풀기 힘든 그런 짜증스러운 감정들이 소미를 마구 흔들어 조증이 난 거 같았다.

"안소미, 나만 보던 네가 있어서 기를 쓰고 한국으로 돌아온 거야."

승호는 한 걸음 더 다가가 몸을 딱 붙이고 소미의 귓가에 자잘한 입맞춤을 했다. 그리고 혀로 살살 핥으며 아예 소미가 움직이지 못하도록 안아 옭아맸다. 승호의 혀가 귀를 스치고 지나가며 뜨거운 숨으로 덮자 소미는 찌릿찌릿 온몸을 타고 도는 그 느낌이 되살아나 일렁거렸다. 여기서 더 승호가 건드린다면 소미는 다잡은 마음이 무너질 것 같았다. 소미가 온몸을 비틀며 빠져나가려 몸부림치자 승호는 소미 귓가에 바짝 입술을 대고 낮게 속삭였다.

"네가 싫든 좋든 난 포기 안 해. 네 마음이 오지 않으면 몸이라도 가져다 내 옆에 둘 거야. 네 어머니, 내 아버지, 내 큰어머니, 그리고 나머지도 다 내가 알아서 해. 그러니 넌 가만히 있어. 가만 있기 싫으면 마음이라도 움직이든지. 그리고 상처 주는 말도 좀 작작해."

승호가 나가는 소리를 들은 소미는 바닥에 주저앉아 한동안 일어나지 못했다. 승호는 잔잔한 호수같이 소미가 들끓어 올라도 언제나 받아주기만 했었다. 그래서 승호가 저토록 간절한 마음을 가지고 있지 않다고 소미는 굳게 믿었다. 그 믿음이 깨지자 소미는 서서히 승호가 보이리라 말했던 진심이 가슴속에 퍼지기 시작했다.

"그래, 난 가만히 있을 거야. 그냥 가만히만. 어디 네 뜻대로 되나 해봐."

소미는 다시 일어나 이젤 앞에 앉아서 마저 그리지 못했던 그림에 미진했던 부분을 찾았다. 그리고 지쳐 웅크리고 있던 승호의 발목에 길디 긴 꼬리표를 달아주었다. 소미는 해가 지는 것도 모른 채 다 잊고 싶은 심정으로 그림에만 매달렸다.

승호는 일부러 며칠이 지나도록 소미를 찾아가지 않았다. 그렇게까지 승호가 악수를 두며 소미를 건드려 놨는데 그녀가 요동치는 자신의 마음을 스스로 느꼈으면 했다. 소미에게 보이지 않아 잊히는 그런 얕은 감정이 남아 있는 것이라면 승호가 더는 어찌할 수 없는 것이었다. 마음이란 누가 강요하고 윽박질러 밀어붙인다고 되는 게 아니었다. 시간을 두고 소미가 얻어낼 감정에 승호는 도박처럼 앞일을 걸었다.

회사에 들른 민 회장은 처음으로 승호 사무실로 향했다. 항상 회장실로 불러들이던 민 회장은 불시에 승호 사무실로 들어서자 비서진들이 일제히 일어나 맞았다. 그러나 민 회장은 비서들을 만류하고 조용히 승호가 머무는 전무실 문을 열었다. 슬며시 열린 문 안으로 들어선 민 회장 눈엔 창밖을 하염없이 내려 보며 인기척도 모른 채 담배를 태우는 승호가 보였다. 저 나이에 저 자리라면 신이 나 날뛰어도 모자랄 판에 뭐 그리 세상 근심 다 지고 있는 사람처럼 어두운 승호가 민 회상 마음에 딕 길렀다.

"기획실이 한가한가 보구나."

민 회장의 낮은 음성에 승호는 황급히 담배를 끄고 자리에서 일어났다. 민 회장은 소파에 앉아 차가 들어올 때까지 승호를 살펴보았다. 한국에 들어왔을 때는 활짝 핀 꽃 같더니만 그새 꺾인 꽃 같았다. 자식이 하나만 더 있었다면 싶은 욕심이 든 민 회장은 승호가 마땅치 않은 표정이 역력했다.

"중장비를 다 팔아치우겠다고?"

"재고를 껴안고 있어야 뭐 하겠습니까? 적은 이윤이라도 박리다매를 취하는 게 자금 흐름에는 더 낫습니다. 어차피 창고에 있는 거 최고의 제품도 아니면서 군이 끌어안을 필요는 없어 보입니다."

"갑자기 가격을 내리면 경쟁사에서 가만있지 않을 텐데?"

"이미 시기를 놓친 제품들에 대해서만 한정적인 가격조정이라 크게 문제될 부분은 없습니다. 만약 문제가 된다면 그쪽도 가격조정을 하겠죠. 담합이라도 했던 제품이라면 모를까 눈치 볼 필요는 없는 일입니다."

민 회장은 제법 그럴싸한 대답을 하는 승호에게 차를 마시며 보고를 들었다. 그리고 이제 여기에 찾아온 진짜 이유를 꺼냈다.

"여자가 생겼다고?"

승호는 흠칫 놀랐지만 티내지 않으려 앞에 놓인 서류를 정리하는 척 손을 분주히 움직였다. 승호 나이는 이제 서른이 넘었고, 한 회사를 책임지는 경영진이었다. 그러나 아직도 승호의 사생활은 민 회장의 손아귀에 있었다. 승호는 듣지 않은 듯 자리에서 일어나려 하자 민 회장이 다시 입을 열었다.

"일부러 누군지 알아보지 않았다. 아직 그 정도는 나이 먹은 아들을 위해 놔뒀으니 알아서 정리해라. 네 어머니가 좋은 자리 알아보고 있다던데 왜 만나보지 않는 게냐?"

승호는 지극히 사적인 부분을 아버지와 나누고 싶지 않았다. 이미 부자간의 관계는 끝이 났는데 아버지라고 나서는 것이 승호는 불쾌했다.

"제가 만나봐야 할 사람들이 아니더군요. 제 인생은 제 것입니다. 이 자리를 오르기 전까지 아버지 것이었다면 이제부터는 제 것입니다. 그러니 더는 나서지 않으시길 바랍니다."

"네 인생은 언제나 네 것이었다. 내가 언제 네 인생을 내 것이라고 하더냐. 하지만 여자는 안 된다. 여자는 어차피 널 위한 언덕이 돼줄 뿐이야. 더 속 썩이지 말고 좋은 자리 있으면 해라."

"제 사랑을 꺾는 건 한 번으로 충분합니다. 두 번 그러신다면 저도 이제는 가만있지 않습니다. 이만큼 키워놓으셨으면 그 정도는 각오하셨을 텐데요?"

"내가 꼭 나서길 원한다면 그리하지."

승호는 주먹을 꽉 움켜쥐고 숨을 고르며 애써 담담한 척했다. 어차피 이제부터 넘어서야 할 벽이었다. 이 벽만 넘는다고 다 되는 것도 아니었다. 그러나 승호는 하나만 넘으면 결국 다 넘게 될 거라 여겼다.

"나서시면 제가 가만있을 거라고 생각하십니까? 전 이제 이 그룹의 일부를 손아귀에 쥐었습니다. 애초에 경영권 일부를 떼어주셨으니 그것이 없어져도 되는 게 아니라면 그냥 두시죠. 제가 손아귀에 쥐었다고 집착이나 미련이 있을 거라고 생각하셨으면 잘못 보신 겁니다. 전 언제든지 이 손에 쥔 것을 놓을 준비를 하고 있습니다."

민 회장은 생각보다 거칠게 나오는 승호 때문에 당혹스러웠다. 말 잘 듣는 아들 노릇을 하려나 싶었던 승호가 이렇게 별것도 아닌 부분에 날을 세우며 덤벼들지 몰랐다.

"얼마나 대단한 사랑이기에?"

"아버지가 한 사랑보다는 대단합니다."

"너도 내 사랑을 꺾어놓기는 마찬가지였다. 너만 생기지 않았다면 네 친모와 헤어질 이유가 없었어. 내가 널 애처롭게 본 이유는 다 네 친모 때문이다."

"그러셨습니까? 그리 사랑하셔서 평생 정부로 숨겨두고 싶으셨습니까? 저는 아버지가 그걸 사랑이라고 부른다는 게 놀랍습니다. 전 아버지와 다릅니다. 애초에 다르게 태어났으니 다르게 살 겁니다."

"나만 원한 게 아니라 네 친모도 그러길 원했다. 내 회사를 위험에 빠뜨리면서 아내를 버리고 네 친모를 붙잡을 수는 없는 일이었다. 너만 낳지 않겠다고 했다면 평생 옆에 둘 수도 있었을 게다. 그러니 이쯤에서 그만 반목하자꾸나. 너도 나도 가지지 못하는 게 있다."

승호는 그 사랑에 목맨 친어머니만 결국 불쌍했다는 생각이 더 진해졌다. 그래도 이제는 할머니가 돌아가셔 죽어도 쉬지 못하던 영혼이 자유로워진 것에 승호는 만족했다. 더는 친어머니에게 마음이 쓰이지 않았다. 그건 친어머니가 잘못된 사랑을 선택한 대가였고 그 후에 승호가 남은 대가를 받으며 컸다.

승호가 어릴 때 큰 소리로 울면 큰어머니에게 뺨을 맞는 일이 다반사였다. 유치원에 다니면서 우는 친구를 달래려 집에서 당하던 대로 승호가 뺨을 때렸고 당연히 선생한테 혼났었다. 그때 승호는 자연스럽게 그리 달래주는 게 맞다면 큰어머니가 항상 그런다고 해서 집이 발칵 뒤집혔었다. 그렇게 큰 승호가 아직 어머니의 죗값을 덜 받았다면 부모를 선택하지 못하고 태어난 승호의 억울함은 언제쯤이란 풀릴 기미조차 없었다.

"아버지는 사랑을 가지지 못했을지 몰라도 전 가질 겁니다. 아버지에게 회사가 목숨이라면 전 사랑이 목숨입니다. 다르다는 걸 인정하시면 다 가지실 수 있으나 틀리다고 생각하시면 다 버리시는 겁니다."

민 회장은 노기가 가득한 표정으로 자리를 박차고 일어났다. 비틀거리는 민 회장을 부축하는 승호 얼굴엔 묘한 웃음이 지어졌다. 이제 승호는 원하는 대로 소미 일을 풀어갈 생각이었다. 승호는 아버지를 엘리베이터 앞까지 마중하고 돌아와 윤 비서와 마주 앉았다.

"갤러리나 희망 구매자가 있으면 안소미 씨 그림 전부 다 처분하세요. 대신 우리가 판매자라는 건 감춰야 하니 세탁을 하셔도 되고, 아니면 믿을 만한 중개인을 포섭하시는 것도 염두에 두세요. 아, 너무 한꺼번에 내놓으면 가치가 떨어질 수 있으니 기간을 두면서 합시다. 그리고 김 화백 그림은 아직입니까?"

"세진갤러리 측에서 가격을 너무 높게 책정해서 조정 중입니다."

"아니, 그냥 부르는 대로 사들이세요. 괜히 조정한다고 시간 끌다가 말 많아져 밖으로 새어나가면 것도 낭패입니다. 내 개인자금은 어디서 관리하죠?"

"총무부에서 따로 관리하고 있습니다."

"조만간 명예회장님이 그 내역을 찾으실 겁니다. 그쪽 직원에게 알아서 조정해서 명예회장에게 이전 기록이 빠져나가지 않도록 보안에 철저히 신경 쓰도록 하세요. 특히 그림 구매 내역이 알려지면 곤란합니다. 아시죠?"

승호의 지시에 따르던 윤 비서는 당혹한 표정으로 어렵게 입을 떼었다.

"명예회장님이 안소미 씨에 대해 아신다면 좋게 마무리되지 않을 듯한데 전무님도 이쯤에서 그만두시는 게 어떠십니까? 안소미 씨와 별다른 진전이 없다는 걸로 아는데, 이러다 전무님만 다치실까 봐 아랫사람으로서 걱정이 듭니다."

"윤 비서는 사랑해 보셨습니까?"

승호는 담배 한 대를 손에 들고 불을 붙이며 물었다. 그리고 윤비서는 침묵을 지켰다.

"기회가 없었습니다."

"언젠가 해보시면 지금의 절 이해하실 겁니다. 개인적인 일에 묵묵히 도와주시는 것 고맙게 생각합니다. 그에 따른 보상은 따로 생각해 두고 있고요. 이렇게 지지부진하면 멈춰야 할 것도 같은데, 제 마음은 이리도 무모한가 봅니다. 마음이 멈춰지지가 않아요."

윤 비서가 나가고 승호는 목이 바짝 마르도록 담배만 태웠다. 소미를 가지고 싶고 지켜야 하는 승호는 단 한 순간도 마음 놓고 지낼 수 없었다. 사방이 다 승호를 향해 날 선 칼을 세우며 찌를 태세인 듯했다. 이럴 때 소미라도 따뜻하게 자신을 보듬어준다면 승호는 조금은 편안해질 것 같았다.

희순은 간만에 한가한 광란의 금요일 밤을 소미와 보내려 화실을 찾았다. 그리고 이내 광란을 포기하고 입이 댓발 나온 채 식탁 앞에 앉아 있었다. 소미는 온갖 재료를 가지고 부대찌개를 만든다고 분주하게 움직였다. 소미가 할 줄 아는 게 없으니 잡탕을 멋들어지게 부대찌개라 부르며 되는 대로 다 넣고 끓기만 기다렸다. 그런 소미를 한참이나 지켜보던 희순은 어딘가 어긋난 느낌이 들었다. 잔뜩 죽상을 하고 일부러 조잘거리는 소미를 보니 분명 승호가 나타난 반응이 슬슬 보이는 거라고 희순은 확신했다. 희순이 찌개를 먹는 둥 마는 둥 눈치를 살피자 소미는 빽 소리를 질렀다.

"야! 팍팍 퍼먹어. 비서실에서 일하는 네가 하도 짠해서 백만 년 만에 친히 요리를 했는데, 맛없어도 먹어주는 척은 해야 하는 거 아냐?"

"백만 년 만에 요리도 하시고 참 오래도 사셨습니다. 네가 갑자기 왜 나의 이 고달픔에 깊은 동조를 하고 그러냐. 뭔 일 있었어?"

"있기는. 소주 한 잔 할래? 냉동고에 넣어놓은 사각사각 살얼음 낀 소주 있는데, 어때? 입질이 슬슬 오냐?"

희순은 피식 웃으며 소미가 꺼내온 소주 밑동을 팔꿈치로 탁 치고 흔들었다. 희순이 잔이 넘치기 직전까지 가득 술을 따르자 둘은 잔을 부딪치며 꺾지 않고 단번에 마셨다. 이가 시릴 정도로 짜릿한 소주를 마시고 난 뒤 둘은 숟가락을 들어 찌개를 떠먹었다.

"만날 전시회에 꼽사리로 그림 몇 점 내놓다가 드디어 안소미가 개인전을 하는구나. 나, 차희순, 감개무량하다."

"그럼. 이제 나의 시대가 온 거야. 이제 이 위대한 안소미 화가의 작품이 미술계를 또 뜨겁게 달굴 것이다. 기대해 봐."

"몇 점 전시해?"

"14점. 그중에 반만 팔려도 성공이야."

"이번엔 호평만 받아라. 소심해 괜한 혹평으로 또 엎어지지 말고, 내가 아주 너 전시회 참여한다고 할 때마다 얼마나 맘을 졸였는지 알아?"

"죽어라 일했는데 누가 너 일 못한다고 엄청 구박해 봐. 속 뒤집히고 드러눕고 싶지. 사람 마음 다 똑같은 거야. 특히나 그림은 그런 비평이 값을 좌우하니 더하지. 한 점이라도 더 팔고 더 보여줘야 하는데, 혹평이 쏟아지면 전시 기간도 줄어들고. 이번엔 잘될 거야. 느낌이 좋아."

소미는 자신 있는 듯 웃어 보였지만 속은 그렇지 않았다. 그동안

다른 화가들과 경쟁적으로 그림을 전시하는 것과 다르게 소미 작품만 감상하러 와야 했다. 아무리 자신감이 넘치더라도 공들인 작품에 성적을 매겨야 하는 순간은 누구에게나 떨리기 마련이었다.

"너 아직도 바닥에 쭈그려 앉아 그리지? 나 고거 한 장 찍어서 인터넷에 올려야 하는데. 완전 모양새 빠지는 화가로 대박칠 거 같지 않냐?"

소미가 처음 이 화실을 마련했을 때 들린 희순은 의아했었다. 최소한의 가구만 들여놓고 텅텅 빈 화실에서 소미는 바닥에 캔버스를 펼쳐 놓고 쭈그려 앉아 그리고 있었다. 또 어느 때엔 벽에 세워놓고 까치발을 들어 그리는 경우도 있었다. 희순은 그동안 자기가 가진 화가의 우아한 작업에 대한 상상이 소미로 인해 확 깨졌다. 희순이 그동안 상상하던 화가의 작업은 고상한 음악을 들으며 이젤 앞에 앉아 정적인 작업을 하는 작가였다. 그러나 소미가 캔버스 주변을 이리저리 옮겨 다니며 그리는 동적인 작업은 희순에게 낯설었다. 화폭이 커 어쩔 수 없다지만 소미의 작업은 이전의 것들과 확연히 달랐다. 그래서 희순은 그런 소미의 그림에 극과 극의 반응을 보이는 것 또한 기존의 것을 탈피해 진보하는 것으로 이해하고 있었다.

"너 은근 내 그림을 못 믿는 눈치인데, 시대를 앞서 가는 예술인에게 그럼 못써!"

"난 네 그림 어려워. 주제도 모호하고 색감도 너무 화려해. 보면 뭘까, 좀 복잡해져."

"그림을 즐겨. 꽃밭을 보듯 그림도 그렇게 그냥 눈에 보이는 대로 보면 되는 거야. 그림 감상하는데 머리를 쓰면 제대로 느끼기도 전에 자기감성에 치우친 임헌 비평가가 된다. 알았냐?"

"그런가, 그렇다 치고! 승호랑은 어떻게 돼 가는 거야? 이쯤에서 다정한 모습을 보여줘야 하는 거 아냐?"

소미는 잘 마시던 술잔을 탁 내려놓고 궁금해 죽는 희순을 쏘아봤다. 가뜩이나 소미는 또 오지 않는 승호를 기다리는 마음을 억누르며 잊으려고 발악하는데, 희순이 아주 가볍게 들춰냈다.

"지금, 금요일 밤, 자정이 넘은 이 시각에! 승호를 끄집어내는 의도가 뭐야?"

"그냥 너희가 잘되면 좋겠다 싶어서 그런다. 민감하게 구는 거 보니 마음에 뭔가 슬슬 발동하는구나?"

"몰라, 그냥 복잡해. 묻지 마."

"안소미. 우리 사이에 이럴래? 말을 해봐. 복잡한 건 풀어놓아야 해."

"어느새 승호한테 마음이 가는 걸 느끼면서 내가 왜 승호랑 또 다시 시작해야 하나 싶은 이런 생각도 들고, 여러 가지 생각이 뒤섞이네."

"사랑하잖아. 너 승호한테 반응하는 거 사랑 아냐?"

"파트라슈 반응일지도 모르지."

"파트라슈 반응?"

"아, 정말 너 전교 1등 한 거 맞아? 고등학교 정규교육 받은 사람이라면 다 아는! 개한테 밥 줄 때 종을 딸랑딸랑 계속 흔들어주면 나중에 개가 종소리만 들어도 침을 질질 흘린다는, 그 과학자 이름을 딴 파트라슈 반응."

소미가 가소롭다는 희순을 보지만 희순은 어쩜 저리도 당당히 무식을 우길 수 있는지 어이없어 웃고 말았다.

"농담하는 거지?"

"정말 몰라? 우리 그거 고등학교 때 시험도 봤잖아. 후천적 조건 반사."

소미가 너무나 확신하자 희순은 아무래도 아닌 거 같은데 말려들어 고개를 잠시 갸웃거렸다.

"있지, 그거 파블로프 반응이라고 하지 않니? 파트라슈는 우유 배달하다가 죽은 개 이름이고 파블로프는 그 조건반사에 반응한 개 이름이다. 야~ 안소미, 오늘 네 무식의 끝을 제대로 봤다."

"아냐! 파트라슈 맞아. 이래 봬도 우리 이모가 선생님이야!"

"웃기지 마! 내가 이래 봬도 전교 1등에 대학 과 수석 입학자였어. 어디서 네 그 살얼음 같은 상식으로 덤벼!"

희순과 소미는 한참을 서로 맞다고 실랑이하다 결국 인터넷 지식을 이용하기로 했다. 소미는 인터넷 검색을 하고 시뻘개진 얼굴로 정색하며 식탁으로 돌아와 소주 한 잔을 벌컥 마셨다.

"차희순, 너도 틀렸어."

"내가 왜!"

"파블로프 반응은 맞는데 파블로프는 개가 아니라 그 과학자 이름이야. 반반 맞혔으니 너나 나나 똑같은 거야."

소미가 벌컥벌컥 쓴 소주만 연방 들이키며 잔뜩 씩씩대자 희순은 배가 아프도록 박장대소하며 얕은 상식을 맘껏 놀렸다.

"그거 아냐? 넌 무조건 네가 한번 옳다고 생각하면 곧 죽어도 그렇다고 믿다가 결국 아니란 걸 확인할 때까지 버티는 거. 가끔은 네가 틀릴 수도 있다고 생각해 봐. 승호에 대한 네 마음도 마찬가지일걸."

"그게 무슨 소리야?"

"나를 따르라 해놓고 가다 보면 아닌 것 같아도 넌 멈추지 않고 광명이 보이리라 하면서 끌고 가 막다른 걸 보고 나서야 돌아오잖아. 그러고는 어머, 아니었네, 돌아가자. 너 잘 그러잖아."

"그게 승호랑 무슨 상관이야?"

"너는 흔들리고 있는데 끝이라는 확신으로 승호를 외면하는 거 아냐? 그러니 마음이 더 복잡해지고 머리와 마음이 따로 놀아 괴롭지. 만약 승호가 진심이 아니라면 몰라도 승호가 진심을 보이며 지난 일은 서로 어릴 때 저지른 동반의 실수라고 여기고 마음을 풀어줘야 하는 거 아냐? 그때 네가 다 잘한 것도 아니고 이래저래 듣다 보니 승호도 그때 상황이 그리 좋았던 것도 아니더만. 네가 아예 정말 손톱의 때만큼도 마음이 없다면 몰라도 이런 식으로 계속 승호와 부딪쳐 봐야 서로 또 잔뜩 상처 입잖아. 그리고 아파 허덕거리다 이건 아니구나 하고 다시 만날래? 아니면 또 몇 년을 걸쳐 잊으려고 난리 버거지 쳐서 친구인 날 힘들게 할래? 승호가 손 내민다면 잡아. 승호를 기다린 건 아니더라도 못 잊고 다른 사람 만나지 못한 건 사실이잖아. 너 더 거부하면 승호 놓친다. 내 보기엔 승호가 복덩이구만."

"공부 잘하던 것들은 말도 잘해."

소미는 너무나 적합한 말을 희순이 딱 부러지게 하자 괜히 비틀려 비꼬았다. 그리고 손으로 턱을 괜 채 한참을 생각하고 또 생각하며 다 제외하고 승호만 보는 마음만을 헤아려 보았다. 승호가 나타난 그 순간부터 소미는 거부를 위한 거부만 반복해 왔다. 당연한 거부라고 믿으며 절대 안 된다고 강하게 거부하면서도 이미 그 마음만 있는 게 아니란 걸 알고 있었다.

소미는 점점 다가오는 승호에게 또 홀딱 빠져 버려 허덕일까 봐 겁이 나 외면하려고만 하고 있었다. 그리고 승호에게 움직이려는 감정이 예전부터 꾹꾹 눌러놓았던 사랑이란 것도 결국 인정하고 말았다. 그간 진심을 보여주려 애쓰던 승호에게 어느새 녹아내린 듯 소미는 순식간에 느껴 버렸다. 그렇게 감정을 풀어놓으니 단순했다. 이렇게 단순한 것을 그렇게 복잡하게 엉켜놓았으니 아니 힘들고 배겼을까, 마음의 변화가 자판을 두드려 바로바로 보이는 글자 같지 않음을 왜 몰랐을까, 소미는 그렇게 사랑했고 기다렸으며 다시 승호를 사랑한다고 여기며 한숨을 푹 쉬었다.

"희순아, 승호 엄청 돈 많은 집 자식이더라. 보통 돈 많은 게 아니라 대기업인 것 같아. 그래서 어느 대단한 회사인지 검색해 보려다가 그만뒀어. 더 알면 알수록 승호를 밀어낼까 봐. 아니, 혹시 돈에라도 혹할 속물이 나일까 봐."

"그럼 모른 채로 있어. 승호가 말하지 않겠어?"

"승호가 말하는 그 순간 내가 그걸 무시할 수 있을까?"

"무시 못하면 그냥 해."

"알고도 하래? 친구가 뭐 그따위냐? 그렇게 잘난 집에서 나 같은 대단한 예술가를 받아주겠냐?"

"너 몰라? 승호 변했어. 예전의 그 민승호가 아니야. 난 몇 번 보고 딱 알겠더만 너 몰라?"

"몇 번 봤어? 언제? 네가 왜?"

"우리 사장님하고 일이 있어서 오면 봤다. 볼수록 예전에 승호도 참 멋졌지만 진짜 너 주기 아깝게 멋있어진 것 같아."

"변해야 그 승호가 그 승호지. 뭐, 말이 많아지긴 했어. 예전에 열 번 말 걸면 한 번 대답하더니 이젠 지가 먼저 말 거니."

"것보다 내가 볼 때는 승호가 그런 상황들을 다 고려해서 너한테 온 것 같은데. 그냥 들은 건데 승호가 경영권 일부를 가지고 있다대. 그렇다면 승호 뜻대로 안 되겠냐? 설마 이 나이에 대책도 없이 또 너 상처 줄까?"

예전엔 소미도 단순하게 승호만 보였었다. 아직도 그 사랑이 신기루였을 뿐이라고 변명하고 싶은 걸까, 자꾸만 이런저런 안 될 것만 같은 이유가 떠올랐다.

"넌 그런 거 어디서 듣니?"

"비서실이 그냥 비서실인 줄 아냐? 그쪽 소문은 내가 빠삭하지. 책 한 권 내도 될걸."

"승호는 어때, 별 소문 없어?"

소미가 눈을 반짝이며 궁금해하자 희순을 입을 때다 말았다. 승호가 어떤 말도 옮기지 말라던 부탁에 한 의리하는 희순은 그냥 웃었다.

"없어. 사생활도 지저분하지 않고 일만 죽어라 한다더라."

"너 나한테 감추는 거 나중에 드러나면 절교야."

"그놈의 절교는 아주 지겹지도 않냐? 네가 나 없이 어찌 살아? 나 없이 살 수 있어?"

"그립겠지, 보고 싶겠지, 그러나 살 수는 있어."

"나쁜 계집애. 못 산다고 해야지! 의리는 소여물 쒀줬냐?"

"비유하고는. 나 졸려. 너도 늦었으니 자고 가."

희순은 후다닥 치우는 소미를 못마땅하게 보며 대충 옷을 벗고 침대에 누웠다. 소미는 설거지를 다 마치고 돌아서자 작은 침대에 벌러덩 누워 있는 희순 때문에 여분의 이불을 꺼냈다.

"설거지하는 사이에 침대를 차지해? 네가 그러고도 친구야? 정정당당하게 게임으로 자리 정해."

"나 너한테 설거지하라고 시킨 적 없다. 바닥은 너의 친구잖아. 잘 자라."

희순이 아예 눈을 감고 코 고는 척까지 해버리자 소미는 바닥에 두꺼운 이불을 깔고 불을 껐다. 하지만 졸린데 잠을 이루지 못하며 뒤척였다.

그 예전의 불나방 같던 무모한 열정은 사그라졌다. 사랑에 들떠 아무것도 보지 못하고 그저 쫓아만 가던 그 청춘도 이미 흘러갔다. 그러나 이젠 어느덧 감정을 신중히 바라볼 수 있게 되었다. 그래서 더뎠을지 몰라도 더는 성급하지 않을 수 있었다. 그렇게 서른이 넘어 맞은 사랑은 달랐다.

6. 황금빛 나날

여전히 큰 감나무가 듬직하게 서 있는 소미 집 앞에서 승호는 긴장감을 감추지 못하고 머뭇거리다 초인종을 눌렀다. 그리고 승호는 예상외로 무사히 집 안으로 들어갔다. 세월의 흐름이 고스란히 느껴지는 소미 엄마의 모습에 승호는 허리 숙여 인사했지만 차가운 기운이 그를 짓눌렀다. 승호는 손에 든 그림 두 점을 바닥에 내려놓고 소파에 앉아 소미 엄마가 내온 찻잔을 손으로 만지작거렸다.

"그간 잘 지내셨습니까? 하나도 변하지 않으셨네요."

소미 엄마는 억지로 마주 앉아 차가운 눈길로 승호를 쏘아보았다. 승호는 차를 마시며 이미 예상했던 반응이기에 굳은 표정을 보이지 않으려고 억지로 미소를 지었다.

"우리 다시 보지 않기로 했지 않아? 왜 찾아온 거니?"

"드릴 게 있어 찾아왔습니다."

"난 받을 게 없어. 이제 손님대접 다 한 거니 그만 돌아가. 그리고 우리 소미 앞에 이렇게 불쑥 나타나지 않길 바라."

"어머님, 그때는 제가 정말 잘못했습니다. 돌이킬 수 없지만 그때 저지른 제 잘못을 용서해 주세요."

"그런 말 필요 없어. 내가 용서해야 할 이유도 없고. 행색을 보니 대단히 성공한 것 같은데, 그렇게 잘살면서 우리 앞에 나타나지 않으면 돼."

승호는 바닥에 두었던 그림을 탁자에 올려놓고 소미 엄마 앞으로 내밀었다. 소미 엄마는 의아한 눈으로 포장된 물건을 보면서 쉽게 손대지 않았다.

"이게 뭐니?"

"어머님이 좋아하실 것 같아 구해왔습니다."

"그럼 안 보련다. 너한테 이런 거 받을 이유가 없어."

"그저 한 번 보기만 해주세요. 가져온 성의라는 것도 있잖습니까? 어머님, 부탁입니다. 제발 한 번만 봐주세요."

소미 엄마는 할 수 없다는 듯 단단히 묶인 끈을 풀어 포장지를 뜯어냈다. 그리고 믿을 수 없다는 표정으로 다른 한 점을 마저 급한 손길로 풀었다. 소미 엄마가 달달 떨리는 손으로 그림을 만져보다 딱 벌어진 입을 다물지 못한 채 승호를 보았다.

"한 점도 가지고 계시지 않다고 들어서 찾아드리려고 구했습니다. 다른 그림들은 몰라도 이 두 그림은 어머님이 꼭 소장하셔야 할 것 같아서요."

소미 엄마는 아무 말 못하고 덜덜 떨리는 입술을 꽉 깨물며 그림을 어루만졌다. 그 예전 아른거리는 소미 아빠의 체취를 이렇게 직접 만지고 있다는 게 믿어지지 않았다.

한 점은 젊은 여자의 누드화이고, 다른 한 점은 웨딩드레스를 입고 서 있는 여인이었다. 두 그림의 인물은 같았고, 승호는 처음 그림을 본 순간 소미 엄마라고 믿었다. 그래서 주저없이 지나치게 비싼 값이라도 구할 수 있다는 안도감에 가져왔다. 소미 엄마가 감정에 복받쳐 눈물 흘리며 회상에 잠기는 내내 승호는 묵묵히 바라봤다. 그토록 사랑했고 지금도 그 흔적을 간직한 사람이 그린 그림을 마주한 소미 엄마의 마음을 승호는 이해할 것 같았다. 그리고 그 마음을 혼자 되새길 수 있게 승호는 방해하지 않고 잠자코 기다렸다.

"네가 어떻게 이걸……. 아니, 어디서…… 이거 나 주는 거니? 정말 주는 거니?"

소미 엄마는 그림을 마주한 순간부터 차르륵 지나가는 그 시절의 분명함을 느꼈다. 그리고 다시는 찾을 수 없다고 믿었던 그림을 끌어안으며 그리움에 복받쳐 목 놓아 울었다. 보고 싶다는 말, 사랑한다는 말, 만날 날을 기다리며 살고 있다는 말을 소미 엄마는 그림에게 대신하고 있었다. 소미 엄마에겐 다시 만나지 못할 소미 아빠를 만난 듯 아린 가슴에 기쁨이 차올랐다.

"어머님 드리려고 구했습니다. 누구보다 그 가치를 가장 높이 사실 분은 어머님이실 테니까요. 부담 가지지 마시고 받아주세요."

"고맙다, 고마워, 정말 고마워. 그때 다 뺏겨서 죽을 때까지 보지 못할 거라고 생각했어. 이렇게 다시 볼 수 있다니, 정말 고맙구나."

소미 엄마가 진정되지 않는 감정에 들떠 있는 모습을 승호는 말없이 지켜보았다. 이곳에 오기 전부터 준비했던 말들을 해야 하고, 그 말을 하기 위해 승호는 애틋한 눈길로 소미 엄마를 보며 기다렸다.

"이런 내 정신 좀 봐. 왜 이 그림을 날 주는 거니?"

소미 엄마는 눈물을 닦으며 한참이나 기다리며 가지 않는 승호를 쳐다봤다. 이미 가슴에 안은 그림 때문에 승호를 보던 냉랭하던 눈은 소미 엄마에게 사라졌다. 하지만 아직도 승호에게 날선 감정은 남아 있었다.

"어머님, 저 소미와 다시 만나고 있습니다. 비록 지난날 제가 마음에 상처를 남겨 드렸지만 앞으로 소미와 어머님에게 잘하겠습니다. 어머님에게 쉽지 않은 결정이시겠지만 허락해 주시기 바랍니다."

소미 엄마는 품에 안은 그림을 더 꽉 끌어당기며 승호를 불쾌한 눈으로 보았다.

"너 혹시 이 그림에 관한 이야기 소미에게 했니?"

"어머님이 하지 않으셨기에 저도 하지 않았습니다."

"넌 어찌 알았니? 소미도 모르는 일을 네가 어찌 알아?"

"우연히 알게 됐습니다. 의도하지 않았지만 세진그룹과 인연이 있어 듣게 되었습니다. 어머님이 말씀하시지 않은 이유 충분히 알고 있습니다. 그리고 지도 굳이 소미에게 말하고 싶지 않습니다."

"그럼 너 지금 이 그림에 나 보고 소미를 팔라는 거니? 너도 돈으로 이 그림 가져갔던 사람들처럼 소미를 사가겠다는 거야! 허락지 않으면 이 그림 나한테 뺏어갔던 사람들처럼 너도 도로 뺏어갈 거니? 그런 거니? 이 그림이 소미 대신이야? 이 그림이 그런 협박 용도였니?"

"그런 거 아닙니다. 그저 어머님 사연을 듣고 구해온 것이지 그런 의미는 없습니다. 어떻게 말씀하시든 이미 그림은 어머님 것입니다."

"그럼 난 싫다. 내 딸한테 상처 주고 버린 놈 싫어. 한 번 그러면 두 번도 그럴 수 있어. 내가 널 어떻게 믿고 소미를 줘. 내 딸을 아껴주고 사랑해 주는 그런 남자에게 줄 거야. 너 같은 놈한테는 안 줘!"

소미 엄마는 그리 승호를 내치면서 가슴에 품은 그림을 놓지 못했다. 승호는 소파에서 내려와 소미 엄마 앞에 무릎을 꿇었다.

"절대 다시 그런 일 없을 겁니다. 한 번만 믿고 허락해 주시면 실망시켜 드리지 않겠습니다. 어머님이 믿어주셔야만 소미도 절 믿을 수 있습니다. 어머님이 절 너그럽게 봐주셔야 소미도 절 제대로 볼 수 있습니다. 저 한 번만 살려주시면 안 되겠습니까? 소미가 힘들었던 시간만큼 저도 힘들었는데, 이제 그만 힘들고 싶습니다. 어머님, 저 소미 제 목숨보다 더 귀하게 사랑합니다. 진심으로 소미를 사랑합니다. 어머님이 예전에 그리 안타깝게 보낸 사랑, 저와 소미가 대신하면 안 되겠습니까? 제 사랑도 그만큼 간절한데, 한번 속는 셈치고라도 저를 봐주시면 안 되겠습니까?"

소미 엄마는 아예 승호를 보지 않으려 고개를 돌려 버렸다. 승호는 그래도 움직이지 않고 소미 엄마를 보며 애원의 눈길을 보냈다. 이제 승호에게 지켜야 할 자존심은 필요 없었다. 소미를 얻으려면 더한 것도 할 수 있었기에 승호는 이런 냉대에도 꿈쩍하지 않았다.

"지금 이게 무슨 일이냐?"

소미 할아버지는 외출하고 돌아와 무릎 꿇은 남자를 쳐다보며 깜짝 놀랐다. 그리고 대충 눈치로 파악한 소미 할아버지는 승호를 일으켜 세웠다.

"지금은 때가 아닌 듯하니 그만 가보게. 내 따로 소미를 통해 연락함세."

승호는 더 버티려다가 극구 만류하는 소미 할아버지에게 명함한 장을 남기고 돌아섰다. 세상에 진심이 통하지 않는 경우는 숱하게 많았다. 그러나 승호는 오늘 이 진심이 결코 부질없이 허공에 사라지지 않을 거라 믿었다. 그건 소미를 키운 분들이기에 기대를 걸며 승호는 무거운 발걸음으로 나왔다.

승호가 사라진 거실에 마주 앉은 소미 엄마와 소미 할아버지는 탁자에 있는 그림을 보며 말을 잃었다. 어쩌면 그림은 세월을 비켜간 듯 억지로 빼앗길 때 그대로 돌아와 있었다.

"오랜만에 보지만 참 잘 그린 그림이야. 내 딸이 이렇게 예쁘다는 거, 참 보기 좋구나. 보기 좋아."

"아버지, 그 사람이 꼭 살아 있을 것 같아요. 어쩜 좋아요. 어디로 가서든 그 사람 찾고 싶어요."

"그 마음이 저 아이 마음이라고 여기려무나. 너도 사랑해 보지 않았느냐? 사랑한 사람이 사랑에 너그러워야지 그리 야박하면 쓰겠어? 그건 김 서방도 원치 않을 게다."

"겁이나요. 우리 소미 또 마음 아파 힘들까 봐. 결국 나처럼 이런 인생을 살게 되는 게 아닐까, 그냥 평범한 사람 만나 살기 바랐는데. 왜 저런 애를 만나 굴곡지는 사랑을 하는지 전 그게 너무 마음 아파요."

한없이 눈물을 쏟아내는 소미 엄마 곁으로 간 소미 할아버지는 언제나 그랬듯 따뜻한 품으로 안아주었다. 그리고 등을 다독이며 모질지 못한 그 마음이 안쓰러워 마음이 아팠다.

"이제껏 제 아비 없다고 투정 한 번 안 하며 큰 소미다. 그런 소미가 하는 사랑이라면 그게 어떻게 되든 그저 지켜보고 싶구나. 미선이 네가 겪은 사랑과 다를 거야. 운명이란 바뀌라고 존재하는 거잖니. 우리 모두가 걱정하는 그 운명을 승호가 바꿔줄지 누가 알겠느냐. 상처를 낸 사람이 그 상처를 어루만져 새살 돋게 하겠다는데, 그게 사랑이라는데. 미선이 네가 가지지 못한 그 미래를 같이하고 싶다는데, 지난 일을 덮어줘야지. 우리 그 미래를 바꿀 수 없다면 젊은 애들이 하는 대로 그냥 두자꾸나."

"아버지, 이준 씨가 너무 보고 싶어요. 우리 소미에게 이준 씨처럼 승호가 잘해줄 수 있을까요?"

"그럼, 그럼. 아마 잘할게다. 그러니 이리 세월을 돌아왔겠지.

믿어보자."

소미 할아버지의 토닥거리는 손길에 맞춰 등을 들썩이며 우는 소미 엄마는 결국 마음으로 지고 말았다. 사랑을 해보았기에 그 사랑이 얼마나 독하게 마음에 배는지 알고 있었다. 그리고 이렇게 돌아온 승호가 결국 그 사랑이란 거미줄에 어쩔 수 없이 걸려든 힘없는 미물 같았다. 사랑한다는데, 사랑하고 싶다는데, 사랑하며 살고 싶다는데, 소미 엄마는 결국 그렇게 마음을 달랬다.

소미는 개인전을 앞두고 갤러리스트랑 막바지 작업을 하느라 갤러리에 며칠째 붙어 있었다. 그림을 놓는 위치나 조명이 구상했던 것보다 평이해 이리저리 다시 배치하느라고 갤러리스트도 소미도 엄청 지쳐 있었다. 전시회가 그냥 그림만 걸어놓는 게 아니라 주제에 맞는 동선까지 고려해 위치를 선정하고 눈높이 배치가 돋보여야 했다. 그림만 잘났다고 전시회가 성공한다는 보장이 없는 상황에서 소미는 끝까지 밀어붙이며 진을 빼다 겨우 마음에 찬 구성이 나와 미련없이 갤러리를 나왔다. 이제 개인전 날짜는 손가락으로 꼽을 만큼밖에 남지 않았다. 불안과 기대감에 들뜬 소미는 어둑한 길을 깡충깡충 거리며 내려갔다. 그리고 옆에서 울리는 경적소리에 소미는 걸음을 멈추고 차에서 내리는 승호를 봤다.

"타. 피곤할 텐데 화실까지 데려다 줄게."

소미는 이 늦은 밤 승호가 불쑥 나타나자 어이없었다. 그리고 이 시각에 용케 어디 있는지 알아내 쫓아온 승호의 정성이 갸륵하기까지 했다.

"너 이제 스토킹까지 하냐? 잘하다가 납치노 하셌나."

"못할 것도 없지. 가서 고기 구워 먹지."

승호가 조수석 문을 열고 타기만 기다리자 소미는 얌전히 차에 올라탔다. 너무 피곤하고 배고픈 소미는 승호와 실랑이를 벌일 기운도 없었다. 그리고 더는 승호한테 가시 박힌 말로 상처 주지 않으려 했다.

"준비는 잘했어?"

"마무리 다 했으니 이제 기다리기만 하면 돼."

"초대장 받았어."

"내가 보낸 거 아냐. 관장님이 보내신 걸 거야."

소미는 의자를 뒤로 확 젖혀 누운 채 눈을 감고 밀려오는 피곤에 몸을 맡겨 잠을 이루려 했다. 하지만 승호가 한 곡만 무한반복으로 들어 지겨운 소미는 도저히 잠을 잘 수가 없었다.

승호는 마음에 들어와 가사를 적어간 듯 딱 자신의 마음이 표현된 노래를 들으며 흥겹게 운전했다.

—*The words that would mend, The things that were broken.*

무너져 내린 우리 사이를 다시 되돌릴 말을 하려 했는데.

But now it's far too late she's gone away.

이젠 그녀는 가고 없으니 너무 늦어버렸어.

Every night you cry yourself to sleep.

매일 밤 넌 울다 지쳐 잠들겠지.

Thinking 'why does this happen to me?'

'왜 내게 이런 일이 일어난 걸까?' 라는 생각을 하며.

Why does every moment have to be so hard?

왜 모든 순간순간이 이렇게 힘겨워야 하는 걸까?

Hard to believe that, It's not over tonight.

믿기 어렵겠지만, 우린 아직 끝나지 않았어.

Just give me one more chance to make it right.

내게 바로잡을 수 있도록 한 번 더 기회를 줘.

I may not make it through the night.

아마 이 밤을 넘기지 않을 거야.

I won't go home without you

너 없이 혼자 집으로 돌아가지 않아.

승호는 흥얼거리다 못해 따라 부르며 소미가 잠들지 못하게 만들었다. 소미는 난생처음 승호가 부르는 노래를 잠자코 듣고 있었다. 경쾌한 박자를 애절하게 부르는 승호는 노래를 참 잘했다. 아주 잘해서 그저 듣고 있으니 기분 좋았다.

"누구 노래야?"

"Maroon 5, Won't Go Home Without You. 좋지?"

"뭔 뜻인데? 꼬부랑 노래는 나랑 안 친해."

"그냥, 헤어졌는데 다시 시작하자고. 한 번만 더 기회를 주면 제대로 해보겠다는. 받아달라고 떼쓰는 노래라고나 할까?"

"너랑 딱 맞네. 너도 떼쓰는 거 제법 잘하는 것 같은데, 어울린다."

소미가 싱긋 웃으며 같이 허밍을 하자 승호는 새로운 기분이 들었다. 승호는 흥을 깨기 싫어 목이 터져라 노래만 따라 부르며 기분 좋은 이대로 회실로 향했다.

화실 앞에 도착하자 승호는 고기만 사 온 게 아닌지 양손 가득 짐을 들고 소미를 따라 올라갔다. 소미는 무슨 대낮에 호숫가로 소풍 가는 것도 아니고 이 야밤에 음식을 잔뜩 들고 와 바닥에 좍 펼쳐 놓는 승호 때문에 웃음이 나왔다.

"너 이 밤에 이런 짓 하고 싶니?"

"그럼! 막상 일 닥치면 잘 먹지 못하는 게 사람인데, 잘 먹고 기운 내라고. 너 나랑 밖에 나가는 거 싫어하니 이렇게 챙겨온 거야."

"근데 과하긴 하다. 소를 사 온 게 아니라 소를 잡아왔냐?"

"그만 좀 불만을 토로할래! 이 밤에 이거 구해온 사람 성의를 생각해서 그냥 얌전히 앉아 먹어. 한 마디만 더 하면 확 다 엎어버리고 갈 테니까."

승호가 신경질을 팩 내며 고기를 굽자 얼떨떨한 소미는 아무 말 않고 먹기만 했다. 그러고 보면 예전에 불만은 승호의 것이었고, 그에 맞춰 살랑거리는 건 소미의 것이었다. 소미는 어째 바뀐 기분이 들지만 이대로가 이전보다 더 괜찮았다.

"승호야, 나 이제 말해도 돼?"

"해."

"너 왜 그동안 안 왔어?"

"왜? 기다리기라도 했냐?"

"응. 그렇게 가서 안 오니 나도 사람인데 괜히 미안해지더라고."

승호는 기다렸던 그 별말 아닌 듯한 말 한마디에 심장이 쿵 소리를 냈다. 입 안에 잔뜩 상추쌈을 집어 넣고 우적우적 먹는 소미가 승호는 그리 예뻐 보일 수가 없었다. 이제야 적절한 반응이 나오는 소미에게 승호는 조마했던 마음을 다 풀고 떨어진 듯한 심장을 주워 제자리에 넣었다.

"그래? 안 봐도 그만인 줄 알았지."

"뭐 그런 줄 알았는데. 네가 엄청 귀찮게 해서 그런지 아니더라고."

소미가 새치름하게 말하며 환한 웃음을 보이자 승호는 상추에 고기를 얹어 쌈을 싸 소미 입에 넣어줬다. 승호가 주는 족족 소미는 잘 받아먹으며 히죽거렸다. 마음이 평화롭다는 게 이런 걸까, 승호를 보는 소미의 마음에 휘몰아치던 바람은 더 없었다.

"안소미, 잘 먹어둬. 내가 금방 잡아먹을 거야."

승호가 음흉한 농담을 하며 토라지는 소미를 달래 한참을 먹였다. 이미 양이 찬 소미는 더 받아먹지 못하고 침대로 도망가자 승호는 바닥에 늘어놓았던 걸 일일이 치웠다. 소미는 침대에 앉아 그런 승호를 보며 참 많이 돌아왔고 많이 변했다고 느꼈다. 그리고 이제야 승호가 참 멋있게 보여 온몸에 자잘한 떨림이 일었다.

"나 간다. 잘 자."

승호가 다 치우고 나가려고 하자 소미는 벌떡 일어나 문 앞을 막아섰다. 승호는 의아한 눈길로 소미를 보며 뭔 말을 하려는지 기다렸다.

'승호야, 다시 시작해도 될까? 나 처음 그때처럼 마음이 또 설레.'

소미는 이전과 달라진 승호를 마주하며 이미 움직여 버린 마음을 그만 편히 가도록 놓아주고 싶었다. 하지만 승호에게 다시라는 말은 하고 싶지 않았다. 그건 아직 남아 있는 소미의 자존심 때문이었다.

"음, 커피 마시고 가. 고기 먹었으면 커피 마셔야지."

"누가 그래?"

"내가. 싫어?"

"네가 타 줄 거야?"

"아니. 네가 타 줘."

"이제 대놓고 머슴으로 부리는구나."

승호는 다시 양복 상의를 벗어 식탁의자에 걸어놓고 가스레인지 앞에 섰다. 그러면서 머슴으로 부려져도 좋으니 앞으로 내내 소미와 이랬으면 좋겠다는 생각이 들었다. 소미와 함께할 수만 있다면 뭐든 좋은 게 승호 마음이니 참 서글프게도 애절했다.

"승호야, 넌 꿈이 뭐야?"

"꿈?"

승호가 커피를 식탁에 놓자 소미는 그동안 궁금했던 걸 물었다. 그러나 승호는 쉽게 대답하지 못하고 커피 잔을 뱅글뱅글 돌렸다.

"승호야, 너 꿈 없어?"

"너랑 사는 거."

"그런 거 말고. 난 좋은 화가가 되는 거야. 누구나 기억하는 좋은 그림으로 사람의 마음을 대변했다고 그렇게 기억되는 화가. 그런 화가로 남고 싶어."

"난 그런 널 뒷바라지하는 거."

"너 정말 꿈 없어? 되고 싶은 거라던가."

"어릴 땐 그냥 시키는 대로 살았던 거 같아. 이거 하라면 하고, 저거 하지 말라면 안 하고. 특별히 간절히 원하는 게 있어 반항한 것도 아니고. 내 자체가 그다지 꿈을 꾸기에 적합하지 않았던 것 같은데. 그리고 어느 순간 복수하고 싶었어. 다 허무하더라고. 그렇게 악착같이 지키는 거 내가 뺏어서 다 부숴 버리겠다고. 아니, 친어머니가 원했던 그 자리를 꼭 얻어내서 비웃어주겠다고. 근데 얼마 전에 그 꿈 이뤘어. 이젠 큰어머니도 슬슬 내 눈치 보시고, 아버지도 내 성미 안 건드리려고 참으시고. 이젠 너 하나 남았다."

승호의 무심한 대답에 소미는 꿈이 없는 사람이 있을지 의문이 들었다. 그리고 그 꿈이 정말 승호가 찾지 않아서인지 아니면 애당초 꿈이란 단어를 몰랐던 것인지 궁금했다.

"왜 널 위해서 살지 않아? 널 위해 살면 네 꿈도 생길 거야. 사람이 사는데 꿈이란 게 있어야지."

"날 위해 살기엔 해야 할 일들이 너무 많아서 안 될 것 같은데. 형도 아버지도 이제 나만 보는데, 어쩔 수 없잖아. 대신 너만 있었으면 하는 꿈은 있어."

"야, 너 부담돼서 못 만나겠다."

"뭐 언제는 만날 생각이라도 했었냐?"

"딱 그렇게 짚어서 말하면 힐 말이 없고."

소미는 커피를 한 모금도 마시지 않고 나오는 하품을 억지로 참았다. 승호는 그런 소미의 머리칼을 헝클어놓으며 자리에서 일어났다. 소미는 문 앞에 선 승호 앞으로 쏙 들어가 허리를 팔로 감싸안았다.

"나도 참 너 많이 보고 싶었어. 그냥 그랬다고 말해주고 싶어서."

승호는 두근거리는 마음으로 소미의 얼굴을 두 손을 감싸 마주 보았다. 그리고 고개 숙여 소미에게 가까이 다가갔다. 아슬아슬하게 소미의 입술과 승호의 입술이 마주했다.

"마음이 움직여?"

소미가 수줍게 웃으며 고개를 끄덕이자 승호는 이가 드러나도록 환하게 웃었다. 돌아온 성공, 가을을 맞이한 승호에게 지독히 덥고 우울했던 여름은 이제 사라졌다.

"얼마나?"

"느리지 않은 속도라고나 할까?"

"울컥하게 묘하네."

승호는 씰룩거리는 소미의 빨간 입술에 슬며시 다가가 입맞췄다. 처음 입맞춤같이 수줍은 입술과 입술이 맞닿은 달달한 촉감에 승호는 소미를 번쩍 안아 들었다. 소미는 승호에게 폭 안겨 허리에 다리를 걸고 허전한 손을 목에 둘렀다. 승호는 허락된 입술을 그간의 그리웠던 만큼 마음껏 탐했다. 승호가 입 안을 헤집고 다니며 손으로 매끈한 다리를 쓰다듬을 때마다 소미의 마음엔 아지랑이가 일렁거리며 따뜻한 바람이 불었다. 소미는 숨이 막히도록 끌어당기는 승호에게 맞추다 보니 입 안이 얼얼했지만 멈추지 않았다. 소미의 손이 승호의 머리칼을 헤집으며 강하게 안겨들수록 승호의 숨은 거칠어졌다. 승호에게 뜨거운 사랑을 받는 소미는 마음껏 기쁨을 누렸다. 승호는 그 이전보다 더 깊게, 그리고 더 애틋하게 소미를 마주했다.

"이제 다시 날 받아주는 거야?"

"응. 그래보려고."

"다시는 널 힘들게 하지 않을게. 그때 널 정말 행복하게 해주고 싶었던 마음의 배로 잘해줄게."

"하는 거 봐서."

"사랑해, 진심으로."

승호는 소미 귓가에 속삭이며 더 참기 힘들었지만 아직 때가 아니었다. 승호가 완벽해지는 그 순간 소미를 안고 싶었다. 승호는 소미를 내려놓고 아쉬운 눈길로 촉촉이 젖은 입술을 보며 발걸음을 떼었다.

생애 첫 개인전을 하루 앞둔 소미는 조용한 화실에 혼자 있다가 긴장감에 확 돌아버릴 것 같았다. 시작 전부터 이리 많은 주목을 받는 만큼 당연히 성공적으로 잘될 거라 믿지만 소미는 불안하고 떨려 쿵쾅거리는 가슴을 진정시킬 수 없었다. 그래서 소미는 결국 집으로 향했다. 시집간 이모까지 불러들여 북적거리는 집에서 한

침을 웃고 떠들며 잠시 긴장감을 잊었다. 그리고 엄마와 함께 이부자리에 누운 소미는 그제야 전쟁 난 듯했던 마음이 삭아드는 설 느꼈다. 엄마의 냄새, 엄마의 品, 엄마의 눈길, 소미는 그런 엄마가 있음이 갑자기 사무치게 행복했다.

"엄마, 고마워. 이렇게 포기하지 않고 날 낳아주고 키워줘서. 엄마가 있어서 참 행복해."

소미 엄마는 갑자기 붉어지는 눈시울로 행복한 웃음을 지으며 품에 안긴 소미 등을 토닥거렸다. 어느덧 소미가 서른을 넘겼고 소미 엄마는 예전의 모습을 찾아볼 수 없는 나이가 되었다. 그 흘러온 세월 속에서 다 행복하다고 말할 수 없지만 소미가 있기에 버텼고, 행복한 날들이 더 많다고 할 수 있었다. 그리 먼저 간 소미 아빠가 소미 엄마를 살아갈 수 있게 만들어주려고 대신 소미를 남겨준 것 같았다.

"엄마도 소미가 이렇게 커 줘서 고마워. 엄마는 소미가 없었다면 살 수 없었을 거야."

"엄마, 사실 나 많이 불안해."

소미 엄마는 지금도 제 몫을 다 하는 소미가 대견하지만 조금만 기대치를 낮췄으면 하는 바람이 있었다. 항상 하나에 다 걸어 그것이 휘청하면 심한 상실감과 허탈에 시달리는 소미를 보고 있자면 소미 엄마도 불안하긴 마찬가지였다.

"잘할 거야. 우리 소미는 멋들어지게 잘해낼 거라고 믿어."

"잘 안 될 수도 있다는 게 참 불안해. 답이 있다면 덜 불안할 텐데."

"살면서 답이 있는 일이 몇 개나 되겠어? 그저 좋은 쪽으로 생각하며 사는 거지."

"그렇지? 아마 정말 잘될 거야. 근데 엄마 내일 진짜 안 올 거야?"

소미가 제일 먼저 초대장을 줬지만 소미 엄마는 세진갤러리에 갈 수 없었다. 혹여 그 집 식구들과 마주할 불상사를 피하고 싶고, 다시는 그런 자리에 이전처럼 서고 싶지 않았다. 그저 멀리서 딸을 응원할 수 있다면 그걸로 만족했다.

"엄마는 거기 가면 아마 신경과민으로 쓰러질걸. 그냥 엄마가 있다고 생각해. 엄마 마음은 항상 소미와 같다는 거 잊지 마."

"응, 엄마가 내키지 않으면 오지 않아도 돼. 난 혼자서 잘하잖아. 근데 엄마, 나 고백할 거 있어."

소미는 엄마 품으로 더 파고들어 아예 얼굴도 보이지 않게 딱 달라붙었다. 제발 이 밤에 엄마가 불같이 화를 내지 않길 바라며 소미는 기어들어 가는 목소리로 말했다.

"엄마, 나 사실 승호 다시 만나."

"어쩌다?"

소미는 고성이 아닌 너무 담담한 엄마에게 놀라 벌떡 일어나 앉았다. 다른 사람도 아니고 승호를 만난다는데 어떻게 엄마가 아무렇지 않을 수 있는지 소미는 의아해졌다.

"엄마, 승호가 그 예전에 미국에서 그 승호거든. 그러니까 음, 엄마가 놀라야 정상인데. 엄마 혹시 어디 아파? 아니면 내 말 잘 안 들려?"

"애는 설마 내가 그 애를 잊었을까. 왜 다시 만나는 건데?"

소미는 너무 차분한 엄마 때문에 그동안 승호 얘기를 어찌 꺼내야 크게 노하지 않으며 받아들이게 할지 고민한 게 허사가 됐다. 참말로 소미는 엄마의 이 반응을 이해하기 힘들었다.

"그게 엄마가 너무 덤덤하니까 내가 당황스럽잖아."

"우선 어떻게 다시 만났는지 말해봐. 그래야 엄마가 어떻게 해야 할지 알 거 아냐."

소미는 갤러리 모임 행사에서 처음 승호를 만났을 때부터 시작해 그동안의 이야기를 죽 늘어놓았다. 그러면서 더도 덜도 붙이지도 빼지도 않은 사실만 말했다. 소미는 이미 나누는 이 마음을 엄마한테 감추고 싶지 않았다. 소미가 느꼈듯 엄마에게도 일련의 일들에서 승호의 진심이 전해지기를 바랐다.

"결국 그래서 마음이 움직였어. 내가 승호를 잊고 산 게 아니라 그저 담아두고 산 것 같더라고. 사랑이 그런 건가?"

"넌 엄마 아빠를 반반 닮아서 그래. 사랑은 엄마를 닮고 삶은 아빠를 닮았지 않나 싶네."

"엄마, 정말 아무렇지 않아? 난 엄마가 막 화낼 줄 알았어."

"얼마 전에 승호 만났어."

"정말?"

오늘 밤 세기의 종말이 온 것도 아닌데 소미는 연방 놀라 엄마 팔을 억지로 끌어당겨 앉혔다.

"잠 안 자고 왜?"

"빨리 말해봐. 엄마가 승호를 언제 왜 이런 육하원칙에 맞춰서 말해줘."

"얼마 전에 승호가 찾아왔었어. 됐니?"

"엄마!"

"왜!"

"나 궁금해 죽는 거 보고 싶어? 승호가 왜 찾아왔냐니까!"

"이게 어디서 오밤중에 큰소리야! 네들 만나고 있으니 나한테 허락해 달라고 왔더라."

"그래서?"

"뭐가 그래서야? 그럼 어째. 사랑한다는데, 내가 뜯어말린다고 네들이 떨어질 것도 아니고. 이제 엄마 기운 없어서 그러지도 못해."

"엄마!"

소미는 왈칵 감정이 치밀어 엄마를 와락 끌어안았다. 소미는 엄마가 결사반대하고 드러누워 죽네 사네 할 줄 알았다. 그런 엄마가 이렇게 이해해 준다는 것만으로도 소미는 너무 고마웠다. 승호가 미리 나서서 엄마를 설득해 준 것도 고마웠다. 소미는 정말 가만히 있었고, 승호가 다 하려 했던 듯했다. 이 밤에 소미는 꽉 차오르는 기쁨에 저 멀리 훨훨 날아갈 수도 있을 것 같았다.

소미 엄마는 꽉 안겨 있는 소미 등을 쓸어주며 쓸쓸한 미소를 지었다. 그 예전에 소미 엄마도 겪었던 일들이었다. 그 힘든 시간을 겨우겨우 겪어낸 소미 엄마는 사랑이 얼마나 지독한지 알고 있었다. 그런데 이제 와 그 지독한 덫에 걸린 소미에게 안 된다고 덫에 걸린 부분을 잘라내라고 할 수 없었다. 그리고 속물 같을지라도 승호가 가져다준 그림만으로 그 진심을 알 수 있었다. 이런 마음 씀씀이를 아는 승호에게 소미 엄마는 지난날을 묻어두기로 했다. 그 미래를 바꿀 수 없다면 그 미래가 가는 대로 지지하려 했다. 소미 엄마에게 없던 미래를 소미가 가질 수 있어 사랑으로 행복하다면 그걸로 그만이었다. 자식을 가진 부모의 마음은 욕심을 적게 부리면 그 모든 것이 다 만족스러울 뿐이었다.

"내 딸이 사랑한다면 반대 안 하려고. 내 딸이 하는 사랑이잖아. 승호도 너도 엄마가 믿지 못하던 철없는 애들도 아니고. 너만은 나처럼 살게 하고 싶지 않았어. 그래서 더 그렇게 네들이 한다는 그 사랑에 따뜻하게 대하지 못했고. 이제 엄마도 그만 인정하고 싶어졌어. 승호도 돌아온 만큼 그 사랑이 확실하겠지. 그리 믿고 네들 허락해. 그리고 지지하고. 됐지?"

"응. 나도 엄마 사랑해. 그리고 고마워."

"엄마도 우리 소미 많이 사랑해. 네 아빠 몫까지 사랑해 주려고 했는데 잘 안 됐어. 엄마가 네 아빠를 너무 그리워해 널 제대로 사랑해 주지 못한 게 많이 미안해. 근데 그 사랑 승호한테 다 받을 수 있는 것 같아 엄마는 이제 마음이 편해. 아마 하늘에 계신 네 아빠도 엄마와 같을 거야."

"아빠 보고 싶지? 엄마 마음 이제 좀 알 것 같아."

"우리 소미 다 컸구나. 다 컸어."

소미를 꽉 안은 소미 엄마의 눈에서 주르르 눈물이 흘렀다. 소미 엄마는 이렇게 다 큰 딸을 보지 못하고 안타까워할 소미 아빠가 안쓰러웠다.

'소미 아빠, 당신 딸이 이렇게 사랑에 울고 웃네. 나도 당신과 그랬어. 우린 어쩔 수 없나 봐. 그렇지?'

소미는 그렇게 행복하고 편안한 마음으로 엄마 품에 잠들었다. 새근새근 편히 잠든 소미를 보며 소미 엄마는 행복이란 아주 작은 불씨의 도화선으로 확 타오른다는 걸 느꼈다. 삶이란 어느 것을 바라보느라에 따라 불씨가 맞춰 태워져 각자의 희비가 엇갈리는 것 같았다. 그 삶 속에서 소미가 항상 긍정적으로 이기려 노력하는 모습이 너무 예쁘게 보였다. 딸을 떠나 같은 여자로서 소미 엄마는 그 삶이 참 부러웠다.

개인전이 열리는 갤러리 안엔 사람들로 북새통을 이루었다. 방송국, 기자, 미술계 인사들까지 초대장을 받은 대부분의 사람들이 참석해 소미의 작품을 둘러보며 각기 다른 인상을 받은 게 역력한 표정이었다. 관장은 첫날부터 이렇게 많이 모인 사람들에 흡족해 일일이 인파에 파고들어 쉴 새 없이 소미의 그림에 대해 얘기를 나누었다. 그리고 소미는 첫날부터 팔린 그림 앞에 서서 뿌듯한 웃음을 지었다.

"벌써 그림이 팔린 거야?"

승호는 소미 어깨를 팔로 감싸며 옆에 섰다. 그런 승호에게 기댄 소미는 넘치는 행복에 환한 웃음을 보였다. 그간 소미에게 떨어지지 않던 불안이 단 한 점의 판매로 다 사라진 것마냥 좋아했다.

"응. 대진그룹 여사님이 사주셨어. 대진그룹 알아? 그러고 보니 너네 회사 이름을 여태 안 물어봤네. 희순이한테 물어본다는 게 바빠서 잊고 서번에 검색한다는 게 뭐 히다 잊었는지, 내가 요새 정신이 좀 없었어."

"곧 알게 될 거야."

"그게 뭐야. 참, 넌 그림 사지 마. 알았지?"

"왜?"

"내 그림 사는 게 아니라 날 사는 것 같은 느낌 들어서 싫어. 그리고 돈 많은 애인이 사면 뒤 봐준다는 소리 나올 것 같아. 하여간 넌 사지 마."

"알았어. 까탈스럽게 굴기는. 사지 말라고 하지 말고 한 점 줘봐."

승호는 소미가 이런 반응을 보일지도 모른다는 생각이 들어 미리 다 처분하길 잘한 듯했다. 소미는 승호에게 편안히 기대 작품 하나하나 보여주며 발걸음을 옮겼다. 승호는 그런 소미를 당겨 안아 한 점 한 점 감상하다가 마지막 작품 앞에 멈췄다. 잔뜩 웅크려 등을 보이고 누워 있는 남자의 누드화, 벌거벗은 뒷모습이 가여워 보이며 발목에 채워진 족쇄, 승호는 그 지친 남자에 묘한 동질감을 느꼈다.

"너야, 내가 본 너. 네가 잘 때 이렇게 보이는지 몰랐지?"

"그래? 내가 저 정도로 불쌍해 보여?"

"불쌍하다기보다는 그냥 그랬어. 이 그림 너 줄게. 내 흔치 않은 성은을 베푸니 앞으로 잘해. 어, 나 기자가 부른다. 잠깐만 기다려."

소미가 품에 쏙 빠져나갔지만 승호는 그 자리에서 움직이지 못했다. 저렇게까지 피곤한 모습으로 허덕거리는 불쌍한 남자가 자신이라는 게 믿어지지 않았다. 승호는 그림에서 눈을 떼고 아래를 내려 보았다. 승호 발목에 채워진 족쇄는 실제 보이지 않았다. 그러나 승호는 왠지 그 족쇄가 보이는 듯했다. 승호가 보기엔 소미는 마음을 읽는 재주가 있는 것 같았다. 그간의 마음을 이리 눈으로 보니 승호는 아픈 것보다 씁쓰레했다.

"너도 초대받았다더니, 결국 왔구나."

승호는 불현듯 들린 큰어머니 목소리에 고개를 들었다. 그리고 한껏 잘 차려입은 큰어머니의 차디찬 표정에 마음이 더 무거워졌다.

"네, 벌써 그림을 구입하셨더군요. 큰어머니답지 않게 성급하신 거 아닙니까?"

"안 화가 그림이야 투자할 가치가 높으니까. 그리고 개인적으로 안 화가 작품이 마음에 들어. 젊은 사람의 감각이라기엔 너무 나대지 않으면서도 가라앉지 않은 균형감이 탁월하지. 조금 더 나이 먹으면 아마 사람의 평정심을 흩트려 보는 것만으로도 감각적 혼란까지 일으킬 수 있는 그림을 그릴 거야. 기대되는 젊은 화가에 대한 내 배려라고 해두자."

승호는 소미를 아주 높게 평가하는 큰어머니에게 내심 놀랐다. 그리고 이렇게 승호와 길게 편안히 말하는 것도 처음이었다.

"큰어머님이 원래 이쪽에 관심이 많으신 줄 알았지만 전문가 못지않으시네요."

"내 소원이 갤러리 하나 갖는 거였는데, 어찌하다 보니 안 됐구나."

"제가 추진해 드릴까요?"

"됐다. 내 아들한테 받고 싶었지 감히 네가? 온 김에 너도 하나 사둬라. 네 그 천박한 교양을 제법 높여줄 듯하구나."

승호는 제법 괜찮던 분위기가 쫙 깨지자 할 말을 잃었다. 언제 어디서든 날을 세우는 큰어머니에게는 조금만 방심하면 이렇게 괜한 상처를 받게 된다. 그리고 소미가 나타나자 김 여사는 승호 팔짱을 끼며 도도한 눈빛이 엷어지고 고상한 풍미만 남았다.

"어머, 여사님. 어디 계셨어요? 근데 옆에 있는 분하고는?"

소미는 김 여사가 너무나 다정히 승호와 서 있자 어리둥절했다. 잔뜩 굳은 표정의 승호와 너그러운 표정의 김 여사, 소미는 설마 그런 인연으로 이미 얽힌 게 아닐 거라며 믿지 못했다.

"안 화가, 내 둘째 아들. 처음 보지? 미국에서 들어온 지 얼마 안 돼서 이런 자리에 보일 일이 없었거든. 아주 능력이 뛰어나 요새 어디 가나 아들 자랑하느라고 내가 바빠. 승호, 너도 인사해라. 내가 제일 아끼는 화가인 안소미 씨."

"저 그럼 여사님이 승호 어머님이고 승호가 대진그룹 아들이란 건가요? 그 후계자 수업 받고 있다던 아드님이 너야?"

소미가 어리벙벙한 표정으로 번갈아 보자 김 여사는 미간을 찌푸리며 승호에게 낀 팔짱을 풀었다. 그리고 이제야 낯이 익다고 생각한 소미에 대한 일이 번뜩 떠올랐다. 그게 몇 년 전인지도 가물거리던 때로 거슬러 올라간 김 여사는 승호가 동거한다던 여자

아이의 사진과 소미가 겹쳤다. 사진 몇 장을 봤다지만 이렇게 몰라볼 수 있을까, 김 여사는 잔뜩 굳은 표정으로 여태 낯이 익다고 친근하게 대했던 게 무안해질 지경이었다.

"어머니, 이렇게 소개시켜 드릴 줄 몰랐습니다. 제가 만나는 여자가 안 화가였습니다."

승호가 소미 옆에 서며 자신감에 찬 표정으로 웃자 김 여사는 이 상황에 기막혀 헛웃음만 나왔다.

"안 화가, 이게 인연이라는 건가? 새삼 놀랍네."

"어머, 아니에요. 전 전혀 몰랐어요. 오늘 처음 알았어요. 오해하지 마세요."

소미는 당황스러운 듯 손사래를 치며 혹시나 김 여사가 짜고 친 고스톱이냐고 따질까 발뺌했다. 김 여사의 싸늘한 표정에 소미는 지레 겁먹고 승호 팔을 붙들며 그 뒤로 물러섰다.

"안 화가, 그럴 수도 있죠. 사람의 인연이란 복잡한 거니까. 오늘은 내가 좀 놀라서 할 말이 없고, 다음에 보게 된다면 그때 보도록 해요."

김 여사가 딱 잘라 얼음장 같은 냉기를 폴폴 풍기며 사라지자 소미는 승호를 노려보다가 승호 정강이를 꽉 찼다. 승호는 아파 억울하단 듯 잔뜩 인상을 쓰며 절뚝거렸다.

"비폭력 간디 추앙자가 이리 폭력을 쓰면 쓰나. 진짜 아프다."

"너! 이렇게 날 이상한 사람 만들래? 이게 뭐야? 여사님 잔뜩 화내시고 갔잖아."

"뭐긴 뭐야. 큰어머니한테 소개한 거지. 근데 나 지금 가봐야 할 것 같다. 조금 있다 보자."

승호가 쏜살같이 나가며 김 여사를 따라가자 소미는 뭐가 뭔지 복잡스러웠다. 대진그룹이라면 대기업 순위에서도 상위에 올라 있는데 너무나 평범한 소미는 혹시나 뭔가 해코지 당하는 건 아닌가 싶은 생각이 들었다. 승호가 빠져나간 갤러리에서 소미는 많은 사람들을 상대했지만 조마조마하면서 두근거리는 마음이 가라앉지 않았다.

승호는 김 여사의 차에 겨우 올라타 옆자리에 앉았다. 딱히 별 말 안 하고 한참을 가던 차 안에서 승호가 먼저 침묵을 깼다.

"갤러리와 재무이사, 좋은 거래라고 생각하지 않으십니까?"

"그게 뭔 소리냐?"

"형에게 재무이사를, 큰어머니에게는 갤러리를, 저한테는 안소미 화가를. 만족할 만한 거래라고 생각되는데요?"

김 여사는 가소롭다는 듯 낮게 웃다가 승호를 쏘아봤다. 그러나 기죽지 않고 마주 보는 승호에게서 김 여사는 정말 많이 큰 듯한 느낌을 받았다.

"네가 그럴 능력이나 있으면서 지껄이는 거냐?"

"큰어머니 지분만 저한테 넘기신다면 그룹의 자금 흐름을 손에 쥐는 실세인 재무이사 자리는 내줄 수 있습니다. 그 이상은 어렵더라도 지금으로선 최고의 자리 아닙니까? 하지만 더 욕심 내신다면 다 무산될 수도 있습니다."

김 여사는 한참을 말없이 창밖만 바라봤다. 어쩌나 승호에게 휘둘리는 처지가 됐는지 하나 있는 아들이 잘못된 후 자신의 신세가 참 처량하기만 했다.

"네 아버지를 이길 수 있겠어? 그런 요직에 승우를 데려다 놓을 만큼 네 아버지 만만한 사람 아니다. 내가 하지 못한 걸 네가 할 수 있다면 해봐라."

"그래서 조건이 붙지 않습니까? 큰어머니 지분과 제 지분, 그리고 제 결정권. 큰어머니가 제 결혼하는데 무리수만 두지 않으시면 제가 못할 건 없습니다. 누구보다 형이 그룹 내로 들어와 일하길 바라시지 않습니까? 저도 마찬가지입니다. 걷지 못한다고 능력이 사라진 것도 아니고 남의 눈초리나 신경 쓰며 형을 구석에서 썩게 하고 싶지 않습니다. 그렇다면 누구보다 제가 필요하시겠죠?"

김 여사는 비틀리는 입가로 억지웃음을 지었다. 둘 사이에 오가던 그 힘의 균형이 완전히 깨져 버렸다. 김 여사는 아들의 위해 이런 것쯤이야 아무것도 아니었고, 승호가 저런 힘없는 화가와 결혼하면 더 좋은 것이었다. 욕심을 부릴 만큼 부리고 싶은 김 여사는 깔끔하게 마음을 정하자 앓던 이가 빠진 듯 홀가분해졌다.

"집안에 예술가 한 명 정도 있는 것도 나쁘지 않지."

"좋은 쪽으로 생각해 주시니 저도 그만큼 보답하겠습니다. 단 모든 게 성사된 후입니다."

"더 지껄이지 말고 그만 내려."

승호는 차가 멈춰 서자 김 여사가 보든 말든 고개 숙여 인사하고 내린 후 뒤따라오던 자신의 차에 올라탔다. 그리고 터져 나온 숨을 확 내뱉으며 담배 한 대를 입에 물었다. 이렇게 손아귀에 힘을 쥐고 있으니 제법 쉽게 임이 풀렸다. 이 자리를 위해 온 시간이 헛되지 않았나는 길 확인한 승호는 담배가 달게 느껴졌다.

소미는 갤러리에서 전시하던 보름 내내 승호를 다시 보지 못했다. 승호가 바쁘겠거니 하면서도 소미는 그날 이후 아무런 변화가 없는 게 이상했다. 드라마나 소설에서 보면 이럴 때 재벌들이 전시회장에 나타나 망치게 하거나 막 모욕적인 언사를 퍼붓는데 뭔가 너무 조용했다. 의심이 든 소미는 동명의 그룹 이름을 쓰는 작은 회사인가 틈을 내 인터넷을 검색해 봤지만 대진그룹 이사단에는 승호의 사진이 턱하니 있었다. 이게 무슨 폭풍 불기 전 잠잠함도 아니고 괜히 불안한 소미는 누가 건드리면 툭 짜증이 날 정도로 신경이 예민해졌다.

성황리에 개인전을 마친 마지막 날 소미는 갤러리 직원들과 와인 몇 잔 마시고 기분 좋게 헤어져 택시를 타니 이미 자정이 넘어 있었다. 하나하나 이렇게 경력을 쌓아가면 언젠가 소미가 원하는 그 경지에 이를 거라 믿었다. 이미 원치 않은 혹평도 들리지만 그것도 소미가 겪어야 할 일이었다. 택시에서 내린 소미는 피곤이 확 몰려와 무거운 걸음을 겨우 끌어 엘리베이터에 탔다. 그리고 문이 열리자 화실 문 앞에 승호가 서 있었다. 와인과 잔 두 개를 들고 선 승호를 본 소미는 이 복도를 밝히는 전등 빛보다 환한 빛을 봤다.

"뭐야! 연락도 안 하고 이게 뭔 짓이야. 네 집에서 너 감금한 줄 알았잖아. 막 골프채로 패는 거 아닌가 걱정했는데 왜 이리 멀쩡하게 나타나. 기운 빠진다!"

"내가 애냐? 일본 출장 갔다 왔어. 갑자기 일이 터진 데다가 휴대전화를 놓고 가는 바람에 연락 못했어."

"진짜? 네가 휴대전화를 놓고 갔다는 걸 내가 믿어야 해?"

"그래, 믿어줘. 윤 비서도 당황하더라. 내가 안 챙길 거라고는 생각도 못했다며. 안 가져간 김에 너 애 좀 타보라고 연락 안 했어."

"뭐야? 짜증나. 뭔 애가 그리 정신없이 다니냐."

"걱정했어?"

"그럼! 당연한 거 아냐?"

"첫 개인전이 성공했으니 축하해야지. 빨리 문 열어. 오늘 도착해서 나도 피곤해."

소미는 후다닥 문을 열고 바닥에 얇은 이불을 깔아 그 위에 승호와 같이 앉았다. 승호는 목을 죄고 있던 넥타이를 푸르고 상의를 벗어 와이셔츠 소매를 걷어 올렸다. 소미는 그런 승호를 보면서 왠지 모르게 자꾸 웃음이 실실 나는 걸 감추지 못했다.

"너 왜 그리 웃어?"

"좋아서. 너 은근 야해. 와이셔츠 걷은 팔에 이 근육 봐. 옛날에 태어났으면 나무 하나는 잘 팼겠다."

소미는 딱딱하고 울퉁불퉁한 근육들을 만지며 승호에게 가까이 다가가 양반다리 한 사이에 쏙 들어가 앉았다.

"야! 무겁게 뭐 하는 짓이야."

"무거워? 너 사랑이 시었구나. 이깟 무게에 날 거부할 정도라니, 알았어. 민승호, 진즉에 알아봤어."

승호는 빠져나가려는 소미 허리를 팔로 꽉 둘러서 눌러 앉혔다. 이렇게 스스럼없이 안기는 소미에게 승호는 아직도 주저했다. 승호도 남자이기에 드는 성욕을 제어할 수 있을 만큼만 소미를 가까이하고 싶었다. 그러나 소미는 그 이상으로 멋모르며 승호에게 안겼다.

"말을 해도. 기분이 어때?"

승호가 반쯤 채워준 와인 잔을 들고 쭉 마신 소미는 그 옛날같이 꺾지 않고 단번에 마셨다. 소미는 뭐든 단번에 끝내는 걸 좋아했다. 그래서 뒤끝있게 질질 끄는 것을 싫어했다. 승호는 빈 잔을 또 채워주며 더 가까이 안기는 소미를 눈치 채지 못하게 슬쩍 밀어냈다.

"좋아. 행복해. 내가 정말 화가로 인정받은 기분이야. 너도 내가 막 자랑스럽지 않냐?"

"자랑스러워."

"근데 여사님 괜찮으셔? 갑자기 찬물을 뒤집어쓴 표정을 하고 나가셔서 내가 얼마나 놀랐다고. 나 은근 어른들한테 소심한 부분이 있잖아."

"큰어머니는 우리 편이야. 그리고 원래 큰어머니 성격이 그리 따뜻한 편이 아닌 데다가 놀라서 그러셨을 거야."

"정말? 엄마도 우리 편인데. 엄마들끼리 쿵짝이 맞으시구나. 근데 네 아빠가 허락하실까? 예전에도 그렇게 반대하셨는데, 걱정되

네. 나한테 돈 진짜 많이 주고 떨어지라고 하시면 돈만 받고 안 떨어져야지."

"그런 걱정은 하지 말라고 했지. 내가 다 알아서 해."

"그래, 알아서 해라. 뭐 민승호 믿어보지. 나 진짜 오늘 너무 피곤하다. 어깨도 아프고 눈도 퀭하고 다리도 부은 것 같고. 잘나가니까 부작용이 크네."

소미는 피곤하다고 칭얼거리며 눈치를 슬슬 보다가 기습적으로 승호 입술을 덮쳤다. 승호가 놀란 듯 눈을 크게 뜨며 물러서자 소미는 싱긋 웃으며 아예 눈을 감았다. 그리고 벌어진 입 안으로 와인 향이 물씬 넘나들었다. 한참을 엉키고 섞인 열정이 뜨겁게 달궈지자 승호는 앞으로 쓰러지듯 소미를 넘어뜨리고 위로 올라탔다. 소미는 한시도 떨어지지 않으려는 듯 다리를 벌려 승호의 허리를 감싸 당겼다.

승호는 이만 멈춰야 했다. 더 나가면 승호가 그동안 쭉 했던 다짐마저 무너져 내리기 직전이었다. 그러나 타오른 열정은 쉽게 멈춰지지 않았다.

소미의 짧은 원피스가 말려 올라가 드러난 매끄러운 허벅지를 승호는 손으로 어루만지며 부드러운 살결에 몸이 달아올랐다. 뜨거운 소미를 만지던 승호의 손은 대담하게 위로 향했다. 손에 따라 말려 올라간 옷들 사이로 소미의 가슴이 드러나자 승호는 단번에 꽉 움켜쥐었다. 예전보다 마른 몸이지만 여전히 풍만한 소미의 가슴에 승호는 엉덩이를 들썩거렸다. 그리고 소미는 민감한 사이에 닿은 딱딱한 남성에 발끝까지 짜릿해져 몸을 떨며 탄성을 내질

렸지만 승호 입 안에 맴돌았다. 승호는 손에 넘치는 탱글탱글한 가슴을 쥐고 살살 놀리며 소미 목에 자질한 키스를 퍼부었다. 소미는 더 비디지 못하고 승호 가슴을 손으로 밀어 떨어뜨렸다. 그리고 소미는 발갛게 달아오른 얼굴로 가쁜 숨을 내쉬며 얼떨떨해하는 승호에게 말했다.

"나 하고 싶어. 너도 벗어."

승호가 말릴 새도 없이 소미는 원피스를 위로 확 벗어 던졌다. 그리고 속옷만 입은 채 승호 와이셔츠를 급하게 풀어갔다. 승호는 그런 소미의 손목을 잡고 숨을 고르며 마주 보았다.

"급할 거 없어. 여기까지만 해도 돼."

"급해. 지금 이 찌릿찌릿한 기분 놓치고 싶지 않아. 너무 좋단 말이야."

"천천히 하자. 너 피곤한 상태에 술까지 마셔서 지금 제대로 판단하지 못해."

"너 또 나 거부하는 거야? 왜, 또 도망가려고? 그런 거야?"

"아니야. 아침에 눈 떠서 너 후회하는 거 보기 싫어서 그래."

"후회 안 해. 난 순간이 전부인 거 알잖아. 하자. 나 자존심 상하려고 해."

승호는 더는 주저하지 않고 소미의 등 뒤로 손을 가져가 브래지어를 풀어냈다. 그리고 탱탱하게 흔들리는 가슴에 승호는 주저없이 소미의 어깨를 눌러 눕혔다. 소미는 누운 채 승호의 와이셔츠 단추를 다 풀어 벗겨냈다. 소미는 욕망으로 가득 찬 승호의 눈을 보고 입술을 혀로 핥으며 유혹했다.

승호는 입 안 가득 소미의 가슴을 물고 힘차게 빨아들이며 움직이는 소미의 허리를 꽉 잡았다. 소미는 가슴이 떨어져 나갈 듯 아프지만 꼿꼿한 돌기가 승호의 이에 세게 물릴 때마다 발가락이 오므라질 정도로 온몸이 부들거렸다. 쾌감에 흠뻑 젖은 승호는 소미 허리를 잡던 손을 아래로 내려 소미의 마지막 속옷을 벗겨냈다. 그리고 촉촉이 젖은 거웃 숲 사이에 승호의 손이 미끄러지듯 가르며 닿았다. 승호는 단단히 부풀어 오른 여체의 미끈한 돌기를 손가락으로 살살 건드렸다. 소미는 승호의 손가락이 닿을 때마다 허리가 들썩거리며 엉덩이를 움직였다. 승호의 손가락이 빠르게 움직이자 소미는 터져 나오는 신음을 맘껏 내지르며 파르르 떨었다. 잠시 승호는 옷을 마저 벗으려고 멈췄다. 승호가 옷을 벗으며 뚫어지게 쳐다보는 나체가 소미는 부끄럽지 않았다. 오히려 그 욕망에 푹 빠져 잡아먹을 듯한 강한 눈빛이 좋았다. 그리고 승호의 다 벗은 몸을 보며 웃음이 터졌다.

"야, 너 거기 너무 커. 근데 왜 점점 더 커지냐?"

"네가 더 잘 알 텐데?"

"그렇게 좋아?"

"피가 몰려 욱신거려 죽겠다."

승호는 자꾸 시선을 받으며 위로 솟는 남성에 큭 웃음이 나왔다. 그리고 소미가 다리를 양껏 벌리며 맞아주자 승호는 그 사이에 자리 잡았다. 충분히 젖은 소미에게 들어가려고 맞춘 승호는 숨을 골랐다. 그리고 소미 겨드랑이에 손을 넣어 꽉 끌어안고 승호는 단번에 밀어 넣자 반드럽게 안으로 들어갔다. 소미는 몸이 찢어질 듯한 통증에 승호의 등을 꽉 끌어안고 매달리며 목이 뒤로 꺾여 나오지 않는 소리로 고동을 호소했다. 조금 전끼지 온몸을 휘감던 찌릿한 흥분이 순시간에 고통으로 변했다. 그러나 승호는 멈추지 않고 천천히 허리를 움직이며 소미의 귓가를 살살 핥았다. 뜨거운 숨이 닿는 귓가가 가장 민감한 소미의 성감대임을 안 승호는 귀를 입 안에 넣고 빨며 소미를 진정시키려 했다.

"괜찮지?"

"아니, 찢어지는 줄 알았어. 너 왜 그렇게 커?"

"그 말 들으면 더 커진다."

소미는 온몸을 헤집고 간 통증이 서서히 잦아들며 승호를 제대로 느끼게 되자 잔뜩 오므렸던 다리도 점차 벌어졌다. 승호가 소미 안으로 편하게 드나들 수 있게 되자 몸과 몸이 맞닿는 속도가 빨라졌다. 소미는 몸이 점점 붕 뜨는 듯 얼이 빠져나가는 거 같았다. 소미는 그 야릇한 감정에 핏줄 하나하나가 터질 듯 팽창된 듯 했다. 승호가 순간의 틈을 주지 않고 참을 수 없을 정도로 세게 밀고 드나드니 소미의 신음이 화실에 울려 퍼졌다. 승호가 빠르게 움직일수록 맺힌 땀방울이 소미 얼굴에 툭툭 떨어졌다. 소미는 손을 뻗어 승호의 얼굴을 쓰다듬으며 엉덩이를 맞춰 들썩거렸다. 승호는 그런 소미가 자꾸 뒤로 밀려가자 허리를 꽉 잡고 더 깊게 파고들었다. 소미가 내지르는 신음이 점점 커질수록 승호는 더 힘차게 부딪쳤다. 소미는 승호의 움직임에 환희를 돌려줬다. 그리고 더 견디지 못하는 소미는 손바닥으로 바닥을 깔린 이불을 움켜쥐며 몸을 비틀었다. 소미가 몸을 움직일 때마다 승호는 맞닿은 안이 일으키는 경련을 느꼈다. 소미는 거대한 파도가 밀려오듯 자지러질 듯한 절정에 온몸이 타는 것 같았다. 그렇지만 승호는 멈추지 않았다. 오히려 더 날쌔게 움직여 소미의 머릿속을 하얗게 만들었다. 소미는 더 느낄 절정도 없이 치고 올라간 몸이 재 하나 남지 않고 타버린 듯한 느낌을 받았다. 승호는 느릿하게 움직이며 땀에 흠뻑 젖어 지쳐 헐떡거리는 소미 몸을 끌어안고 파정했다. 소미는 뜨거운 몸을 맞댄 채 승호에게 작게 속삭였다.

"승호야, 나 홍콩 갔다 온 거 같아."

"어? 웬 홍콩?"

"별들이 소근대는! 아, 그러고 보니 별도 본 것 같아."

승호는 그 표현에 터지는 웃음을 참느라고 몸을 들썩거려 소미 몸도 따라 흔들렸다.

"승호야, 사랑해. 그리고 무지 좋았어. 매일 하고 싶을 것 같아."

"매일 하지 뭐."

"그럴까? 빨리 결혼해서 시도 때도 없이 하고 싶어."

"결혼하면 일하지 마?"

"아니, 그렇게 좋았다고."

"최대한 빨리 할 수 있게 할게."

"응. 근데 너무 피곤해. 완전 졸려."

승호는 떨어지려는 소미를 꽉 붙들어 안아 한참 등을 쓰다듬어 주며 서서히 식어가는 몸을 고스란히 느꼈다. 소미는 다정한 손길에 풀린 긴장감을 이기지 못하고 스르륵 눈을 감았다.

승호는 욕실에서 따뜻이 수건을 적셔와 잠이 든 소미의 몸을 닦아주었다. 그리고 수건에 묻은 빨간 피를 보았다. 승호는 명확치 않은 뜨거운 감정이 울컥 솟아올랐다. 언제나 자신에게 처음을 내주는 소미를 꽉 안고 승호는 고맙다는 말을 연방 귓가에 속삭였다. 들리지 않아도 몸과 몸으로 전해지는 언어가 따로 있을까, 소미는 자면서도 얼굴엔 환한 웃음이 걸쳐져 있었다.

해마다 있는 회장의 미주 방문 일정에 맞춰 승호도 출장을 잡아 미리 처리해 둬야 할 일에 파묻혔다. 손아귀에 쥔 것들의 힘이 강해질수록 그 영향력 또한 커져 승호는 맘 놓고 자리 한번 비우는 게 쉽지 않았다. 요새 승호는 일을 하면서 새로운 동력을 찾으려 노력했다. 이전엔 그저 이 자리를 가져야 한다는 악이었고, 소미를 다시 돌려놓아야 한다는 의지로 마지못해 했었다. 근래에 든 생각은 어차피 이 일을 계속해야 하고 주변의 반응도 갈수록 기대치를 높이니 승호는 이 안에서 더 큰 꿈을 찾고 싶었다. 멀리 있어 다 버리고 가지 못하는 그런 대단한 것들이 아니라 이안에서 지금껏 잘해왔다고들 하니 승호는 찾으면 있을 것 같았다. 그렇게 하나씩 승호는 변화를 느끼고 있었다. 어쩌면 그토록 원하던 단 하나를 얻고 나니 승호에게 다른 것이 눈에 들어올 여유가 생긴 건지도 몰랐다.

승호는 회의 중 안주머니에서 지긋하게 떨리는 휴대전화의 진동에 결국 발신을 확인하려 꺼냈다. 그리고 발신자를 본 승호는 회의까지 중단하고 끊기기 전에 서둘러 전화를 받았다.

"왜?"

[승호야, 어디야?]

전화기 너머로 들리는 소미의 목소리가 어딘가 평상시 같지 않았다. 약간 들뜬 듯, 아니, 풀린 듯 다른 목소리에 승호는 갸우뚱하며 혹시 뭔 일이 있는 게 아닌지 철렁했다.

"회사야, 넌 어디야?"

[나 지금 일 보러 나왔다가 생각나서 그러는데. 네 회사로 가면 안 돼? 나 안 보고 싶어? 어쩜 너는 그 잘난 사무실 한번 보여주지 않니?]

"와. 여기 어떻게 오는지 알아? 차 보내줄까? 어디 있는데, 얼마나 걸릴 것 같아?"

[한 번에 하나만 물어라. 정신없게시리. 택시 타고 갈래. 내 이 정확한 계산에 의하면 한 사십 분 걸릴 것 같아.]

"알았어. 정문으로 들어오면 안내데스크가 바로 있을 거야. 거기에 내 사무실 간다고 해. 아, 기획실 민 전무 찾아왔다고 해라. 근데 너 혼자 올 수 있겠어? 내가 데리러 갈까?"

소미가 혼자 오겠다고 몇 번을 말했지만 승호는 안심이 안 됐다. 소미가 오다가 헤매는 건 아닌지 승호는 차를 보내겠다는데도 소미는 굳이 싫다며 급기야 짜증을 냈다.

[잔소리쟁이. 그만 해라. 내가 애야? 조금 있다가 봐.]

소미가 전화를 툭 끊자 승호는 철렁했던 마음에 걱정이 하나 더 쌓였다. 소미의 그 정확한 계산이란 걸 믿느니 승호는 그냥 회의를 최대한 빨리 끝내는 게 최선이라고 생각했다. 이미 웬만한 결론은 났고 마무리는 알아서 하라고 빠지려 정리하는데도 삼십 분이 넘게 걸렸다.

소미는 택시에서 내려 고개를 치켜들고 봐도 끝이 보이지 않는 건물 앞에 섰다. 그리고 약간 주눅이 들긴 했지만 정문을 통과해 승호가 시킨 대로 안내데스크 앞에 섰다.

"민승호 전무 만나러 왔는데, 어떻게 가야 하죠?"

안내 직원은 소미를 흘낏 보더니 신분증을 제시하라고 했다. 요즘같이 정보유출이 심심찮게 일어나는 판국에 관공서도 아니고 회사에서 무슨 신분증을 달라는지 소미는 이해할 수 없었다. 그래서 소미는 주지 않고 버티며 안내 직원에게 신분증 사용용도를 재차 확인하며 따지자 직원은 경비를 불러 내쫓을 태세를 했다. 소미는 휴대전화를 꺼내 다시 승호에게 전화를 걸었다. 제아무리 대기업이라도 소미는 개인정보를 함부로 줄 수 없었다.

"나야, 여기 안내데스크라는 데 왔어. 근데 나보고 신분증을 맡기고 들어가라는데, 나 그냥 갈래. 기분 상했어."

승호가 알아서 처리하겠다며 전화를 툭 끊고 나서 몇 초도 안돼 안내직원은 갑자기 극진한 태도로 돌변해 소미를 당황시켰다.

"죄송합니다. 제가 미리 연락을 받았는데, 잘못 알아본 것 같습니다. 정말 죄송합니다."

"아니에요. 죄송한 게 아니라 그냥 신분증 주는 게 싫어서 그런 거였어요. 제가 좀 작은 거에 까칠하거든요. 괜찮아요."

소미는 고개 숙인 직원을 보며 돈이 가진 권력이란 이런 거였구나 싶으면서 괜히 까칠했던 자신이 곤란하게 만든 것 같아 미안해졌다. 그리고 지하철 개찰구 같은 곳을 통과해 엘리베이터에 올라 탄 소미는 문이 닫히기 직전 또 직원을 불러 세웠다.

"저기, 몇 층인지 안 가르쳐 주셨는데요."

"27층입니다. 전 층이 기획 전무실이니 바로 내리시면 다른 직원이 나와 있을 겁니다."

소미는 광이 나다 못해 보석이 박힌 듯 휘황찬란한 엘리베이터 안에서 어지럼증이 나 비틀거렸다. 이래서 술 먹으면 곱게 집으로 쳐가야 하는데 괜히 승호 보겠다고 객기를 부린 게 후회가 되었다. 문이 열리자 대기하던 직원은 정중히 소미를 맞았다. 소미를 이끌던 직원이 사무실 입구에 달린 홍채인식에 눈을 바짝 대자 턱하고 사무실 문이 열렸다. 그러나 바로 승호가 있는 게 아니라 열댓 명이 넘게 모여 있는 넓은 사무실을 지나서야 묵직한 느낌의 문이 나왔다. 승호 한번 만나기가 이리 불편하니 소미는 다시 이사무실에 올 일이 없을 듯했다.

"전무님, 안소미 씨 오셨습니다."

승호는 직원이 나가자 문가에서 휘둥그레진 눈으로 사무실 둘러보기 바쁜 소미에게 다가갔다. 그리고 홍조가 진하게 띤 볼이 딱 술 마신 티를 내고 있었다. 어째 통화할 때부터 소미 목소리가 이상타 싶더니 월요일 대낮부터 술 마시고 왜 찾아왔는지 승호는 그 내막이 궁금했다.

"웬 낮술을 다 했어?"

"어머, 티 나?"

"딱 티 나."

"승호야, 나 업어줘. 응?"

소미가 목에 팔을 누르고 매달려 폴짝폴짝 뛰어오르니 승호는 어쩔 수 없이 쭈그려 앉아 등을 내주었다. 소미는 가볍게 뛰어올라 승호 목에 팔을 감고 등에 착 달라붙어 어깨에 얼굴을 묻었다. 승호코알라, 소미는 평생 그렇게 불리고 싶었고 매일 이렇게 승호와 떨어지고 싶지 않았다.

"옛날 생각난다. 학원 끝나고 네가 항상 데리러 왔었는데, 그때도 이렇게 자주 업어줬잖아."

"그랬지. 그 밤에 뭐 좋다고 만날 널 업고 다녔는지."

소미는 그 예전에 심취해 별의별 얘기를 다 꺼내며 승호에게 다 기억해 내라고 강요했다. 그때는 그렇게 떡볶이가 맛나고 먹기만 하면 황홀했는데, 이젠 밀가루 음식이 싫어졌으니 참 이상하다고 소미는 투덜거렸다. 그렇게 세월이 흘러 세상이 변하고 사람이 변했지만 둘만은 그대로인 듯 그때와 같은 모습이었다.

"왜 술 마신 거야?"

"나 지금 삼 일째 두 시간만 잤어. 혹사당하는 인생이야. 아, 서글퍼."

"잠자는 곰이 왜?"

"뭐? 곰! 잠자는 공주지 왜 곰이야! 사랑이 식었구나, 그렇구나. 민승호, 네 마음 알았어."

"당연히 공주야, 공주! 무슨 말만 하면 다 식었냐? 펄펄 끓어오르는 용암이다. 됐냐?"

승호는 애 달래듯 소미를 업은 채 사무실을 빙빙 돌며 말상대를 해줬다. 승호는 가끔 이렇게 막무가내로 소미가 떼쓰는 게 귀엽고 그 어릴 때 만났던 느낌이 새록새록 들어 나쁘지 않았다. 소미는 너무 포근히 기대 있다가 장난기가 발동해 승호 목에 두른 팔을 졸라 캑캑거리게 만들었다. 승호는 숨이 막혀 몸을 흔들어 소미를 떨쳐 내려 했지만 소미는 여전히 승호에게 장난질을 멈추지 않았다.

"야! 숨 막혀. 너 그러면 안 업어준다."

"어머, 전무님 너무 치사하세요. 이러시면 저도 전무님하고 안 놀아줄 거예요."

"계속 장난쳐라. 한창 바쁠 때 와서 업어달라고 하고 이게 뭐 하는 짓이야. 진짜 뭔 일 있는 거면 궁금하게 하지 말고 빨리 말해."

승호가 혼내듯 강한 어조로 말하지만 소미는 계속 바동거리다가 혼자 놀다 지친 듯 한참 후에나 그만두었다. 승호는 이제야 얌전해진 소미를 한쪽 벽에 붙어 있는 거울을 비춰보았다. 소미는 반쯤 감긴 눈으로 와이셔츠에 화장이 다 묻게 볼을 비비며 히죽거리고 있었다. 철이 다 든 듯 버팅길 때는 언제고 이제는 아예 착 감기니 승호는 그저 웃을 수밖에 없다. 그 웃음은 행복한 웃음이었고, 편안한 웃음이었다. 그리고 승호는 저리 웃는 소미를 보니 큰일은 없었던 거 같아 바로 둘러업고 사무실을 또 빙빙 돌았다.

"뭔 일 있던 건 아니고, 금요일 저녁에 커피를 넉 잔이나 마셨더니 잠이 한숨도 안 오더라고. 해가 중천에 뜨니 졸리기 시작해서 자려고 하는데, 갤러리에서 안 팔렸던 그림 두 점을 누가 구매한다고 해서 갔다 왔어. 근데 희순이 요 계집애가 자려고 하는데 갑자기 들이닥쳐서는 주말에 지 쉰다고 나보고 같이 놀자는 거야."

"그래서?"

"그래서 어째. 의리에 죽고 사는 내가 또 희순이 승진까지 했다는데. 광란의 밤을 달려주고 새벽에 잠깐 눈 붙이나 싶더니 하필이면 이모 셋째 딸 돌잔치가 일요일인 거 있지. 아침부터 하나뿐인 조카로서 무한한 책임을 느껴 잔칫집 분위기 띄운다고 술 잔뜩 먹고 실컷 놀아줬지. 어르신들이 아주 내가 노래 한 가닥만 불렀다 하면 다들 자지러지시는 거야. 아, 진짜 이놈의 인기란. 그리고 자정이 넘어서 집에 왔는데 이상하게 피곤이 극에 달하니까 번뜩 잔상이 팍 꽂히는데 그걸 당장 안 그리면 숨넘어갈 것 같은 거 있지. 그래서 그림 그리다가 또 밤을 꼴딱 샜어."

승호는 함께하지 못한 며칠에 대해 소미가 조잘거리는 대로 다 받아주었다. 이렇게 대화로 일상을 나눈다는 게 승호에게 굉장히 편한 느낌이었다. 이래서 사랑의 결말에 수많은 사람들이 결혼으로 점을 찍는구나 싶은 생각이 든 승호는 거울에 비친 소미를 한없이 사랑스러운 눈길로 바라봤다.

"그리고 오늘은 왜?"

"오늘은 한 아홉 시쯤에 나 대학 다닐 때 지도 교수님이 전화하신 거야. 개인전에 왔다 가셨거든. 나오라는데 어찌 안 가냐? 제자로서 또 무한한 존경심에 백화점에 들러 부랴부랴 감사 선물을 사서 찾아뵈었지. 예전에 지도 교수님이 나 술 진짜 자주 사주셨거든. 내가 애제자였지 않겠냐? 그래서 술 마시면서 내 그림에 대해 난도질을 당했어. 아, 애제자를 이리 홀대하시다니. 교수님 앞에서 내가 차마 말 못했지만 서운은 하다고!"

소미는 스르르 감기는 눈을 주체 못하고 연방 하품을 하며 승호에게 조잘거렸다. 소미는 이렇게 편하게 승호 등에 업혀 뭔가 친밀한 이상을 느끼는 이 감정에 마음이 간질간질거려 너무 좋았다. 함께할 수 있다는 기쁨은 그 이상의 행복감을 가져다주었다.

"많이 혹평하셨어? 내가 보기엔 최고더만."

"너 그림에 막눈이잖아. 최고는 무슨."

승호는 괜히 편들어줬다가 면박만 당하니 머쓱해졌다. 소미는 바로 옆에 보이는 귀를 자근자근 깨물며 승호를 괴롭혔다. 승호는 귀가 축축이 젖어들자 온몸에 있는 털들이 하늘로 벌떡 일어서는 자극에 전율했다.

"너 출장 갔다 언제 와?"

"한 달 조금 덜 걸릴 것 같은데, 더 걸릴 수도 있고."

"잘 됐다. 나도 여행 가려고. 교수님 말대로 예전에 그렸던 풍경화 쪽으로 방향을 틀어보려고. 내가 너무 선에 집착하는 것 같기도 해."

"혼자? 안 돼."

"어머, 네가 무슨 보호자야? 우리 엄마도 뭐라 안 하는데, 네가 왜 난리야."

"안 돼."

승호는 소미를 내려놓고 강력히 말하려 했지만 소미가 떨어지지 않고 더 목을 조이며 매달리자 어쩔 수 없이 다시 업었다. 아무래도 승호는 전생에 머슴이었을 거란 생각이 확고해졌다. 것도 지독히 야시시한 마님을 모셔 온갖 고생을 다 한 불쌍한 머슴이 승호 같았다.

"승호야, 나 이제 더 많이 보려고. 그동안 너무 내 안으로 파고들었던 것 같기도 해. 멀리 안 가고 국내를 돌아다녀 보면서 좀 깨달음의 경지에 이르러야 할 듯해."

소미에게는 지도 교수가 굉장히 특별한 존재이자 등대 같은 분이었다. 지도 교수가 풋내기 어린애한테 화실까지 내주며 그리 열심히 가르쳤지만 결국 제 갈 길 가겠다고 소미는 그 방향을 확 틀어버렸었다. 그러면서도 소미를 항상 주시하며 가장 혹독한 비평을 하지만 그 안에 소미의 장점을 누구보다 더 많이 발견해 독려하는 귀중한 분이었다. 그래서 이제 그만 갈 길 다 가보았다고 여기고 자다가도 떡이 떨어질 어른 말 한번 따라볼 마음이 들었다. 추상 표현주의에서 벗어나 다시 새로운 화법으로 선회해 폭을 넓히라는 말이 소미에게 깊게 새겨졌다. 화가란 다양성을 잃으면 안 된다는 지도 교수의 말에 소미는 그동안 지나치게 선에 집착했던 그 느낌이 자신 안에 있는 상처와 분노에서 나왔다는 걸 인정했다.

"그럼 차 내줄 테니까 그 차 타고 다녀."

"야! 여행은 기차와 버스로 하는 거야. 너 같은 부르주아가 나 같은 프롤레타리아의 삶을 알겠냐?"

"한 번만 더 그런 식으로 말하면 화낸다."

승호는 부쩍 소미가 돈에 관해 비비 꼰 어투로 말하는 게 거슬렸다. 소미에게 분명 그런 부분이 상대적으로 편치 않겠지만 승호는 그저 민승호 그 자체로 예전처럼 봐주기를 바랐다. 소미만이라도 다른 걸 다 벗어던져도 사랑할 수밖에 없는 그런 승호가 되고 싶었다.

"미안, 내가 심했어. 그래도 내가 좀 지적인 단어를 사용하지 않았냐?"

"미안한 거 알면 다시는 하지 마."

"알았어. 하여간 교수님 말도 일리 있는 거 같아. 내 안에 담겼던 상처가 날카로운 선에 집착했던 것도 일부분 있었고. 이제 행복해 미치기 직전이니 좀 더 넓게 본다면 발전이 있지 않을까?"

"그래. 그럼 수시로 연락해. 어디 가든 밤에 돌아다니지 말고."

"응, 근데 우리 결혼 언제 해? 왜 아직도 말이 없어?"

"출장 갔다 와서. 좀 자. 집에 데려다 줄게."

"나 내려놓지 마."

"왜? 나 일해야 해."

"네 등이 참 좋아. 모든 걸 다 맡겨도 될 것 같아. 네 등은 참 사랑스러워."

승호는 그렇게 소미를 업고 한참을 서 있었다. 그리고 애 키우는 연습을 미리 하는 것도 아니면서 승호는 소미를 업은 채 한 손으로 서류들을 넘겨보며 조심조심 키보드를 만졌다. 승호는 문득 새근새근거리는 소미의 숨소리를 들으며 참 다행이란 생각이 들었다. 승호만 혼자였던 게 아니라 소미도 다른 사랑을 만나지 않았기에 다행이었다. 승호만 사랑에 허덕이던 게 아니라 소미도 그 사랑을 고스란히 묻어두고 있었기에 끄집어낼 수 있어서 다행이었다. 세상 모든 게 소미와 연결되면 승호에겐 다행이었다. 소미가 숨 쉰다는 자체가 승호에게는 다행이있다.

"전무님?"

사무실 문이 끼익 열리며 윤 비서가 들어오자 승호는 입가에 손가락을 가져다 대며 조용히 하라는 표시를 했다. 윤 비서는 눈앞에 펼쳐진 승호의 이상한 모습에 눈만 깜박이며 더는 말을 잇지 못했다. 승호가 작지도 않은 여자를 등에 업고 반쯤 구부려 서류를 보고 있다니, 세상에 누가 저 사람이 그 쌀쌀맞은 민 전무라고 믿을지 윤 비서는 보는 것만으로도 기막혔다.

"무슨 일이죠?"

승호가 속삭이듯 말했지만 윤 비서는 거리가 있어 알아듣지 못해 가까이 다가갔다. 승호가 윤 비서에게 속삭이듯 다시 묻자 윤 비서도 따라 속삭이듯 말했다.

"십 분 후에 기획실 정례 보고 어떻게 할까요?"

"흠, 월요일이라 하긴 해야 할 텐데."

승호는 멀찍이 놓인 서류를 건네주려고 손을 뻗자 소미가 끙 소리를 내며 등에서 뒤척였다. 승호는 그대로 멈춰 서 소미가 다시 잠들 때까지 기다렸다. 그리고 두 손으로 소미 엉덩이를 받쳐 다시 제대로 업고 몸을 좌우로 살살 흔들었다. 한참을 그러다 멈춘 승호는 눈짓으로 윤 비서에게 소미를 가리키며 자냐고 물었다. 윤 비서는 이 어이없는 상황에 고개를 끄덕여 주자 승호가 안도의 한숨을 내쉬었다.

"잠을 못 잤다고 해서요. 원래 잘 자는 편인데, 며칠 잠을 못 자니 힘들었나 봅니다."

승호가 괜한 변명을 하며 난감한 표정을 짓자 윤 비서는 어깨를 들썩거리며 소리 없이 웃었다.

"전무님이 참 달리 보입니다. 꼼짝을 못하시네요."

"제가 좀 잡혀 살 것 같죠? 그래도 좋으니 이것도 병인 듯합니다."

"사랑이라고 하셨잖습니까? 제가 보이엔 깊이 잠드신 것 같은데, 여기 주무시게 두시고 보고는 회의실에서 받는 게 어떨까요?"

"그러죠. 바로 준비해 주시고 지금 보신 건 함구해 주세요."

윤 비서가 나가려 문을 연 사이로 직원들이 눈이 빤짝거리며 안을 들여다봤다. 그리고 놀란 눈으로 윤 비서가 문을 닫지 못하게 다들 다닥다닥 붙었다. 직원들은 아무리 그래도 승호가 여자를 업고 일을 하고 있다는 게 믿기지 않았다. 지금까지 가지고 있던 승호에 대한 동경이 와장창 깨진 듯 다들 표정이 가관도 아니었다.

"다들 자리로 돌아가세요."

윤 비서가 직원들을 훈계하며 문을 탁 닫자 승호는 그제야 난감한 표정으로 숙인 고개를 들며 큭큭 웃었다. 세상에 민승호가 저 많은 직원 앞에서 이런 모습을 보이다니, 한동안 비서실과 기획실이 제법 시끌벅적할 것 같았다. 승호는 실없이 웃으며 소미를 조심히 소파에 내려놓았다.

"벌써 집이야?"

소미가 눈도 뜨지 못한 채 물으며 뒤척이자 승호는 양복 상의를 덮어주며 작은 입에 슬며시 입 맞췄다. 소미는 잠결에도 반응하는지 손을 뻗어 승호 팔을 꼭 잡았다. 소미가 촉촉이 젖어드는 입술로 혀를 날름거리자 승호는 멈춰야 했다. 승호는 해도 해도 물리지 않고 끝없이 딤힐 수 있는 것들 중 하나가 사랑하는 사람과 나누는 키스인 듯했다. 입술을 혀로 핥으며 아쉬워하며 입맛을 다시는 소미를 보며 승호는 확 사무실 문을 잠가 버리고 싶었다.

"아직 집 아니야, 더 자. 조금 있다가 일 끝나면 집에 데려다 줄게."

"응. 꼭 데려다 줘."

소미가 더는 알아들을 수 없는 말을 웅얼거리자 승호는 겨우 사무실을 빠져나왔다. 그리고 몇 시간을 고대로 자는 소미를 다시 업고 집에까지 무사히 데려다 줬다. 승호는 회사로 돌아오는 길에 당장 결혼해야 할 듯한 조급함이 들어 출장에서 돌아오는 즉시 아버지와 부딪혀야겠다고 마음먹었다.

소미는 전국을 돌아다니며 사진기로 눈에 다 담지 못하는 풍경을 담았다. 나중을 위해서가 아니라 그날그날 승호에게 메일을 써 보내며 제일 멋지게 찍힌 사진을 보내줬다. 승호에게 답장이 바로 오는 날도 있고, 아닌 날도 있었다. 하지만 승호가 보낸 메일 한 통에 소미는 진한 감동을 받았다.

〈그리움이란 나에게 익숙한 거라 생각했어. 왜냐면 하도 오래 널 그리워하고 살았으니까. 하지만 그 그리움은 절대 익숙해지지 않나 봐.

보고 싶다, 보고 싶어.

널 찾은 거로 만족하지 못하는 이 욕심은 내가 네가 되면 채워질까?
가끔 겁나. 널 머리부터 발끝까지 다 집어삼켜도 이 욕심이 채워지지 않
을까 봐.

　사랑해, 언제나.)

　승호는 한 달이 더 넘게 걸린 출장에서 돌아오자마자 한남동 본
가로 향했다. 그리고 미리 연락했음에도 불구하고 외출한 아버지
때문에 어색하게 큰어머니와 마주하고 있었다. 승호가 출장 중일
때 형을 끼고 살던 큰어머니가 형 부부를 분가시켰다는 소식에 나
름 놀라고 있었다. 그렇게 형을 놓지 못하고 끌어안고 있으며 속
을 끓이더니 큰어머니는 이제 형 얘기를 하며 편해진 듯한 인상이
었다. 뭔가 이 집에 대단한 바람이 휘몰아쳤던 거 같은데 승호는
괜히 관여하고 싶지 않아 묻지 않았다.

　"이번 출장에서 네 활약이 대단했더구나. 특집기사도 났을 정
도니 그만하면 성공한 거 아니냐?"

　"덕분입니다. 큰어머니가 이렇게 제 편을 들어주시니 편하게
일할 수 있던 거 아니겠습니까?"

　"내 아들을 위해서라면 뭔들 못하겠냐. 그리 사고만 안 당했어
도 저리 살지 않을 텐데……."

　승호는 먼 곳을 바라보는 쓸쓸한 큰어머니에게 뭐라 할 말이 없
었다. 그 당시에도 그랬고, 지금도 승호는 형에 대한 죄책감을 떨
쳐 낼 수 없었다.

　"오 분 후에 회장님 도착하신답니다."

집안일을 맡아 하는 비서의 연락에 김 여사는 주방으로 가 분주했다. 매주 두 번 받는 근육통 물리치료는 제대로 쓰지 못하는 몸을 억지로 움직이게 하는 치료라 사람 진을 다 빼놓았다. 그래서 돌아오면 아무것도 먹지 못하는 민 회장을 위해 김 여사는 억지로라도 음식을 먹이려 이것저것 다양하게 준비하고 있었다. 정도 없는 부부지만 사십 년 가까이 한 이불 속에서 산 의무감에서 나오는 행동이었다. 어쩌면 김 여사가 그토록 민 회장을 미워했던 건 자신이 품었던 마음에 대한 배반이었을지도 모른다. 김 여사에게 아무것도 없었다면 그저 무시할 수 있었겠지만 결혼했을 당시만 해도 민 회장과 행복한 결혼 생활을 꿈꾸었다. 그 배반이 김 여사로 하여금 민 회장을 놓지 못하고 평생에 걸쳐 배로 갚아주려 했는데 남은 건 불구가 된 자식뿐이었다.

"잘 갔다 왔느냐?"

"네. 치료는 잘 받으셨습니까?"

"그럭저럭. 효과도 없는 거 하도 등 떠미니 다닌다."

승호는 기운 없는 민 회장을 부축해 소파에 기대앉혔다. 김 여사가 그사이에 생강차를 내오자 민 회장은 한 모금 마시더니 금세 내려놓았다.

"더 드시죠?"

"됐다. 뭔가 할 말이 있는 거 아니냐? 출장 끝나고 피곤할 텐데 여기까지 웬일로 찾아왔느냐?"

승호는 앞에 놓인 시원한 커피를 한 모금 마시며 바짝 마른입을 축였다. 언제나 하지 마라와 안 된다는 반목의 대화를 승호는 어찌 이끌어갈지 막막했다. 그러나 승호는 술수나 돌아가는 것을 모른 채 정면만 보고 덤볐다.

"결혼할 예정입니다. 빠른 시일 내에 상견례하고 약혼식은 생략할 겁니다."

"누구 마음대로!"

"누구와라고 묻는 게 순서 아닙니까?"

"별 볼일 없는 애를 데려왔을 게 뻔하지. 내가 안 된다면 안 되는 거야. 그따위 소리 지껄이려면 당장 돌아가."

"그냥 눈감아주시면 안 됩니까? 이렇게까지 제가 밀고 나가면 못 이기는 척 그냥 넘어가 주셔도 되잖습니까? 전 아버지한테 자식이 아닙니까?"

승호는 또다시 시작된 반목에 지친 듯 물었다. 그래도 승호에게 유일한 피붙이는 아버지였다. 그 누구보다 아버지가 소미를 환영해 주길 바라는 건 지나친 욕심이지만 반대만은 하지 않았으면 하던 바람이 욕심이라니 승호 가슴이 쿡쿡 쑤셨다.

"내 자식이기에 안 돼."

"끝까지 누군지 안 물으십니까? 제가 누굴 만나고 뭘 하는 여자인지 안 궁금하십니까? 자식이 여자를 만나 결혼을 하겠다는데 어떻게 누구인지조차 안 물어보십니까? 그렇게 제가 하는 건 아버지에게 애초에 들을 필요도 없이 다 안 되는 겁니까?"

"그래, 좋다. 얼마나 대단한지 들어나 보자. 누구냐? 뭘 하는 애냐?"

"안소미입니다. 아버지도 기억하실 거라고 믿습니다. 팔 년 전

저한테 정리하라 하셨던 그 여자입니다. 그리고 아버지 서재에 걸려 있는 그림을 그린 화가이기도 합니다."

민 회상은 가만히 생각해 보니 승호와 동거했다던 철없던 여자애가 기억났다. 참 오래전이라 잊고 있었는데 다시 돌아와 만나고 있었다니, 민 회장은 진즉 알아보지 않았던 것이 큰 실수를 자초한 것 같았다.

"그래서? 난 네가 잘되기를 바란다. 누구보다 멋진 기업가로 각인되기 바라. 너 혼자만 할 수 있는 일도 아니고, 내가 만들어줄 수 있는 일도 아니야. 그래서 서로 혼맥으로 돕고 도우며 그렇게 사는 게 네가 살아야 하는 방법이야. 네가 널 이 자리까지 끌어온 노고를 이런 식으로 망가뜨리지 마라."

"제가 이미 말씀드렸습니다. 전 아버지와 다릅니다. 멋진 기업가, 좋습니다. 원하시니까 되어 드리겠습니다. 다만 제가 원하는 거 하나쯤은 들어주셔야 할 거 아닙니까? 어떻게 단 하나도 내주지 않고 모든 걸 다 가지려고만 하십니까?"

"결혼 말고 다른 걸 들고 와라. 그럼 흔쾌히 들어주마."

"그럼 전 사표를 들고 올 겁니다. 그건 들어주시겠습니까?"

민 회장은 이미 지친 듯 얼굴에 잔뜩 화를 담아 승호를 쏘아보았다. 그리고 어찌 자식이 많지도 않은 딱 둘인데 하나같이 저렇게 마음에 차지 않는지, 화가 치밀어 옆에 있는 휴지 곽을 집어 던졌다. 다행히 별 힘없이 탁자에 떨어져 엄한 찻잔만 엎는 소란을 만들었다. 김 여사는 주방에 급하게 나와 혹시라도 승호가 맞은 게 아닐까 살폈다.

"여보, 왜 이러세요?"

"당신이 저놈 좀 정신 차리게 만들어! 집에서 어떻게 하기에 애가 저 지경이야!"

"결혼 얘기라면 난 안 화가 괜찮아요. 좋다는데 하라고 하지 뭘 그리 반대하고 그래요."

"미쳤군, 왜 승호가 뭐라도 준다고 해? 저깟 놈이 뭘 줄 수 있을 것 같아?"

"당신 마음대로 내 호적 밑으로 저 애를 넣었을 땐 어미의 권리까지 준 거 아니에요? 당신이 안 시키면 내가 나서서 시키죠. 상견례에 몸져누운 당신이 안 나간다고 해도 사돈댁에 크게 실례가 되지 않을 거고요."

"다들 내 말 잘 들어! 이 집에 절대 그런 혼사는 있을 수 없어! 승호 하나 남았어. 승호만큼은 제대로 된 좋은 집 여식하고 짝을 맺어줘야 해."

민 회장은 꽥 소리를 지르며 치미는 화에 부르르 떨었다. 하지만 승호는 여유가 넘쳤다. 승호도 민 회장 자식이라 강아지 새끼가 아닌 범이 되어버렸다. 민 회장은 그저 욕심이 앞서 승호에게 너무 성급히 힘을 실어준 것이 자신이기에 누구에게도 하소연할 처지가 못 됐다.

"제가 정말 마지막으로 드리는 말씀입니다. 제가 회사를 나가는 것을 허락하시든지, 결혼을 허락하시든지 둘 중 하나입니다. 적어도 제 아버지에게 제 아내 될 사람이 저 같은 대접을 받으며 이 집에 들어오지 않았으면 합니다. 아, 저도 분명 제 자리 메울 사람이 있다는 것쯤은 압니다. 다만 그리 되면 그리 원하시던 대를 이은 소유와 경영은 불 선너가는 겁니다. 그리고 제 자리가 그리 쉽세 인수인계가 되지 않을 것도 염두에 두시고 결정하시는 게 좋을 듯합니다."

민 회장이 일으킨 분노가 승호에게까지 전해졌지만 승호는 묵묵히 앉아 있었다. 승호는 예의상 약간 고개를 숙인 채 민 회장과 한 치의 양보 없이 팽팽히 맞섰다. 김 여사는 승호 편에서 할 만큼 했다는 생각에 저녁을 차리러 주방으로 들어갔다.

"나는 네 친모에게 널 데려올 때 최고로 키워주겠다고 약속했었다. 그리고 그렇게 널 키웠다고 믿는다. 부족한 게 있었느냐? 네가 필요한 것들은 뭐든지 사주지 않았느냐? 그런데 뭐가 문제냐?"

김 여사가 사라지자 눈치를 보며 어렵게 친어머니를 꺼내는 민 회장에게 승호는 측은한 연민이 느껴졌다.

"그런 게 문제가 아니란 걸 아버지가 더 잘 알고 계실 거라고 믿습니다."

"네 친모에게 그 여자를 당당히 보일 수 있겠느냐? 그 희생을 감수한 네 어미에게 그 여자를 보일 수 있겠느냐는 말이다. 나는 그러지 못할 듯하다. 그렇게 죽은 네 어미를 생각하면 넌 그 한을 풀어줘야 한다. 누구도 넘볼 수 없는 집안의 여자와 결혼해 세상을 발아래 두고 살아라. 네 어미처럼 발밑에 엎드려 살지 말아야 한다."

"제가 아는 어머니는 사랑을 최고로 치셨다고 기억합니다. 아버지도 그리 기억하시죠? 아마 살아 계셨다면 제가 사랑하는 소미를 만나보고 행복해하셨을 겁니다."

두 사람 사이에 무거운 침묵이 시작됐고, 저녁식사를 알리는 김 여사의 부름에도 둘 다 움직이지 않았다. 민 회장은 꽉 막힌 승호에게서 빠져나갈 궁리를 해보지만 여의치 않았다. 당장 수단과 방법을 가리지 않고 소미를 떼어내려 한다면 승호가 팔짝 뛸 것이고, 그렇다고 이리 날뛰는 놈을 당장 나가라고 할 수도 없으니, 민 회장은 어쩌다 이리 승호에게 붙들리게 됐는지 이리저리 고심했다. 그리고 이제껏 정신을 차린 듯 고분고분하게 굴던 승호가 속으로 이런 덫을 걸어놓았다는 게 괘씸해서라도 허락하고 싶지 않았다.

김 여사가 이미 잠자리에 든 시각에도 승호와 민 회장은 그대로 거실에 앉아 있었다. 민 회장은 피곤에 지쳐 점점 몸이 기우는 걸 느꼈지만 절대 승호에게 물러설 수 없었다. 승호의 저 지나친 고집은 민 회장을 고대로 닮았다. 누구든 오늘 밤 먼저 일어나는 사람이 지는 거였다.

"그 집 아버지는 뭐 하는 사람이라던?"

"유복녀입니다."

"어휴, 잘도 골라왔다. 그전에는?"

"화가셨습니다."

"이름을 말해야 알든 말든 할 게 아니냐?"

"유명치 않아 아버지도 모르실 화가이셨습니다."

승호는 굳이 소미도 모르는 과거를 끄집어내 갖다 붙이고 싶지 않았다. 감추어진 이유가 있는 사연을 승호 마음대로 사용하는 건 소미 가족에 대한 예의가 아니었다.

"잘도 골랐어, 아주 잘 골랐어. 차고 넘치게 골랐구나."

"잘 고르긴 했습니다. 제가 보는 눈이 제법 높거든요."

승호가 되받아치며 속을 뒤집어놓자 답답한 민 회장은 식은 쌉쌀한 생강차를 마셨다. 반나절을 어찌해야 할지 머리를 싸매도 민 회장에겐 답이 없었다. 이미 깨어져 버린 둘의 균형은 아쉬운 사람이 끌려갈 수밖에 없었다.

"그럼 그 집은 뭐 하는데?"

"할아버님이 얼마 전까지 작은 사업을 하시다 은퇴하셨습니다. 어머님은 가정주부시고, 이모님은 고등학교 영어 교사입니다."

"지극히 평범하다 못해 처지는구나."

"저도 파헤쳐 보면 사생아에 과거가 그리 잘난 놈은 아닙니다."

승호가 꼬박꼬박 지지 않고 말대답하는 것 또한 민 회장은 심기에 거슬려 참기 힘들었다. 그리고 승호에게 강수를 두었다.

"지금 그 여자 정리하면 대표이사 자리 주겠다. 당장."

"어차피 기다리면 대표이사 자리 저한테 넘어오게 되어 있습니다."

"사직서 제출해라. 나는 능력있는 놈은 필요해도 내 말 안 듣는 놈은 필요 없다."

"진심이십니까?"

"이게 시작일 거라고 생각한다. 결혼 허락하면 그 다음엔 내게 무엇을 허락받을 게냐? 내가 뒷방 늙은이로 사라져 주기 바라는 거겠지. 됐다, 네 마음대로 살아라."

"그럼 절 버리시는 겁니까? 제 어머니와 마찬가지로?"

"그래, 너란 자식 없는 셈치고 살면 된다. 네 말대로 사랑도 버렸는데 자식이라고 못 버리겠느냐?"

승호는 이렇게까지 무리수를 두는 아버지를 이해할 수 없었다. 싸늘히 식은 승호는 민 회장과 더는 마주할 수 없어 인사도 없이 일어나 그 자리를 벗어났다. 승호는 아버지에게 자신이 어떤 존재였는지 그 일말을 본 것 같아 너무나 두려웠다. 흔하디흔한 그저 어디서 구해올 수 있는 그런 자식이었다면 승호는 진정 외톨이였을지 모른다는 외로움이 밀려왔다. 승호는 살아가는 존재에 대한 의문이 사춘기 방황 때처럼 치밀어 올랐다.

소미는 긴 여행을 끝내고 막 집에 도착해 짐을 풀었다. 그동안 뭘 보고 느꼈는지 궁금해하는 식구들을 조르르 앉혀놓고 소미는 긴 이야기를 풀어냈다. 소미가 여행 내내 느낀 건 자연은 그대로 있는데 인위적으로 손대는 인간의 이기심이었다. 절경이라고 불릴 만한 곳마다 들어선 골프장, 호텔, 시멘트로 지어진 상점들은 자연과 전혀 어울리지 못하고 볼썽사납게 튀었다. 소미는 앞으로 그쪽에 대해 조금 더 깊게 알아가고 싶어졌다. 어느 여행이나 각기 하나씩 마음에 담아오는 게 있었다. 그리고 그것으로 삶이 조금씩 변화하기에 다들 짐 꾸려 떠나고 돌아오고 있었다. 소미도 그렇게 또 다른 걸 보고 그걸 마음에 담았다.

자정이 넘은 시각에 막 잠자리에 든 소미는 뜬금없이 울리는 휴대전화를 의아해하며 발신인을 확인했다. 그리고 승호의 번호가 보이자 오랜만에 활짝 웃었다.

"아직도 미국이야?"

[나와.]

"어? 여기가 어딘 줄 알고 나오래?"

[화실에 없으면 집이지.]

"집 앞이야? 언제 왔어? 조금만 기다려."

소미는 대충 얇은 카디건을 챙겨 들고 잠옷 차림 그대로 서둘러 집을 나섰다. 그리고 문을 나서자 차 안의 승호가 보였다. 소미는 카디건을 입으며 승호가 앉은 차창의 문을 똑똑 두드리자, 승호는 손가락으로 조수석을 가리켰다. 소미는 오늘따라 승호 표정이 어디 가서 한 대 맞고 온 사람 같았다. 화난 듯 날카로운 승호의 눈매는 소미의 기우일 거라고 생각하며 차에 올라탔다. 그리고 소미가 타자마자 승호는 차를 움직였다.

"어디가? 나 옷도 안 입고 나왔어."

"그냥 따라와."

"너 왜 그래? 무슨 일 있었어? 출장 가서 일이 잘 안 됐어?"

소미는 오랜만에 묵묵부답인 승호를 마주해 더 말하지 않았다. 차 안에 침묵이 흐르는 내내 승호는 음악도 틀지 않았다. 승호는 소미와 함께 있지만 미칠 듯이 폭주하려는 화를 잠재울 수 없었다. 계기판의 속도계가 빠르게 상승하자 소미는 운전대를 잡은 승호 손에 자신의 손을 얹었다. 승호가 떨고 있다는 걸 소미는 겹쳐진 손으로 느낄 수 있었다. 소미는 분명 승호에게 큰일이 벌어졌다는 것만 알고 아무것도 모르는 답답함이 싫었다. 그러나 승호는 여전히 소미에게 단 한 마디도 하지 않았다.

소미는 처음으로 승호가 사는 집에 들어갔다. 사람이 살지 않은
듯 한기가 느껴지는 집에 들어선 소미는 괜히 신기한 척 구경 다
니며 화에 둘러싸인 승호를 외면했다. 그리고 승호가 욕실로 들어
가 씻는 동안 소미는 폭발할 듯 말듯 불안했다. 이렇게까지 차디
찬 승호를 마주한 적이 없던 소미는 토할 것 같았다.

소미는 침실로 들어가 커다란 침대 위에 앉아 협탁에 놓여 있는
액자를 집어 들었다. 이불 속에 파고든 소미가 고개만 빼꼼히 내
놓고 환하게 웃고 있었다. 아마 처음으로 사랑을 나누었던 날 승
호의 휴대전화에 달린 카메라로 찍은 사진 같았다. 소미는 생각보
다 깔끔한 화질에 빙그레 웃으며 제자리에 놓고 고개를 드니 그새
승호가 서 있었다. 머리카락에선 물이 뚝뚝 떨어지고 덜덜 떠는
승호에게 소미는 손을 뻗어 침대에 앉혔다.

"머리 말려줄까? 이 날씨에 찬물로 목욕했어? 감기 걸리면 어
쩌려고. 네 몸은 내 거라는 거 잊었어?"

소미는 수건으로 승호의 머리칼에 묻은 물기를 말리며 조잘거
렸다. 그러나 왜 이리도 승호가 슬퍼 보이는지 소미는 가슴이 아
려왔다.

"승호야, 왜 그래?"

소미는 그냥 물어봤을 뿐인데 승호가 확 안아 밀치자 저절로 눕
게 됐다. 소미는 무겁게 누르는 승호에게 벗어나려다 매서운 눈초
리에 그만두었다. 승호가 맞긴 한데 소미는 다른 승호를 보는 거

같았다.

"안소미, 니 니 사랑해?"

"그럼, 뭘 그런 걸 묻고 그래."

승호는 수줍고 웃는 소미 입술에 거칠게 입을 맞췄다. 입술이 다 뜯겨 나갈 듯 거친 승호를 말리려 소미는 두 손을 힘주어 밀쳐 어렵게 떼어냈다.

"왜 거부해! 왜 너까지 날 거부해! 왜! 왜 다들 날 거부하는 거야!"

"미쳤니? 왜 소리 지르고 난리야. 입술 아파서 그랬어. 그렇게 세게 하면 아프잖아. 왜 그래? 무슨 일이야?"

"너한테 난 뭐야! 내가 없어도 넌 아무렇지 않게 살 수 있잖아. 내가 없어도 아무렇지 않게 살았잖아! 난 뭐야! 난 뭐냐고!"

갑자기 울부짖는 승호를 소미는 꽉 껴안았다. 뭐가 뭔지 모르지만 너무나 아파 괴로워하는 승호에게 소미는 어떻게 해줘야 할지 몰랐다.

"나 이제 너 없이 못 살아. 한 번은 살아도 두 번은 그렇게 못 살겠어. 이제 됐어?"

"나 버리지 마. 넌 날 버리지 마. 아무렇지 않게 그렇게 하찮은 것처럼 나 버리지 마."

"알았어. 너도 나 버리지 마. 어떻게든 내 손 꽉 붙잡아줘."

소미는 우는 승호의 짭짜름한 입술에 입 맞췄다. 그리고 전희도 없는 사랑이 시작됐다. 그간 승호답지 않게 지나치게 파고들며 소미를 삼켜 버릴 듯했다. 그러나 소미는 파고드는 승호를 꽉 붙들어 안고 그렇게 위로했다. 지금 따뜻한 말보다 더한 위로를 준다고 생각한 소미는 울고 있는 승호에게 맞춰주었다. 사랑은 언제나 그 사람에게 온전히 내줄 준비가 돼 있어야 한다. 비록 그 상황이 달갑지 않더라도 그 사랑으로 말미암아 덜 아파할 수 있다면 소미는 오늘 밤 그것으로 충분하다고 생각했다.

"미안해, 미안해."

소미는 무너져 내린 승호의 등을 어루만져 주었다. 잔뜩 움츠린 아이 같은 승호를 매만져 주며 소미는 말보다 마음이 전달되기를 바랐다.

"괜찮아, 이제 울지 마. 나도 널 사랑해, 언제나."

승호가 이내 잠이 들었고 소미는 뜬눈으로 밤을 지새웠다. 아침 해가 뜨는 어둑한 새벽에 눈을 뜬 승호는 잠들지 않은 소미를 또 안았다. 몇 번이나 옆에 있음을 확인하려 드는 승호에게 소미는 온몸으로 환영하며 안아주었다. 그리고 느지막한 오후, 잠이 깬 소미는 승호가 두고 간 쪽지 한 장에 멍해졌다.

〈잠시 들를 곳이 있어. 아주 잠시, 곧 돌아올게.〉

승호는 한국에 들어와 처음으로 친어머니가 묻힌 선산을 찾았다. 높은 산 중턱에 자리 잡은 무덤 앞에 선 승호는 두 번의 절을 하고 가져온 술을 따랐다. 그동안 잘 관리되었는지 무덤에 난 풀은 매끄럽게 깎여 있고, 주변도 정갈해 보였다.

"얼마 만인지 기억하세요?"

승호는 풀밭에 앉아 친어머니에게 말을 걸었다. 승호도 언제 이곳을 들렀는지 기억이 가물가물할 정도였다. 그렇게 허망하게 떠나 버린 원망에 일부러 발길하지 않았었는데 혼자 외로웠을 어머니를 떠올리니 미안해졌다.

"엄마…… 라는 말 참 오랜만에 하지? 그렇게 불러보고 싶었는데 엄마가 없어서 서러웠어. 아버지가 또 소미를 받아주지 않네. 나 보고 있지? 내가 얼마나 성공했는지. 큰어머니도 이제 나한테 함부로 못해. 아버지도 그렇고. 이래서 능력이 힘이라고 했나 봐. 여기까지 오느라고 나 정말 힘들었어. 치열했고 외로웠고……. 그만 편안해지고 싶어. 소미와 있으면 편안하거든. 만약 내가 정말 아버지한테 버림받더라도 그래서 지금 가진 것 다 놓더라도 엄마는 나 용서할 거지?"

결국 냉혹한 아버지에게 자신이 갖고 있는 걸 다 던져 버리고라도 이젠 소미를 가져야 했다. 이번에도 놓친다면 승호는 남은 인생을 살아갈 이유가 없었다. 아무것도 얻지 못하고 대표이사 자리에 남은 생을 걸기엔 승호는 그간의 세월에 대한 원망을 놓아버리고 싶었다. 이젠 아버지를 벗어나도 충분히 소미를 책임질 수 있는 능력이 있었다. 앞으로 몇 달 얼마나 아버지가 버티느냐가 문제지만 꺾이지 않는다면 승호 나름대로 새로운 방향을 모색할 작정이었다.

소미는 휴대전화를 손에 들고 잠시도 가만있지 못한 채 화실을 종종걸음으로 뱅뱅 돌았다. 한 시간에 한 번씩 전화를 해오는 윤 비서에게 소미도 답을 주고 싶었다. 삼 일째 연락이 왔느냐, 갈 만한 장소를 아느냐, 무슨 일이 있었느냐 등의 같은 질문만 반복하는 윤 비서에게 소미는 답답한 마음만 있을 뿐 답을 해줄 수 없었다. 그래도 오죽 답답하면 윤 비서도 이리 안달일지 소미는 꼬박꼬박 전화를 다 받아주었다. 그리고 휴대전화가 또 울리자 소미는 어차피 윤 비서일 거라는 생각에 발신인 확인하는 게 무의미해져 바로 받았다.

"윤 비서님, 아직 연락 없어요."

[뭐야? 윤 비서랑 내통하고 있었어? 나 전화 잘못 건 것 같다.]

승호의 편안한 목소리에 소미는 바들바들 떨리던 심장이 탁 내려앉는 느낌을 받았다.

"야! 이 나쁜 놈아!"

[귀 따가워. 소리 좀 작작 질러라.]

"내가 강아지야? 사람이 이렇고 저렇고 요따위라 잠시 어디 간다고 말하면 기다리지만, 곧 돌아와? 내가 너만 바라보는 망부석이야? 너 그렇게 잘났어? 그렇게 잘나서 내가 너 기다릴 거라고 완전 안심하고 있는 거야?"

[망부석 해주면 안 돼?]

"해주지 말라고 해도 해! 근데 화가 나서 그래. 왜 그렇게 말도 없이 가? 왜?"

[그냥 믿고 싶었어. 너만은 기다려 줄 거라고. 나란 사람이 사라지면 누군가는 진심으로 날 기다려 줄 거라고. 자기들이 필요한

내 능력을 찾는 게 아니라 널 기다려 줄 거라고.]

"당연하지. 난 민승호가 노숙자 차림으로 와도 꼭 안아줄 거야."

[아버지랑 좀 문제가 있어. 아버지한테 보여주고 싶어. 내가 당신을 이미 넘어섰다는 걸. 그래서 당신도 이제 어쩔 수 없다는 걸. 그러니 날 당장 찾아내라고. 찾아내서 내가 원하는 것 다 주고 날데려가라고.]

소미는 아직도 승호의 가족을 이해할 수 없었고, 그런 부자 관계도 상상이 가지 않았다. 애초에 정상적이지 못했기에 이렇게 비정상으로 풀어가는 걸지도 모른다며 소미는 수화기만 붙들었다.

[난 그냥 나일 뿐인데, 자꾸 다른 사람들에게 내가 누구인지 찾고 싶었어. 나한테 자신이 없었나 봐. 어느 책에서 읽었는데 부정적인 말 듣고 자란 사람은 부정적인 생각뿐이 할 수 없대. 그리고 모든 비관적이고 수동적이라고. 나도 그랬어. 널 떠나보낼 때 안될 거라는 그 생각에 휩싸여 그랬어. 근데 이제 알았어. 그때도 그렇고 지금도 칼자루는 내가 쥐고 있다는 걸. 그 칼자루를 쥔 줄 몰랐던 그때의 상황은 반복하지 않을 거야. 아마 이번이 아버지에게 붙들린 그 정신세계에서 독립할 마지막 기회겠지.]

"돌아와, 돌아와서 함께 있자."

[곧 돌아갈 거야. 걱정시켜서 미안해. 기다려 줄 거지?]

"기다릴게. 웃으며 돌아와. 그동안 넌 그랬어. 언제나 네 안으로 파고들고 혼자 감당하려고. 이번이 마지막이야. 앞으로는 그러지 마. 같이해."

[고마워. 사랑해, 언제나.]

뚜, 뚜, 뚜. 휴대전화에서 더 이상 승호의 목소리는 들리지 않았다. 하지만 소미는 그 아쉬움에 전화를 붙들고 한참 동안 서 있었다. 가끔 이렇게 엇나가 버리는 승호의 이런 부분까지 소미는 사랑하거나 지지하지 않는다. 이렇게 숨어버리거나 평상시 보이는 지나친 고집에 소미는 질리기도 한다. 그리고 사랑에 확신하는 그 오만함도 달갑지 않다. 하지만 모든 것을 사랑하지 않는다고 해서 결코 승호를 사랑하지 않는 것은 아니다. 소미 또한 자신에게 마음에 안 차는 부분이 있듯 사랑하는 승호가 자신이 아닌 남이기에 어느 부분은 사랑으로 덮으며 너그럽게 받아들여야 했다. 한 사람과 한 사람이 만나 사랑을 나누는 건 딱 들어맞는 부분 외의 것 또한 사랑으로 품어야 같이할 수 있었다. 그렇게 소미는 속상한 마음을 달래며 그만 승호에 관한 걱정을 놓아버렸다.

사람의 든 자리는 표나지 않아도 난 자리는 안다고 승호가 겨우 보름 동안 자리를 비웠을 뿐인데 비서실은 혼란 그 자체였다. 그리고 그런 승호를 내친 민 회장의 건강이 악화될 정도로 여파가 컸다.

윤 비서는 결재 서류를 들고 무거운 마음으로 회장실 안에 들어갔다. 오늘도 무진장 깨질 걸 생각하면 피하고 싶지만 윤 비서는 그럴 배짱도 능력도 없었다.

"아직도 못 찾았나?"

이 회장이 잔뜩 짜증스럽게 묻자 윤 비서는 고개만 떨어뜨렸다.

매일 볼 때마다 매번 같은 대답을 해야 하는 윤 비서는 자신의 불편한 심정을 이 회장이 조금 알아줬으면 하는 마음이 들었다.

"휴대전화 위치 추적도 불가능하게 이예 시무실에 전화를 놓고 가셔서 지금으로서는 연락이 올 때까지 기다리는 수밖에 없습니다."

"보름 동안 타격은 어느 정도야?"

"투자부분 협의 세 건은 다음 달로 미뤄두었고, 현재 진행되고 있는 중장비 사업 구조 개편은 전면 중단되었습니다. 그 외에도 진행하던 건이 워낙 많아 더 늦추면 아예 시기를 놓칠 일들이 상당합니다."

"구조 개편 맡아 진행할 만한 사람 없나? 그거 시일을 놓치면 노조도 들고 일어날 테고, 언론도 알게 될 텐데."

"민 전무님이 진행하시던 일을 맡아 할 분을 찾기 쉽지 않습니다. 전무님 일 진행 방식이 세부적인 사항까지 직접 관여하셔서, 후임이 파악할 분량도 방대하고 하루 이틀 안에 내용을 파악해 진행하기에는 어려울 듯합니다."

"오늘 민 전무 일정은 누가 대신하나?"

"대부분은 다 취소했고, 제가 오후에 세 건 대신 나갑니다."

"하루에 얼마나 많은 일정을 짰기에! 하긴, 오죽하면 수행비서가 그만두고 싶다고 했겠어. 아이고, 죽겠구먼. 사람 하나 비었다고 업무가 이리 엉키니 어디 일 해먹겠어."

이 회장은 괜한 윤 비서에게 잔뜩 신경질 내고 골치 아픈 머리를 소파에 기댔다. 민승호, 독종이란 소문답게 당장 자리를 비우니 모든 업무가 정상적으로 돌아가지 않게 기획실의 구조를 바꿔 놓았다. 그저 새 사람이 들어와 간단한 인사개편이라고 여겼던 이 회장은 이미 승호가 계획적으로 이런 일이 있을 때를 대비한 것처 럼 느꼈다. 당장 새 사람을 앉힌다고 해도 급한 불을 끄기도 힘들 것 같고, 그 많은 업무를 단기간에 파악해 정상으로 돌려놓기도 어려웠다. 그리고 다음 주에 있을 터키 건설 건 1차 협상에 등기이 사인 승호가 나타나지 않는다면 것도 회사 이미지에 만만치 않은 타격이었다. 이래저래 이 회장에게는 당장 민승호가 필요했다.

"자넨 그 여자 봤나?"

"네."

"그리 빠져들 만큼 미인인가? 아니, 다른 사람도 아니고 민 전 무가 사랑 때문에 그 좋아하던 일을 버린다는 게 믿을 수가 없어."

"제가 볼 때는 명예회장님이 허락하실 때까지는 돌아오지 않으 실 것 같습니다. 회장님이 힘 좀 써주시는 게 어떠십니까?"

"남의 가정사에 끼어드는 게 아닌데, 기획실이 그 모양이니 내 따로 연락은 해봐야겠군. 자네도 바짝 정신 차려서 이럴 때는 전 무 대리라고 생각하고 직원들 사이에서 괜한 소문 돌지 않도록 각 별히 신경 써. 아, 당장 급한 결재들은 나한테 바로 올려 보내고."

윤 비서는 회장실을 나와 긴장이 풀린 큰 숨을 내쉬며 안주머니 에서 휴대전화를 꺼냈다. 그리고 주변의 눈길이 뜸한 곳으로 발걸 음을 옮겼다.

"전무님? 저 윤 비서입니다."

[특별한 일 있나요? 터키 건 누가 1차 협상에 대신 간답니까?]

"아직 마땅한 사람이 없는 듯합니다."

[팀원들한테 걱정하지 말라고 하고 마무리 잘하고 있으라고 하세요. 정 움직일 사람 없으면 제가 움직일 테니까. 그리고 메일로 중공업 구조조정 개편안 수정해서 다시 보냈으니 그대로 윤 비서가 처리하세요.]

"언제 돌아오십니까?"

[글쎄요. 다들 안달하니 곧 돌아갈 것 같지 않습니까? 많이 힘드십니까?]

"안 힘들겠습니까? 죽겠습니다. 이러시려고 계획적으로 기획실을 개편하신 거죠?"

[겸사겸사 그랬습니다. 때가 곧 올 거라 믿었으니까요. 윤 비서는 그래도 개편에 제일 찬성하지 않았습니까?]

"저야 시키는 대로 하는 사람이니 그랬죠. 이런 의도인 줄 알았으면 그때 반대할 걸 그랬습니다. 여기저기서 저만 부르고."

[조금만 더 고생하세요. 나중에 제가 윤 비서를 불렀던 사람들다 불러들여서 배로 갚아주겠습니다.]

"꼭 갚아주셔야 합니다. 제일 먼저 이 회장님부터요."

승호와 몇 마디 더 농담을 하며 웃던 윤 비서는 기척을 느껴 전화를 끊었다. 흔적도 남기지 않고 사라졌던 승호가 일주일이 되던 날 따로 윤 비서에게 연락해 왔다. 윤 비서는 자신의 명의로 된 휴대전화를 한 대 만들어 승호가 있는 곳으로 택배를 보낸 후 수시로 업무에 대해 연락하고 따로 결재를 받고 있었다. 윤 비서는 그일 중독자가 얼마나 버티나 보자 싶더니 겨우 일주일이었다. 책임감이라며 남몰래 연락하고 있던 윤 비서는 승호가 부탁한 대로 일부러 시한이 넉넉한 일들을 가지고 이 회장을 조이고 있었다.

승우는 휠체어에 앉은 채 오랜만에 민 회장과 마주하고 있었다. 승호가 사라진 지 한 달, 민 회장의 체력은 급격히 떨어져 침대 밖으로 나오는 일이 드물었다. 승우는 침대에 누워 있는 민 회장과 같은 눈높이로 이런저런 가벼운 이야기를 하며 일부러 승호에 대한 이야기를 꺼내지 못하게 했다.

"팔 근육이 제법 생겼구나."

"일하면서 체력이 많이 달리더라고요. 병원에서 권한 운동을 했더니 몸에 근육이 좀 생긴 듯합니다."

"그래, 다행이구나."

"저기, 아버지."

승우는 지친 안색의 민 회장에게 승호에 대해 말을 꺼내려 주저했다. 그리고 민 회장도 승우가 무슨 말을 하려는지 내내 감돌던 어색한 기운으로 알고 있었다.

"승호 얘기라면 하지 마라."

"그만 져주시죠. 한 번도 승호한테 져주신 적 없잖아요."

"너한테도 져준 적은 없다."

"전 문득 그런 생각이 들었습니다. 승호는 아버지가 가지지 못했던 그 애틋한 사랑을 지켜냈다고요. 돌아가신 승호 어머니도 가지지 못한 사랑을 아버지가 승호에게까지 뺏으신다면 더 이상 우린 가족일 수 없다는 생각도 들더군요. 제 어머니 같은 삶은 이 집에서 한 뷰으로 족해야 하지 않을까요?"

민 회장은 눈을 감고 아예 듣지 않았다. 듣고 싶지도 알고 싶지도 않은 승호의 감정이 민 회장의 가슴에 이미 가득 차 있었다.

"승호는 아버지와 다른 행복을 가지고 싶어하는 거 같은데, 그 행복 아버지가 주실 수 있는 거 아닙니까? 우리가 가족이니까 한 번 져준다고 해서 창피한 일이 아닐 겁니다. 승호도 이제 그만 행복해야 하지 않을까요?"

"나가!"

승우는 휠체어를 돌려 침실을 나왔다. 민 회장은 때마침 울리는 전화를 받고 한참이나 말없이 듣다가 끊었다. 그리고 김 여사의 부축을 받아 거실로 나왔다.

"승우 갔나?"

"갔어요. 뭐 드실래요?"

"됐어. 바람 좀 쐬게 창문 좀 열어줘."

민 회장은 쌀쌀한 바람을 맞으며 방금 끊은 이 회장의 전화를 곰곰이 생각해 봤다. 승호를 불러들이라는 이 회장의 압박이 갈수록 심해지고 있었다. 비단 이 회장만이 아니라 집 식구들조차 언제 승호를 적대시했냐는 듯 편을 들었다. 하지만 아직 민 회장은 반기를 든 승호에 대한 노기가 사그라지지 않고 있었다. 감히 그깟 조무래기가 회사를 쥐고 흔든다는 걸 믿고 싶지 않았다. 이젠 정말 다 커서 민 회장의 그늘 따위로 승호를 가릴 수 없게 돼버린 걸 인정하고 싶지 않았다.

민 회장은 그 예전 이미 오래전 기억에 묻어둔 여인이 떠올랐다. 그 여인이라면 지금 승호의 선택에 어찌했을까, 민 회장은 그 미안하고도 그리운 그 여인을 따라가기로 했다. 승호가 그 여인의 자식이자 민 회장의 자식이기에 어쩔 수 없었다.

"여보, 바람이 찬데 창문 닫을까요?"

"그냥 내버려 둬. 그리고 당신 여기 좀 앉아봐."

김 여사는 그세 기력을 다 잃은 듯 축 처진 민 회장을 측은하게 쳐다보았다.

"당신은 정말 승호가 그 여자랑 결혼한다는데 괜찮아? 그래도 삼십 년 넘게 키운 정이라는 게 있을 텐데."

"기대가 없으면 욕심도 없는 거죠."

"허락해야 할 것 같아. 너무 커버려서 더는 내가 상대가 안 될 것 같아."

"그렇게 키운 건 당신이잖아요. 한때는 그렇게 꼴 보기 싫더니 키운 정이라는 게 있긴 한 건지 어디 가서 괜히 목숨 가지고 허튼 짓하는 건 아닌가 나도 걱정은 들어요. 당신이 사랑에 미쳐 만든 아이니 그 아이도 별다를 게 없다고 생각하고 마음 비워요."

민 회장과 김 여사는 달갑지 않은 대화를 나누며 지는 일몰을 바라봤다. 자식이 절대 부모를 이길 수 없다고 믿었는데, 부모는 결국 자식을 이길 수 없었다. 사랑에 미쳐 낳은 아이, 사랑받지 못하고 큰 아이, 사랑해 줄 수 없었던 아이, 승호 앞에 민 회장은 욕심만 부렸다. 버린 사랑에 대가로 민 회장이 원하는 아이로 키우고 싶어했다. 더 상처가 생겨 완전히 망가진 후 승호가 사라져 버릴까 이제야 걱정이 든 민 회장은 그만 여기서 욕심을 버릴 때라고 여기며 큰 한숨을 내쉬었다.

"당신이 승호 직속 비서한테 연락해. 연락되는 대로 집으로 오라고, 좋은 소식이 기다린다는 말도 함께."

"그 비서도 연락이 안 돼 애가 탄다고 하던데요?"

"아직도 승호를 몰라? 겉은 차고 독해도 속은 유약한 놈이야. 그래서 더 상처받고 아파하는 놈이고. 그런 놈이 지 욕심만으로 남들을 궁지로 몰아넣을 거 같아? 분명 일 때문에 연락하고 있을 거야."

민 회장이 시키는 대로 김 여사는 윤 비서에 연락하고 별 기대 없이 기다렸다. 그리고 몇 시간이 채 되지 않아 나타난 승호를 보며 김 여사는 그래도 민 회장이 그 속을 들여다보고 있던 아버지이긴 했구나 싶었다.

승호는 부랴부랴 차를 몰고 지방에서 올라왔지만 여전히 깔끔하게 정돈된 모습으로 민 회장 앞에 앉아 있었다. 그리고 끝내 졌다는 걸 인정해야 하는 민 회장은 뜸을 들이며 승호를 애타게 하다가 한참 만에 입을 열었다.

"해라, 해. 다만 앞으로 네가 해야 할 일에 지장을 받게 된다면 가만두지 않을 게다."

"그럴 일 없을 겁니다. 그럼 따로 소미 인사시키지 않고 며칠 내로 상견례 날 잡겠습니다."

"뭐가 그리 급해? 천천히 시간 가지고 해도 될 일이다."

"이왕 허락하신 거 그냥 넘어가시죠. 괜히 이리저리 트집 잡아

봐야 제 속보다 아버지 속이 더 타지 않겠습니까?"

민 회장은 더 꼴 보기 싫어 자리에서 일어나다가 휘청거렸다. 승호는 그런 아버지를 부축해 침실까지 모셔다 드리고 환하게 웃어 보였다. 민 회장은 침대에 누워 그런 승호를 보며 눈시울이 붉어졌다.

"네 친모도 참 잘 웃던 사람이었다. 그렇게 자주 웃어라."

승호는 눈을 감고 아예 고개를 돌려 버리는 민 회장을 뒤로하고 침실을 나왔다. 민 회장의 허락을 받은 승호의 표정은 한결 편안해 보였다. 지금까지 민 회장이 손가락 하나 까닥하면 승호가 엎드려 죽는 척 살아온 대가를 받았다. 시간을 끌면 끌수록 승호에게 유리할 수밖에 없었지만 한 달밖에 버티지 못한 민 회장도 정말 그 힘을 다 소진한 듯 보였다. 승호는 이제 발목에 채워진 족쇄가 풀린 듯 가벼운 마음으로 차를 몰아 화실로 향했다.

양가 식구들이 다 모인 상견례는 별 탈 없이 무난하게 잘 끝났다. 돈 많은 재벌이라기에 긴장했던 소미네 식구들은 모두 편하게 대하는 승호 식구들에게 안심했다. 김 여사나 민 회장도 그 속이 어떨지 몰라도 겉으론 교양있는 행동으로 서로 차이 나는 부분에 대해선 아예 언급하지 않고 화기애애한 분위기를 연출해 승호는 내심 놀랐다. 모든 게 물 흐르듯 자연스럽게 술술 흘렀다. 결혼식 날짜, 식장, 신혼여행까지 단번에 결정되어 버리고 그저 소미와 승호는 시간이 흐르기만을 바랐다.

한남동 본가에서 차까지 보내 부르는 바람에 소미는 얌전히 차려입고 승호노 없이 혼자 본가로 찾아갔다. 그리고 어마어마한 집 그기에 놀라며 들어가려다 송아지만한 개가 짖으며 달려와 소미는 높은 구두를 신고 쏜살같이 뛰어 겨우 현관에 다다랐다. 현관문이 열리고 가정부의 안내를 받아 소파에 앉은 소미는 나오리라 예상했던 김 여사가 아닌 민 회장이 나타나자 깜짝 놀라 자리에서 벌떡 일어났다. 소미가 허리를 숙여 탁자에 이마가 닿도록 인사하고 씩 웃지만 민 회장은 여전히 냉랭했다.

"아버님, 안녕하셨어요?"

"따로 할 얘기가 있으니 우선 앉죠."

소미는 가정부가 내온 뜨거운 녹차를 호호 불며 마셨다. 민 회장은 얼굴 가득 웃음 짓고 있는 소미가 밉상은 아니라 다행이라는 생각을 했다.

"안사람이 오래전에 지인들과 예정되었던 여행을 갔어요. 그래서 우리 집안일을 도와주는 한 비서가 대신 결혼 준비를 할 겁니다."

소미는 멀찌감치 떨어져 서 있어 가정부라고 생각했는데, 집안일을 도와주는 비서라니 그 얼마나 대단한 것인지 자못 궁금했다.

"아, 어머님 어디 멀리 가셨어요? 설마 결혼식장에도 안 오시는 건 아니죠?"

"유럽에 간다고 하던데, 어딘지는 잘 모르고 결혼식 하기 전에는 옵니다."

소미는 너무나 냉랭한 민 회장을 보며 그간 승호가 그리 얽매여 살았던 시간을 일부 알 수 있을 듯했다. 너무나 상반된 부모의 모습에 소미는 그저 씩 웃으며 친근하게 다가가려 노력했다.

"소미 씨는 앞으로 계속 그림을 그릴 생각입니까?"

"네, 전 그림 그리는 게 참 좋아요. 그리는 순간은 참 행복해요. 아버님도 제 그림 좋아하시죠? 예전에 어머님이 좋아하신다고 하셨는데."

"글쎄요. 그룹의 안주인으로서 소미 씨가 무엇을 할 수 있을지 생각해 보세요. 그 정도도 각오하지 않으면 이 결혼 생활은 꽤 힘들 겁니다."

"흐흐, 시키시는 건 다 할게요. 제가 또 나름 하나 가르치면 하나 따라 하는 능력은 있어요. 근데 이럴 때 시어머님이랑 막 친해져야 한다는데, 안 계시니 대신 아버님이 다 해주실 거죠. 아버님 저랑 같이 다녀요."

"몸이 안 좋아서."

"어머, 제가 또 부축도 잘해요. 팔이 얼마나 실한데요. 아버님 같이 다녀요. 네?"

소미가 애교를 부리며 어깨를 흔들자 민 회장은 허허 웃음밖에 안 나왔다. 그리고 잔뜩 호되게 굴어 소미를 주눅 들게 만들려던 민 회장의 마음은 사라져 버렸다.

"꼭 필요한 자리가 있어 부르면 가죠. 그리고 이거 받아요."

소미 앞으로 민 회장은 두툼한 흰 봉투를 내밀었다. 소미는 그걸 받아 들고 안을 보지도 못한 채 멀뚱히 민 회장을 쳐다봤다.

"사야 할 것들 집에 부담 주지 말고 사라는 뜻이에요. 서로 형편

대로 하는 거시만 혼사가 그리 쉬운 긴 이니지 않겠는가? 한 비서가 예단을 챙겨야 하는 친척들 명단을 줄 테니 그에 맞춰 적당한 걸 고르면 될 듯하군요."

소미는 봉투 윗부분을 조금 열어보니 안에는 하얀 수표가 두둑히 들어 있었다. 로또 당첨되기도 어려운데 돈벼락 맞은 소미는 어리둥절했다.

"아버님, 너무 많은 것 같아요. 적당히 빼서 다시 주세요."

소미가 봉투를 다시 내려놓고 민 회장 앞으로 내밀자 민 회장은 다시 소미 앞으로 밀었다.

"빼야 될 부분은 며느리에게 주는 용돈이라고 생각하고 넉넉히 아끼지 말고 써요. 집안 체면도 있으니."

"네! 저 용돈 너무 좋아해요. 아버님."

소미는 봉투를 핸드백에 넣으며 고개를 좌우로 흔들어 좋아하는 기색을 숨기지 않았다. 민 회장은 승호가 그리도 목맨 이유를 조금은 알 것 같았다. 한때 민 회장도 그런 마음으로 한 여자를 사랑했던 적이 있었다. 그래서인지 민 회장은 소미를 대하는 마음에 점점 냉기가 빠져나갔다.

"근데 아버님 저한테 왜 그리 존대하세요? 제가 아직도 막 그렇게 아주 많이 싫으세요?"

"아직은 어색해서 그래요. 차차 시간을 두고 하대하죠."

"아뇨. 아버님이 딸이 없으셔서 그런 거 아니세요? 그냥 편하게 소미라고 부르세요. 자, 한번 해보세요. '소미야, 물 가져오렴' 요렇게요."

소미가 앞으로 목을 쭉 빼고 자신을 쳐다보자 민 회장은 난감해져 그 시선을 피했다. 그리고 한 비서는 뒤에서 어깨를 들썩거리며 웃음을 참았다. 아무래도 큰 며느리랑 아주 다른 작은 며느리가 들어온 듯했다.

　"편하게 하지요. 필요한 거 있으면 바로 연락하고 부족한 부분이 있으면 어려워 말고 바로바로 요청하게. 그럼 식장에서 보는 걸로 하고 이만 일어나지."

　"어머, 결혼식까지 아직 한 달이나 남았는데. 아버님 저 안 보고 싶으실 것 같으세요? 저 나름 인기인이에요. 저 밥도 사주시고, 맛난 차도 사주셔야죠. 며느리 사랑은 시아버지라는데, 아버님도 그러실 거죠? 맞죠?"

　민 회장은 친근하고 뻔뻔하게 구는 소미에게 차마 역정을 낼 수 없어 껄껄 웃었다. 소미는 그래도 민 회장이 웃어주니 마음 편했다. 민 회장이 냉랭하게 굴 때만 해도 마음 바뀌었으니 그만두라고 할까 봐 마음 졸였었다. 그리고 막상 진짜 그러면 이 바닥에 드러누워 일인 시위라도 할 작정이었는데, 소미는 너무 드라마를 자주 본 탓이라며 마음을 푹 놓았다.

　"그럼 시간 내보지. 참, 운전면허증 있다고 해서 차 마련해 놨으니 갈 때 타고 가게. 기사를 내주려 했는데 승호가 달가워하지 않아서 차만 마련했으니 서운해 말고."

　"어머, 서운이라뇨. 차가 어디에요. 제가 할부금 낼 자신이 없어서 안 샀었거든요. 감사히 잘 타겠습니다. 다음에 또 뵐게요. 참, 또 놀러올게요. 그땐 저랑 같이 외출하셔야 해요."

소미가 일어나 또 꾸벅 인사하며 손을 흔들자 민 회장을 얼떨결에 손까지 흔들어줬다. 한 비서는 소미를 이끌고 주차장으로 가 차 열쇠를 건넸다. 소미는 작은 마티스를 생각했다가 꼬부랑 글씨가 잔뜩 쓰여 있는 외제차 앞에서 할 말을 잃고 말았다.

"저 장롱면허였는데. 이 차 보험에 든 거죠? 혹시 저 사고 나면 막 집 팔아야 하는 거 아닌가요?"

"그런 걱정 하시지 않게 보험 들어져 있습니다. 회장님은 차와 휴대전화 같이 남들 눈에 띄는 건 꼭 좋은 걸로 하고 다녀야 무시당하지 않는다고 특별히 신경 쓰라고 하셨습니다."

"역시 며느리는 시아버지 사랑인가 봐요. 이런 차도 떡하니 생기고. 비서님, 타세요. 저랑 할 얘기 많으시죠?"

한 비서를 태우고 출발한 소미는 대문을 통과하지도 못한 채 벌써 범퍼에 상처를 냈다. 불안해진 한 비서가 대신 운전해 주겠다는데도 굳이 소미는 극구 사양했다. 하지만 얼마 못 가 차가 똑바로 가지 못하자 소미는 결국 한 비서에게 운전대를 넘겨줬다.

결혼식을 이제 일주일 앞둔 소미는 잔뜩 화가 난 채 승호 사무실에 들이닥쳤다. 그리고 벌컥 열린 문으로 씩씩거리고 있는 소미가 연락도 없이 나타나자 승호는 의자에 앉아 가까이 오라고 손짓만 했다. 소미가 이런 게 한두 번도 아니고 결혼 준비하는 내내 반복된 일에 승호는 또 뭐에 뒤틀려 왔구나 싶었다. 소미는 앉아 있는 승호 앞에 서서 허리에 손을 얹고 쏘아보았다.

"나 이건 정말 아니라고 생각해!"

"왜? 한 비서가 또 뭐라고 했어?"

"야, 너 내 다리 봐봐."

소미는 가뜩이나 짧은 치마를 한껏 걷어 올려 승호 앞에 척 내밀었다. 놀란 승호는 그런 소미 손을 겨우 잡아떼어 치마를 끌어내렸다.

"왜 그래?"

"내 다리가 좀 짧긴 해도 미끈하니 죽이지 않니?"

"어, 죽여."

"내가 입을 웨딩드레스도 왜 내 마음대로 못 골라? 난 짧은 미니로 싶고 싶은데, 어머님이랑 한 비서님이 돌았냐고 하잖아. 치렁치렁한 레이스가 잔뜩 달리고 어깨가 이만큼 부푼 거 입혀놓고는 좋다고 하는데, 어머님이 무서워 찍소리도 못하고. 나 이게 뭐야! 너랑 결혼하기 너무 힘들어. 내 마음대로 하는 거 하나도 없이다 한 비서님이 고르거나, 어머님이 무조건 따르라고 폭군같이 말하고."

"겨울이니까. 추운 날 짧은 거 입으면 감기 들까 봐 걱정돼서 그러시는 거겠지."

"아냐. 어머님이랑 한 비서님은 내가 뭐만 말했다 하면 무조건 반대야."

"나도 너 미니로 입는 거 싫어. 그 예쁜 다리 나한테만 보여주면 되잖아."

"싫어. 입을 거야. 네가 해결해 줘."

"그냥 다른 거 골라. 대신 네가 원하는 미니 사줄게. 집에서 입어보면 되잖아."

"싫어. 결혼식 날 입고 싶어. 승호야."

"안 돼."

"그래? 그럼 나 이 결혼식 안 해. 적어도 하나는 내 마음에 들어야 할 거 아냐!"

소미가 팩 토라져 나가자 승호는 부랴부랴 외투를 챙겨 들고 소미의 뒤를 따랐다. 그리고 막 사무실 문을 여는 소미 팔을 승호가 잡았지만 뿌리쳐졌다.

"안소미."

"됐거든. 너한테 실망이야."

"알았어. 내가 얘기 잘해볼게."

소미를 졸졸 쫓아가는 승호 때문에 직원들은 일제히 자리에서 일어났다. 다들 이게 뭔 일인가 싶은 눈빛으로 숨죽이고 두 사람을 구경했다.

"알았어. 큰어머니한테 지금 전화할게."

소미는 자동문으로 들어왔기에 발걸음을 빨리하며 나가려다 유리문에 쾅 부딪쳤다. 그리고 입술이 너무 얼얼하고 눈물이 핑 돌며 무릎이 꺾였다.

"문 안 열고 뭐 해!"

담당직원은 두 사람을 구경하다가 자동문 조작할 때를 놓쳤었다. 승호는 굼뜬 직원을 잔뜩 노려보며 피가 나는 소미 입술을 손수건으로 눌러 지혈했다.

"괜찮아?"

"아파."

"일어나. 걸을 수 있어?"

"응. 입술하고 턱만 아파."

승호는 소미를 일으켜 잔뜩 기대게 해 그대로 사무실을 빠져나갔다. 직원들은 킬킬거리며 완전 잡혀 살 승호에 대해 이러쿵저러쿵 입방아를 찧으며 고새 건물 전체로 삽시간에 소문이 번졌다.

승호가 살던 빌라를 신혼집으로 정하고 인테리어와 소미가 쓸 화실 일부만 바꿨다. 그리고 바쁜 승호를 짬짬이 보느니 소미는 아예 짐을 다 옮겨다 놓고 같이 생활하고 있었다. 소미는 집에 들어와 잔뜩 뾰루퉁한 채 승호가 아무리 감언이설로 꾀어도 흥하며 애타게 만들었다. 승호는 겨우겨우 달랜 소미를 침실로 끌고 와 입은 옷 한 겹씩 벗겨냈다.

"너무 예뻐서 나만 보고 싶어. 그러니까 다른 사람이 널 못 보게 꽁꽁 싸매는 거로 해라. 응?"

"그런 말에 안 속아."

소미는 승호의 손에 옷이 하나둘씩 바닥으로 던져지는데도 여전히 못마땅한 표정을 지우지 못했다. 어느 것 하나 소미 마음대로 되는 게 없고, 챙겨야 할 사람은 얼마나 많은지 민 회장이 준 돈도 거의 다 썼다. 민 회장이 남은 건 용돈 하라더니 남은 돈이 하나도 없자 소미는 돈 많은 사람들이 더 짠돌이 같다는 생각을 했다. 또 외제차가 기름은 얼마나 처드시는지 소미는 그 기름 값 대는 것도 만만치 않았다. 모든 게 다 불만스러운 소미는 승호의 맨몸에 대롱대롱 매달렸다.

"그냥 결혼식은 어른들한테 양보해 주면 안 될까? 그래도 큰어머니가 내 부분 장모님이랑 상의하신다면서. 어른들의 축복 받는 대신 우리가 원하는 거 일부 양보한다고 생각하자."

"일부가 아니라니까."

"알았어. 일부가 아니라 전부 다 양보하자. 대신 앞으로는 네 원하는 대로 할 수 있게 해줄게."

"민승호, 그 달콤한 말 믿어야 할지 말아야 할지 헷갈려."

소미는 침대로 확 던져지고 그 위로 승호가 확 덮쳤다. 온몸에 붉은 자국을 만들어놓는 승호 때문이라도 소미는 짧은 미니웨딩드레스를 입을 수 없을 거 같았다. 점점 달아오르는 몸을 들썩이던 소미는 파고들어 와 힘차게 움직이는 승호에게 열렬한 환호 했다. 그리고 또 끝을 넘어섰지만 몰아붙여 얼을 빼놓는 승호 때문에 소미는 파르르 떨며 힘없이 축 쳐져 버렸다.

"안소미, 어떻게 할 거야? 그냥 큰어머니가 고른 거 입을 거지?"

나란히 누워 가슴을 만지작거리는 승호에게 소미는 대답 대신 간지럼 태우며 침대에서 한바탕 엎치락뒤치락했다.

"소미야, 난 아이 많이 낳고 싶어. 한 다섯 명은 어때?"

"뭐, 나쁘지 않아. 너 하는 거 봐서."

소미는 승호 위에 누워서 한없이 행복했다. 승호는 제법 자란 소미 머리칼을 만지작거리며 더는 바라는 것 없는 행복의 절정에 오른 듯했다.

사랑의 결과물이 결혼이라면 그 결과물을 계속 손에 쥐고 있게 하는 것이 결혼 생활이었다. 그리고 승호는 그 결혼 생활에 자신 있었다. 소미와 함께라면 그 어떤 상황이 닥치더라도 더는 흔들리지 않을 수 있었다. 또 다른 시작을 맞이한 승호와 소미는 지는 해의 붉은 황금빛으로 물든 침실에서 서로를 바라만 봤다.

이보다 더 행복할 수 없는 그런 나날들을…… 황금빛 나날을 꿈꾸며.

에필로그

소미는 느지막이 점심을 먹고 시할머니 기일이라 한남동 본가로 향했다. 제삿상의 오르는 음식은 남의 손을 많이 타면 안 된다는 김 여사의 철칙에 따라 소미도 거드느라 괜히 분주했다. 그리고 저녁시간이 가까워오면서 마무리돼 가자 소미는 김 여사의 뒤를 졸졸 쫓아다녔다. 어디 가든 딱 달라붙는 소미가 귀찮은 김 여사는 이리저리 피해 다니지만 이 넓은 집에서도 소미를 피해 도망갈 곳이 없었다. 김 여사는 끈질긴 소미가 도저히 상대가 안 돼 유진에게 도움의 눈길을 보내지만 매한가지로 며느리들이 똘똘 뭉쳐 있었다. 이른 저녁을 먹고 다시 가정부들이 조리 기구를 주방에 잔뜩 늘어놓자 김 여사는 겨우 한숨을 쉬고 둘러앉았다. 소미는 지치지도 않는지 조잘조잘 쉴 새 없이 떠들고 유진은 간간이 맞장구치며 김 여사를 물고늘어졌다.

"어머님, 한 번만. 네?"

"안 된다니까. 그거나 태우지 말고 잘해. 넌 시집온 지가 일 년이 넘었는데, 어쩜 전 하나 제대로 부치지 못하니?"

"어머님, 이러시면 저 섭섭해요. 딱 한 번만, 네? 어머님이 제일 사랑하는 작은 며느리 소원인데 딱 한 번만요."

"누가 제일 사랑해?"

"어머님이요."

"말을 말자."

소미는 녹두부침개를 부치던 뒤집개를 들고 온몸을 흔들어 애교를 부리지만 김 여사는 꿈쩍도 안 했다. 소미는 옆에서 생선 굽고 있는 유진의 팔을 붙들고 늘어지지만 별다른 말이 없었다.

"형님, 형님이 도와주세요."

"어머님, 동서 한번 도와주세요."

"네들 자꾸 이러면 앞으로 집에 발도 못 붙일 줄 알아."

"어머님! 저 정말 서운하려고 해요. 어쩜 이리 며느리를 홀대하세요."

"작은애! 너야말로 날 서운하게 만드는구나. 다른 갤러리에서 다 안 된다는 걸 왜 내 갤러리에서 꼭 해야 하니? 그냥 포기해."

"다른 데서는 안 된다니까 더 그러죠. 우린 가족이잖아요. 그렇죠, 형님?"

"동서는 우린 가족이지. 맞죠, 어머님?"

김 여사는 똑같이 웃으며 눈웃음 살랑살랑 치는 며느리들에 어이없었다. 잘 어울려 다니더니 고새 비슷해져서 아주 들들 볶는데 김 여사는 당할 재간이 없었다.

"작은애, 네 그림을 보긴 봤어. 근데 강도가 너무 세. 네 시댁이 어떤 기업이니. 그래도 건설과 중공업이 주류인데, 환경운동 하겠다고 잔뜩 비꼬아놓은 그림을 내가 어떻게 전시하겠어? 나는 못 해. 어서 전이나 부치고 다들 입 다물어."

소미는 입이 댓발 나온 채로 잘 부쳐지고 있는 전을 뒤집개로 쿡쿡 찌르며 괜한 신경질을 냈다. 환경단체에 가입해 그들의 활동을 지켜보고 참여하면서 소미는 할 수 있는 최선을 찾았었다. 지금 소미가 누리고 있는 평판을 더한 전시회를 연다면 더 많은 지원과 눈길을 끌 수 있었다. 하지만 명성있는 갤러리들 대부분이 대기업 산하에 있어서 전시회 의도 자체를 달가워하지 않았다. 그렇다고 조그마한 곳에 그림 몇 점 걸어놓고 기자들 불러 생색내는 것처럼 보이기도 싫었다. 소미가 원하는 건 대대적으로 많은 사람들이 한꺼번에 드나들 수 있는 넓은 곳에서 돈이 안 되더라도 장기간 전시하는 것이었다.

"어머님, 동서 개인전 여는 조건으로 허락해 주시면 어때요?"

"형님, 그건 안 돼요."

"작은애, 넌 개인전 안 한 지 곧 있으면 이 년이야. 개인전 할 생각 있으면 나도 생각해 보고."

소미는 풀이 죽어 시키는 대로 기름 냄새 잔뜩 맡으며 입을 꾹 다물고 있었다. 갑자기 정적이 흐르자 어색해진 김 여사는 괜히 큰며느리를 쿡쿡 찔렀다.

"동서, 왜 개인전 안 해?"

"그냥, 자신이 없어요. 이전과 다른 화법을 어찌 받아들일지도 모르고, 사실 너무 편해서 그런지 그림의 날카로운 맛도 사라진 것 같아요."

"작은애답지 않은 말이구나."

"어머님, 저도 사람이거든요."

"그래, 사람이지. 넌 옹골차고 당돌한 화가야. 네 느낌이 가는 곳에 또 다른 네 그림을 좋아해 주는 사람이 있을 거라는 것도 잊지 마렴."

"몰라요. 어머, 아버님이시다."

소미는 손에 든 뒤집개를 내팽개치고 후다닥 일어나 주방 앞에 선 민 회장 옆으로 갔다. 그리고 팔짱을 끼고 언제 풀 죽었냐는 듯 환하게 웃으며 민 회장에게 딱 달라붙었다. 그 모습에 유진은 웃고 김 여사는 고개를 흔들며 어디서 저런 애교가 나와 살살 녹이는지 혀를 내둘렀다.

"작은애, 왔구나."

"네, 아버님. 아버님, 저 보고 싶으셨죠?"

"그럼. 뭐 그리 바빠?"

"제가 또 이 나라 삼천리강산을 위해 일하잖아요. 근데 어머님이 협조를 안 해주세요."

"왜? 뭐가 필요한데?"

"갤러리요. 전시회 한 번만 열어달라고 사정하는데도 어머님은 꿈쩍도 안 하시고. 아버님, 저 속상해요."

민 회장은 울상을 지으며 잔뜩 기죽은 목소리로 말하는 소미를 보나가 김 여사를 쳐다봤다. 눈에 진뜩 힘을 준 김 여사가 안 된다는 눈짓이지만 민 회장은 엄한 목소리로 말했다.

"해주지. 좋은 일 한다는데 왜 그리 박해."

"당신도 참. 어쩜 그리 작은애 일이라면 앞뒤 안 재고 해주래. 안 돼. 그런 전시회 잘못했다가 괜히 갤러리 이미지 망쳐요."

민 회장은 강경한 김 여사 때문에 소미를 다시 보지만 이젠 아예 동그란 큰 눈에 촉촉이 물기가 번지니 애가 탔다.

"거참, 큰애 네 생각은 어떠냐?"

"저야, 찬성이죠. 하지만 저희도 손해 보는 만큼 동서가 개인전이라도 열어줘야 하지 않을까요?"

"옳거니. 작은애, 그렇게 하면 되겠구나."

"아버님, 그냥 하게 해주세요."

"세상에 공짜는 없다. 얻고 싶으면 하나를 내주어야 하는 게 사는 법이야. 작은애, 그렇게 할래, 안 할래?"

소미가 입을 삐죽 내밀며 민 회장 품으로 안겨들자 김 여사의 눈초리는 매서워졌다. 민 회장은 허허 웃으며 잡힌 팔을 빼내려고 하지만 소미가 놓아주지 않았다.

"작은애, 개인전 하기 싫으냐?"

"그건 아니고요. 지금은 별로 준비가 안 됐어요."

"그럼 나중에 하고 싶을 때 하는 걸로 약속해 주면 되겠지. 큰애야, 그렇게 하면 되겠니?"

"네, 아버님."

"그럼 작은애가 원하는 대로 큰애가 알아서 준비시켜 줘."

"아버님, 고맙습니다."

"여보, 이 일은 안 돼요."

김 여사의 앙칼진 목소리가 거실에 울렸지만 민 회장은 그리 상관하는 표정이 아니었다. 유진도 소미에게 싱긋 웃어주며 다시 주방으로 들어갔다.

"어머님, 저한테는 남편 말이 하늘이라고 하셨잖아요. 근데 아버님 말씀이 어머님한테는 하늘이 아닌가 봐요. 저도 이참에 어머님이 하신 말씀 전부 다 다시 생각해 볼래요. 그쵸, 아버님?"

"그럼. 작은애가 당신 못 믿겠다는데도 안 해줄 거야?"

"저 여우, 곰의 탈을 쓴 여우."

김 여사가 잔뜩 찌푸린 채 획 돌아 다시 주방으로 들어갔다. 소미는 뜻하는 대로 다 이루어지자 민 회장을 팔을 놓으며 해맑게 웃었다.

"승호는?"

민 회장의 질문에 소미는 급격히 굳어지는 표정을 감추지 못했다. 승호는 아직도 지난 시절에 의해 단단히 뭉친 감정이 풀어지지 않아 소미가 본가에 자주 드나드는 것을 달가워하지 않았다. 오늘도 특히나 그렇게 구박했다는 할머니의 기제에 승호는 아예 소미조차 참석하지 못하게 엄포를 놓았었다. 하지만 승호와 본가 사이에서 최대한 할 도리를 해야 한다고 우긴 결과 소미 혼자만 왔다. 만약 민 회장이 일부러 오지 않을 걸 알면 그간 잠잠했던 분위기가 뒤틀릴까 봐 소미는 핑계거리를 떠올리느라고 머릿속이 복잡했다.

"제수씨, 오셨습니까?"

소미는 구세주 같은 승우 목소리에 그새 화색이 돌아 후다닥 현관 쪽으로 달려갔다. 유진이 나와보지만 소미는 기회다 싶어 휠체어 뒤에 서서 손잡이를 잡고 끌었다.

"아주버님, 점점 더 멋있어지세요. 요새도 바쁘시다더니 일찍 퇴근하셨네요?"

"오늘 기제라 일부러 일찍 왔습니다. 제수씨도 잘 지내셨죠?"

"승호는?"

소미는 일부러 승우와 말을 돌리며 피했지만 민 회장이 날카롭게 물었다.

"승호, 다음 달 방콕 입찰 건으로 바빠서 못 옵니다."

"왜? 그쪽에 무슨 일 있어?"

"아니요. 일본 건설회사 쪽에서도 로비를 하는 것 같아서 대비한다고 하더군요."

민 회장이 의심스러운 눈길로 승우를 보자 소미는 또 후딱 나섰다.

"어머, 오늘 온다고 꼭 약속했는데. 아버님, 일로 못 온다는데 괜찮죠?"

민 회장이 더 자세히 물어볼까 봐 소미는 생글생글 웃으며 억지로 부축해 침실로 들어갔다. 소미는 가정부를 도와 민 회장의 옷 수발을 들고 침대로 올려놓았다.

"아버님, 조그만 쉬시고 나오세요. 아니면 식사 먼저 간단히 하실래요?"

"아니다. 같이 먹지. 승호는 아직도 그러냐?"

"네?"

"아직도 마음이 얼어 있냐는 말이다. 내가 모를 줄 아느냐?"

"아니에요. 아범이 얼마나 성품이 여린데요. 아버님도 잘 아시잖아요. 오늘 진짜 바빠서 못 온 거예요."

"네가 중간에서 고생이구나."

소미는 긴 한숨을 내쉬며 씁쓸한 기분으로 침실을 빠져나왔다. 그렇다고 소미는 이 어중간한 입장을 승호 탓으로 돌리지 않았다. 소미가 한남동 본가를 드나든 지 벌써 이 년이 다 되어가지만 승호가 매번 마지못해 올 때마다 민 회장이나 김 여사도 별달리 이전과 다른 반응을 하지 않았다. 소미는 서로 풀어야 한다고 생각하지만 아직 누구도 노력하지 않는 속에서 승호에게만 먼저 살갑게 풀어보라고 하고 싶지 않았다. 언젠가 먼저 서로에게 손을 내미는 그 시기가 올 거라 믿으며 소미는 이기적이지만 중간에서 승호가 더 상처받을 일 없게 조율하는 걸로 만족했다.

친척들이 기제를 위해 속속들이 모여들자 소미는 아직 새댁으로서 손님을 맞이하느라고 정신없었다. 그리고 아직 신혼이라고 생각하는 친척들에게 승호에 관해 물으면 생글생글한 며느리 노릇하느라고 진이 다 빠졌다.

대형 영화관을 막 빠져나온 승호와 소미 엄마는 다정히 팔짱을 끼고 친근한 모자 사이처럼 번잡스러운 길을 걸었다. 소미만 본가로 보내놓은 게 내내 마음에 걸린 승호는 어차피 일도 많지 않아 오랜만에 상보님과 시산을 즐기는 걸로 내신했다.

"장모님, 영화 재밌으셨어요?"

"그럼, 민 서방 덕분에 영화관을 다 와봤어. 예전에 소미 아빠랑 온 후로는 올 일이 없었는데 고마워."

"매번 식당으로만 모시는 게 마음에 걸렸어요. 다음번엔 연극 보러 가실래요?"

"그럴까? 소미가 또 질투하고 나서지 않으려나 모르겠다."

"오늘처럼 몰래 만나면 되죠. 출장 갔다 와서 알아볼게요."

소미 엄마는 아들같이 살갑게 다가오는 승호에게 어느새 둘도 없는 소미와 마찬가지로 자식같이 느꼈다. 처음엔 무뚝뚝한 승호가 어색했지만 매번 불러내 이렇게 둘만의 시간을 보내니 금세 친해져 버렸다.

"장모님, 소미 아버님에 대해선 마음 정하셨어요?"

"아니, 안 하려고. 민 서방 말대로 핏줄이 중요하기는 하지. 하지만 소미가 지금껏 그렇게 살았듯 앞으로도 모르고 살게 하고 싶어. 굳이 이제 와서 알려준다고 해서 뭐가 달라질까? 괜한 혼란을 주고 싶지 않아. 이미 소미가 태어나기 전에 그 집과는 끝난 일이야."

"그래도 아버지에 대해 어느 정도는 알려주는 것도 나을 것 같은데요."

"소미가 가진 아버지에 대한 그리움이 전부로 하게 하고 싶으면 내 욕심일까? 언젠가 소미가 정말 아버지에 대해 궁금해한다면 나한테 물을 거야. 소미는 언제나 자기가 원하는 순간을 알거든. 소미를 키우면서 항상 그 순간을 대비했지만 걔는 그런 부분에 대해서 크게 집착하지 않았어. 만약 알고 싶어하는 순간이 온다면 그때를 기다리자. 그게 우리 몫인 것 같구나."

"장모님 말씀도 맞아요. 애틋함도 없는 친척이 갑자기 나타나는 것도 그렇겠죠. 언젠가 궁금해한다면 저도 그때는 감추지 않을게요."

"그래. 오늘따라 이렇게 든든한 사위와 걸으니 소미 아빠 생각이 많이 나네."

"장인어른은 어떤 분이셨어요?"

"좋은 사람. 민 서방만큼 좋은 사람이었어."

"저만큼이라니, 장모님도 참."

승호는 팔에 걸려 있는 소미 엄마의 작은 손을 꼭 잡고 인파를 헤치며 조심히 걸었다. 승호는 일부러 소미에게도 털어놓지 못한 지난날을 소미 엄마에게 꺼내놓도록 만들었다. 그로 인해 그간 속으로 감춰뒀던 마음이 조금 편안해지기 바랐다. 한참을 그렇게 걷던 소미 엄마 얼굴엔 환한 웃음이 걸렸고, 차를 타고 떠나려는 승호의 등을 툭툭 두드렸다.

승호는 집으로 돌아오는 내내 새 가족의 포근한 둥지 안에서 평안함을 느꼈다. 그저 등을 두드리는 손길, 따뜻이 바라보는 눈길, 긍정적인 한마디, 무한한 믿음. 소미를 얻으면서 승호는 새 가족까지 덤으로 얻어 새로운 관계에 많은 생각을 하게 했다.

소미는 늦은 시각까지 뒷정리를 돕다가 자정이 다 돼서야 겨우 집에 도착했다. 천근만근 무거운 몸으로 문을 연 소미는 거실에 앉아 책을 보고 있는 느긋한 승호를 보자 욱하고 열불이 났다. 친척들이 얼마나 많은지 소미는 일일이 인사하고, 밥상을 들고 거실과 주방을 옮겨 다니는 바람에 목과 손이 결려 죽을 지경이었다. 그런데 승호는 한가히 책이나 보며 있었다니 안 억울할 수 없었다. 소미는 일부러 승호의 인사도 무시하고 욕실로 가 씻고 침실에서 기다렸다. 그러나 승호는 여전히 거실에 앉아 음악을 켜놓고 와인을 마시고 있었다.

"민승호!"

"뭐 하러 나와?"

"나 오늘 무지 고생했어. 친척들이 나만 보면 무슨 잔심부름을 그리 시키는지. 진짜로 오늘 나 무지 힘들었다고."

"그래, 알았어. 어서 자."

소미는 본가와 연결만 되면 퉁명스러운 승호에게 서운했다. 일부러 승호 옆에 없는 먼지도 일으킬 정도로 온몸을 날려 앉은 소미는 눈에 힘을 팍 주었다.

"이리 와."

승호가 다리를 오므리며 편히 앉게 만들자 소미는 그 위로 온힘을 실어 엉덩이를 들썩거리며 앉았다. 소미의 허리에 팔을 두른 승호는 와인을 따른 소미에게 건네주었다. 소미는 와인을 벌컥벌컥 들이키며 여전히 승호를 보는 눈에 힘을 풀지 않았다.

"민승호, 나 서운해. 정말 서운해."

"왜?"

"죽어라 고생하고 왔는데 그냥 자라고 하면 어떡해!"

"그러게 가지 말라고 했잖아. 왜 말 안 듣고 매번 가는 거야. 가서 뭐 좋은 일 있다고."

"좋은 일 있지. 아버님이 또 용돈 주셨어."

"그 돈 나한테 달라고 하면 되잖아."

"우린 가족이잖아. 가족은 싫어도 봐야 하는 거야. 난 그렇게 생각해. 그게 가족 아니겠어? 근데 나에게 정말 수고했다고 말 안 해줄 거야?"

승호는 볼을 빵빵하게 만들며 미간에 힘을 주는 소미가 귀여워 볼을 꼬집었다. 하지만 소미는 그 손을 탁 쳐내며 여전히 뾰로통한 채 승호를 흘겨보았다.

"미안해서 그래. 너 그렇게 노력하지 않아도 되는데 나로 인해 괜한 고생 하는 게 마음 불편해."

"넌 꼭 그러더라. 아무리 그래도 우리 엄마가 너한테 가족이 되었듯 어머님이나 아버님도 나한테 새로운 가족이야. 네가 싫어도 나는 해야 할 의무가 있는 며느리고. 난 옛날부터 예쁨 받는 며느리 하고 싶었어. 그리고 지금 충분히 예쁨 받는다고 자부해. 그러니 제발 그런 마음 갖지 마. 그냥 수고했다고 한마디 해주면 나 피곤하지 않고 기분 좋아. 넌 항상 너무 생각이 많아. 것도 혼자!"

"그랬어?"

"응. 그냥 수고하고 왔다고 안아주면 기분 좋아."

"앞으로 그렇게 할게. 오늘 수고했어. 그리고 미안해."

"응, 나 수고했어. 것도 많이. 결혼한 지 일 년이 훨씬 지났는데 나보고 아직도 새댁이라고 어른들이 얼마나 궁금해하는지. 짓궂 게 물어보셔서 막 당황했어."

이제야 풀린 소미는 얼굴에 잔뜩 잡아놓았던 주름을 슬그머니 풀며 승호에게 바짝 안겨들었다. 승호에겐 여전히 따뜻한 냄새가 났다. 언제나 변하지 않는 마음처럼 승호는 이전과 다르지 않았 다.

"뭘 그렇게 어른들이 짓궂게 물으셨는데?"

"당숙 어르신이 나보고 화색이 좋다며 네가 밤 재주가 좋은가 보다고 그러시자 어른들이 웃고. 내가 그래서 막 그런 거 아니라 고 하는데도 안 믿으시고 자꾸 놀리시잖아. 아버님도 네가 재주는 좋다고 당숙 어르신 편들고. 민망해 죽는 줄 알았어. 역시 난 어른 들 상대하기에는 새가슴이야."

"정말 그런 거 아니야?"

승호가 능글맞게 웃으며 소미의 목욕 가운 끈을 잡아당겨 느슨 하게 풀었다. 소미는 그 손을 막는 척하다가 슬그머니 승호의 얇 은 티셔츠 안으로 손을 넣었다.

"승호야, 요새도 운동해?"

"어. 아침엔 너 때문에 힘드니까 저녁에 틈 생기면 하는데. 왜?"

"좋아서. 만날 이래야 해."

소미는 손바닥에 느껴지는 탄탄하고 굴곡진 근육을 매만지며 그 움찔거림을 마음껏 느꼈다. 손 아래 느껴지는 돌은 돌기를 손 가락으로 집어 당기며 장난치던 소미는 다가오는 승호를 피해 고개를 돌렸다. 소미가 입은 가운의 끈을 풀어낸 승호는 활짝 벌어진 사이로 손을 놀리다가 이내 멈추고 의아한 표정을 지었다.

"피곤해?"

"아니, 한번 튕겨봤어. 계속해."

소미는 아무렇지 않은 듯 말했지만 그 눈빛에서 승호는 미묘한 변화를 알아챘다.

"피곤할 텐데 그만 자자."

"아냐, 안 피곤해. 좋아. 조금 걱정이 들어서 그래."

"뭐?"

"어른들이 너무 자주 하면 애 안 들어선다고 아까 그러시던데. 우리가 좀 자주 했잖아. 어제도 했고. 오늘도 하면 안 되는 거 아닌가 싶어서 잠깐 그랬어."

시무룩한 소미를 번쩍 안아 든 승호는 거실에서 뱅글뱅글 빠르게 돌았다. 소미는 다 풀어진 가운이 펄럭거리자 부끄러운 듯 얼굴을 붉히며 승호의 목에 매달려 발을 구르며 장난쳤다. 소미의 깔깔거리는 웃음소리에 승호는 침실로 가 침대에 눕혔다.

"그런 말 신경 쓰지 마. 어른들이 괜히 너 놀리는 말이야."

"정말?"

"그래. 때 되면 생기겠지. 지금도 오붓하니 좋잖아."

소미의 걱정스러운 표정을 지워 버리려고 승호는 빠른 손길로 가운을 벗기고 위로 덮쳐 입술을 탐했다. 소미는 열렬한 전희에 입이 바짝 마르고 열기에 아득해지려다가 번뜩 든 생각에 일어나 아래에 내려가 있는 승호를 떼어냈다.

"왜?"

"잠깐만. 삼신할매 직무유기. 각성하라, 각성하라!"

"뭐야?"

"삼신할매가 점지해 주는 거잖아. 우리한테 직무유기하고 있는 거 각성하라고 했어. 들었으면 오늘 밤 오시겠지."

소미가 활짝 웃으며 다시 끌어안지만 승호는 뜨겁게 타오르던 열기가 사그라지는 느낌이었다. 소미가 가끔 지나가는 걱정을 비치긴 했지만 이렇게까지 의식하고 있을 줄 승호는 생각도 못했다.

"빨리 너도 한마디 해."

"뭐라고?"

"삼신할매한테 각성하라고."

"소미야."

"응?"

"사랑해."

승호는 천천히 소미 안으로 들어가 더는 이런 고민할 새가 없도록 지나치리만큼 세차게 몰아붙였다. 소미의 입에서 나오는 달뜬 신음이 방 안을 울리고 땀에 젖어든 몸은 엉켜 원래 하나였듯 떨어질 줄 몰랐다. 언제나 절정을 넘어 몸이 타 들어갈 때까지 몰아붙이는 승호 덕에 소미는 눈앞이 아득했다. 조금만 더라는 말을 할 필요도 없이 승호의 마지막 몸짓 몇 번에 소미는 그만 온몸을 파르르 떨며 늘어졌다. 승호가 몸을 부르르 떨며 깊숙이 안을 적시자 소미는 그 등을 꼭 안아주었다.

"승호야, 나 또 별 봤어."

"또?"

"응. 막 반짝반짝. 나 이거 중독된 것 같은데 너 어쩔 거야?"

"또 보여줄까?"

"응. 이번엔 조금 덜. 너무 많이 봤는지 순간 눈부셨어."

승호에게 깊숙이 안겨드는 소미의 얼굴엔 이전의 걱정은 완전히 사라진 듯 함박웃음이 가득했다. 그리고 갑자기 배에 손이 닿는 느낌에 소스라치게 놀랐다. 승호도 몸을 스쳐 간 서늘한 느낌과 파르르 떠는 소미에게 놀랐다.

"왜 그래? 어디 불편해?"

"아니. 그런 건 아닌데, 혹시 너 내 배 만졌어?"

"아니. 내 손은 모두 널 안는 데 쓰고 있잖아."

"이상하다. 누가 내 배를 만진 것 같았어."

"바람이 부나. 창문 다 닫았는데."

"갑자기 기분이 이상해."

"좋게 만들어줄게."

승호는 이불을 가져다 덮어주며 인상을 구긴 소미를 꽉 안아줬다. 소미는 고개를 갸웃거리며 승호의 뜨거운 품에 안겨서 왠지 삼신할매가 정말 다녀간 게 아닐까 싶은 느낌이 들었다. 그리고 몸에 척 얹어진 승호의 큰 손에 소미는 금세 그 잡념도 잊고 다시 오르는 열기에 푹 빠졌다.

들뜬 향락에 완전히 빠진 둘을 멀찍이 지켜보는 이가 있었다. 직무유기 각성하라는 돼먹지 않은 소리에 깜짝 놀라 더 늦게 오려다가 정성이 갸륵해 소미의 배를 쓰다듬었다. 그리고 깜찍하게 불러들인 기분이라면 한 번만 쓰다듬어야 하는데 두 번이나 쓰다듬어 줬다. 열 달 동안 고생해 봐라!

소미는 산부인과 특실에 누운 채 희순이 까주는 귤을 입에 간간이 넣으며 갖은 인상을 다 썼다. 진통이 느껴져 병원에 오긴 왔지만 너무 이르게 와 의사의 진료 한 번 받고 반나절이 넘게 대기 중이었다.

"안소미, 하여간 너도 참 극성이다. 아니, 남들은 막 비명 지를 때 온다는데 너는 배 한번 찌르르 했다고 와서 드러눕냐?"

"승호가 아프면 병원 가라고 했어! 승호 안 온대?"

"김포공항에 삼십 분 전에 도착해서 이쪽으로 오는 중이래. 하여간 유별나."

"너 자꾸 그래라? 우리 아가들한테 이모라는 말 절대 안 가르칠 거야."

"아고, 치사해. 내가 당장 결혼을 하든지 해야지."

"그래. 우리 승호 같은 남자가 또 어디 있겠냐마는 너도 어서 결혼해. 무지 좋아. 나 봐라."

"아, 억울해. 나보다 공부도 훨씬 못했던 게 무슨 복이 이리도 많은지."

"그게 다 이 미모와 끝내주게 좋은 성격에서 온 게 아니겠냐. 근데 넌 왜 잊을 만하면 공부 얘기를 꺼내니? 나도 대학원까지 다녀 본 인재야. 전교 1등 한 게 무슨 유세라고."

한참을 희순과 괜한 입씨름을 하던 소미는 밀려온 진통에 손에 쥔 귤을 내동댕이치고 배를 부여잡았다. 그리고 이내 온몸을 뒤틀고 가쁜 숨을 쉬며 비명을 질렀다. 희순은 또 그냥 오는 진통이라고 가볍게 생각했다가 소미가 땀에 흠뻑 젖고 오랫동안 힘들어하자 급하게 의사를 부르러 갔다.

소미는 의사의 진료 끝에 결국 둘을 자연분만할 만큼 골반이 튼튼치 못해 제왕절개를 해야 했다. 희순의 연락으로 막 도착한 양가 식구들은 모두 초조하게 분만실 앞을 지키며 첫 손주를, 아니 손주들을 기다렸다. 승호는 분만실 안에서 전신마취에 들어가 의식이 없는 소미의 뱃속에서 아이들이 꺼내지는 모습을 눈으로 똑똑히 보았다. 너무나 가슴이 벅찬 승호는 산소 호흡기를 착용한 소미의 귀에 낮게 속삭였다.

"소미야, 탯줄 자를 거야. 같이 하고 싶었는데, 미안해."

승호는 울컥 쏟아지는 벅찬 눈물에 두 아이들을 차례로 탯줄을 자르고 가슴에 안았다. 따뜻한 아이들의 체온과 비릿한 냄새가 엉켜 승호의 가슴을 울렁거리게 만들었다.

"축하드립니다. 이란성 쌍둥이네요. 왕자님과 공주님을 한꺼번에 얻으셔서 너무 행복하시겠어요."

아직도 아이를 품에서 놓지 못하고 우는 승호의 등을 의사가 톡톡 두드려 주었다. 소미를 두고 나가지 않으려 버티는 승호를 의사가 겨우 달래서 내보냈다. 승호가 분만실을 나와 눈물과 핏기가 범벅된 얼굴로 소식을 전하자 식구들 모두 환희에 찬 표정을 지으며 서로 수고했다는 말을 아끼지 않았다. 그리고 승호를 차례차례 껴안으며 그간 졸였던 마음을 풀었다.

"아버지."

민 회장 품에 안긴 승호가 먼저 입을 떼자 민 회장은 더욱 꽉 끌어안으며 등을 두드러 주었다.

"너도 곧 그 소리 듣겠구나. 고생 많았다. 내게 못 받은 거 네 아이들에게 다 해주렴. 나도 네게 주지 못했던 것 내 손자들에게 아낌없이 줄 게다."

민 회장은 그간 미안했던 마음을 이렇게 승호를 꽉 끌어안아 꺽꺽거리는 울음을 잦아들게 만들었다.

소미는 퉁퉁 불은 젖을 억지로 짜내자 날 선 비명을 질렀지만 승호는 멈추지 않았다. 소미가 굳이 모유수유를 하겠다고 우기는 바람에 젖을 짜내 젖병에 받아서 신생아실로 넘겨야 했다. 처음엔 간호사가 대신했지만 소미가 워낙 엄살이 심하고 간호사도 특실 산모를 어려워해 쉽지 않았다. 승호는 아무리 여자라지만 다른 사람이 소미의 가슴을 만지는 것에 강한 불만을 가진 터라 차라리 자신이 하겠다고 나섰다. 하지만 승호는 매번 이렇게 할 때마다 소미한테 미안해 시선도 마주하지 못했다.

"아, 진짜. 뭔 애들이 이렇게 많이 먹어? 하루에 몇 번이나 이렇게 죽어라 아픈지 기억도 안 나. 누구를 닮은 거야!"

소미가 투덜거리며 누워서 환자복 앞섶을 잠그자 승호는 피식 웃음이 났다.

"누굴 닮긴, 너 닮았지. 너 많이 먹잖아. 애들이 잘 먹으면 되는 거지."

"몰라. 나 언제 퇴원해?"

"아직 일주일도 안 됐어. 제대로 앉을 수 있을 때가 되거든 그때 말해라."

"애들 보고 싶어. 왜 애들을 내 옆에 안 두는 거야? 이 병원 원래 애들하고 산모 한 병실 쓰게 해준다고 어머님이 특별히 정하신 건데."

"내가 올려 보내지 말라고 했어. 너 상처 아물면 그때 병실 올려 달라고 할게. 지금은 무리야."

"너무해. 조금 있다가 데려올 거야?"

"저녁 먹고. 애들보다 네 몸부터 챙기자."

승호는 간호사에게 젖병을 건네고 소미에게 뜨거운 물을 마시게 채근했다. 자꾸 시원한 것만 찾는 소미를 겨우 달래서 미지근하게 식힌 물을 먹이고 승호는 젖은 수건을 가져다 몸을 닦아줬다. 소미는 조금은 개운한 기분에 침대 이불을 걷어내며 승호를 불러들였다.

"승호야, 너 정말 그렇게 많이 울었어?"

"누가 그래?"

"어머님이. 놀라셨다고 하던데. 엄마도 너 그렇게 우는데 나 잘못돼서 그런 줄 알고 처음엔 철렁하셨대."

"아니야, 그런 적 없어. 그냥 애들을 보니까 말하기 힘든 그런 감동이라고나 할까. 생전 처음 느낀 감정이라 뭐라 표현해야 할지 모르겠다."

"난 그냥 행복해."

"소미야."

"응?"

"고마워."

"그 말 했잖아."

"사랑해."

"그 말도 했어."

"앞으로 잘할게."

"너 진짜 잘해야 해. 애들을 너랑 나랑 둘이 만들었는데 나만 죽는 줄 알았어. 막판에 진통 올 때는 막 억울하더라니까."

"미안해."

"미안할 거 없어. 난 겪어보지 못했지만 내 아이들은 겪을 아주 좋은 아빠가 돼주면 돼."

"응, 꼭 그렇게. 내 아이들에게 네가 원하는 아버지가 되어줄 거야."

승호는 팔을 뻗어 소미 머리를 베개하고 아이들 생김새에 대해 한참 이야기했다. 아직 주름이 잔뜩 져 쪼글쪼글한 애들을 소미는 외계인 같다고 놀리지만 승호는 신생아실에서 보면 눈에 띄게 예쁘다면서 혼냈다. 승호에게 또 목숨을 내놓고 지켜야 할 가족이 생겼다는 이 마음을 소미는 이해하지 못했다. 승호는 그간 밑바닥까지 외로웠던 그 싸늘함이 두 아이를 품에 안던 순간 완벽히 사라지던 걸 느꼈다. 그리고 이 아이들과 소미를 위해 남은 생을 최고로 살아가야 한다는 무한한 책임을 느꼈다.

승호는 어느새 잠든 소미 머리를 조심히 베개에 옮겨놓고 침대에서 내려왔다. 그리고 해가 막 지는 황금빛 노을을 바라보며 긴 생각에 빠졌다. 어느덧 어둠이 짙게 깔린 밖을 보던 승호는 결론을 찾았다.

　'사람이 살기 위해 먹고 먹기 위해 살듯이 삶도 마찬가지다. 죽을 때까지 사랑하기 위해 살고 살기 위해 끊임없이 사랑한다. 그러나 죽을 때까지 하는 사랑이 단 한 번 남녀만의 사랑만은 아니다. 가장 먼저 접하는 사랑은 부모의 사랑이고, 그것이 근간이 될 것이다. 모든 것, 살아가기 위해 부딪치는 모든 것을 사랑하며 끝까지 살아간다. 그리고 그 마지막은 사랑으로 인해 행복하게 마무리될 것이다.'

작품이 하나 끝날 때마다 제 자신의 한 부분이 떨어져 나가는 거 같습니다. 그리고 글을 쓰지 않고 쉬면서 그 부분이 채워지는 듯하고요. 하지만 원래 떨어진 부분은 이전과 같은 형태로 채워지지 않는 거 같아요. 그게 아마 변화가 아닐까 생각합니다. 쓰고 배우고 배우면서 쓰는 글에 일말의 변화도 없다면 무엇으로 글을 계속 써야 할 힘을 얻을까요……

이제껏 글을 쓰며 어떻게 사랑을 해야 하나가 아니라 사랑하며 어떻게 살아갈까 라는 생각을 더 많이 했습니다. 그래서 제가 만들어낸 주인공들의 시작과 끝 지점이 조금은 다를 수도 있습니다. 그 과정을 갑작스럽지 않게 만드는 것이 제 몫인데 잘해내고 있는지 언제나 불안합니다. 잘해냈다고 보시나요? 만약 아니더라도 작가의 재능이 부족함을 너그럽게 용서하시기 바랍니다.

한평생을 나눌 추억이 무궁한 풋풋한 10대에서 시작해 우여곡절 끝에 맺은 포근한 사랑, 그 동경에 이끌려 쓰는 내내 신났었습니다. 그래서 승호를 만나 가슴 떨렸고 소미를 만나 불끈 힘이 솟았습니다.

소미는 결코 어느 때에도 발걸음을 멈추지 않았습니다. 그렇기에 승호는 다가오는 소미를 꽉 품에 껴안을 수 있었나 봅니다. 승호는 애초에 나약하고 외로운 남자였습니다. 부모에게 정신적으로 확고한 독립을 할 만큼의 강한 정신력을 가지지 못했고, 성장 과정에서 받은 부정적인 자아에서 벗어날 시도조차 하지 못했습니다. 한 개인으로서 승호는 출생부터 성장 과정까지 억눌린 안타까운 사람이라고 봅니다. 반면 소미는 주체적이고 불타오르는 멋진 여자였습니다. 우리가 흔히 말하는 사랑받지 못하고 자란 자와 사랑 받은 자의 뚜렷한 차이겠죠. 부모로서 자식에 대한 책임감은 사랑인 듯합니다. 그 무엇보다 사랑이 자식의 삶은 올바른 방향으로 가게끔 길을 열어준다는 생각엔 여전히 열렬한 동의를 보냅니다.

소미가 손 내밀어 승호에게 밝은 햇살이 비치는 세상으로 끌어내게 만들고 싶었습니다. 열정으로 삶을 살아갈 수 있도록, 노력하고 가지려 그 자리에서 벗어나 한 발 내디딜 수 있도록, 그래서 승호가 마음에 안 차실 수 있지만 모든 남자가 자신감 넘쳐 여자를 한 손에 끌어안고 달려갈 수는 없지 않겠습니까? 그러나 한순간도 잊지 않고 현실을 제대로 알고 얻기 위해 자신을 쌓아올린 그 노력과 능력에 저는 승호가 참 멋있습니다.

약속이란, 훗날을 책임질 수 있는 사람이 해야 할 거라고 믿습니다. 미래가 어찌 변하던 그 약속을 책임지지 않는다면 약속이 아니라 순간의 위안일 뿐입니다. 승호는 어쩌면 소미에게 두 번 다 약속해 주지 못한 마음이 찬

란한 미래를 위한 게 아니었을까요? 순간의 위안으로 그 아름다울 미래까지 다 버리지 않는, 바른생활 승호가 매력적이지 못하다면 참 안타까울 듯합니다.

소미의 그림 그리는 작업들을 보시면서 혹시 잭슨폴락을 떠올리셨나요? 제가 가장 좋아하는 작품이 미스트와 가을의 리듬입니다. 소미에게 화가로서의 잭슨폴락 느낌을 주고 싶었습니다. 다만 잭슨폴락의 그 우울하고 술과 마약에 중독됐던 삶은 빼고요. 더 많은 그림을 소개해 드리고 싶었고 작업을 묘사하고 싶었지만 지나친 욕심이 혹여 독이 될까 그저 마음을 비웠습니다. 아쉽지만 어설프니 아니 한만 못하다는 말을 다시 새깁니다.

소미와 승호를 만나 그들의 삶을 제가 만들어줬다는 게 참 행복했습니다. 옅은 수채화 같은 포근한 사랑이 뭘까요? 그런 사랑이 승호와 소미가 나눈 것일 수도 있을 겁니다. 그렇게 믿고 싶습니다(착각이라면^^;;;).

사랑이 아름다운 만큼 삶도 아름답기 바랍니다. 그리고 이 글을 읽은 모든 분들의 삶도 사랑만큼 아름답기 바랍니다. 사랑을 둘러싸는 것들이 결코 온전히 다 아름답지 않지만 그것 또한 삶과 마찬가지라고 생각하고 이겨내서 더 아름다운 삶을 성취하기 바랍니다.

긴 후기를 마치며 눈물이 고이는 건 아쉬움일까요, 설렘일까요? 읽어주신 모든 분들께 머리 숙여 감사의 마음 전합니다. 감사합니다!

Thanks To.

세상의 단 한 분뿐인, 사랑하는 부모님. 두 분의 딸이라는 게 어느 새벽 눈물 나도록 행복하더군요. 감사하고 또 감사하며 작가로서 계속 나아갈 수 있도록 배려해 주신 마음 절대 잊지 않겠습니다. 호강시켜 드리지 못하지만 더는 속 썩이지 않는 제 앞가림 하는 딸이 되겠습니다. 그리고 이제 새로운 삶을 또다시 찾아가는 하나뿐인 남동생 현우. 그 앞날에 찬란한 빛살이 드리우기를 간절히 바란다.

제 주변에 항상 함께해 주는 동료작가들에게도 감사한 마음 전합니다. 일일이 호명하지 않아도 지면상 쑥스러움이라 여겨주실 거라고 믿습니다. 카페에서 항상 같이해 주시는 독자들에게도 무한한 감사 전합니다. 또한 절 다양한 경로로 아는 모든 분들에게 감사드립니다.

마지막으로 이 책이 나올 때까지 같이 노력하고 힘써준 이종민 편집자에게 감사의 말을 드립니다.

모든 감사의 인사를 이리 짧은 몇 마디로 마칩니다. 다음에 또 뵙기를 간절히 기원합니다.

—가을 초입에서 박미연 올림

〈퍼펙트 매치〉

두 사람이 확신하지 못하는 단어, 그것은 사랑.
가장 불완전한, 가장 믿지 못하는 감정에 빠진 두 사람.
그 두 사람의 사랑이 시작된다.
그것은 축복일까, 불행일까?

〈필연〉

우연 같은 인연으로 만난 두 남녀는 곧바로 사랑에 빠졌다.
그러나 이들은 선대와 얽힌 깊고 슬픈 인연이었다.
사랑으로 사람 사이에 묵혀져 있는 원한을 덜어낼 수 있을까?
과거의 상흔, 그 아픔을 넘어서는 사랑… 필연.

〈D-100, 그 후?〉

사랑하는 여자와 사랑하지 않은 남자.
하지만 운명의 그날 이후로 두 사람의 감정은 바뀌고 말았다.
D-100, 그 후에 어떤 일이 벌어질 것인가?

도서출판 **청어람**　chungeoram@chungeoram.com
☎ 032-656-4452　FAX 032-656-4453

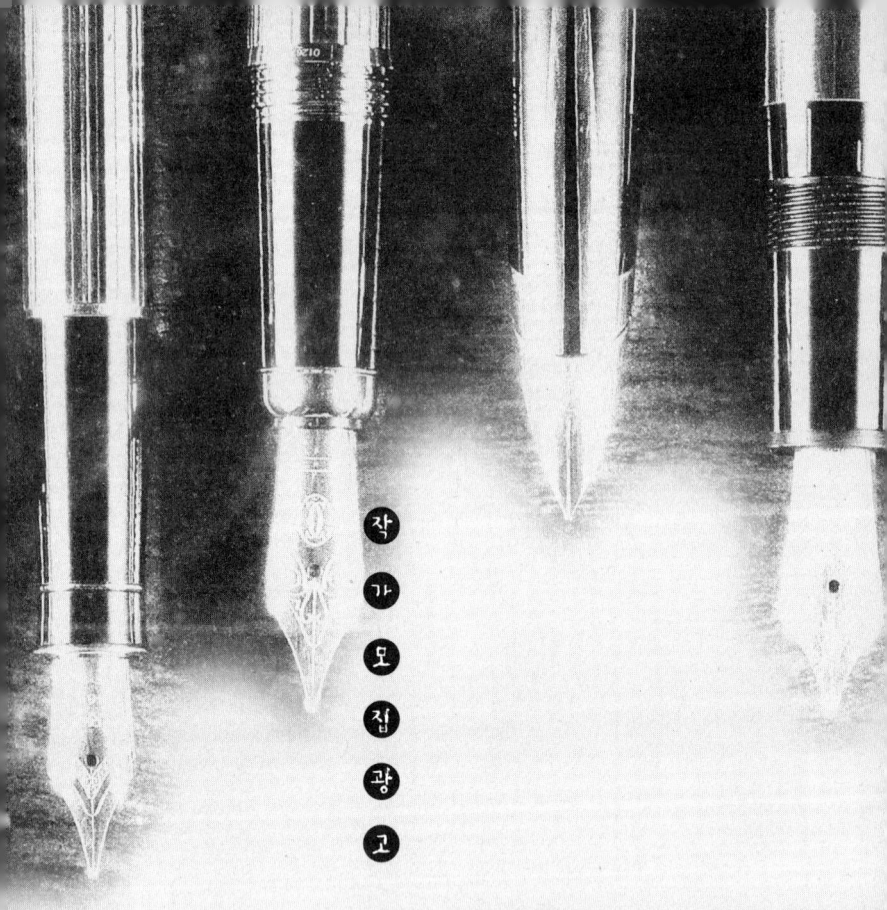

작
가
모
집
광
고

도서출판 청어람의 문은 항상 열려 있습니다.
실력있는 작가 분들의 많은 관심 부탁드립니다.

TEL:032-656-4452 • FAX:032-656-4453
http://www.chungeoram.com
http://eoram.egloos.com
e-mail:romance-eoram@hanmail.net